संजीव

मूर्धन्य कथाकार संजीव का जन्म 6 जुलाई, 1947 को सुल्तानपुर, उत्तर प्रदेश में हुआ। 38 वर्षों तक एक रासायनिक प्रयोगशाला में कार्यरत रहे। सात वर्षों तक 'हंस' समेत कई पत्रिकाओं का सम्पादन और स्तम्भ-लेखन किया। लगभग दो वर्षों तक महात्मा गांधी अन्तरराष्ट्रीय विश्वविद्यालय, वर्धा और अन्य विश्वविद्यालयों में अतिथि लेखक रहे।

संजीव का अनुभव-संसार विविधताओं से भरा हुआ है। साक्षी हैं उनकी प्राय: दो सौ कहानियाँ और 'अहेर', 'सर्कस', 'सावधान! नीचे आग है', 'धार', 'पाँव तले की दूब', 'जंगल जहाँ शुरू होता है', 'सूत्रधार', 'आकाश चम्पा', 'रह गईं दिशाएँ इसी पार', 'फाँस', 'रानी की सराय' आदि उपन्यास। नवीनतम कृतियाँ हैं छत्रपति शाहू जी पर केन्द्रित उपन्यास 'प्रत्यंचा', पुरबी के अनन्य गायक महेन्द्र मिश्र पर केन्द्रित उपन्यास 'पुरबी बयार' और 'प्रतिनिधि कहानियाँ'। कुछ कृतियों पर फिल्में बनी हैं, कुछ की उन्होंने पटकथाएँ लिखी हैं।

उन्हें 'कथाक्रम सम्मान', 'इन्दु शर्मा अन्तरराष्ट्रीय कथा सम्मान', 'पहल कथा सम्मान', 'सुधा कथा सम्मान', 'श्रीलाल शुक्ल स्मृति इफको साहित्य सम्मान' समेत अनेक सम्मान प्रदान किए जा चुके हैं।

सम्प्रति : स्वतंत्र लेखन।

ई-मेल : writersanjiv@gmail.com

धार

संजीव

राधाकृष्ण पेपरबैक्स

पहला पुस्तकालय संस्करण
राधाकृष्ण प्रकाशन प्राइवेट लिमिटेड द्वारा
1990 में प्रकाशित

राधाकृष्ण पेपरबैक्स में
पहला संस्करण : 2018
दूसरा संस्करण : 2024

राधाकृष्ण पेपरबैक्स : उत्कृष्ट साहित्य के जनसुलभ संस्करण

राधाकृष्ण प्रकाशन प्राइवेट लिमिटेड
जी-17, जगतपुरी, दिल्ली-110 051
द्वारा प्रकाशित

शाखाएँ : अशोक राजपथ, साइंस कॉलेज के सामने, पटना-800 006
पहली मंजिल, दरबारी बिल्डिंग, महात्मा गांधी मार्ग, प्रयागराज-211 001
1, अनमोल सोराबजी संतुक लेन, धोबी तलाव, मरीन लाइंस, मुम्बई-400 002

वेबसाइट : www.radhakrishnaprakashan.com
ई-मेल : info@radhakrishnaprakashan.com

बी.के. ऑफसेट
नवीन शाहदरा, दिल्ली-110 032
द्वारा मुद्रित

मूल्य : ₹299

DHAAR
Novel by Sanjeev

ISBN : 978-81-8361-881-6

सर्वश्री बी.बी. शर्मा, महेश्वर, महेन्द्र सिंह,
मनमोहन पाठक, मदन कश्यप, मदन मोहन
और
श्रीनारायण समीर
को

आभार

सर्वश्री वीर भारत तलवार
योगेन्द्र हेंब्रम
अमरनाथ गुप्त
नरेन
सृंजय
अरुण प्रकाश
विष्णु राजगढ़िया
और
सन्थाल परगना के वासियों का

प्रथम खंड

1

जेल का जबड़ा थोड़ा-सा खुला और रिहा होनेवाले कैदियों को उगलकर फिर से बन्द हो गया। चेहरे का सिपाही सलाखेदार फाटक में ताले बन्द करते हुए इत्मीनान की साँस ले रहा था कि तभी उसके कानों में कोई शोर सुनाई पड़ा। उसने पलटकर अन्दर देखा तो एक छोटी-मोटी भीड़ उमड़ती चली आ रही थी। इस शोर में सबसे विचित्र थी किसी नवजात शिशु की रुलाई। भीड़ के और करीब आने पर उसने देखा कि शिशु स्वयं जेलर साहब की गोद में है, पीछे-पीछे दूसरे कर्मचारियों, सिपाहियों का भिनभिनाता हुजूम। दूर से ही जेलर साहब का बदहवास-सा स्वर आया, ''वह औरत जो जेल से आज रिहा हुई, चली गई क्या?''

''हाँ साहब! अब्भी तो...। कुछ लेकर गई क्या?''

''अपना बच्चा यहीं छोड़कर गई है। तुम कुछ जवानों को लेकर दौड़कर देखो तो।''

भीड़ के उमड़ते सैलाब में गोते लगाकर एक-एक कर सारे खोजी लौट आए खाली हाथ।

''तब...?'' जेल-सुपरिटेंडेंट का उद्विग्न सवाल।

बगल के दफ्तर में आपातकालीन मीटिंग जमी। बाहर बारिश की तेज झड़ी और शिशु की रुलाई के मिले-जुले शोर में सिर्फ उत्तेजित चेहरों के खिलते-मुरझाते अक्स, हिलते हाथ और खुलते-बन्द होते रजिस्टर तथा फाइलें ही नजर आ रही थीं।

लगभग घंटे-भर बाद गले में अँटकी हड्डी उगलने के लिए फाटक फिर खुला। इस बार तीस-पैंतीस साल का एक गावदी-सा आदमी वासुदेव की तरह बच्चे को लेकर बाहर निकला। शेषनाग के फन की तरह छाता खोले एक सन्तरी उन्हें बस-स्टैंड तक पहुँचा आया तो एक बड़े मगरमच्छ की तरह जेल ने राहत की साँस ली।

रुलाई रुकी नहीं बस में बैठने के बाद भी, फिसलती रही डामर की सड़क पर, रेंगती रही फुटपाथ पर, अन्ततः वह वीरान पड़े हॉकर्स कोर्नर के दड़बों में जा समाई

थी। एक जोड़े कान, एक जोड़ी आँखें, एक जोड़े पाँव बराबर उसका पीछा करते रहे जैसे बछड़े के पीछे सद्यःब्याई गाय हुँकारती खिंची चली आती हो।

"अरे मंगर काका, तुम तो जेल में थे न? ई बच्चा कहाँ से उठा लाए?" चायवाला छोकरा सिकन्दर पीछे-पीछे आ धमका। केलेवाले, पानवाले और भी कई फुटपाथी दुकानदार तमाशबीन-से वहाँ जुट गए, सबकी आँखों में एक ही जिज्ञासा। मंगर ने एक साथ सबका समाधान प्रस्तुत करते हुए बताया, "भैया, अपन ठहरे जनम के कबाड़ी। येई समझ लो इस दफा कबाड़ के नाम पर ये बच्चा ही उठा लाया।"

"तो कबाड़ से एक औरत भी उठा के ले आते, पालोगे कैसे?" अंडे बेचनेवाले हुसेन ने पूछा।

"इसका सारा काम ई उलटा होता है चाचा।" भर्त्सना करनेवाले उसे कोसते हुए दड़बे की सफाई में जुट गए। सबसे पहले दड़बे पर अधिकार जमाए कुत्ते को दुरदुराकर भगाया गया, कूँची से फलों, गूदड़ों और गोबर के छोतों को साफ किया गया। काँच के ग्लास में दूध आया, बच्चे को कइयों ने एक-एक कर गोद में लेकर 'हो–लूलू' किया, मगर बच्चा किसी से न सँभला तो सब मिलकर मंगर को फिर से कोसने लगे, "तुमको अक्कल कब आएगा?"

"हम का करता? पुलिस...।"

"अ दत्त तेरी पुलिस की! तुम पुलिस का गुलाम है का...? जब भी कोई वारदात होगी, पुलिस तुम्हीं को पकड़ के ले जाएगी, सबका पाप हजम करने को एक तुम्हीं बचे हो?" हुसेन चाचा ने हिकारत से कहा।

"लेकिन अपना मंगर चाचा है बहादुर! एक गैर का बच्चा ले आना बहादुरी का काम है।" केलेवाले मुर्तजा ने दिलासा दी। "अब भुगते अपनी बहादुरी का फल?" सिकन्दर ने मुँह बनाया। तरह-तरह की टीका-टिप्पणियाँ करते हुए एक-एक कर सब खिसक गए। मंगर अपनी बेवकूफी पर पछता रहा था कि ज़रा-सी सजा कम कराने के चक्कर में वह कहाँ की बला मोल ले बैठा। कब तक ठगता रहेगा अपनी इस कापुरुषता को ओढ़ी हुई बहादुरी से?

दीवार से सटे कदमों में इस बार गति हुई। औरत ने आगे बढ़कर कहा, "थोड़ी देर के लिए बच्चा हमको दो।"

वह गन्दूमी रंग की एक भरी-पूरी औरत थी–देह, जबान और कपड़ों से किसी निचले वर्ग की। मंगर उससे ज्यादा न परख सका पहली नजर में।

बच्चे को लेते ही उसने आँचल डालकर अपने भरे-भरे स्तन उसके मुँह में लगा दिए। बच्चा चुप हो गया। मंगर बेवकूफ की तरह वहाँ खड़ा रह गया। कृतज्ञता में ऊब-चूब होते हुए थोड़ी देर बाद उसके कंठ से फूटा, "आप देवी हैं।" उसकी

आत्मीयता में पगी बात पर खुश होने के बजाय औरत एकदम-से भड़क उठी, "आप इसको ले कायें आया?" स्वर करुणा और आक्रोश में अजीब-सा बेसुरा हो उठा था।

"कोई औरत छोड़ के गया था। मर जाता इसलिए...!" मंगर हकला उठा।

"हिंया का बचा लेगा आप? कुत्ता का बदन का बदबू से नाक फटा जाता। चारों ओर गन्दगी। अच्छा-भला आदमी बेमार हो जाए, हिंया ई बच्चा कैसे रहेगा? आप का समझता, ई माँ के पेट से पैदा नईं हुआ, आसमान से टपका है?"

"तब हम का करें, बताइए न...?"

"का करें...? हम पूछता आप इसको ले कायें आया?"

मंगर इस जिरह से परेशान–परेशान हो उठा।

"जनाना है?"

"ना।"

"घर-दुआर?"

"बस ये-ई।"

"नौकरी-चाकरी?"

"कबाड़ी का काम करता।"

"तब का मार डालने के लिए आप इसको ले आया हुआँ से? ऐसा बहादुरी का का जरूरत?"

मंगर की कबाड़ी की नजर ने वाक्यों को तर्क से उलट-पलटकर देखा।

"आ–आप जानता इसका माँ को? आप चाहो तो ले जाओ।"

"कायें...? अब आप बेंचेगा इसको? कबाड़ी और करेगा भी का?" वह कसैली हो उठी थी।

नजरें फिर उगी आ रही थीं। बच्चे से ज्यादा अब चर्चा इस बात पर केन्द्रित होती जा रही थी कि यह औरत कौन है। हो न हो, यह बच्चा इसी का हो। ऐसे में जब सवालों के झाड़ घने होते जा रहे थे, औरत ने बच्चे को गोद में उठाया और चल पड़ी, "आप खाओ हमरा साथ।"

"जाओ-जाओ। तब तो छुप-छुपके पानी पीए, अब गले में काहें अटक रहा है?"

"उफ, क्या डरामा है–इस्स!"

"लम्बा हाथ मारा है।"

अपने दोस्तों की इन बेहूदा टिप्पणियों को झेलते हुए मंगर उस औरत की परछाईं की तरह चुपचाप सिर झुकाकर दड़बे से बाहर निकल आया।

ट्रेन में भी अजनबी-से दूरियाँ बनाए हुए वे बैठे। जिस स्टेशन पर वह उतरी, बिना कुछ पूछे वह भी उतर पड़ा। ओवरब्रिज से न जाकर वे प्लेटफॉर्म की सीध में चलते हुए यार्ड में उतर गए। दोनों ही सिवाय स्त्री-पुरुष के जैविक आकर्षण से पूरी

तरह असहज और ऊबे हुए थे। शाम घिरी आ रही थी और मंगर को लौटना भी था, तो कम-से-कम एक सवाल तो कर लेना जरूरी ही था कि 'यह औरत कौन है और उन्हें अभी और कितनी दूर चलना है।' मंगर अपने स्वाभाविक दब्बूपने के लिहाज से सवाल को तरतीब नहीं दे पा रहा था। सिर्फ हकलाकर बोला, "हमको लौटना भी है।"

औरत ने कोई जवाब न दिया। सामने रेलवे की एक एबंडंड गुमटी थी, उसने इर्द-गिर्द देखा, सुनसान था। गुमटी में घुस गई, "थोड़ा हिंया बैठता, हाँ।" मंगर ने सिर हिला दिया। गुमटी की टूटी सीमेंटेड बेंच पर बैठकर वह बच्चे को फिर से दूध पिलाने लगी। मंगर यार्ड की फैली पटरियों और मालगाड़ियों को देखने लगा। औरत ने गुमटी की दीवारों को घूरते हुए कहा, "सुनो, अगर हम ये बोले कि हमी इस बच्चे का माँ हैं तो आप हैरान तो नईं होगा?"

मंगर ने पलटकर पहली बार उस औरत को नजर भर के देखा, सिन्दूरी गोल चेहरा, तीस के आसपास की उम्र, साधारण-से कपड़े। वह ठीक-ठीक तय नहीं कर पाया कि यह औरत इस बच्चे की माँ है या महज लड़का हड़पना चाहती है। दोनों में कई 'अगर' और कई 'मगर' थे। वह सिर्फ बेवकूफ की तरह घूरता रह गया उसे।

"आपको विस्वास न होता हो तो जेल भी चलने को हम तैयार है, हुआँ पूछ लेना। जेल में जेलर हमरा साथ जबर्दस्ती किया, उसी खातिर बच्चा उसका मुँह पे मार के हम चला आया, लेकिन आप हमरा सारा खेल गड़बड़ कर दिया।" उसने अटक-अटककर कहा। मंगर अवाक् रह गया।

"हम भौत रोका अपने को–भौत! लेकिन का करेगा, हम माँ है न!" कहकर डबडबाई पलकें उसने ऊपर उठाईं, "जैसा माफिक आप इसको हुआँ रखा रहा, हमरा कलेजा फटने लगा, गलती करे कौन, सजा भोगे कौन?"

मंगर बेवकूफी में पलकें झपकाने लगा, "अजब बात है! आपको मालूम, हम छौ महीने से आपको जानता था।"

औरत ने गर्दन मोड़ी, भवें तन गईं, पलकों में ठहरे आँसू की बूँदों में मंगर का मरियल चेहरा झिलमिलाया, "छै महीने से...?"

"हाँ, जेलर साहब छौ महीने से मार-मार के हमसे कबूल करवाता रहा कि तुम जेहल में किसी औरत के साथ बुरा काम किया। हम बोला, हजूर छौ महीने से हम किसी औरत का परछाईं तक नईं देखा लेकिन...। आपका नाम मैना हुआ न?"

मैना इतनी हतबुद्ध थी कि 'हाँ' तक न कर सकी, सिर्फ सिर हिला पाई स्वीकार में।

मंगर की नजरों में संशय और रुक्षता की जगह अनिर्वचनीय तृप्ति हिलोरें लेने लगी, इस बार वह हँसा तो जैसे कोई गगरी अमृत में गुड़गुड़ाकर डूबी हो, "अगर

हमको पहले पता होता कि वो मैना आप हैं तो छौ महीने पहले जेलर साब की बात मान लेता, कि हाँ हजूर वो बच्चा हमारा है।''

मैना अवाक् होकर उसे घूरती रही, छह महीने से यह आदमी उसकी खातिर जेल में पिटाई खाता रहा, छह महीने तक हर पिटाई पर 'ना' करता रहा और आज महज एक पल में जन्मान्तरों के अपरिचय की दूरियाँ लाँघकर उसके पास आ खड़ा हुआ। शर्म, अपमान, करुणा, कृतज्ञता और अपनेपन के मिले-जुले रंग से उसके चेहरे का सिन्दूरी वर्णपट दमक रहा था। उसका लरजता दायाँ हाथ मंगर के कन्धे तक जा पहुँचा। मंगर ने अपने दोनों हाथों से उस हाथ को थाम लिया। एक-एक कर छह महीनों की अन्धी गलियाँ इन्द्रधनुषी उजाले से आलोकित हो उठीं। चुम्बक के विपरीत ध्रुवों से वे खिंचते गए, खिंचते गए...और एक दूजे से चिपक गए।

''आप दीकू है ना?'' मैना ने खुद को खींचकर तनिक दूरी से सवाल किया।

''माने?''

''कुछ नईं। ये दीकू लोग हरामी होता न! लेकिन आप नईं हैं।'' और मंगर बढ़-चढ़कर अपनी बहादुरी के किस्से बखान करने लगा। मैना प्यासी चिड़िया-सी चोंच खोले उसकी आत्मश्लाघा के एक-एक शब्द को पीती रही।

''ये जिन्दगी भी बड़ा अजीब है, कैसे-कैसे क्या हो जाता है। कहाँ तो हम आया था पहुँचाने और कहाँ हियाँई रएने का इन्तजाम हो गया!'' मंगर ने फैले यार्ड के बीच से जैसे अपनी पगडंडी पहचानते हुए कहा।

''हमरा हैदर मामा का बोलता, मालूम...मैना आदमी को सुग्गा बनाकर पिंजरा में रख लेता।'' मैना ने हँसते हुए कहा।

''सच...?''

''हाँ, वो देखो हमरा पिंजरा!'' मंगर ने मैना की उँगली पर आँख रखकर देखा, दूर यार्ड के बगल में एक मालगाड़ी का डब्बा पड़ा हुआ था।

''इसी में रहती हैं आप?'' डब्बे को देखकर मंगर ने मैना को देखा।

''हाँ, काहें...? आपके कबाड़खाने से अच्छा नईं ये?''

''वो बात नईं...! अकेले...?''

''काहें, अकेले नईं रह सकता कोई?''

''आपका और कोई नहीं?''

''सब है, बाप, बेटा, बेटी, मरद भी...। सब बगल के गाँव में रहता!''

'मरद' पर मंगर चौंका जैसे पाँवतले बिच्छू आ गया हो, ''मरद भी?''

''हाँ, हम उसको छोड़ दिया है।'' मैना की नाक फूल आई।

''आप...?'' मंगर का मुँह हैरत में खुल गया।

''काहें, मरद औरत को छोड़ सकता और औरत मरद को नईं छोड़ सकता?''

"जेहल कैसे गया आप?"

"ऐसेई झगड़ा हुआ था फैटरी को लेकर। वो फैटरी है न हुआँ, तेजाब बनता।" उसने हाथ से एक जीर्णकाय कारखाने की ओर इशारा किया।

"किससे झगड़ा हुआ था, मालिक से...?"

"मालिक कभी सीधे लड़ता...? उसका तरफ से हमरा बाप, हमरा मरद और उसी जैसा भाड़े का आदमी था।"

"हमको आपका साथ देखकर कोई मार-पीट करे तो...?"

"कर भी सकता। डर लगे तो लौट जाओ अब्भी भी...। आप तो बोला, आप बहादुर आदमी है।"

मंगर हालाँकि जन्म का दब्बू था, लेकिन इस वक्त उसे मैना की बात अपने 'पुरुषार्थ' के लिए चुनौती-सी लगी, "जो होगा देखा जाएगा। जो आदमी पुलिस से नहीं डरा, वो इनसे क्या डरेगा?" मैना पुलकित हो उठी।

"एक-ई दिन में सब समझ में आ जाएगा, ये बाँसगड़ा गाँव है, हियाँ पे बिना बताए किरी के पेट का पानी तक नईं पचता। आओ पहले अपना 'घर' देखें।" कहते हुए मैना मालगाड़ी के अलग-थलग पड़े डब्बे के सामने जा खड़ी हुई। अन्दर देखने की कोशिश में देर तक खड़ी रह गई वह, फिर आगे बढ़कर उसने डब्बे पर सिर रख दिया। गहराते अँधेरे के बीच भी मंगर ने महसूस किया कि उसका सारा बदन रह-रहकर काँप रहा था, यह सारा दृश्य उसे अजीब-सा लग रहा था।

"आओ।" जब मैना ने यह कहा तो उसकी आवाज की भर्राहट को उसने साफ-साफ महसूस किया। बहुत सुस्त भाव से उसने डब्बे पर पाँव रखकर मंगर का हाथ पकड़कर चढ़ने में सहायता की। ऊपर यार्ड की फ्लड लाइट की रोशनी में मंगर ने देखा, उसके गाल आँसुओं से तर थे।

दोनों फाटकों के बीच धूसर उजाले की क्षीण पट्टी दोनों ओर के अँधेरे के बीच माँग-सी खिल रही थी—सूनी माँग। डब्बे में चढ़ आने के बावजूद मैना प्रकृतिस्थ नहीं हुई थी। खोई-खोई-सी वह फर्श को घूर रही थी।

"आपके जाने के बाद भी लगता है, रात को यहाँ कोई नहीं आता।" मंगर ने मनहूसियत से उबरने की गरज से कहा।

मैना ने कोई जवाब न दिया।

"आप देख लो, सामान तो सब ठीक-ठाक है।"

"चलो आपको गाँव में ले चलता, थोड़ा दिल बदल जाएगा, तब तक हम सब ठीक कर लेगा।" मैना ने कहा और उतर पड़ी। डब्बे से उतरकर वह यार्ड से उत्तर की ओर जानेवाली पगडंडी पर आगे बढ़ गई। मंगर पीछे-पीछे चलता रहा। उत्तर-पूरब की दिशा में चिमनी से उजला-उजला धुआँ निकल रहा था, पुराने टिनों की घेराबन्दी

मरियल पेड़ों के बीच टूट-टूटकर जुड़ी हुई-सी। अगल-बगल ज्यादातर फूस के घरौंदे नजर आ रहे थे। रोशनी के नाम पर टिन की चारदीवारी के अन्दर के कुछ बल्बों और एक बाहर के मन्दिर के बल्ब को छोड़कर लालटेन और ढिबरियाँ जल रही थीं जहाँ-तहाँ। बाकी यार्ड की फ्लड-लाइट का नीला उजाला उदासी के आलम-सा पसरा हुआ था। जैसे-जैसे वे करीब आते जा रहे थे, मंगर के अन्दर का भूला हुआ दब्बूपन फिर से उसकी कमीज खींचने लगा था, वह एक जीवित मर्द के रहते हुए, उसकी पत्नी का सन्दिग्ध प्रेती बनकर जा रहा है वहाँ। वह तनिक ठिठका, ''अगर गाँव में न जाएँ तो कोई हरज है?'' ''हाँ है। अभी तो हम एक कोरट का सजा भोग के आए न। अब ये दूसरा कोरट है—गाँव-समाज का, जिसके बीच हमको रएना है।''

''तो आप अकेले जाओ।''

''कायें...? कसूर तो आपका साथ किया है न!'' वह सम्मोहित-सी कर देनेवाली हँसी हँस रही थी।

2

उन्हें दूर से आता देखकर नंग-धड़ंग बच्चों का काफिला झुग्गियों से निकल-निकलकर ताकने लगा। कुछ एक दौड़े भी, मगर करीब आकर एक अजनबी की मौजूदगी भाँपकर वे जहाँ के तहाँ जड़ हो गए। अब कुछ बड़ी आकृतियाँ निकलीं—हाफ पैंट, धोती, गंजी या नंगे बदन, कुछ साड़ियों में लिपटीं बदहाली की मूरतों-सी। अँधेरे में वह कतार कच्ची भीत के खँडहर-सी कटी-फटी नजर आ रही थी।

''का देखता सब...? आदमी नईं देखा कब्भी?'' मैना के यह कहते ही वह भीत भहराने लगी। मैना ने आगे बढ़कर किसी-किसी स्त्री-पुरुष के पाँव छुए, कुछ बच्चों को गोद में लेकर चूमा।

''जेहल से कब छूटा?'' एक बुढ़िया ने पूछा।

''आज-ई।''

''ये...?'' एक जवान औरत फुसफुसाई।

मैना ने जाने क्या कहा कि दोनों हँसते-हँसते एक-दूसरे से गुँथ गईं।

''टिपका कहाँ है?''

''बोल रे, बोलता काहें नईं, माँ आया है।'' उस औरत ने एक बारह साल के बच्चे को हाथ पकड़कर खींचा। मैना ने उसे कलेजे से सटा लिया। सिर सहलाती रही, बोली, ''सितवा और लुत्ता कहाँ हैं?''

''घर में।''

''और तेरा बाप?''

''वो काम पे गया है। नाना भी। आ-ई रहा होगा। चलो न!''

''नई, हम नई जाएगा हुआँ। तुमको हमरा साथ रएना हो तो आ जाओ।''

''ई-ठो कौन है?'' बेटे ने पूछा।

''ई-ठो...? हमरा साथ आए हैं।''

''और ऊ-ठो...?'' इशारा मंगर की गोद के बच्चे का था।

''तुमरा भाई।'' कहकर तनिक झेंप उठी वह। फिर बिना बच्चों की ओर ताके सहज होने की कोशिश करने लगी।

''का रे मैना, कब आई?'' बैसाखी पर आते हुए एक लुंगीधारी अधेड़ आदमी ने पूछा। मैना ने पहले उसके पाँव छुए फिर परिचय कराया, ''ई-ठो अपना हैदर मामा, हमरा भी, हमरा बाप का भी, हमरा बेटी-बेटा का भी, जो मर गया, जो जिन्दा है और जो पैदा होगा सबका मामा।''

मंगर ने अपने नए मामा को नमस्कार किया। ''मामा को छोड़ पहले बाप और मरद का खबर ले। सुना तुमको आया जान के कहीं चला गया दूनों।'' मामा ने बताया।

''आपको कै दफे बोलेगा, मामा, ऊ सबका नाम हमरा सामने मत लो।''

''अच्छा बाबा नईं लेगा।'' फिर धीरे से फुसफुसाए, ''ई आदमी कौन है?''

''हमको जेहल से हियाँ तक पहुँचाने खातिर आया सरकार के औडर से।''

''अरे बाप रे, हम तो समझा...।'' कहकर अपनी ही बात कै खौफ खा गए मामा।

''जो समझता है, समझते रहो, पहले ई बताओ, हमारा डब्बा में कौन रएता अभी।''

''कौन रहेगा उस भुतहे डब्बे में?''

''फिर तो हम जाता डब्बा साफ-सूफ करने, आप इनको हिंयाई अपने संग रखिए। ठीक है ना।'' मैना ने मंगर के हाथ से बच्चे को लिया और साहजी की दुकान की ओर बढ़ गई।

मामा की नजर अँधेरे में उसे दूर तक पहुँचाकर लौटी तो गाँव की कई औरतों ने उन्हें घेर लिया। मंगर ने सिर्फ उनकी अस्फुट बातचीत के टुकड़े-भर सुने—''अरे बाप रे, जेहल से मर्द और बच्चा लेकर लौटी है।''

''नया कानून पास हुआ है, जो औरत जेहल जाएगा ऊ सबको एक-एकठो मरद और बच्चा मिलेगा।'' कोई औरत खाली कलशी को जाँघों पर झुलाते हुए मजे ले-लेकर बोल रही थी।

''तुम का समझता, फोकल सह लेगा...? अरे मौगी (औरत) भले सौत सह ले मर्द सह सकेगा? कब्भी नईं।''

"सरकार चूतड़ पे दू हंटर मारेगा, तो मानना पड़ेगा।"

"ऊह माने चाहे न माने, मैना के लिए तो ऊ तब्भी मर गया जब महेन्दर बाबू का दलाल बना। बप्पा और मरदा मिल के उसको जेहल भेजवाया।"

"नईं ऊ तो महेन्दर बाबू...।"

"ओह, गबाही तो दिया न, एक-दू दफे को छोड़कर जेहल में झाँकने भी नईं गया।"

"गया था, मैना लौटा दिया, बोला, तुम लोग हमरा कोई नईं।"

"बोलेगा नईं! हम तो कहेंगे मैना जो किया, ठीक किया।"

"अरे ए देबी लोग," मामा का चिबुक थरथराने लगा, "तुम लोगों को मीटिन करना है तो दूसरा जगह जा के करो, हियाँ हमरा कपार पे चाँय-चाँय मत करो।" फिर वे स्वतः भुनभुना उठे, "हिंया साला हमरा खपड़ोई में पहले से-ई गोबर घोरा हुआ है, आओ जी..." उन्होंने उपेक्षित-से खड़े मंगर को आवाज दी और चबूतरे की ओर चल पड़े।

आगे बढ़ते ही मंगर को किसी दमघोंटू गन्ध का एहसास हुआ। यार्ड की फ्लड लाइट उजाले के बावजूद गाँव पर काले-काले साए मँडराते हुए नजर आ रहे थे। उसके बीच लालटेन और ढिबरियों के जहाँ-तहाँ खिले फूल किसी खौफ में काँप-से रहे थे। आगे छावनीनुमा कारखाना था जिससे निकलता भूरा-भूरा धुआँ पूरे गाँव पर उड़ रहा था। जहाँ-तहाँ से खाँसने और उबकाइयों की आवाज़ें आ रही थीं। खाँसते-खाँसते ही मंगर ने पूछा, "हियाँ कौन चीज का कारखाना है?"

"जहर का।" मामा जलकर बोले और स्वयं खाँसने लगे।

मंगर को चबूतरे पर बैठाकर मामा जाने कहाँ से बोतल और ग्लास ले आए। ढालकर एक ग्लास मंगर को पकड़ाई एक खुद, बोले, "जहर का काट जहर! लो पियो।" पहली ही साँस में आधा ग्लास खाली कर कुछ चैतन्य हुए तो बोले, "आप क्या सचमुच जेहल से मैना के साथ आया?"

"हाँ।" मंगर ने खीसें निकाल लीं।

"और बच्चा...?"

"ऊ भी?"

"कैसे फँस गया आप...?"

"फँस गया।" मंगर की खीस मुँद गई।

"हाँ। मालूम, मैना जादू जानता, आदमी को सुग्गा बना लेता, माने देह-ठो आदमी का रहेगा मगर दिमाग सुग्गे का—क्या समझे...?" मंगर की खीस फिर निकल आई थी और इसे बन्द करना जरूरी था। मामा बोले, "इसका माँ कौन था मालूम?"

"कौन?"

"डायन था डायन! सब गाँववाला मिल के मार भगाया, मैना तब बच्चा-ई था।"

इस बार मंगर की खीस ही बन्द नहीं हुई, आँखें भी निकल आईं। थूक निगलकर बोला, "बाप भी...?"

"बाप तो साधू है, धरमातमा। देखते नईं, ई पूरा जमीन महेन्दर बाबू को दान में दे दिया। गोश्त नईं खाता, मछली नईं खाता, दारू नईं छूता, पंडित सीताराम से कंठी लिया है। माँ तो गुलगुलिया था, बाप ई गाँव का सौंताल है। लेकिन झगड़ा तो बाप-बेटी का है।" मामा ने ग्लास की बाकी दारू शेष करते हुए पूछा, "क्या समझे?"

"क्या?"

"वोई माने काहें बिगड़ गया मैना बाप का बात पर...?" उनका स्वर बोतल से ग्लास में ढलती दारू की कलकल में डूब गया, "वो देखो...।" उनकी उँगली की सीध में एक ऊलजलूल कपड़े पहने कोई मरियल-सा बूढ़ा बिजूके-सा झाँक रहा था।

"कौन हैं ये?"

"टेंगर, मैना का बाप।"

"यहाँ अँधेरे में क्या कर रहे हैं ये?"

"चौकीदारी। सामने जो कारखाना है, वोई जिसके बारे में बतलाया अब्भी, उसमें तेजाब बनता गन्धक का। मैना का जिद है कि ई फैटरी को तोड़ के रहेगा और बाप का जिद कि जो तोड़ने आएगा, उसका सिर तोड़ देगा। जेहल से आज छूट के आया न मैना, सो बाप-बेटी का झगड़ा फिर शुरू!"

"इनको ये-ई नौकरी मिला है फैटरी में?"

"नौकरी तो इनके दमाद को मिला है, मैना का मरद है न फोकल, ई तो पुन्न का काम समझ के ई सब करते, दस आदमी का रोजी-रोजगार है इसी बात से इनको खुशी है, खुद तो पंडित जी की मेहरबानी से दो झूड़ा कोयला मिलता है, उसे ही बेंचकर पेट भरते हैं। महेन्दर बाबू और पंडित जी इनके खातिर एक ठो मन्दिर बनवा दिए हैं, वो उधर-ई है।" मामा ने हाथ से इशारा किया, "हुँवइ बैठ के राम-राम भजते हैं। इनको सब लोग महातमा कहते हैं।"

मंगर फिर बेवकूफ बनकर पलकें झपकाने लगा, "हमारा समझ में नईं आया मामा।"

मामा ने ठेठ सूफियाना अन्दाज में समझाते हुए कहा, "देखो, ई दुनिया है न, बिलकुल फानी, कोई-न-कोई कुछ लेके आता है, न लेके जाएगा, सब खुदा का। इस देह से चार आदमी का भला हो जाए, वोई पुन्न है।" कोई-कोई-ई समझता इस बात को—क्या समझे...?"

मंगर ने पलकें झपकाईं, मामा ने आगे की कथा कही, "महेन्दर बाबू मैना के बाप के पास आए, बोले ऐसे तो सब भूखल-ए मर जाएगा, आप जमीन का बन्दोबस्त करो तो हिंया एक ठो कारखाना लगा दें। टेंगर तो महातमा आदमी, अपना सब जमीन दे दिया। एक-ई महीने में तेजाब का फैटरी लग गया।"

"सब काम पे लग गया?"

"सब तो नईं लेकिन आधा को जरूर दो बखत का नून-रोटी भेंटाने लगा, फैक्टरी का एक्स्टेंशन होने पर बाकी आधा को भी मिल जाता लेकिन तभी गाँव का कुछ बदमाश लफड़ा कर दिया।"

"ऊ क्या?"

"बोले ई तेजाब का कारखाना से खेत-बाड़ी, कुआँ-पोखरा सब खराब होता, इसको बन्द करो। मजदूर फूट गए तो बेचारा फोकल, मैना का मरद, बाहर से मजदूर ले आया, ऊ सबको भी फोड़ दिया।"

"ई तो बहोत बुरा बात था।"

"अब क्या बताएँ...। अरे खेती में क्या रखा था—ऐं! मुश्किल से तीन महीने का धान, कोदों, मड़ुआ, खेसारी। फैक्टरी से कम-से-कम साल-भर नून-रोटी, चाहे माँड़-भात तो जुट जाता है।" मामा की बात शेष नहीं हुई कि एक दूसरे आगन्तुक ने हस्तक्षेप किया, "तू काहें नहीं पच्छ लेगा मामा, तोरा तो माँड़-भात और एक बोतल भी रोज भेंटा जाता था।"

मामा के प्रवाह में गतिरोध आया, तनिक गड़बड़ाए फिर सँभल गए, "अरे तोरो भेंटा जाता रे मोड़ल तोरा जइसा कुछ सरफिरा बहकावे में था।"

"कौन सार बहकावे में आया है, मामा, सच-सच किरिया-कसम खाके बोलो तो पहले खेती में तीन महीने का मोटा-सोटा अनाज भी तो मिल जाता था और अब जब से फैटरी खुला—एक तिरिन भी नहीं। एक्को कुआँ-पोखरा का पानी पीने लायक रह गया है? बाहर राँची, हजारीबाग से बुलवाकर बेचारे आदमी लोगों को यहाँ रोजी देने के लिए ले आए थे कि जान-मारने के लिए, केतना बेकत (व्यक्ति) खाँसते-खाँसते बेमार होके भागा। हमको सोचा, सौंताल आदिवासी हैं, का करेगा? हमी लोग का छाती पे खोलना था जहर का फैटरी?"

"बहुत फटर-फटर करता है रे, मैनवा के आते ही दिमाग चढ़ गया? अभी कल तक तो तेल लगा रहा था, मामा परमामिंट करवा दो और आज...!"

"ए मामा! तुम हमको परमामिंट का कराएगा, खुद परमामिंट है? दलाली करते-करते तो बुढ़ा गए, का हासिल रहा? सिरफ दारू का बोतल और दमे का बीमारी।"

मामा ने प्रतिवाद करना चाहा, मगर हवा के फिर घूम जाने से दमघोंटू हवा के झकोरे से उनके गले में जैसे किसी ने छनछनी पैदा कर दी, हाथ हिले, मगर

खाँसी खिंच आई। खाँसते-खाँसते ही मोड़ल ने कहा, ''अमरित है मामा, परीशानी किस बात का?''

मामा की बात से मंगर के दिमाग में बाँसगड़ा का जो चित्र उभर रहा था, मोड़ल ने उसे फिर से गड़बड़ा दिया था। अब वह जा चुका था। खाँसने की आवाजें दूर-दूर से उभर रही थीं, मंगर स्वयं अपनी खाँसी पर काबू नहीं पा रहा था, लेकिन जब उसकी निगाह मामा पर पड़ी तो अपना क्लेश भूल गया। मामा को तो सुरसुरी आई थी, लगा इसी तरह छटपटाकर दम तोड़ देंगे। घबराकर वह उनकी पीठ और सीना सहलाने लगा। सहसा मामा हड़बड़ाकर उठे और एक टाँग पर कूदते हुए गिरते-पड़ते एक झोंपड़े में दाखिल हो गए। जब वे आए तो हवा का रुख बदल चुका था, शायद उन्होंने कोई दवा ली थी, वे पहले से कुछ शान्त थे मगर अभी भी बुरी तरह हाँफ रहे थे। एक विषण्ण भाव चेहरे पर मोम-सा पसरा हुआ। बिद्ध पशु की तरह कोई कराह उनके मुँह से फूट रही थी, शायद 'या अल्लाह!' रट रहे थे। मंगर इस प्रेतलीला के बीच से कौवे की तरह कभी चारों ओर फैले धूसर श्मशानी माहौल को परख लेता और कभी मामा की निश्चेष्ट होती जा रही छटपटाहट को। मामा ने जैसे ही काम लायक शक्ति का संचय कर लिया, उनका 'या अल्लाह' भूल गया। यह सरकारी आदमी है, जाने क्या उलटी-पलटी चुगली कर आएगा सो उनका दिमाग मौत की बजाय जिन्दगी की ओर घसीटते हुए बुदबुदाए, ''वो मैना का बेटा कब हुआ जेल में?'' मंगर चौकन्ना हो गया, ''कहाँ, अभी महीना भर भी तो नहीं हुआ।'' मामा ने अपनी उलटती आँख और फूलती साँस के साथ कुछ जोड़ा-घटाया फिर आसमान की ओर ताकते हुए सिर हिला बैठे, ''नहीं, शर्मा बाबू का नहीं, पंडित का भी...नहीं। फोकल का तो नहीं ही...फिर किसका हो सकता है?''

उन्हें अभी भी शक था कि यह बच्चा इस आदमी का नहीं हो सकता। उन्हें चिन्तन की चाशनी मिल गई थी लेकिन मंगर के हिस्से सिर्फ मिर्चियाँ ही पड़ी थीं, उसने एक-एक को उठाकर पूछा, ''शर्मा बाबू कौन...?''

''है एक पागल, नमूना बाबू हियाँ का। पारटी करता है। खतरनाक आदमी हमेशा उलटा-पलटा करता रहता है। इसका बाप महेन्दर बाबू का कारिन्दा था।''

''पंडित...?''

''सीताराम पंडित हुए न, हवलदार साहेब!''

''और फोकल?''

''उसका ब्याहता मरद।''

''तो मैना को सब रखे हुए थे...?'' वह अस्फुट-सा बर्राया, ''छी! यहाँ भी रंडी और छिनाल ही उसकी किस्मत में आई।''

मामा की आशंका जगह-जगह मुँह मारकर फिर उसी उदासी के घूरे पर बैठकर

हाँफ रही थी, सहसा उनका ध्यान मंगर पर पड़ा, "हाँ तो क्या कह रहे थे तुम...?"

"जी, यही कि तीनों...?"

सूत्र हाथ में आ गया तो मामा रस ले-लेकर बताने लगे, "पहले हल्ला था कि पंडितवा रखे हुए है, फिर जब कलकत्ते से ऊ पगलवा शरमा आया, मैना की उससे खुसुर-फुसुर चलने लगी। शर्मा के पास जाने कहाँ-कहाँ से नया-नया आदमी आता। गाँव के आदमी को वही सब जाने क्या-क्या समझाया कि एक दिन सब मिलके हंगामा कर दिया। मैना का दिमाग तो इतना फिर गया था कि मरद फोकल को सरेआम दलाल कहने लगी। टिपका और सितवा एक बेटा, एक बेटी जिससे हुआ, उसी मरद को खुलेआम गाली देती।"

"तब क्या हुआ?"

"होता क्या, महेन्दर बाबू हमको पंडिज्जी को बुला लाने को कहा।"

"ई पंडिज्जी का नाम बार-बार आप ले रहे हैं, कौन हैं?" पूछते ही मंगर ने महसूस किया कि पंडिज्जी के नाम पर हैदर मामा की आँख का वोल्टेज अचानक बढ़ गया। वे उठकर बैठ गए, बोले, "ये ई समझ लो कि महेन्दर बाबू इस इलाके के बादशाह हैं, तो पंडितजी वजीरे आजम...।"

"बहोत पावर है। पूरा नाम क्या है, हम नहीं जानते, सीताराम पंडित कहते हैं।"

"तब पंडिज्जी को आप ले आए...?" मंगर ने याद दिलाया, "हाँ, हाँ, हम भूल रहे थे, पंडिज्जी ने कहा, 'महातमा कहाँ है?' महातमा माने समझे न वोई टेंगर, मैना का बाप। पंडिज्जी का असली चेला। ईमान की रोटी के लिए सड़क पर कोइला बेंच रहा था। दमाद उसको ले आया पीछेवाला गेट से। पंडिज्जी बोले, 'देखो महेन्दर बाबू और टेंगर, हम काँटावाली बात बोलेंगे चाहे दूनो को तीता लगे या मीठा, एक का लड़का, एक की लड़की...'।"

इस पर महेन्दर बाबू ने कहा, "सिर्फ जाति का होने से शर्मा लड़का हो गया? ऊ हमारा कोई नहीं।" टेंगर भी बोला, "मैना हमरा खातिर उसी दिन मर गया जब दमाद को दलाल कहा।"

पंडिज्जी बोले, "ई कह के दूनों आदमी छुट्टी नहीं पा जाओगे। शर्मा को ठंडा करने का काम महेन्दर बाबू पर और मैना को कंटरौल करने का काम टेंगर पर। हम जानते हैं महेन्दर बाबू छत्तरी (भूमिहार ब्राह्मण) हैं, जो बाप और बेटा नहीं जानता, ऊ सलट लेंगे शर्मा से लेकिन टेंगर तुम भी महातमा हो, तुमरा जात भी खराब नहीं। खराबी कहाँ से है जानते हो...? मैना में! उसका माँ गुलगुलिया था न, वोई असर आ गया है जात का–जात सुभाउ न छूटे, जब टाँग उठाइके मूते! तुम का चाहते हो, जिस फैक्टरी के लिए तुम राजा बलि की तरह अपना सब कुछ दान में दे दिए, उसी

का तुमरी बेटी बन्द करवा दे और इतना आदमी भूखे मर जाय!"

"ना पंडिज्जी!" टेंगर घबरा उठा, "ई फैटरी अन्नपूरना माई है, ई बन्द नईं होगा चाहे इसकी खातिर हमको धरमजुद्ध ही करना पड़े।"

उधर बाहर मैना, और गाँव के बाकी लोग, नारा लगा रहे थे, "भाइयो, काम छोड़के निकल आवो, ऊ फैटरी नहीं, हम सबकी मौत है।"

महेन्दर बाबू हम सबको बुला के बोले, "जो तुम लोगों की रोजी-रोटी पर लात मारे तुमरा भाई नहीं दुश्मन है?" उनके ललकारते ही, अन्दर के मजदूर, बाहरवालों पर टूट पड़े। शर्मा काम का आदमी था, महेन्दर बाबू निकाले तो नहीं लेकिन कस के डाँटे, "जात का लड़का समझ के नौकरी दिया है, आज से कोई तुमरा पास आया, या कोई खुराफात किए तो काटिए डालेंगे।"

मामा ने एक गहरी साँस ली, थोड़ी देर चुप रहकर इधर-उधर ताका फिर बोले, "उसी दिन मैना फोकल का संग छोड़कर डब्बे में रहने लगी। रात होते ही मैना कुल्हाड़ी लेकर फैक्टरी का टंकी तोड़ने के लिए निकल पड़ती और उधर टेंगर रात-रात भर लाठी लेकर फैक्टरी का चक्कर काटता पहरा देता–धरमजुद्ध! इसी वारदात में मैना को जेल हुआ, कोर्ट में फोकल और टेंगर भी मैना के खिलाफ गवाही दिए।"

मंगर के दिमाग का काँपता चित्र अब आकार ले चुका था, चित्र के एक ओर महेन्दर बाबू, पंडित सीताराम, टेंगर, फोकल और हैदर मामा थे, दूसरी ओर मैना, मैना की माँ, शर्मा बाबू और मोड़ल दोनों ओर गाँववालों का एक एक अंश था, काम पर लगे गाँववाले, बेरोजगार गाँववाले, इस चित्र में बहुत-सी आकृतियाँ अभी स्पष्ट नहीं थीं, मगर इसके बावजूद जिन दो आकृतियों ने उसके दिमाग में खलल पैदा कर रखी थी, वे थीं फोकल और शर्मा बाबू की।

"अब कहाँ हैं ऊ दोनों?" मंगर का सवाल बिल्ली की तरह पीछे हटते हुए अपने प्रतिद्वन्द्वियों पर घात लगा रहा था लेकिन इसके पहले मामा प्रश्न का आशय समझ पाते, मैना अपनी बेटी सितवा के साथ खाना लेकर हाजिर थी। आलू-बैंगन का भुर्ता, अचार और गरम-गरम रोटियाँ दो जगह परोसते हुए उसने व्यस्त भाव से कहा, "जल्दी-जल्दी खा लो, अभी कोरट बैठनेवाली है।"

"अरे हमरा लाने का का जरूरत, दिन वाला ही अभी रखा है।" मामा ने अपनी खुशी को अनिच्छा से ढँकना चाहा, मगर तुरत ही कुत्ते की तरह टूट पड़े खाने पर।

अभी वे अन्तिम रोटी तोड़ ही रहे थे कि दूर से पेट्रोमेक्स की रोशनी में कदमों की भारी परछाइयाँ उन्हें छूने लगीं। वे उजाले और अँधेरे की शहतीरें बाँसगड़ा के फूस के घरौंदों और खपड़ैलों पर पसरती-सिमटती चली आ रही थीं। परछाइयों में डुबकी लगाकर मंगर ने जब सिर निकाला तो एक जोड़ी पुलिस बूटों पर नजर पड़ी,

जैसे-जैसे नजर ऊपर उठी, खाकी फुलपैंट, खाकी कमीज और टोपी के बीच एक साँवला मनहूस चेहरा उसे घूर रहा था।

"सलाम करो पंडिज्जी को!" मामा कान में फुसफुसा उठे थे।

इसके पहले कि वह ऐसा करता भक-से टॉर्च जल उठी। उसकी आँख चौंधिया गई। एक दबी गुर्राहट पंडित सीताराम के मुँह से निकली, "हूँऽऽऽ!"

मामा अब मैना को उकसा रहे थे, "बड़े दिन के बाद जेल से छूट के आई है, अरे पाँव छू जा के पंडिज्जी के।"

मैना ने बर्तनों को समेटते हुए बिचकी मारी, जूठे हाथ वहीं से उठाकर कहा, "राधेश्याम पंडिज्जी!"

पंडित सीताराम ने बनावटी गुस्से में कहा, "ऊँह! सौ बार कहा, उस छिनाल और चोर का नाम हमरा सामने मत लो। खैर बोल कैसी बीती? जेल से मोटी होकर आई है। खूब मौज है क्या?"

"खूऽऽब!"

"और सुना एक बच्चा लेकर आई है जेल से, एक मर्द भी?"

"आप भी जेहल जाओ तो एक बच्चा लेकर लौटो पंडित और साथ में एक मरद भी।"

"सीताराम! सीताराम!!" यह प्रायश्चित्त-भरी आवाज एक बूढ़े की थी जो मैना के पाँव छूने से चिहुँककर बिदक रहा था। मामा कान में फुसफुसाए—यही टेंगर हैं मैना के बाप। टेंगर का 'सीताराम' सामूहिक हँसी में दब गया। मंगर ने सिर उठाकर देखा, इर्द-गिर्द मर्द-औरत, बूढ़ों, बच्चों की भीड़ हो चली थी। एक गुंडे-सी आकृतिवाला जवान आदमी पंडितजी के लिए एक बाँह की टुटही कुर्सी ले आया, मामा ने बताया, यही फोकल है। मंगर उस शक्ल को अच्छी तरह देख लेना चाहता था मगर इसके पहले ही पंचायत में उसकी पेशी हो गई। पंडित की टॉर्च ने इस बार उसका ऊपर से नीचे तक अच्छी तरह मुआयना किया, "तो तुम्हीं को सरकार ने मैना को पहुँचा आने को कहा है?" उनकी आवाज चाबुक-सी लहरा गई, वह हकला उठा, "जी, जी वो तो, वो तो!"

"हकलाओ मत!" पंडित ने डपटा, "हम उड़ती चिड़िया पहचानते हैं। क्या नाम है तेरा?"

"मंगर!"

"ऊ ठो बच्चा तुमसे है?"

"जी-जी!"

मैना ने कनखियों से देखा, मंगर तनिक गड़बड़ाया जरूर, पर तुरन्त ही सध गया। "हमारे गाँव की बहन-बेटी को बेइज्जत करने का तुमरा हिम्मत कैसे हुआ-ऐं!"

उनकी आवाज जैसे-जैसे तेज़ होती जा रही थी, मंगर की वैसे-वैसे धीमी, वे आगे बढ़ते जा रहे थे, मंगर पीछे खिसकता जा रहा था, इस प्रक्रम के चरम पर आकर उनका हाथ उस पर वार करने को लहराया तो वह घबराकर नीचे बैठ गया। जहाँ वह बैठा, वहीं से मैना उठ खड़ी हुई। पंडित की उत्तेजना पंचर हुई ट्यूब की तरह धीरे-धीरे बैठ गई। वे लौटकर स्टूल पर आकर बैठ गए। पंचायत में बिलकुल सन्नाटा छा गया। बच्चे तक कनमनाकर ताकने लगे कि अब क्या होता है।

"शास्तर में कहा गया है कि," थोड़ी देर बाद पंडित ने दाहिने हाथ से सिर खुजलाया जैसे शास्त्र के पन्ने पलट रहे हों, "दूसरे की पत्नी से जो बुरा कर्म करे या पती के रहते पत्नी दूसरे पुरुष से सम्बन्ध करे ये सब रौरव नरक के भागी होते हैं। का जी टेंगर, तुम्हीं बोलो, एक तो मैना तुमरी बेटी है, दूसरे तुम साधू-महातमा, धरम का मरम तुमसे जास्ती कान बूझता है! तुम सौंतालों में तो ऐसी औरत का जीते जी क्रिया-कर्म कर देते हैं ना?"

"हम का बोलें पंडिज्जी! हमको तो ई मुँह देखाने के काबिल भी नंय रहने दिया।" दीनहीन कपड़ों में बूढ़ा टेंगर फफक पड़ा।

"हिन्दू शास्तर में ई भी लिखा है कि सन्तान के पाप-पुन्न का फल पितरों को भोगना पड़ता है।"

टेंगर ने लपककर उनके पाँव पकड़ लिये।

"मगर शास्तर में ई-हो लिखा है कि पराश्चित करने से पितरों को फिर से सरग मिल सकता है। मैना और फोकल फिर से सत्त नरायन बाबा का कथा सुन लें और बामन और बिरादरी को भोज दे दें तो...।"

"हम तो तैयार हैं पंडिज्जी--बच्चा तक को सुओकार कर लेंगे, समझेंगे दू के बदले तीन ठो चेंगा है हमरा। पंचाइत के सामने हम कहते हैं कि आज तक हमरा जनाना जो भी गलती किया, हम सबको माफ किया। अब ऊ डब्बा छोड़ के हमरा पास आ के रहे। हम जीते जी सराध (श्राद्ध) नहीं होने देंगे अपनी पतनी का।" फोकल ने कहा।

"शाबास फोकल! इसको कहते हैं मरद का कलेजा।" पंडित ने कहा और उच्छ्वास में सप्तपदी के समय नवविवाहित पति-पत्नी के कर्तव्यों की अपनी टीका लगाकर व्याख्या भी कर डाली। फिर उन्होंने फोकल के प्रस्ताव पर पंचों की सहमति जाननी चाही तो कई आवाजें आईं, "दूध-का-दूध, पानी-का-पानी।"

"अरे दूध और पानी कैसे नहीं अलग होता, पंडिज्जी खुदा के नुमाइन्दे तो हई हैं सरकार के भी नुमाइन्दे हैं।" मामा की इस टिप्पणी से माहौल एकबारगी खुशगवार हो उठा। मगर कमबख्त हवा का क्या करे कोई, वह फिर घूम गई थी और हँसी खाँसियों में ढल गई। पंडित ने जल्दी-से-जल्दी फारिग होने की गरज से कहा, "अब

मैना, तुम उठो। बारी-बारी से बाप और 'पती' का पाँव छूकर माफी माँगो।''

''नंय पहले पंडिज्जी का।'' कई आवाजें एक साथ उभरीं।

मैना जो मूरत की तरह तब से वहीं खड़ी थी, इस बार हिली। उसने बेटी के हाथ से बच्चे को लिया और मंगर का हाथ पकड़कर उलटे पाँव डब्बे की ओर जानेवाली राह पर मुड़ गई।

मंगर का कलेजा दहशत में फूल-पचक रहा था, ''अगर ये लोग कुछ कर बैठें तो...?'' वह आगे चलते हुए पीछे ताक रहा था। ''तो का हुआ...? आप तो बहादुर आदमी है। हमरा खातिर जैसे छै महीना तक जुलुम सहा, थोड़ा और सह लेना।'' मैना ने निहायत शान्त लहजे में कहा।

3

मंगर जल्द ही सो गया लेकिन मैना की आँखों में नींद नहीं। उसके कान कोई आहट सुनने को आशंकित थे। करीब ढाई बजे जब उसकी आँख लटपटा रही थी उसकी आशंका मूर्त हुई। डब्बे के बाहर कई पदचाप सुनाई पड़े। उसने धीरे-से अपने ऊपर पड़ी मंगर की बाँहों को हटाया, बच्चे और मंगर के बीच सिरहाने की तकिया रखकर वह उठ पड़ी। डब्बे के कटे अंश से उसने देखा, वे छह के करीब थे। सतर्कता के बावजूद उनके पाँव डगमगा रहे थे, शायद उन्होंने पूरी पी रखी थी। हरेक हाथ में लाठी-बल्लम या ऐसा ही कोई हथियार था। डब्बे से थोड़ी दूरी पर आकर खड़े हो गए वे। मैना ने एक उड़ती नजर सोते हुए मंगर और अपने बच्चे पर डाली। क्या उन्हें जगा दे? तभी आहटें फिर उभरीं और उन्हें जगाने के बजाय उसने शाम को ही लाकर रखी हुई तेजाब की भरी शीशी उठा ली। आहटें दोनों ओर से आ रही थीं। जैसे ही वे डब्बे के फाटक तक पहुँचे, घात लगाए बिल्ली की तरह उसने तेजाब उलीच दी।

''अरे बाप रे! भाग रे। साला तेजाब है।''

शोर इतना तेज था कि मंगर की आँख खुल गई। वह हड़बड़ाकर उठ खड़ा हुआ। अँधेरे में उसकी समझ में न आया कि क्या हो रहा है। चूहे की तरह डरा हुआ वह सिर्फ भागते कदमों की चीख-पुकार से अनुमान लगा सका कि कुछ लोग घायल होकर भागे हैं।

''क्या हुआ?''

''वो कुछ नहीं। कुछ कुत्ता लोग था, भाग गया।''

मंगर का दिल जोर-जोर से धड़कने लगा। तनिक प्रकृतिस्थ होने पर उसने कहा,

"हमको बोलना चाहिए था!"

"का फैदा...? इनका खातिर तो हम अकेला ही काफी है।"

सुबह हैदर मामा ने बताया कि तेजाब के लीक कर जाने से चार मजूर जल गए, दो सिपाही भी जो पहरा देने उधर गए थे।

मैना ने मंगर की ओर देखा और मुस्करा पड़ी।

"सुना, तेरी माँ आ के मन्तर से डब्बा बाँध गई है?"

"हाँ।" मैना ने कहा और रात की बासी रोटी कटोरे से निकालने लगी।

"कोई बात है का मामा?"

"आँ ऽ ऽ ऽ!" मामा के सोच को झटका लगा, "ना। पहले शुबहा था, अब नहीं। फिर भी होशियार रहना।"

बैसाखी खटकाते चले गए मामा। तब चाय के साथ वह रात की रोटियाँ जल्दी-जल्दी निगलने लगी। सहसा उसका ध्यान मंगर की ओर गया जो रोटी खाना छोड़कर अपलक उसी को निहार रहा था। लजाकर रोटी लेकर वह फाटक पर जा खड़ी हुई। बाहर औरतें टपरों और झोंपड़ों से निकल-निकलकर अलग-अलग दिशाओं में जा रही थीं। कुछ एक ने वहीं से उसे इशारे किए। लौटकर चोर निगाहों से मंगर को ताकते हुए उसने बच्चे को सावधानी से सीने से चिपकाकर बाँधा ताकि जरूरत पड़ने पर वह दूध पी सके।

"कहीं जाना है?" मंगर अपनी जिज्ञासा अब रोक न सका।

"हाँ, चल के कोई काम तल्लाशेगा।"

"हम भी चलें?"

"आप...? चलो!"

फैक्टरी की सड़क को न पकड़कर उन्होंने एकान्तवाला तिरछा रास्ता चुना। एक-एक कर कई औरतें साथ हो गईं। वे सभी धान रोपने का काम तलाशने जा रही थीं और अपनी रसीली बातचीत को गोपन रखने के लिए सौंताली में ही बोल रही थीं। कभी-कभी मैना एक-दो को मारने दौड़ती, जिससे मंगर अनुमान लगाता कि वे उसी को लेकर चुहल कर रही हैं।

ऊपर-नीचे जाजिमों की तरह पीली मिट्टी के खेत फैले हुए थे जिनके बीच धानी पैबन्द-सी धान की जरई। आकाश अभी निरभ्र था और सूरज की किरणों की तेज बौछार में पूरा पठार नहा रहा था। आगे अरहर, ज्वार की मरियल फसल थी जिसके बगल निहायत गन्दी भेड़ें और बकरियाँ चर रही थीं।

"काल देखा एक कोड़ी (बीस) आज दू कम। का बात है शंकर काका?" मैना ने भेड़ चरानेवाले से हिन्दी में ही सवाल किया।

आवाज सुनकर शंकर ने मुड़कर ताका। वह चालीस-पैंतालीस वर्ष का कृष्णकाय

नाटा आदमी था, चेहरा पतला, ताकने पर खुद घबराया हुआ बकरा लग रहा था।

"काकी कैसा है? तुमको तो बोला, डागडर को दिखाओ काका, ओझा के आगे कुछ सूझबे नईं करता। बोले, हम दिखा लाएगा?"

शंकर की सहमी तिरछी नजर अब अपने सामने आकर स्थिर हो गई थी। बोला फिर भी नहीं वह।

"तुमसे बोलकर बिरादरी से तीता होगा?" तुरिया ने कहा तो वे हँसती-खिलखिलाती आगे बढ़ गईं। मैना के चेहरे पर हँसी-उदासी की परत-सी बिछ गई थी, मंगर को अपनी ओर देखता पाकर बुदबुदाई, "मौत जल्दी-जल्दी में खतम हो रआ है शंकर काका। पहले कित्ता भेड़ था। लेकिन काकी को भूत का पकड़ा कि तब से...।" कहते-कहते वह हाँफ गई। बाकी औरतें उन्हें आपस में बतियाता देख आगे जा चुकी थीं। उनमें से एक ने मैना को पुकारकर काम पाने की सूचना दे दी। काम पाकर खुश हो उठी वह, "माराँ बुरु (सन्थालों के सबसे बड़े देवता) का किरपा से काम मिल गया। आप हियाँइ बैठो, हम खेत में जाता," साड़ी को ऊपर कर फेंटा बाँधने लगी वह। सामने कीचड़-पानी भरे खेत थे जिनमें रोपनी चल रही थी। मंगर ने धीरे-से पूछा, "हम भी चलें?"

'ऐं! आऽऽऽप!"

"हाँ, क्या हुआ?"

"करो तो!"

कोई औरत दौड़कर एक आँटा मोरी (बेरन्ह) ले आई। मंगर उसे लेकर कीचड़ में ऐसे उतरा जैसे नरक में पाँव दे रहा हो। फिर साहस कर उसने धान के पौधों को जहाँ-तहाँ गोदना शुरू किया।

मेड़ पर से औरतों की सामूहिक हँसी उभरी, "ये तो लगता कोई कबाड़ी कबाड़ बटोर रहा है।"

"छोड़ दो। हाथ-पाँव धोकर निकल आओ आप। ये काम आपके बस का नईं।" मैना ने कहा।

मेड़ पर खड़े होकर वह औरतों और मर्दों की कुशल पाँत का रोपनी करना देखता रहा। एक औरत ने झुके-झुके मैना से सन्थाली भाषा में पूछा, "देख मैना, गुस्सा करने की बात नईं। तू इतनी समझदार होकर गलती पे गलगी क्यों किए जा रही है?"

"गलती...?"

"पहली गलती तो यह कि तू ब्याहता होते हुए भी अनजाने मर्द के साथ चली आई।"

"अनजाना, वह भी दिकू!" दूसरी औरत ने जोड़ा।

"और झूठ भी बोली कि वह एक सरकारी आदमी है।" तीसरी ने कहा।

"खैर, वह तो मजाक में कहा।" मैना ने कहा।

"और दूसरी गलती?"

"दूसरी ये कि अकेले रहती है डब्बे में। कोई मार डाले तो–?" पहली औरत ने कहा।

"देख मौसी, जब हमारे बाप और मरद ने मिलकर जेहल भिजवा दिया और जेहल में हमारे जैसी औरत के साथ कोई न रहा तो हमारी रक्षा करने कौन गया?"

"कौन जाता?"

"तब मजबूरी चाहे रजामन्दी जो भी समझो, हमारे साथ किसी का कुछ हो गया तो क्या करते? बाप और मरद तो झाँकने भी नहीं गए। उनके लिए तो मैना मर चुकी। जो रहा, सो ले-देकर यह आदमी। दिकू हो या आदिवासी। शर्मा बाबू भी तो दिकू ही हैं।"

"तुझसे पार पाना मुश्किल है मैना लेकिन जात-बिरादरी में कैसे रहेगी? यही बात तू कल पंचायत में कह सकती थी।"

"हुआँ का बोलता पंडितवा की पंचेत (पंचायत) में...? तुमसे बोलती। सौंतालों की पंचेत में बोलेगा जो अपने जात-भाई हो।"

मेड़ पर खड़े-खड़े मंगर की टाँगें दुखने लगीं। उसे इस तरह अवांछित-सा खड़ा रहना बड़ा ऊटपटाँग लग रहा था। मैना जब कमर सीधी करने के लिए खड़ी हुई तो उसने पूछा, "हम जाएँ?"

"जाएगा? मन नईं लगता न, ठीक है जाओ दिन है, डर का बात नईं लेकिन होशियारी से।"

"तुम समझती हो, हम डरते हैं?" मंगर ने अकड़कर कहा।

"अरे डरने का बात तो है-ई जमाई, तुम फोकल का जनाना बैठा लिया उसका जीते जी...।" पहली औरत ने यह कहा तो औरतों और मर्दों में हँसी की लहर फैल गई।

"किसी से झगड़ा मत करना–हाँ!" मैना ने जाते-जाते उसे हिदायत दी फिर औरतों को सुनाते हुए सन्थाल भाषा में कहा, "बड़ा तेज मरद है, पुलिस तक को कुछ नईं समझता।"

मंगर जैसे-जैसे मैना से दूर होता गया, वैसे-वैसे उस पर आतंक हावी होता गया। गाँव की आबादी से बहुत दूर गोलाकार चक्कर काटकर वह पीछे यार्ड की ओर से चोर की तरह डब्बे में आया। दूर-दूर तक देखकर इस बात का पक्का यकीन कर लेने पर कि उसे किसी ने आते नहीं देखा, वह दीवार से सटकर बैठ गया। यह तो अजीब साँसत मोल ले बैठा वह! लो, कोई आ रहा है। खैर, वही बूढ़ा है, मैना का बाप टेंगर।

मंगर को अपनी ओर देखता पाकर टेंगर ने दूर से ही अपनी कड़वाहट उगली, "तुम अभी हियाँइ हो?"

"जी परनाम!" मंगर ने विनम्रतापूर्वक टेंगर को प्रणाम किया। अपनी कोयले से भरी बोरी के मुँह को तारों से फिर बाँधते हुए टेंगर थोड़ी देर तक चुप रहा फिर बिना सिर उठाए बोल उठा, "हमरा लड़की तो आवारा होइए गिया, लेकिन तुम भी जो किया, ठीक नईं किया मंगर!...कौन जात हो?"

"जी, सोनार!"

"मैना कौन है मालूम–सौंताल!"

"जी मालूम है।"

"तुमरा बाल-बच्चा...?"

"ब्याह बचपन में हुआ था, टूट गया, फिर नहीं हुआ।"

"काम-धाम...?"

"नहीं है। खोजेगा।"

टेंगर ने हिकारत से इस बार इस मूर्ख आदमी को देखा जो विनय की साकार मूर्ति बनकर सिर झुकाए उसके सामने खड़ा था, जैसे सचमुच का दमाद हो। उसका गुस्सा रोके न रुका, "तो तुमको और कोई काम-धाम नईं मिला जो हियाँ जनाना की भीख का अन्न खाने चले आए?"

सन्न रह गया मंगर।

"एतना बड़का दुनिया भगवानजी बना दिए हैं और तुमको कोई भी जनाना नईं मिला कि दू चेंगा (बच्चा) की माँ और दूसरे का जनाना को फँसाने चले आए, वो भी सुब्बाराव के डब्बे में?

"हमको कुछ नहीं मालूम बाबा, क–क कौन सुब्बाराव?" मंगर हकला उठा, "कहाँ हैं अब?"

टेंगर ने कोयले का बस्ता सिर पर काँखते हुए उठाकर रख लिया और हाथ ऊपर कर दिए, "हुआँ!"

हुआँ! माने आसमान में...? मंगर की ऊपर टँगी नजर धीरे-धीरे नीचे उतरी। टेंगर जा चुका था। उसे लगा जैसे वह डब्बा किसी सुब्बाराव नामक दैत्य का है, जो आते ही उसे खा जाएगा। उसने सहमी-सहमी निगाहें डब्बे के धुँधले कोनों में डालीं, भय हर कोने में अमूर्त बना मँडरा रहा था। हड़बड़ाकर भड़के सियार-सा वह उतर पड़ा। अब...? कहाँ जाय वह? उसे बाँसगड़ा गाँव की हर आँख घूरती हुई-सी लगी। उसे अब शक होने लगा, कल जिस औरत के साथ उसने रात गुजारी, वह मानुख जाति की थी भी या नहीं! अपने को लाख-लाख कोसता हुआ अनिश्चय की स्थिति में ही वह यार्ड की ओर चला आया और पटरियों की डोर पकड़कर स्टेशन। भीड़

में खुद को विसर्जित करते ही उसका भय कुछ कम हुआ।

एक मालगाड़ी चींटी की चाल से प्लेटफॉर्म में प्रवेश कर रही थी। हर वैगन के मुँह से चीनी झरने-सी झर रही थी और टिपका, लत्ती, शाम तथा दूसरे बच्चे और भिखारी सिपाही के डंडों के बावजूद एक-दूसरे से जूझते हुए चीनी झोलियों में भर रहे थे। मालगाड़ी चली गई तो नीचे बिखरी चीनी को वे खभर-खभर बटोरकर भरने लगे—थूक, बलगम, पेशाब पर गिरी पाँवों से कुचली चीनी। अब वे एक-एक कर लाइन लाँघकर दूसरी ओर के बिल्टी ऑफिस के बगल जा इकट्ठे हुए। मंगर भी पीछे-पीछे दूर जा खड़ा हुआ। आश्चर्य वहाँ पंडित सीताराम खड़े थे—दो रेलवे पुलिस के जवानों के साथ।

चीनी देखकर पंडित सीताराम की मुद्रा इतनी दयनीय हो गई जैसे किसी ने उनकी जेब ही काट ली हो। हताश स्वर में बोले, "सालो! दस मिनट लगा मालगाड़ी को पिलाटफारम पार करने में। कितना होता है दस मिनट—ऐं। और तुम दस जने मिलकर दस मिनट में बटोरे कितना तो कोई पाँच-छह किलो जिसमें दो किलो कचड़ा है।"

"एतने तो गिरबे किया।" सोरें ने मुँह खोला ही था कि पंडित तड़क उठे, "हाथ डाल के निकाल नहीं सकते थे?"

"आपका सिपाही डंडा चला रहा था।"

"तो क्या पूजा करता तुमरी? उसका नौकरी चला जाता तो के दिलाता तुमरा बाप कि मेरा? दू डंडा खाए तो मर गए...? हुँह निकम्मे साले! ई पंडित सीताराम तुम जैसे दलिद्दरों को कब तक बैठा के खिलाएगा? अब खड़े क्या हो, हमरी नौकरिया भी खाओगे? जाओ भागो। शाम को हिसाब-किताब होगा। अरे हाँ, हिसाब क्या होगा, साढ़े चार बजे टरक जाएगा सरदारजी का, उसी में मेकअप कर लेना।" इतना कहने के बाद जब लड़के बिना कोई चीं-चपड़ किए अपराधी की तरह वहाँ से खिसकने लगे तो दरियादिली उन पर हावी हो गई। स्नेहसिक्त स्वर में बोले, "जाओ, अब से जरा मेहनत और ईमानदारी से काम करना सीखो। चार पैसा का काम करोगे तब न दू पैसा मिलेगा। हम तो दूसरा को भी काम पे लगा सकते हैं लेकिन तुम लोगों पर दया आती है। का जी?" उन्होंने दूसरे जवानों से पूछा सबने पंडितजी के अनुग्रह की प्रशंसा की। पंडित सीताराम के उठते ही वह वहाँ से सरक गया। अब वह पीछे मुड़-मुड़कर ताकते हुए लौट रहा था। सामने फिर वही कूपा था—सुब्बाराव के आतंकप्रद तिलिस्म से भरा हुआ। दिन के तेज उजाले में हर कोण से ताकने पर इस बार उसका डर कुछ कम हुआ। धूप ने उसे इस कदर थका डाला था कि इसके सिवा उसे कोई भी आश्रय नजर नहीं आ रहा था। परेशान हो उठा वह। मैना का अभी तक अता-पता न था। उसने अपने सभी देवी-देवताओं को याद किया और संशय और साहस के बीच हिचकोले खाते हुए ऊदबिलाव की तरह डब्बे

में चला गया। वहाँ बैठकर भी उसका भय कम न हुआ। टोह लेने की गरज से डब्बे के कटे अंश से बैठे-बैठे उसने बाँसगड़ा को फिर निहारा, वही धूप-धुएँ में जलती-धुआँती बस्ती, जुए में रमे खाली लोग, ऊटपटाँग हरकतें करते बच्चे। बैठे-बैठे उसे झपकी आ गई।

"आप अइसा बेखबर का माफिक सो रया है कि...उठो खाना खा लो।" मैना ने उसे जगाया। पहले तो वह डरकर चिहुँक गया फिर मैना को पहचानकर लजा गया।

शाम को उसे साथ लेकर वह नीचे उतरी। गाँव के लोग जहाँ-तहाँ गीधों-से बैठे बुझी आँखों से उन्हें घूर रहे थे। मैना ने उसे बताया कि इस बीच कूड़ा-गाड़ी आई थी और तेजाब बरसा था। वह जंगलों, खेतों, धान के कोठलों, नाचों आदि का जिक्र कर रही थी जबकि सामने अँधेरे में डूबते गाँव का एक मनहूस आलम था। मंगर के पूछने पर उसने बताया कि पहले वह सब कुछ था, अब कुछ भी नहीं। वह गर्दन ऊँची उठाए सारे परिदृश्य पर अधिकार और आत्मीयता के भाव छिड़कती हुई चल रही थी–टिपका, लुत्तो और सितवा तक से उसने हाल-हवाल पूछा, आँचल के खूँट से बँधे सस्ते बिस्कुट और पैसे दिए हालाँकि वे उससे सहमे-सहमे रहे। किसी-किसी औरत ने फुसफुसाकर उससे कुछ कहा, वह लापरवाही से हँस पड़ी। मंगर शर्म और डर से सिकुड़ा-सिकुड़ा चल रहा था, जबकि वह अभिमान के साथ सबके सामने इधर-उधर बतियाते हुए सिर ऊँचा कर चल रही थी, जैसे एक मंगर के सिवा जो भी थे, सब बेगाने थे। मामा, टेंगर, फोकल, मोड़ल–सबके सामने वह जैसे उसकी नुमायश कर रही थी। रात को डब्बे में कल की तरह तेजाब की शीशी पड़ी देखकर मंगर ने पूछा, "डर लगता है न?"

"नईं तो! आपको लगता?"

"कोई फिर हमला कर दे तो?"

मैना जवाब में हँस पड़ी, "डर लगता है तो लौट जाओ।"

"अच्छा वो सुब्बाराव कौन था?"

"चोरों का सरदार! मंगर, ऊ तो मारा गया।"

"इसी डब्बे में?"

बच्चे को सहलाता मैना का हाथ रुक गया, "कौन बोला?"

"बाबा ने।"

"हुँह बाबा।" मैना ने बिचरी मारी, "आपको डराने को बोला होगा, सब चाएता कि आप डर के भाग जाओ।"

"कैसे मरा?"

"बाबा से-ई पूछा होता! उसी का गुरु पंडित है न, वोई तो मारा। सुब्बाराव पंडित से मिलके रेलवई का सामान निकालता फिर एक दिन ऊ सील तोड़ रआ

था कि दाग दिया, हिंया आके मरा बेचारा, पूरा डब्बा खून-ई-खून। भौत नीच है पंडितवा।"

"लेकिन मारा क्यों?"

"परमोसन लेना था और कायें?"

थोड़ी देर तक चुप रहने के बाद मंगर फिर बोला, "अच्छा ई रेलवई पुलिसवाला गाँव में काँहें आता?" वह अपने भय के हर बिन्दु को टटोल रहा था।

"कुत्ता कायें को आता?"

"गाँव में सब मर्द-औरत तुमको पापिन समझता न हमरा खातिर?"

मैना ने करवट लिये बिना ही मुँह जरा-सा घुमाया, "हाँ हम पापिन, हमरा माँ पापिन, ऊ सब धरमातमा। कोई भी जनाना ई कुत्ता लोग से बचा नईं—को ऽ ऽ ऽ ई नईं!"

"तुम भी...?"

"धत्त!"

"माँ कहाँ है?" मंगर के इस सवाल पर मैना गुमसुम हो गई, "का पता--?"

"हम देखा, तुमसे कोई बात नईं करता। शंकर जैसा मरियल आदमी भी नहीं, तुम्हारा बेटा-बेटी भी नहीं।"

"हूँ!" स्वर मुरझा गया।

"हमरा चलते तुम मुसीबत मोल ले लिया न!"

"उहूँ।" स्वर फिर से तन गया, "फोड़ा होता न, कमजोर आदमी उसको छूने नईं देता। ई सब डरनेवाला आदमी है।"

"हमको कोई काम-धाम बताओ न!"

"ओह, सब हो जाएगा बाबा, कहा न दो-चार दिन धीरज रखो। सब ठीक हो जाएगा।"

मैना ने उसकी सारी बुदबुदाहट को अपने गालों से सोख लिया और उसके पीठ के जख्मों को सहलाते हुए उसे सुलाते-सुलाते स्वयं सो गई।

4

उस सुबह मैना की नींद एक खटके से टूटी। उसे लगा कुछ लोग डब्बे की तरफ चले आ रहे हैं। वह झट गँड़ासा पकड़कर सतर्क होकर बैठ गई लेकिन दूसरे ही क्षण उसके हाथ ढीले पड़ गए और एक अनिर्वचनीय पुलक में चेहरे का रोम-रोम आह्लादित हो उठा, "परनाम शरमा बाबू!" अभिवादन करते हुए उठ खड़ी हुई सलज्ज भाव से।

'शरमा बाबू।' मंगर ने कनखियों से देखा उस दुबले-पतले लम्बे युवक को। आँखों पर चश्मा, कन्धे पर थैला। चेहरा गन्दुमी। शर्मा के साथ चार और लोग थे।

"ये हमारे मोर्चे के लोग हैं, डरो नहीं–असगर, सुनील, सुवास टुडू, जगन सोरेन।"

"आप कआँ रएते हैं? छिन हियाँ, छिन हुआँ।"

शर्मा ने मैना की बात को हँसकर टाल दिया और पूछा, "यही हैं मंगर जी?"

मंगर ने घबराकर अपनी आँखों पर पुतलियों के परदे गिरा लिये।

"हाँ।"

"और ये...वही बच्चा न?"

"हाँ।"

"और आते ही पंचायत...का हंगामा! तुम्हारी हर बात निराली है मैना।"

इस जिरह से बचने के लिए मैना ने मंगर को झिंझोड़ना शुरू किया, "ए! ए जी, सुनो ना वो अपना शरमा बाबू आया है।" वह मंगर के कानों में मीठे-मीठे जहर घोल रही थी।

मंगर ने दोबारा आँखें ऐसे खोलीं, जैसे वह अभी-अभी जगा हो। मोर्चे के सभी लोग उसे ऐसे देख रहे थे जैसे किसी नई बहू को परख रहे हों।

उन्होंने सौंताली भाषा में मैना से कुछ पूछा और उसने उसी भाषा में जवाब भी दिया। यह भाषा हमेशा की तरह मंगर के लिए वैसी ही अटपटी थी जैसे कि वे। वहाँ खड़े होने में असहजता महसूस कर उसने डब्बा उठाया और निबटने चला गया।

शर्मा ने उसके इस तरह जाने को गौर किया, "हमें इस आदमी के सामने हिन्दी में बातचीत करनी चाहिए वरना...यूँ भी शक्की लगता है। आफ्टर आल इट इज हर च्वाएस!" कुछ भी हो, यह उसकी (मैना की) पसन्द है।

"एक बात पूछें मैना," शर्मा की देह झूमनेवाले बैल-सी हिल रही थी, "हालाँकि तुम्हारी जिन्दगी का सवाल है।"

"पूछो न! आपसे का छिपाना!"

"इस आदमी को तुमने सोच-समझकर अपनाया है?"

मैना के दिमाग में धुन्ध छा गई। 'हाँ' भी नहीं। 'ना' भी नहीं। दूर से उसकी नंगी पीठ पर काली-काली लकीरें नजर आ रही थीं। उसने उसके बच्चे का बाप बनना कुबूल किया था।

जब जवाब पाने में देर हुई तो शर्मा ने झट बात को मोड़ दिया, "खैर, मैं ये पूछना चाह रहा था कि इसी के साथ रहोगी?"

जवाब में अँगूठे से डब्बे के फर्श को घिसती रही वह।

"बोलोगी भी?"

"हाँ।"

"फोकल को छोड़ दोगी?"

"हाँ।"

"तब तुम्हें सौंताली की विचार-सभा लॉबीर में जाना चाहिए ना। फोकल और टेंगर चाचा अगर बिटलाहा का बटोर करने लगे तो...?"

"अब क-आँ होता लॉबीर, क-आँ होता बिटलाहा...?" मैना ने जँभाई ली।

"बिटलाहा तो वे करेंगे, भले सरकार ने इसकी मनाही कर दी हो और रहा लॉबीर...तो वह तो संगठन के लिहाज से भी बहुत अच्छी चीज है, तुम कोशिश तो करो।" टुडू बोले।

"कैसे जाता! वो लोग हमको छोटा समझता।"

"तुम्हें ही नहीं पूरे बाँसगड़ा को...।" शर्मा ने कहा, फिर टुडू से साक्षी दिलवाई, "क्यों टुडू?"

"ई लोग अपना सत्त कहाँ रख पाया?" जगन सोरेन ने कहा।

"हुआँ कोई महेन्दर बाबू, कोई सीताराम पंडित, कोई सुब्बाराव होता तो आप लोग भी रख पाता...? वो नजर लगता कि हुआँ भी चोरी, सीलतोड़ी, भीख, दलाली और रंडीपना का रोग लग जाता। आप लोग काँये नईं बोलेगा।" मैना ने कहकर मुँह फेर लिया ताकि उसकी पलकों में पसीज आए आँसुओं को कोई न देख सके।

"देखो जगन, तुम मैना को बाकी बाँसगड़ा के साथ नहीं रख सकते। मैना बिलकुल ठीक कहती है, तुम लोग ऐसे गन्दे दिकुओं की गन्दगी से बचे हो तो इसलिए कि उनके पूरे सम्पर्क में नहीं आए। बच पाना सम्भव भी नहीं, सो दोष देना उचित नहीं। तुम दोनों के अन्दर हम दिकुओं (हिन्दुओं), मुसला (मुसलमान) और साहेब (ईसाई या अंग्रेज) के प्रति नफरत है, क्योंकि इन्होंने तुम्हारी आजाद और आदिम जंगल की सभ्यता को अपने ढंग से मोड़ा, तुम्हें बेदखल किया, तुम्हें सामन्ती और बनियागीरी के प्रपंचों से लूटा, यूँ मेरा मानना है कि सभी गलत न थे, फिर भी अगर हैं भी तो तुम्हारी नफरत में वो तेज कहाँ है कि सिधू-कानू की तरह आगे बढ़कर इनके जुल्म का जवाब दे?" शर्मा एक क्षण को रुके फिर बोले, "मैं गाँव-गाँव यही सारी बातें सभी से कहता हूँ कि तुम भोले हो, अपने आदिम संस्कारों से जकड़े हुए हो। सभ्यता के फैलाव से डरकर कोने में सिकुड़ते जाने से क्या होगा? तुम्हें समय के बदलाव को समझते हुए, कुछ जड़-संस्कार छोड़ने होंगे और अपना छीना हुआ हक वापस लेना होगा।"

"मैना के लिए आप लोग कुछ कर सकते हैं?" असगर ने जगन और सुवास से पूछा।

"मुश्किल है, हमारे यहाँ तो ऐसे काम के लिए कोई सुनवाई नहीं है।" सुवास ने कहा।

"फिर मैना शुद्ध सौंताल है कहाँ, माँ तो गुलगुलिया थी।" जगन धीरे-से फुसफुसाया।

"तो क्या हुआ, बाप तो सौंताल था, फिर मैना और उसकी माँ दोनों ने ही तेजाब की फैक्टरी के खिलाफ लड़ाई लेकर जो सजाएँ भोगीं, उसका कोई मूल्य नहीं?"

"रुको शर्मा बाबू।" मैना ने पलटकर देखा, "हम इनके लिए जेल काटा या कालापानी उसको छोड़ो, समझ लो शौक से किया, हाँ, हमरा माँ को का बोला आप?"

शर्मा ने उसकी चोट को ताड़ लिया और जगन को डाँटने लगे।

"नईं।" चीख पड़ी मैना, "बोलने दो शर्मा बाबू, हमरा माँ गुलगुलिया था ये-ई न। असत (जरायमपेशा खानाबदोश) था। जमाना-भर का गन्दगी का ढेर था। हमरा गोरा चमड़ा भी माँ का है। जब सब सौंताल लोग सो रआ था, जब हमरा बाप, सौंताल, महेन्दर बाबू का गुलाम बन गया तब कोई गुलगुलिया माँ उसका खिलाफत किया। जब वोई दिकू लोग का उसकाने पर सौंताल ओझा उसको डायन बनाया तो बेचारा मार खा के भी सौंतालों का खराब नईं सोचा। देख, देख हियाँ छुपल है, हियाँ!" उसने विचित्र-सी आवाज में गाँववालों की नकल उतारी, "हम एक छिन को भी नईं भूलता कि ई सब हमरा सौंताल भाई था। माँ बेचारा को रएने नहीं दिया गाँव में। एतना पर भी हमरा देह से माँ का पराशचित नईं हुआ तो कसम है माराँ बुरु (बड़ा पहाड़, सौंतालों का सबसे बड़ा देवता) का, ले आओ चाकू, छील दो हमरा गोरा चमड़ी, आँख से ठीक से देखो कि हुआँ सौंताल का काला रंग है कि नईं।"

वातावरण यकायक भारी हो उठा। निबटान से लौटकर मंगर ने उस भारीपन को सूँघा और आशंका से मैना को देखने लगा। वह पीठ से बच्चा बाँधकर कहीं जाने को तैयार हो रही थी। जगन ने कहीं से शाल की ताजी टहनी उसे लाकर दी, जिसे उसने लेकर सहेज लिया, फिर मंगर से बोली, "हम जरूरी काम से जा रआ है। आप शरमा बाबू के साथ रएना–अब डर का कोई बात नईं–हाँ!"

मंगर अवाक् होकर उसका अचानक इस तरह जाना देखता रहा। उसे एक नई उलझन की आशंका होने लगी।

"मंगर जी, आप हमारे साथ रहेंगे।" शर्मा के इसरार पर वह चौंक पड़ा।

"मैना ने आपके बारे में हमें बताया। बाँसगड़ा अब आपका अपना गाँव होने जा रहा है। आपको हमारी बातचीत अजीब लगी होगी कि आखिर ये लोग क्या करना चाहते हैं–है न!"

मंगर ने स्वीकार में सिर हिलाया।

"कोई गूढ़ बात नहीं है। इसे समझने के लिए आइए, बाँसगड़ा को एक बार फिर से देखते हैं।" शर्मा एक प्रशिक्षक की तरह बोल पड़े, "झोंपड़ों का सिलसिला फैक्टरी की ओर ऐसे खिंचता चला गया है, जैसे आग की लौ के पास पतंगे और झुलसकर फिर जहाँ-तहाँ छितरा छितरा गया है। उनके गूदड़, प्लास्टिक या फूस हिलते

हैं तो लगता है वे रह-रहकर छटपटा रहे हैं। धरती के गूमड़ों से उभरे ये बौने घर दूर-दूर के सूखते पेड़ों, सूखती हरियाली को देखा करते हैं। बरसात के तीन-चार महीनों में पानी पाकर फिर से पनपी हरियाली और ये धान के खेत इस स्थिति से जूझने की जी-जान से कोशिश करते हैं लेकिन कब तक...? इस छटपटाती बस्ती को गोड्डा जानेवाली सड़क के वाहनों की घरघराहट रात-दिन खरोंचती रहती है और दूसरी ओर से बगल से गुजरनेवाली मेन लाइन की रेलगाड़ियाँ जब-तब सटकारा करती हैं। मगर बाँसगड़ा सचमुच का बाँस गड़ा है, उठकर भागता भी नहीं, यहीं पड़े-पड़े मौत का इन्तजार करता रहता है।'' वे डब्बे से एक-एक कर उतरे तो शर्मा फिर उसी भाव में खोए बोल पड़े, ''हवा जब गाँव की ओर घूमती है तो अपनी रही-सही जान लिये बाँसगड़ा खाँसता है...न, बाँसगड़ा नहीं, उनकी उँगली फैक्टरी की ओर उठ रही थी, वह उजली-उजली फफूँदी की झुर्रियों में लरजती तेजाब की फैक्टरी खाँसती है, अपनी धीमी बत्तियों की बुझी आँखों की चिलम में गाँव को भरकर पीती और सों-सों की खुश्क आवाज के साथ उजला-उजला जहर उगलती हुई फैक्टरी।''

बाँसगड़ा का यह परिचय जो शर्मा ने दिया, मंगर के लिए बिलकुल अनोखा था, अब उसे एक नए किस्म के विषण्ण भाव ने जकड़ लिया।

इसके बाद लगातार कई यात्राओं में शर्मा ने उसे सन्थाल परगना के गाँवों से परिचित कराया। उसे यह देखकर हैरानी हुई कि गाँव प्रायः उजाड़ हो चले थे। साइकिलों पर बोरे में बाँधकर भेड़ें और बकरे...या घर के मुर्गे-मुर्गियों को बाजार में बेचने ले जाते हुए उसे अक्सर आदिवासी दिख जाते। शर्मा बताते, ''अभी धान की रोपनी का वक्त है—कुछ अपने खेत, कुछ मजूरी; थोड़ी चहल-पहल नजर आ रही है। अभी ज्यादातर अवैध कोयला खनन भी गड्ढों में पानी भर जाने से बन्द है। कटनी के बाद नवम्बर-दिसम्बर से चित्र बिलकुल अलग हो जाता है। दिन में बूढ़ों- बच्चों या कुछ औरतों को छोड़कर जो भी जवान स्त्री-पुरुष मिलेगा, ऊँघा या सोया हुआ—रात-भर अवैध कोयला खनन में काम करने के बाद दिन को सोना।''

उन्होंने आगे बताया, ''यह धान भी दो-तीन महीने से ज्यादा नहीं खींच पाता; चोरी से कोयला काटने-बेचने का काम भी पर्याप्त नहीं है, फिर दूर-दूर के ठेकेदार आते हैं, इन्हें सस्ती मजदूरी पर काम के लिए ढोर-डाँगरों की तरह हाँक ले जाते हैं। सोचिए, कितने आश्चर्य की बात है कि धान के खेत, इतनी कोलियरियाँ और छोटे-से लेकर चित्तरंजन और केबुल्स के बड़े कारखाने होते हुए भी इनकी जिन्दगी में कोई सुरक्षा नहीं।''

''क्या किसी को काम नहीं मिला?''

''मिला है, जिन्हें मिला है, उनकी दशा सुधर रही है, लेकिन वह संख्या बहुत कम है। अब तो भर्ती भी बन्द है। बारह में से नौ कोलिथरियाँ भी बन्द पड़ी हैं।''

मंगर ने देखा कि गाँवों में बहुतेरे लोग शर्मा से परिचित थे। वे उन्हें बड़े आदर-भाव से बैठाते। शर्मा उनसे सन्थाली भाषा में ही बात करते, कभी-कभी तो सन्थाली गीत भी गाते उनके साथ। उसे लगता हॉकर्स कोर्नर के दड़बे से निकलकर वह भटकते-भटकते किसी विचित्र लोक में चला आया है। यह सब बताने के पीछे शर्मा का उद्‌देश्य क्या है? मगर वह शर्मा से खुल न पाता।

छोटे-छोटे घर-छाजन फूस की हो या खपड़े की, सभी घरों में एक बात आम थी–दीवारों का ऊपरी भाग सफेद चिकनी मिट्‌टी से और नीचे स्याह स्लेटी मिट्‌टी से लिपे हुए–ठीक सौंताल औरतों की किनारीदार साड़ियों की तरह। ज्यादातर घरों के सामने कोने में पत्थर की छिछली नाद जिसमें माँड़ डालते ही सूअरों और छौनों का दल घों-घों करते हुए आ जुटता और मंगर का मन कै करने-करने को होता।

"आपको घिन नहीं आती?" मंगर ने पूछा।

"कैसी घिन?" शर्मा ने बेखयाली में कहा।

"यही माने सूअर, माँड़, गन्दगी, गन्दे-गन्दे लोग...!"

चश्मे के अन्दर से तीखी आँखों से घूरा शर्मा ने, "गाय-भैंस की नाद से बदबू नहीं आती?"

"आती है लेकिन वो जरा दूसरे किस्म की होती है।"

"और आप जहाँ फुटपाथ पर रहते थे वहाँ के कचरे से?"

"लेकिन ये...? सूअर तो मैला खाती है।"

"वो तो कभी-कभी गाय भी खा लेती है। सब सहने की बात है मंगर जी।"

"इसका मतलब है गाय-भैंस और सूअर बराबर हैं?"

शर्मा हँस पड़े। मंगर और भी उत्तेजित हो गया, "इसका मतलब है आर्य और आदिवासी बराबर हो गए?"

हँसते-हँसते ही शर्मा ने कहा, "मंगरजी, अपने यहाँ कुछ ब्राह्मणों के भी घर ऐसे हैं कि अन्दर चले जाएँ तो गन्दगी से आपका सिर फटने लगे लेकिन आपको एक भी आदिवासी का घर गन्दा नहीं मिलेगा, न अन्दर से, न बाहर से, चाहे वे सूअर ही क्यों न पोसें। आपने मजूरनों को काम करते देखा होगा। आदिवासी औरतें सिर पर एक गमछा रख लेंगी जो पीठ के नीचे तक फैला होगा, चाहे वे कोयला ही क्यों न ढो रही हों जबकि दूसरी 'देशवाली' औरतों में ये चीज आपको नहीं मिलेगी। आदिवासी संस्कृति तो इस मायने में आर्य संस्कृति से बेहतर थी, भले ही वे साँवले हों और आर्य गोरे। हमारे पास जो कुछ भी है उसका ज्यादातर भाग आदिवासी संस्कृति से लिया हुआ है।...और आप गुड़ खाकर गुलगुले से परहेज क्यों कर रहे हैं भाई, मैना भी तो वही है।"

"लेकिन वहाँ सूअर नहीं हैं।"

"यह महज संयोग है कि बाँसगड़ा स्टेशन के करीब है और सौंताल गाँवों की बहुत सारी विशेषता नष्ट हो चुकी है?"

मंगर यह सारा ज्ञान नीम की निबौली की तरह चबा रहा था। शर्मा के प्रति वह अभी भी शंकित ही था। पाँचवें दिन शर्मा ने मंगर से कहा, "आज तो पीरटाँड़ में एक बैठक है। आप चाहें तो हमारे साथ चले चलें।"

"न, हमको छोड़ दीजिए।"

"कोई बात नहीं।" शर्मा ने डूबते सूरज को देखा फिर, तनिक दूर से गुजरते हुए ढोर-डाँगरों की ओर इशारा किया, "ये चरवाहे शंकर काका के झोंपड़े से होकर गुजरेंगे। आप इनके साथ हो लें और शंकर काका के घर से बाँसगड़ा का रास्ता पकड़ लें। ठीक है न।"

"जी।" कहकर वह चरवाहों की ओर चल पड़ा।

गोधूलि बेला के सलोनेपन में दूर-दूर की नंगी धरती अब रुक्ष नहीं लग रही थी। बाँसुरी की लय में जर्रा-जर्रा जीवन्त लग रहा था। इतना सूनापन! उसे लगा मैना और शर्मा के बताए हुए जंगल, खेत, धान के कोठले, नाच के आसर, जो कब के काल के गर्त में समा चुके थे, बाँसुरी की लय से इस सुहानी सन्ध्या में साँप की तरह सिर उठा रहे हैं। कोई एक शाप है कि वे अशरीरी आत्माएँ मवेशियों में बदल गई हैं।

शंकर के झोंपड़े के पास आकर वह रुक गया। यहाँ से उसे अकेले ही आगे का रास्ता तय करना है। सहसा उसकी नजर चार मानवी आकृतियों पर पड़ी। वे पास की झाड़ी को घेरकर खड़े थे। समय बिलम गया था, आवाजें मर गई थीं, जैसे सब कुछ जम गया हो। सहसा मुर्गे की 'क्क! क्क!!' की दर्दीली चीख उभरी और वे आकृतियाँ फुरती से गायब हो गईं। वह चीख पास ही गुजर रही डीलक्स गाड़ी की सीटी में घुलमिल गई। इन दोनों आवाजों के दूर होते ही एक स्त्रीकंठ की चीख उभरी। वह छाती कूटती हुई रोए और मुर्गी के तरह ही फुदके जा रही थी। धड़कते दिल से वह काफी दूर का चक्कर काटकर डब्बे में पहुँचा तो मैना ने बताया, "आप कआँ थे इत्ती देर तक? हुआँ गाँव में हल्ला है कि शंकर काका का मुर्गा फिर भूत उठा के ले गया।"

मंगर को वह सारा दृश्य याद आया तो उसे रोमांच हो आया, "भूत सचमुच हैं न यहाँ?"

"अरे दुत्त, भूत-फूत कुछ नहीं!" उसने मंगर का भूत झाड़ा।

भूत-प्रेत की चर्चा चली तो चलती ही गई। सोते समय मैना ने बताया, "भूत तो हियाँ भी है, डब्बे में...।"

मंगर का कलेजा दहल उठा, "यहाँ...?"

"सब कएता, हमरा माँ आ के टोना से डब्बा बाँध दिया है। एक-दू ठो बदमाश बाद में भी आया था, साँप भेंटा गया, बस भाग चला।" वह हँस पड़ी।

"सब तो ये भी कहते कि वो डायन है। उनके आने से-ई तेजाब बरसता है, बीमारी होता है।"

"और कुछ बोला?" उसकी हँसी सूख गई।

"ना।"

"जब पएले-पएले तेजाब का फैटरी बना न, तो हमरा माँ से बाप का झगड़ा हुआ। इस बात को लेकर माँ अलग हो गया बाप से। तब महेन्दर बाबू जानगुरु (ओझा) को दो सौ रुपैया दिया। इधर गाँव में जब तेजाब को बहा हुआ पानी पी के श्याम का भैंस मर गया तो उसका बाप ओझा का पास गया। ऊ शाल का पत्ता में तेल लगा के मन्तर पढ़ा, बोला मैना का माँ डायन है, उसका चलते-ई ये सब होता। हम तब छोटा था। माँ अलग रएता था। गाँव का सब घेर लिया उसको, बोला तू डायन है। निकाल दो सौ रुपया, दो ठो बकरा। माँ घबरा के भागा। सब ऐसे खदेड़ लिया जैसे वो मानुख जात नई पागल कुतिया हो। उसको जब मारा तो वो खेत में गिर पड़ा, भौंत बिनती किया, हम डायन नईं है, इतना पैसा कआँ से देगा। लेकिन कोई माना नईं। तब ओझा बोला, "काल तक पैसा दे दो, नईं तो गाँव छोड़ दो।" और माँ तब से जो गया कि आज तक कोई उसको नईं देख सका।"

कहानी के अन्तिम छोर तक आते-आते मैना का गला भर्रा गया, "अब भी अगर जिन्दा हो तो कैसा लगता होगा हमरा माँ?"

इस घटना को सुनकर मंगर के दिमाग में शंकर के झोंपड़े का वह दृश्य दोबारा खिल उठा। कैसा भयानक दृश्य रहा होगा वह जब गाँव की एक औरत को गाँव के ही लोग खदेड़ रहे होंगे, पीट रहे होंगे। औरत गिड़गिड़ाती चली जा रही होगी उस मुर्गे की 'क्क! क्क!!' की तरह और उसकी बेटी शंकर की औरत की तरह छाती कूटती रोती रह गई होगी। मंगर को लगा, मैना की माँ की वह तसवीर फैलते-फैलते पूरे इलाके पर पसर गई है—न दिन है, न रात, दोनों की दहलीज पर सन्थाल परगना का पूरा नंगा इलाका घायल गुर्राते सूअर की तरह पड़ा है। नंगी-अधनंगी पहाड़ियाँ जहाँ-तहाँ खड़े शाल, महुए, खजूर और ताड़ के पेड़, ढेरे की झाड़ियाँ, बलुई बंजर धरती, सूखती नदियाँ, सूखते कुएँ-तालाब, भयंकर पोखरिया खादें, जहाँ-तहाँ सोए पड़े मुर्दे-से लोग। मन्त्रकीलित पूरा इलाका। इनसानों को मवेशियों के रूप में हाँकते ले जा रहे हैं ठेकेदार रामपुर हाट, चित्तरंजन, जामताड़ा, वहाँ से ट्रेन पकड़कर असम, बंगाल, बिहार या कहीं और...? है कोई जानगुरु (ओझा) जो इन्हें मन्त्र से शापमुक्त कर दे?

उसे ठीक-ठीक याद नहीं। यह सब मैना बता रही थी, और उसे दृश्यवत् वह देख रहा था या और कोई रहस्य था पर जानगुरु के प्रसंग पर मैना जरूर मुस्करा पड़ी थी, "जानगुरु भी है, आप नईं देखा?"

"ना। कौन है?"

"एई अपना जन मोर्चा का साथी लोग!"

"लेकिन...।"

"ओह लेकिन-फेकिन कुछ नईं। जो पूछना हो शर्मा बाबू से खुद पूछ लेना। अभी सोने दो न?"

'शर्मा बाबू!' जब-जब शर्मा का नाम आता, कड़वा हो उठता मंगर। उसे लगता, उसके और मैना के बीच कोई और सोया पड़ा है। उसे शर्मा से पूरी तरह वितृष्णा हो उठती। सहमते-सहमते वह मैना के चेहरे की ओर देखता, बच्चे को सीने से चिपकाकर थपकियाँ देता उसका हाथ शिथिल पड़ता जा रहा होता। देर रात तक मंगर को नींद न आती।

धीरे-धीरे उसने शर्मा के साथ बाहर जाना बन्द कर दिया।

उसे हर चीज से वितृष्णा होने लगी थी। जिन्दगी चारों ओर रुक्ष थी। कहीं भी इतमीनान नहीं। अगर कुछ था तो शक जो एक अमूर्त भाव से हर जगह पसरा पड़ा था—मैना तक भी सन्देहमुक्त नहीं, उसके सम्बन्ध में उड़ती अफवाहें, बीता अतीत और रहस्य-भरा वर्तमान।

चूँकि कोई नई वारदात तब से नहीं हुई थी, सो वह तनिक निश्चिन्त हो गया था। फोकल को मैना ठुकरा ही चुकी थी, रह गया शर्मा! इस शर्मा के फालतू जंजाल से छुटकारा पाने का एक ही इलाज था—वह कोई काम ढूँढ़े और फिर मैना को पूरी तरह घर की चारदीवारियों में बन्द कर दे। उसे अपनी कल्पना बड़ी प्यारी लगी। देर तक वह इसका रस लेता रहा। लेकिन काम...? कहाँ था काम...?

5

बाहर के शोर से लगा, रोज की तरह सरदार की कूड़ागाड़ी फिर आकर खड़ी हो गई है।

'कूड़ागाड़ी!' इस शब्द ने आज मंगर के अन्दर के कबाड़ी को फिर से ललकारा। यही तो है काम! वह हड़बड़ाकर डब्बे से निकल आया।

ट्रक आकर खड़ा हो गया था रोज की तरह, मक्खियों के झुंड-सी भीड़ जमा हो आई थी। डाला खुला और गर्दो-गुबार का बवंडर उड़ा। ऐसे में कौन उसे पहचानेगा—यह सोचकर वह जा पहुँचा वहाँ।

वहाँ पहुँचकर उसे लगा, जैसे सूखते तालाब में कंगालों की टोली मछली पकड़ रही हो। जान की परवाह किसी को नहीं। एक-दूसरे को धकियाते-कुचलते कूड़े से

वे लोहा-पीतल बटोर रहे थे। मंगर ने धूल की सुरक्षित आड़ में खुद को इस भीड़ में शामिल कर लिया। लड़के अपनी कमीज और लड़कियाँ अपने आँचल और लहँगों में नन्हा गट्ठर बनाकर बीने हुए टुकड़े लेकर आ रही थीं तौलनेवाले के पास। नंगी धोती, जाँघों, खुले-अधखुले स्तनों और जननांगों को घूरता अपनी जाँघें सहलाते खड़ा था सिपाही। मंगर मर्दों की भीड़ में अजनबी बना अपने बटोरे टुकड़े गमछे में लेकर जैसे ही तौलवाने पहुँचा कि एक आवाज पर हड़क गया वह।

"ई कौन है रे?" यह फोकल था। कहीं जाते-जाते रुक गया था वह।

'कौन है? कौन है?' की कई बौछारें पड़ीं। जवाब भी फोकल ने ही दिया, "हमरा जूठा चाटनेवाला कुत्ता! अब का मैनवा की माँगी भीख से पेट नहीं भरता रे हरामी, जो कमाने चला है? रख, रख दे साला!"

मंगर के कान में जैसे किसी ने तेजाब उलट दी। वह इस कदर भौचक्का था कि उसे पता ही न चला कब उसने गमछा उलटा, कब वहाँ से हटकर चबूतरे पर आया। दूर खड़े बच्चे उसे घूर रहे थे।

"का मास्टर, अइसा माफिक कांये?" एक दूसरी आवाज ने उसे टोका तो उसका दर्द धीरे-धीरे जगा।

"उसका जवाब कांये नईं दिया? डर गया उससे?"

"ना।" मंगर अपनी कायरता को स्वीकारना नहीं चाहता था।

"हाँ। जब मरद का काम किए तो मरद जइसा रहो। डरने का कोच्छ बात नईं। ऊ साला दलाल है, का करेगा?"

मंगर का भय कुछ कम हुआ, "नहीं, हम सोचा कूड़ा चुनना ठीक नहीं था।"

"कांये? किसी का बाप का है?" उसने उसका ऊपर से नीचे तक का जायजा लिया फिर हँसकर बोला, "पढ़ल-लिखल हो, सुना है, हमरा चिट्ठी लिख दोगे?"

"हमरा पास कागज-कलम नहीं है।"

"सब है हमरा पास। तनिक पाकिट में हाथ डालो हमरा, ओकरा में कागज, कलम, बीड़ी-माचिश और तुमरा पैसा है।" मंगर ने इस बार गौर से उस आदमी को देखा, दोनों हाथ कटे हुए थे। बीड़ी के एक-एक सुट्टे मारने के बाद मंगर ने तह किए हुए अन्तर्देशीय को खोलकर डॉट पेन से लिखना शुरू किया। वह लूला बोलता गया, "लिखो कि सोस्ती सिरी...परेमा का छोटू को राम राम! धन्धा-पानी हिंया पे ठीक नईं। अब हमरा गाँव भिखमंगा हो गया है, मगर आदमी कंजूस है, भीख भी नईं देता। एक ठो फैटरी है तेजाब का, लेकिन कब तक चले, कोई ठीक नईं। मैना आ गया। फोकल से उनका बना नहीं। और लिखो कि रमिया चौदह साल का हो गया। रमिया के लिए उधर कोई लड़का मिले तो बताना। चालीस-पैंतालीस का भी हो तो कोई बात नईं लेकिन पाँच सौ से कम नहीं लेंगे। जानबे करते हो कि लड़की

न माँ पर गया, न बाप पर, एकदम गोरा है। और लिखो कि हिंया भीख और पुलिस का दलाली छोड़ के कोई धन्धा नहीं। सीलतोड़ी है लेकिन जोखिम का काम, मामा का गोड़ कटा, हमरा दूनों हाथ और सुब्बाराव तो सीधे जान से गया। हाँ, एक काम और है, चोरी से कोइला काटने का लेकिन पकड़ाए तो खैर नहीं। कोई नहीं बचाने आएगा, ऊपर से चापापुर की तरह बुलडोज़र से दबा देंगे, लाश भी अन्दर-ई रह जाएगा। साहेब (ईसाई) बन सको तो ऊ लोग मदद करते हैं, हमरा गाँव में मोड़ल तो बन गया, लेकिन कोई खास फैदा नहीं। जात भाई से भी गया।''

परेमा चिट्ठी लिखवाते-लिखवाते रुककर गाँव के बच्चों को देखने लगा जो खिचड़ीनुमा कोई चीज गमछे, आँचल या पत्तों में ला रहे थे, पूछ बैठा, ''के मरा रे...?''

''कनोरिया मारवाड़ी का बाप। बड़का सेठ था।''

मंगर को उधर ही मुखातिब पाकर परेमा ने टोका, ''छोड़ो मास्टर, का देखते हो। हिंया जिसके मरने पर जितना अच्छा जूठा बटुरे, वो उतना-ई बड़ा सेठ?...हाँ और लिखो, जब मैना तक को भीख माँगना पड़ रहा है, तो हमरा-तुमरा का कुब्बत! ई फैटरी पे भी कोई आस नहीं। लगता है, एक दिन फिर बवाल मचेगा। हमहूँ उधर-ई आ जायँ? उधर कोई जग्ग-उग्ग (यज्ञ-वज्ञ) हो तो बताना। ससुर लोग, ऐसे काम नहीं देगा, लेकिन दान-पुन्न के नाम पर जरूर देगा...और लिखो...।''

परेमा बोलते-बोलते अटक गया। उसने देखा, मंगर लिख नहीं रहा है बल्कि सामने गुबार के बीच उभरते बिन्दुओं की ओर देख रहा है। चेहरे पर एक खिंचा-खिंचा-सा भाव है।

''मास्टर! मास्टर!!...मंगर भैया!''

''आँ ऽऽऽ!''

''का सोचने लगे? लिखे नहीं?''

मंगर ने उसे ऐसे देखा, जैसे पहचानता न हो। उसकी कलम मैना के भीख माँगने के वाक्य पर रुकी पड़ी थी। वह जूठन लेकर लौटते बच्चों और कोंछे में कुछ लेकर लौटी आ रही मैना के बीच के कुलाबे मिला रहा था।

''अच्छा अब बाकी बाद में लिख देना! कागज-कलम हमरा पाकिट में डाल दो और अपना पइसा भी निकाल लो।''

अपनी, सहेलियों से अलग होते ही मैना उसे देखकर खुशी और अचरज में तनिक लजाते हुए मुस्करा उठी, ''हमको आज भौत देरी हो गया न!''

कोंछे से जलेबी और समोसे निकालकर कुछ उसने पास ही ताक रहे टिपका और सितवा को बुलाकर दिए और बाकी को नई खरीदी लोहे की पुरानी तश्तरी में उसके सामने रख दिए।

मंगर ने तश्तरी परे सरका दी और दूसरी ओर देखने लगा, जैसे परेमा के खत को पढ़ रहा हो।

मैना उसकी बेरुखी पर हैरान थी, "चलो डब्बे में चलो।" उसने मनुहार में उसके हाथ पकड़कर खींचे।

"ना।" हाथ छुड़ा लिये मंगर ने।

"सुबू से कुछ खाया नई होगा आप। पइसा भी नई था।"

"ना हमको भूख नई।"

मैना उसके अड़ियलपन पर हैरान थी। सबके सामने उसकी भद्द हो रही थी। मन दबाकर एक बार फिर गिड़गिड़ाई, "एक-ई खा लो।"

"ना।"

"ना...?"

"ना!"

"हूँ ऽ ऽ ऽ!" लम्बी हुँकारी भरकर चुप हो गई मैना। यह अर्थगर्भित चुप्पी खनककर टूटी, जैसे गर्भपात हुआ हो। मंगर कल्पना भी नहीं कर सकता था कि ऐसा होगा। तश्तरी दूर चकती की तरह गड़राती चली जा रही थी और जलेबियाँ, समोसे पूजा के फूल-से खुश्क जमीन पर जा छितराए थे।

"स्साला! इत्ता पइसा का दारू भी पी गया होता तो पइसा सुफल हो गया होता!" मैना के पूरे वजूद को निचोड़कर टपकी थी यह आवाज।

ताश और जुए में रमे मर्द हड़बड़ाकर खड़े हो गए, खड़ी हो गईं सिर पर पानी की गगरी लेकर आती हुई औरतें। बच्चे तक सहमकर लगे ताकने। मगर किसी को साहस न हुआ कि मैना से कुछ पूछे।

कुत्ते देर तक आपस में लड़ते रहे मिठाइयों पर।

6

स्टेशन पर लावारिस-सा भटकते हुए मंगर किसी अवचेतन की प्रेरणा से खिंचा चला आया उसी एबंडंड गुमटी के पास। वहाँ सीमेंट की बेंच पर बैठी दो बकरियाँ उसे देखकर भरभराकर उठ खड़ी हुईं और उतरकर बस्ती की ओर जाने लगीं। शायद अपने घर जा रही थीं। सब अपने-अपने घरों की ओर लौट रहे थे और वह...? कहाँ है उसका घर...?

शाम की पैसेंजर गाड़ी उसके सवाल को टुकड़े-टुकड़े करती गुजर गई। वह उसके पीछे की लालबत्ती को देर तक देखता रह गया। ना, अब हॉकरों के उस दड़बे में

नहीं जाना। फिर–? उसने पलटकर देखा, उसका नया बसेरा मालगाड़ी का वह डब्बा किसी बड़े जानवर-सा खड़ा नजर आया। आज बत्ती नहीं जलाई गई थी शायद।

देखते-देखते परेमा के खत का अक्षर-अक्षर रिसकर उसकी चेतना की दरारों में समाने लगे। छी! भिखमंगों, अपाहिजों, सिलतोड़वों का टोला! मैना की फुसफुसाहट बदबू की तरह उतराई, "हिंया का कोई औरत नईं बचा, को ऽ ऽ ऽ ई नईं। तुम भी?"

"धत्त!"

लेकिन इस 'धत्त' का क्या भरोसा...? छी! छिनाल औरत! उससे झूठ बोलकर भीख माँगती रही। चेतना में खन्न-सा खनककर कुछ टूटा...जलेबियों पर कुत्तों की कटकटाहट! वह क्या इतना गिर गया है कि इनके बीच रहेगा? फिर कहाँ जाएगा?

जाने कब तक इस सवाल से जूझते हुए वह निरुद्देश्य भटकता रहा। किसी परिचित पड़ाव की तरह अब वह शर्मा बाबू के ऑफिस के सामने खड़ा था।

"आप?" शर्मा आश्चर्य में पड़ गए।

"हाँ, रात-भर ठहरने को जगह दीजिएगा?"

"आइए, आइए!" शर्मा अपनी किताबों को छोड़कर उसे अन्दर लिवा गए।

"कुछ परेशान-से दिखते हैं? क्या बात है?"

गमछे से मुँह ढककर फफक पड़ा मंगर...।

"अरे-अरे! रोते क्यों हैं? अजीब बात है!"

"मेरा बाप सोनार था शर्मा साहब, किस्मत की बात है कि हम कबाड़ी हैं।"

मंगर ने गमछा मुँह से हटाया, जैसे नकाब उलट रहा हो।

शर्मा को इस जातीय चर्चा में कोई रुचि न थी, बोले, "उससे कोई फर्क नहीं पड़ता।"

लेकिन मंगर के दिल का गुबार बिना बताए शान्त पड़नेवाला नहीं था। उसके अन्दर का कबाड़ी अपनी पूरी जिन्दगी का मलबा हटा रहा था। शर्मा के सामने चित्रवत् एक कहानी आकार लेने लगी...

"बाप इतना सीधा कि उसे सोना में ताँबा मिलाने की कला मालूम न थी। माँ इतनी सपाट कि उसे घर में पड़े तेजाब और गुलाबजल का फर्क तक मालूम नहीं। धन्धा मन्दा पड़ता गया। तेजाब भी यूँ ही पड़ा रहता, गुलाबजल भी। आखिर तेजाब माँ के गलाने के काम में आई और गुलाबजल उस बदबू को छुपाने में। इस घर का आखिरी सोना थी वह शायद। बाप लालटेन जलाए अँधेरे में देखते हुए जाने क्या सोचा करता, लालटेन के शीशे पर कालिख जमती जाती और एक दिन बाप का चेहरा भी लालटेन के शीशे की तरह काला हो उठा। 'चोरी हो गई।' बाप ने उसे गोद में उठाए सहमते हुए कहा, जैसे डर रहा हो, कोई उसके बेटे को भी न चुरा ले जाए।

"'क्या-क्या गया?' पड़ोसियों के सवाल में खासी उत्तेजना थी, उनका अनुमान था कि सुनार के पास जाने कितना सोना-चाँदी भरा पड़ा होगा।

"बाट (बटखरा) उठा ले गए। पीतल के थे। किसी को यकीन न आया कि मनहूस-सा दिखनेवाला बाप भी इतना बड़ा मजाक कर सकता है।

"फिर एक दिन उसने देखा कि बाप आस-पास के कूड़े-कचरे में जाने क्या-क्या टटोल रहा है—सोना-चाँदी, पीतल-ताँबा...या माँ को। सोने-चाँदी को तोलनेवाली तराजू पर अब उसके बीने-बटोरे कबाड़ तुलने लगे। कैसे एक सोनार धीरे-धीरे एक कबाड़ी में और कैसे वह कबाड़ी धीरे-धीरे खुद कबाड़ में बदलता है, यह उसने अपनी आँखों देखा है और यह भी देखा है कि किस तरह एक हाड़-मांस का आदमी सोने से भी महँगा हो जाता है और दूसरा आदमी राँगे से भी सस्ता। उसकी बचपन की ब्याहता को भी उसके कंगाल होते ही दूसरे घर कर दिया गया, जैसे सोनारों की बिरादरी से ही उसे खारिज कर दिया गया। सोना समझकर उन्होंने उससे ब्याहा होगा, वह राँगा निकल गया तो उनका क्या कसूर...? यह राँगा सिर्फ खाली जगहों को भरने के काम में ही आ सकता था। राँगे की औकात ही क्या? गरम करो और वह गलकर दरारों की खाली जगह में समा जाएगा। पुलिस से अच्छा कौन जानकार था इस कला का!

"पहली बार पकड़ा गया तो उसकी समझ में न आया कि उसने चोरी कब की। बेरहम पिटाई पर आखिरकार कुत्ते की तरह हाथ-पाँव फैला दिए उसने। जेल गया, छूटा, फिर जेल...! पुलिस असली अपराधी को न पकड़ पाती या पकड़ना न चाहती तो उसे खानापूर्ति में डाल देती। इस तरह उसका व्यक्तित्व गल-गलकर स्थानापन्न बनता रहा—चोरों, जेबकतरों, गुंडों, बलात्कारियों का...।"

मंगर ने सारी कहानी अपने लहजे में कही और शर्मा के विश्लेषक मन ने उसे अपने ढंग से विश्लेषित किया। वे थोड़ी देर तक चुभलाते रहे इस विचित्र कथा को फिर पूछ बैठे, "मगर, इसमें मैना से जुड़ने की बात कहाँ आई? किस कसूर में...?"

"आज तक कोई कसूर अपने को पता हो तब न!"

"तब...?"

"वहाँ-ई एक दिन जेलर साहेब हमको बुलाए कि तुम मैना नाम की जनाना के साथ बुरा काम किया..." और मंगर ने रुक-रुककर पूरी दास्तान बता डाली।

"बहुत बहादुरी की आपने मंगरजी, उस बच्चे को कबूल करके।"

शर्मा की आँखें प्रशंसा में खिल गईं, "चलो, इस बहाने राँगे से फौलाद मिल गया।"

मंगर के मुँह का जायका बिगड़ गया, "आप उसको फौलाद बोलता साहब?"

"हाँ।"

"आपको मालूम है सौंतालों तक से वह छूटी हुई है, उसकी माँ गुलगुलिया थी।"

"हाँ।"

"मरद को भी छोड़ दिया उसने।"

"मालूम है।"

"हमको भी छोड़ देगी।"

"हाँ, अगर दलाल बन जाओ तो...।"

"जूठा बटोरती है, भीख माँगती है।"

"हमें यकीन नहीं। आपने क्या देखा है, ऐसा करते हुए?"

"बाँसगड़ा के सभी करते हैं।"

"मैना के बारे में बताइए।"

"रोज-ई तो जाती है।"

हँस पड़े शर्मा, "वहम का तो कोई इलाज नहीं है मंगरजी, वह जो कुछ करती रही है, अपने लिए नहीं, आपके लिए और सबके लिए। जाइए घर जाइए। जल्द ही सब जान जाएँगे कि मैना क्या है। जिस औरत ने आपके लिए सब कुछ छोड़ दिया, उस औरत को सजा मत दो मंगरजी।" कहकर उन्होंने टिफिन बॉक्स से स्लाइस निकालकर उसके सामने रख दिए, "आइए, खाना खाया जाए। डरें नहीं, भूमिहार ब्राह्मण हूँ। बगल के गाँव का हूँ। मैं भी आपकी तरह दिकू ही हूँ।" शर्मा ने कहा तो मंगर पर घड़ों पानी पड़ गया।

"मंगरजी, मालूम है, मैं यहाँ नमूना बाबू हूँ।" शर्मा ने हँसकर कहा।

"लेकिन, हम तो राँगा है साहब, टेस्ट करके देख लो।" मंगर की खीस निकल आई।

"उससे क्या फर्क पड़ता है?"

"फिर फौलाद और राँगे का मिलन कैसे हो?"

"धधकते आँवें में!...और इसमें कुछ और मिला दो तो दोनों मिलकर बहुत मजबूत फौलाद बन जाओगे जिस पर एक बड़ा मजबूत ढाँचा खड़ा किया जा सकता है। मैना बता भी रही थी कि आप बहादुर आदमी हैं।"

"हम तैयार हैं शरमा बाबू!"

"तैयार हैं?"

"जी।"

"तो पहले इस वहम को दिल से निकाल दें कि आप सुनार हैं और वह नीच!"

"जी एकदम से निकाल दिया। और बताइए।"

"बताना नहीं पड़ेगा, खुद समझते जाएँगे मंगरजी। अब आप मैना के पास जाइए।"

"मैना के पास, फिर...?"

"हाँ, कुत्ते-बिल्ली के पास सोने से ज्यादा अच्छा नहीं है आदमी के साथ सोना?"

"लेकिन वो तो...।"

"रूठ गई है न! आपने रुष्ट कर दिया है तो मनाएगा कौन?"

"आज उस डब्बे में दीया तक नहीं जला है, मालूम!" मंगर स्लाइस अँगोछे में लेकर उठ खड़ा हुआ, "अब नहीं शरमा बाबू, हुँबई जाके खाएगा, वो बेचारी भी भूखी होगी।"

शर्मा ने सारी स्लाइसें जबरन उसे दे दीं।

उन्हें लेकर वह अलमारी के पास से गुजरा तो अपनी ही छवि देखकर हैरान रह गया। गमछे में खाना बाँधकर लानेवालों से उसकी सूरत कितनी मिल रही थी।

बाँसगड़ा की उन्हीं राहों पर चलते हुए आज उसे लग रहा था वह कोई गैर नहीं, उन्हीं में से एक है।

आहट पाते ही मैना का हाथ गँड़ासे पर चला गया। मंगर ने खर्र-से तीली घिसकर ढिबरी जलाई तो उसे पहचानकर उसने फिर से सो जाने का बहाना किया। छीपे में स्लाइस लेकर उसके सिरहाने देर तक खड़ा रहा मंगर। डरते-डरते झुककर उसने बाँह पकड़ी, "मैना!"

अपनी टेर सुनकर सुबक पड़ी मैना, करवट फेरे हुए ही उसने कहा, "हम तो आपको रोका नईं...?" जब मंगर की ओर से कोई जवाब न मिला तो उसने पलटकर देखा, मंगर की आँख डबडबा आई थी। वह अनुतप्त-सा शून्य में ताक रहा था। सामने छीपे में स्लाइस के टुकड़े पड़े थे। बिना कुछ कहे वह उठ पड़ी। कलशी से पानी निकालकर अल्यूमिनियम के ग्लास में रख दिया। मंगर ने जब खाने के प्रति कोई उत्सुकता न दिखाई तो कटोरे में बचा दिन का बनाया भोजन लेकर बैठ गई। मंगर ने कटोरा अपनी ओर खींचकर स्लाइस का छीपा उसकी ओर सरका दिया। दोनों अपने में खोए कौर चबाने लगे; हजार-हजार बातें दोनों के कंठ तक आकर रुकी थीं मगर किसी ने पहल नहीं की।

सुबह मैना बच्चे को छोड़कर स्टेशन से पानी लाने गई तो मंगर ने बच्चे को उठा लिया, उसे दुलारते हुए वह अपने मन का सारा गुबार निकाल रहा था, "हम बड़ा कमीना है, है ना! तुम छब को छोड़ के जा लहा था, अब नईं जाएगा, बेटा!"

मैना ने डब्बे के बाहर से उसका यह संलाप सुना और खिलखिला पड़ी। हँसी पानी पर तेल की बूँद-सी पसर गई। रंग-रंग निखर आए। पानी रखकर उसने बच्चे को लपक लिया और उससे बोली, "इछ डब्बे छे कोई बाहल नईं जा छकता न बेटा, चाहे तो भी नईं! इछका न पटरी है न चक्का, कैसे जा छकता?" कहते हुए उसने मंगर को तिरछी नजर से ताका। मंगर भी उधर ही ताक रहा था। फिर दोनों दो पनडुब्बकों-से साथ-साथ हँस पड़े।

7

मंगर का मन प्रेम से टक-बक रहा था लेकिन इस प्रेम को प्रकट करने का कोई उपाय उसे सूझ नहीं रहा था। एक खयाल आया, उसे लेकर हॉकर्स कोर्नर ही चला जाए। लेकिन वहाँ तो और भी आफत है। कहीं अलग घर लेकर रहा जाए? मैना मानेगी नहीं। सहसा अतिरेक में उसे एक युक्ति सूझी, अगर वह तेजाब की फैक्टरी का विरोध करना छोड़ दे तो उसे यहीं नौकरी मिल सकती है। फिर तो सारे तनाव खत्म हो जाएँगे। वह मैना को अपने प्यार की सौगन्ध देकर मना लेगा। कैसे नहीं मानेगी वह? वह अभी यार्ड में कोयला चुनने गई है, आते ही रखेगा यह प्रस्ताव।

बड़ी उमस थी। उसने आसमान की ओर देखा, दही की तरह थक्का-थक्का जमे बादल। थोड़ी ही देर में वे थक्के मट्ठे की तरह रिसने लगे। बाहर भागमभाग का शोर मच गया। देखते ही देखते डब्बे में बसन्ती, कैली, तुरिया और कुछ अन्य लोग हड़बड़ाकर घुस पड़े।

"हमरा सितवा, टिपका और लुत्ता कआँ है?" एक हाथ से तेजाब की बारिश से छरछराती देह को खुजलाती और दूसरे हाथ से कोयले की टोकरी थामे मैना अपने बच्चे को ढूँढ़ते हुए भागी आ रही थी।

"सब हिंयाइ है। तू चली आ।" तुरिया ने जोरों से कहा तो वह भी डब्बे के पास चली आई। औरतों ने खींचकर उसे अन्दर किया। "ई जरलहा तेजाब...!" एक नपुंसक शाप कइयों के मुख से झरकर तेजाब में घुल गया। मैना ने अपने आँचल से अपने तीनों बच्चों की देह पोंछी। बारिश तेज हो गई तो एक-एक कर सभी उसी पानी में नहाने लगे।

मंगर की नई युक्ति अब उसी को चिढ़ा रही थी, पानी बन्द होने पर औरतें अब अपने-अपने घर से कपड़े बदलकर निकल रही थीं, मैना भी तैयार हो रही थी।

"सुनो, आज से तुम काम करने नहीं जाओगी।" मंगर ने मर्द-सा मुँह बनाया।

"फिर खाएँगे क्या?" मैना ने स्नेहमयी गृहिणी-सा सवाल किया।

"भीख माँगना हमको खराब लगता है।"

"कौन साला भीख माँगता?" स्वर बदल गया।

"माने...माने कि..." मंगर की उँगली उसकी ओर उठी, और प्रश्न कोरों में अटक गया।

"हम तो काम ढूँढ़ने जाता। दू दिन सिर्फ इधिर तो मोड़ल (चौधरी) के पास गया था लॉबीर के लिए। शाल का पत्ता नईं देखा हाथ में?"

"आँ ऽऽऽ!" मंगर के कंठ से अस्फुट बर्राहट ऐसे फूटी जैसे कोई गौरैया अपने घोंसले से फुर्र-से उड़ी हो।

"का सोचने लगा आप?"

"कुछ नहीं। हम तुमको गलत समझा, माफ करना।" उसकी आवाज धीमी हो गई।

"किससे माफी माँगी जा रही है मंगर?" आवाज पर चौंककर दोनों ने देखा तो शर्मा बाबू थे।

"आइए, आइए!" दोनों के मुँह से साथ ही निकला।

"तुम पति-पत्नी की रिजर्व्ड बोगी में चढ़नेवाला मैं तीसरा आदमी हूँ।" शर्मा ने चढ़ते हुए कहा।

मैना को ठीक-ठीक सूझ न पड़ा कि वह क्या करे, कहाँ बिठाए? शर्मा उनके गूदड़ पर ही जा बैठे और बोले, "वाह! सचमुच यह जिन्दगी रेल का सफर है।"

"अच्छा शरमा बाबू, हम पर आपका कितना एहसान है सिर्फ एक एहसान और करके हमको कोई काम दिला दो।" मंगर उनके सामने हाथ जोड़कर बैठ गया।

"पहले तो यह हाथ जोड़ना छोड़ो आप।"

"छोड़ दिया।"

"हाँ, अब क्या पूछ रहे थे--काम...?" लगा, वे किसी सोच में डूब गए, मगर जल्द ही सहज होते हुए बोले, "काम तो सबके लिए सोच रहा हूँ, यूँ कहूँ आपसे कहनेवाला हूँ कि आप खुद सोचो। अभी आज यहाँ आने का मकसद दूसरा है।"

"हुकुम करो आप।"

"फिर वही।"

"अच्छा अब नहीं बोलेगा।"

"मैना, जरा इधर सुनना तो...।" शर्मा ने मैना को पास बुलाया और धीमे सुर में जाने क्या-क्या समझाने लगे। मंगर ने वहाँ रहना मुनासिब नहीं समझा और बच्चे को गोद में लेकर उसे रेलगाड़ी दिखाने लगा। उसकी नजर डब्बे पर फिर भी लगी रही। थोड़ी देर बाद, उसने देखा कि शर्मा उतरकर जा रहे हैं, "अरे आप जा रहे हैं? चाह-चूह तो...।"

शर्मा ने नीचे उतरकर कहा, "चाह भी हो गया, चूह भी, अब तुम भी जाकर चाह-चूह ले लो।"

मंगर ने पलटकर देखा तो मैना उसके लिए हलवा निकाल रही थी। उसके ताँबई चेहरे पर पसीने की बूँदों का सघन जाल था। वह चिन्तित-सी दिख रही थी।

"इत्ती जल्दी ये सब कर लिया?"

"औरत जात है ना।"

"मजूरी के लिए तो नहीं गई?"

"क-आँ मिलता इत्ते टेम मजूरी?" वह अपने बाल खभर-खभर कर रही थी, "उफ ई साला डब्बा है ना, तावा जैसा तपता। एक तो तेजाब ऊपर से अइसा गरमी है कि कपड़ा तो कपड़ा, खाल खींच के फेंक देने का मन करता। रेल के तलाब में नहाने जाएगा।"

"तुम कुछ परेशान नजर आती हो? हमसे कोई काम हो सके तो बोलो। वो क्या बोल रही थी, लॉबीर...?"

"आप का करेगा...?" वह अस्फुट स्वर में ऐसे बोली जैसे यूँ ही कोई बात निकल गई हो।

"शरमा बाबू कुछ बोला...?"

मैना ने चाय-हलवा सामने रख दिए, "लो खाओ।"

"हम अभी दिशा-फराकत नहीं गया, मू नहीं धोया।"

"ओ ऽ ऽ ऽ! अच्छा जाओ!"

"लेकिन बात क्या है? बाहर सब हँस रहे हैं, ऊपर तुम गुम बैठी हो?"

मैना कुछ गुन-सी रही थी।

"हमरा बात तो नहीं?"

"आपका बात तो हई है, मगर सबका बात भी है।"

"तब बता दो।" मंगर ने खीस निकाल ली।

मैना इस जिरह से खिसियाकर उठी पर खुद को सँभालकर स्नेहपूर्वक उसे ठेलती हुई बोली, "हियाँ से जाओ तो अभी।"

निबटान से लौटकर आया तो उसने देखा, मैना ने अपनी सारी जमा पूँजी निकाल ली थी और वह जुआड़ियों-सी उन्हें फैलाकर देख रही थी।

"अभी एक मोटा बछड़ा कट गया लाइन पर।" मंगर ने कहा।

"क-आँ?" उसने रुपयों-पैसों को आँचल की खूँट में बाँधते हुए उत्सुकता से पूछा।

"वो—वहाँ!" मंगर के कहते ही वह उस सीध में बच्ची-सी दौड़ गई।

वहाँ से लौटकर आई तो अकेली नहीं थी वह, टिपका, लुत्ता, सोरे, शाम और भी जाने कौन-कौन थे। उनके हाथों में लम्बे-लम्बे लट्ठ थे। वह सबको समझा रही थी, "सुब्बाराव के जंगल में, चाहे पंडा बाबू के पोखरा पर मिल जाएगा। देर मत कर। दो सौ आदमी का इन्तजाम करना है।"

मंगर बेवकूफ-सा खड़ा था। मैना ने उसे भी ठेलते हुए कहा, "आप भी चले जाओ इनके साथ।"

"लेकिन कहाँ...?"

"शिकार पर।"

"किसका शिकार? कैसा शिकार...?"

"जाओ, सब मालूम हो जाएगा।"

पंडा बाबू के पोखर पर पहुँचकर शिकारियों के दल ने लट्ठ को अलग-अलग कर दिया। मंगर को अब मालूम हुआ कि कील के सहारे बाँस के कई टुकड़े जोड़े गए थे–पाँच जुड़े तो पाँच नाल, सात जुड़े तो सात नाल! बस देखना यह था कि बाँस का ऊपरी सिरा, जिसमें लम्बा नुकीला लोहा था, पेड़ पर बैठे परिन्दे तक पहुँच सके। वे बिना कोई शब्द किए नाल को उठाते और डाल पर बैठे परिन्दे के पेट में खुभो देते। इस अजीबो-गरीब शिकार में उन्होंने तेरह बगुले, सात सारस, आठ मैनाएँ मारीं। टिपका ने बिल में एक लोमड़ी भी मारी। शाम तक शिकारियों का दल शिकार लेकर लौट आया।

मंगर को इस सबसे फिर तीखी विरक्ति हो रही थी। आँख मूँदने पर उसे लगता, इस श्मशान में कोई मरा डाँगर फेंका गया है जिसे गीध, चील्ह और कौवे नोंच रहे हैं। इनका मुँह आदमी की तरह है, बाकी देह परिन्दे की तरह। कुछ लोग कटे बछड़े को उठा लाए थे, कुछ लोग शिकार किए हुए पक्षियों के पर नोंच रहे थे। यहाँ तक तो सह्य था लेकिन जब उसने देखा कि कुछ लोग बछड़े का चमड़ा उतार रहे हैं तो उसका मन चरम जुगुप्सा से भर उठा। शर्मा इसी बीच दिख गए। वह नाक सिकोड़ता उनके पास जा पहुँचा, "ये क्या हो रहा है शरमा बाबू?"

शर्मा ने शिशु-सुलभ हँसी में धीमे जवाब दिया, "आपकी बड़ी जात का चमड़ा उतारा जा रहा है।"

छनक गया मंगर, "आपको तो हमेशा मजाक लगा रहता है। यहाँ हमको देख-देख के घिन लग रहा है। हम हिन्दू है, बछड़ा का मांस छू भी नहीं सकता। मर जाएगा तब भी नहीं।"

शर्मा ने इस आदमी में आए परिवर्तन को लक्षित किया, धर्म के सवाल पर पिद्दी भी शेरखाँ बन जाते हैं, बोले, "मत खाइए। हम भी तो नहीं खाते।"

"फिर यहाँ इसकी बोटी-बोटी अलग काहे किया जा रहा है?"

शर्मा किसी और उलझन में थे लेकिन मंगर अपने सवाल के साथ उनका पीछा नहीं छोड़ रहा था।

"सुनिए मंगरजी!" शर्मा की गम्भीर आवाज पर सहम गया वह, "सौंतालों की यह परम्परा है, वे भोज-उत्सव में बछड़े का मांस उसी तरह खाते हैं जैसे हम दिकू लोग बकरे का मांस। यह दिकुओं का भोज नहीं है, सौंतालों का भोज है।"

"तब हमको सौंतान नहीं बनना।"

तरस खाती नजरों से ताकते हुए गरदन हिलाई शर्मा ने, "और मैं जो कहूँ कि बहुत सारे हिन्दू, यहाँ तक कि ब्राह्मण भी, गाय-बछड़े का मांस खाते हैं तो?"

"ना।"

"अभी तो सिर्फ इक्का-दुक्का पढ़े-लिखे लोग ही 'बीफ' खाते हैं, पहले के ग्रन्थों में यह मांस भोज का मुख्य अंश होता था।" शर्मा ने एक साथ कई उद्धरण गिना दिए तो मंगर नरम पड़ गया, "आपके साथ पार पाना मुश्किल है शरमा बाबू।"

"आपको पता है...?"

शर्मा की बात काटकर मंगर ने कहा, " 'आप' नहीं 'तुम'।"

शर्मा ने मंगर की नज़रों में आत्मीयता की झिलमिलाती लौ देखी, "ठीक है, तुम भी मुझे तुम कहोगे न!" तुम पर उतर आने के बाद उन्होंने रुकी बात पूरी की "तुम्हें पता है, ये दस गाँवों के चौधरी और लोग किसलिए जमा हो रहे हैं लॉबीर में?"

"भोज में।"

"कैसा भोज है–जानते हो? लो सुनो?"

और दोनों चबूतरे पर बजती डुगडुगी की आवाज सुनने लगे। शाल के पत्ते लिये एक काला-सा आदमी घोषणा कर रहा था–देलावन हिजूकान राते लॉबीर वयसी बाँसगड़ा रे होइया...।"

डुग डुग डुग डुग डुग!

"इसका मतलब यह हुआ कि रात को लॉबीर की बैठक बाँसगड़ा में होने जा रही है। यह घोषणा सभी गाँवों में हुई है।" शर्मा ने भाषान्तर किया।

"लेकिन इस गाँव के चौधरी तो टेंगर है।"

"यह 'लॉबीर' की घोषणा उनके लिए भी है। सुना है ये अपनी अलग सभा करनेवाले हैं मैना के श्राद्ध की। यहाँ भ्रष्ट होते ही आदमी का श्राद्ध कर देते हैं।" मंगर चिहुँक गया इस अद्भुत लोकाचार पर।

थोड़ी ही देर में एक दूसरी डुगडुगी भी चबूतरे पर बज उठी। बजाने और घोषणा करनेवाला फोकल था–"देलावन..." (आइए आज बाँसगड़ा में मैना का श्राद्ध कर्म होगा।)

मैना समेत सभी खड़े होकर सुनने लगे इस नई घोषणा को और कानाफूसी करने लगे। शाम होते-होते दोनों ही ओर लोग इकट्ठे होने लगे। चबूतरे के पास फोकल-टेंगर की सभा और डब्बे के पास मैना-मंगर के सम्बन्ध पर विचार करने के लिए बुलाई गई लॉबीर। लॉबीर में सौंतालों की भीड़ थी लेकिन चबूतरे पर फोकल, टेंगर को छोड़कर सिर्फ कुछ ही सौंताल थे, बाकी दूसरी जनजाति के लोग। ये सभी फैक्टरी में काम करनेवाले लोग थे। चबूतरे पर सौंतालों की परम्परा के अनुसार कुलटा मैना का श्राद्ध हो रहा था। डब्बे के पास सौंतालों की परम्परा की कठोर आवर्जनाओं पर देश-काल और पात्र पर विचार करते हुए बिटलाहा (बेटी भगाने पर विचार सभा) में अनुमति देने पर विचार हो रहा था। चबूतरे के पास मैना की एक कल्पित समाधि

(कब्र) बनाकर हाथ जोड़कर खड़े हो गए पिता और 'विधुर' पति फोकल। सौंताली भाषा में उन्होंने कहा, "आज तुम हमारी इस दुनिया को छोड़कर देवताओं के लोक में जा रही हो। हमारी प्रार्थना है कि देवता तुझे सुखी रखे।"

उनकी आवाज सीताराम पंडित द्वारा लगवाए गए माइक से दूर-दूर तक फैल रही थी। इधर लॉबीर की सभा में सर्वसम्मत निर्णय मोड़ल (चौधरी) सुना रहे थे, "फोकल किस्कू, टेंगर टुडू और जिन सौंतालों ने लॉबीर की उपेक्षा कर बिना हमारी राय लिये मैना का श्राद्ध किया है, उन्हें लॉबीर इसी दम से जातिच्युत करती है। मैना की मजबूरी को ध्यान में रखते हुए उसके कसूर माफ कर उसे पुनर्विवाह की इजाजत देती है। मंगर को पहले विवाह के खर्च-स्वरूप सौ रुपए फोकल को देने होंगे। फोकल के जातिच्युत होने के कारण फोकल और मैना से जन्मे बच्चे भी मैना के हुए।"

इस निर्णय के बाद मैना ने बच्चे को गोद में उठाया। मंगर, टिपका और सितवा को साथ लिया और घुटने के बल बैठकर सभी को मत्था टेककर प्रणाम किया। फिर उन्हें लिवाकर वह जाहिर थान (देव स्थान) की पूजा करने गई।

लौटकर आई तो दोनों सभाओं की सन्धि पर से खड़े होकर अपने पूरे परिवार के साथ उसने देखा, एक मैना मर रही थी, एक मैना का पुनर्जन्म हो रहा था। एक ओर उसकी नई जीवन-यात्रा के लिए खुशी में स्त्री-पुरुष दल बाँधकर नाच रहे थे तो दूसरी ओर उसके पूर्व पति और पिता उसका श्राद्ध कर तीन दिनों की अशुचि मनाने जा रहे थे। अभी भी यमराज की तरह टेर रही थी माइक पर भजन की आवाज...।

भोज-भात सम्पन्न हो गया लेकिन हँड़िया (भात की शराब) का उल्लास थमने की बजाय और बढ़ता जा रहा था। शर्मा और जनमोर्चा के साथी एक-एक कर उसके पास आने लगे थे। लाठियाँ टेकते गाँवों के प्रधान मोड़ल लोग भी चले आ रहे थे। शर्मा न होते तो ये सीधे-सपाट उसके जाति भाई उसके पक्ष में खड़े होते? वे न सिर्फ खड़े हुए थे बल्कि उसके बाप और पूर्व पति ने जैसे ही उसको मृत घोषित किया, 'लॉबीर' ने उसे दोबारा जिन्दगी वापस कर दी। वह कृतज्ञ भाव से देखती है शर्मा को। उन आँखों में कुछ चाहना है कि आज वह 'लॉबीर' के बहाने आदिवासियों को उनकी स्थिति से वाकिफ़ कराए। ठीक है, शर्मा बाबू का एहसान है, बिरादरी का ऋण है, अपना फर्ज है तो वह जरूर बोलेगी लेकिन क्या बोले? वह तो निपट गँवार है, ढंग से बोलना भी तो नहीं आता उसे। उसकी सारी देह उत्तेजना में थरथरा रही थी। जैसे ही वह उठकर खड़ी हुई, हँड़िया में धुत्त कइयों ने कहा, "नाचो मैना। ऐसा भोज तो महारानी भी नईं दे सकता। रानी के माफिक नाचो।"

वह लजाकर बैठ गई। "हमसे नईं होगा शरमा बाबू। इस बखत तो किसी भी कीमत पर नईं!"

"मैं तुम्हारी हालत समझ पा रहा हूँ मैना, मेरी इस ज्यादती के लिए क्षमा करो। मेरी दिक्कत यह है कि एक साथ इतने लोग फिर जल्दी नहीं जुट पाएँगे। कोशिश करो!" शर्मा ने पुचकारा।

यन्त्रवत् हाथ जोड़कर धीरे-धीरे खड़ी हुई मैना, यह अद्भुत परीक्षा की घड़ी थी। उसने सभी देवी-देवताओं से मन ही मन प्रार्थना की फिर आत्मसंलाप करती-सी बोल उठी। एक बार कंठ फूटने की देर थी, अन्दर इतना हाहाकार था कि बाँध तोड़कर खुद-ब-खुद बह निकला।

"धन्न मनाऊँ रेल कम्पनी का कि बछड़ा-बकरा कट जाता और हमको भोज खाने को मिल जाता। धन्न मनाऊँ रेलवई पुलिस का, हमको सिलतोड़ी कराता, हमरा बहिन-बेटी माँ के साथ रंडीबाजी करता कि हमको दू-चार पैसा भेंटा जाता, धन मनाऊँ सरदार निहाल सिंह का कि हमरा चोरी हजम करके टरक से रेलवई करखाना का कूड़ा हियाँ फेंकता कि हम लोहा-पीतल बीन-बान के उनको बेंच के पेट चलाता और धन्न मनाऊँ महेन्दर बाबू का कि तेजाब का फैटरी खोल के हमरा कुछ आदमी को रोजी देता, चाहे कुत्ता बनाके ही कायें न दे।" मैना ने सुमिरन के बाद असल तफसरा छेड़ा, "हमको याद आता, जब हम बच्चा था, खेती से चार-छै महीना का काम चल जाता, आज एक दिन का भी नईं! खेत-खतार, पेड़, रूख, कूआँ, तलाब, हम और हमरा बाल-बच्चा तक आज तेजाब में गल रआ है, भूख में जल रआ है। पहले हम चोरी का चीज है, नईं जानता था, भीख कब्भी नईं माँगा, चुगली-दलाली कब्भी नईं किया, इज्जत कब्भी नईं बेचा, आज हम सब करता, आदत पड़ गया है, बल्कि कहें, इसके बिना गुजारा नईं। शरमा बाबू चाअता था कि हमको इज्जत मिले, आदमी की तरह रएँ—इसका खातिर कहाँ-कहाँ दरखास नईं दिया, मगर कोई सुनवाई नईं—सब मर गया हाकिम-सरकार, भगवान-सब! आज ई ठो सोचने का बात है कि हम ऐसे-ई रएगा। पानी का पाइप हमरा छाती पर से गुजरता—हमको एक बूँद पानी नईं, रेललाइन बगले में है, मगर हमरा खातिर सौ कोस दूर, वोट देने को हमको आज तक कोई बोला नईं, हमरा चिट्ठी-पत्री निहालसिंह के दुकान के पते पर आता। हमरा कोई पता-ठिकाना नईं।" मैना एक पल को रुकी फिर शुरू हो गई, "लेकिन हम बोलता रजिस्टर में सब है, ई बाँसगड़ा भी, गाँव का मालिक भी है, मुखिया, महेन्दर बाबू जो हियाँ हम दलिद्दर लोग का साथ नईं रएता, उसको गैस में जलना नईं पड़ता और भी बहोत कुछ है। मगर हमरा खातिर नईं। कायें नईं—इस खातिर कि हम अपना किस्मत उनका पास बन्धक रख छोड़ा है। कोइला का खजाना पे हम रएता है, फिर भी कंगाल? कब तक अइसा माफिक चलेगा?"

पसीने से चिपचिपाई देह पर यार्ड और चाँद की जर्द रोशनी कोढ़ के चकत्तों-सी चिलक रही थी। बचा-खुचा भात और मांस गमछों-आँचलों में लिये फटे, मैले कपड़ों

में सदियों के अभिशप्त जीव-से खड़े थे वे। बूँद-बूँद रिस रहा था शोरबा उनकी दीनता की तरह। इन सब पर अक्षत-फूल की तरह फेंक रही थी मैना अपनी आवाज, अब भी वे आदमी बन जाएँ! मंगर को अपनी इस नई पत्नी से अजीब तरह का खौफ हुआ, स्नेह भी, श्रद्धा भी। बीमार नसों में कुछ सनसना रहा था, जैसे वर्षों की सूखी नहर में पानी खुला हो।

"रात अब जियादा नईं हे, नगीच का आदमी चला जाओ और दूर का आदमी थोड़ा रुक जाओ लेकिन एक बात समझ लो, आज से कोई आदमी ई जहर का फैटरी में काम करने नईं जाएगा।" मोड़ल ने एलान किया।

"रात अब जियादा नईं है।" एक आवाज।

"हाँ, रात तो जियादा नईं है।" दूसरी आवाज।

सबकी नजरें आसमान पर टिक गईं। रात का तिलिस्म तार-तार हो रहा था, पूरब में लाली का पता यद्यपि यार्ड की फ्लड लाइट के चलते ठीक-ठीक नहीं चल रहा था, मगर उसके अस्तित्व पर किसी को सन्देह न था। एक नई शुरुआत की खुमारी लेकर सबके पाँव धुँधलके में बढ़ने लगे।

8

यह एक मीटिंग फिर क्रम-क्रम से कई मीटिंगें...! सीधे-सपाट आदिवासी जिस बात पर अड़ गए, अड़ गए, उन्हें वहाँ से कोई टस-से-मस नहीं कर सकता। अब वे इस बात पर जिद पकड़ चुके थे कि इस जहर की फैक्टरी को अपने इलाके में और नहीं चलने देंगे—न खुद इसमें काम करेंगे, न औरों को ही काम करने देंगे। उन्हें अपनी जमीन की सलामती चाहिए। खेती ही बच जाए, नहीं चाहिए मजदूरी।

फोकल और टेंगर की कोई सुनता नहीं। महेन्दर बाबू ने दोनों को बुलाकर बहुत डाँटा, "तुम लोग किसी भी काम के आदमी नहीं।" लाचार होकर फोकल दुमका से एक ट्रक सौंताल मजूर ले आया। गाँववालों के दल ने उनसे मिलकर जब सारी परिस्थितियों से उन्हें अवगत कराया तो वे उलटे मुँह लौट गए। तब खिसियाकर महेन्दर बाबू और पंडित सीताराम धनबाद जाकर यूनियन के पछाँह गुंडे ले आए। लम्बे, स्वस्थ देह और लाल आँखोंवाले इन गुंडों को देख-देखकर ही प्राण सूख जाते। सरदार निहाल सिंह की दुकान फ्री हो गई उनके लिए।

"दिकू आए हैं दिकू!" बाँगसड़ा में खलबली मच गई।

"अब फैटरी चालू करा के मानेंगे।"

"दिकू आए हैं दिकू!" माताएँ रोते हुए बच्चों को डरातीं, "रोएगा तो उठा ले जाएगा।"

"दिकू आए हैं दिकू!" औरतें मर्दों से फुसफुसातीं, "अब हमारी बहन-बेटियों की खैर नहीं।"

एक क्षण के लिए मैना भी डर गई, ये मुस्टंडे उद्धत साँड़-सा चर और डकर रहे थे। शर्मा उनसे बात करने गए तो गाली देकर खदेड़ लिया। डब्बे के अन्दर तीर-धनुष एक-एक कर रखे हुए हैं। शर्मा हैदर मामा से सन्देश भिजवाने गए हैं, अभी तक नहीं लौटे। मंगर उकड़ूँ बैठा एक नौजवान का तीर निकाल-निकालकर देख रहा है। यह लड़ाई खूनी होकर रहेगी। उसका अंग-अंग एक मुहूर्त के तनाव से भर उठता है, दूसरे ही क्षण स्खलित हो उठता है।

"वे ऐसे नहीं मानेंगे।" शर्मा बाबू की आवाज पर उसका ध्यान टूटा। आवाज सुनते ही पाइपलाइन से भरभराकर सब उतर पड़े। अब वे एक-एक कर अपने अस्त्र-शस्त्र सँभाल रहे थे।

"का मैना? खाना तो खाना, पानी भी नईं है तेरा पास?" एक प्रौढ़ सौंताल महादेव मुरमू ने उलाहना दिया तो असहाय हो उठी वह। क्या करे? कहाँ से ले आए पानी? कुएँ, तालाब सबमें तो तेजाब है। स्टेशन पर सिपाही पानी लेने देते नहीं। उसकी नजरें अजगर-सी फैली पाइपलाइन पर टिकी हुई थीं। सहसा डब्बे से दौड़कर हथौड़ा उठा लाई और दोनों हाथों से उसने पाइप के ज्वाइंट पर दे मारा। देखते ही देखते फव्वारे की शक्ल में पानी का स्रोत खुल गया। तालियाँ बज उठीं। सबने चुल्लू भर-भर पानी पिया। पानी पीते ही चेतना लौटी। उसी आवेग के तहत जिसके हाथ जो आया, उठाकर चल पड़ा। औरतों और बच्चों तक ने हाथ में ईंट-पत्थर उठा लिये। सबको घेरकर तीरन्दाज चल रहे थे अर्द्धवृत्ताकार।

पछाँह मजूरों का एक रेला फैक्टरी की ओर बढ़ रहा था। उन्हें बार-बार चेतावनी दी गई कि वे आगे न बढ़ें लेकिन अपने अहंकार में उन्होंने एक न सुनी। "हम कहते हैं रुक जाओ।" एक माझी दौड़कर उनके सामने आ गया। जैसी कि आशंका थी, उसकी गर्दन पकड़कर जमीन पर ठेल दिया गया। लेकिन इसके बाद वे आगे एक कदम भी न बढ़ सके। चार-चार तीर लोहे के फाटक पर टन्न-टन्न बरसे। फिर तो ईंट-पत्थरों की वो बौछार हुई कि पछाँह मजूरों को सँभलने का मौका ही न मिला। तीन तरफ से घेरकर उन्हें निशाना बनाया जा रहा था। दस ही मिनट में पछाँह मजूर घायल होकर भागे। फोकल कुचले चींटे-सा वहीं छटपटाता पड़ा रहा। आवेग की तीसरी लहर कूड़े गाड़ी से जा टकराई। खलासी ने रमिया की छाती पर हाथ रख दिया था। मैना ने जैसे ही देखा, बाँस की फट्टी लेकर उसे दौड़ा लिया। खलासी बचने के लिए ट्रक के गिर्द चक्कर काटने लगा। मैना पीछे दौड़ते-दौड़ते थक गई तो रुककर उलटी दिशा में घूमकर उसे दे मारा। लोगों के 'अब छोड़ भी दो' कहने के बावजूद वह उसे तब तक पीटती रही, जब तक मोड़ल ने उसे पकड़कर जबरन हटाकर ट्रक

पर लादकर रवाना नहीं कर दिया। ट्रक काना होकर गया। यह तो आवेग का दौर-दौरा था। और आवेग के स्खलित होने पर...?

पुलिस के डर से कुछ भाग चुके थे। बाकी लोग भी धीरे-धीरे खिसक रहे थे। आवेग स्खलित होते ही उन्हें अपने किए के परिणामों को सोचकर दहशत हो रही थी।

"पुलिस के हाथ से बचना मुश्किल है। चूहे-बिल्ली का खेल से तो ये-ई अच्छा है कि हम लोग एस.डी.ओ. साहब के पास चले चलें।" बुजुर्गों में राय-मशवरा हुआ। इसके थोड़ी देर बार डुगडुगी बजाते सौंतालों का एक कारवाँ चल निकला हाकिम के पास।

शाम को वे एस.डी.ओ. के बँगले के सामने जाकर रुके। "सब हियाँ बैठ जाओ।" एक चौधरी ने हाथ हिलाकर उन्हें बैठने का संकेत किया। वे वहीं बैठ गए।

पाँच प्रतिनिधि बँगले के अन्दर बुलाए गए। चार चौधरी और मैना।

"आपका दरबार में आया है साब, गलत किया तो सजा दो।" हाथ जोड़कर मैना ने कहा।

पूरा वृत्तान्त सुनने के बाद एस.डी.ओ. ने डी.एस.पी. को बुलाकर कहा, "इन सबको हाजत में रखिए, कल कोर्ट में सबका चालान करेंगे।"

चूँकि हाजत में उतनी जगह न थी अतः गांधी मैदान के खुले में उन्हें पहरे के अन्दर रखा गया।

"चलो, एक दिन का पिकनिक तो नसीब हुआ।" मोड़ल फूहड़ों की तरह हँसा।

रात देर तक वे गाते रहे।

सुबह बाड़े में बन्द पशुओं की तरह इन आँखों ने शर्मा बाबू को कुछ वकीलों और अन्य लोगों के साथ एस.डी.ओ. के बँगले की ओर जाते देखा। दोपहर तक उन्हें जमानत पर छोड़ दिया गया।

9

"बहोत बुरा हुआ।" मामा ने आते ही यह फतवा दिया और बैसाखी अलग करते हुए चबूतरे पर ऐसे असहाय-से बैठ गए, जैसे उनकी टाँगें अभी-अभी कटी हों। लूला परेमा उन्हें चकोर की तरह देखने लगा। उसे देखते ही उन्हें हमेशा की तरह घिन आई–जाने कैसे खाना और पाखाना के कर्म से निबटता होगा। बाकी लोग अपाहिजों

से बैठे कूड़ागाड़ी का इन्तजार कर रहे थे। जब किसी ने उनकी बात की नोटिस नहीं ली तो उन्होंने खुद ही इन बेवकूफों को समझाने की बेहया कोशिश की, ''पहले तुम लोग पाँव कटा के हैदर बना, फिर हाथ कटा के परेमा, दिमाग ले गए शरमा बाबू, हम पूछते हैं पेटवा के भरेगा...?''

अब एक-एक कर कई नजरें मामा की ओर पलटीं। मामा अपनी बात का असर होते देख तनिक खुले, ''तुम अगर ये समझते हो कि फोकल हार मानकर बैठ जाएगा तो तुम सब चुगद हो, क्या समझे?''

''ये-ई समझे कि जास्ती चढ़ गया।'' तुरिया ने कहा।

''हाँ, जास्ती चढ़ गया लेकिन हमको नहीं, तुम सबको! महेन्दर बाबू फोकल को बुला के क्या बोले, मालूम...?''

''मालूम है। बोले कि तुमरा जनाना भी ले लिया, जात से भी निकाल दिया, तुमरा आदमी सबको भी फोड़ दिया और सब मिलके तुमको मारा भी। ये-ई न?'' गोकुल ने नकल उतारते हुए कहा। ''और फोकल का बोला, ऊ भी मालूम है? बोला है सबको सबक सिखाएँगे।''

''ऊ दलाल का सिखाएगा? अभी तो हम लोग सिखा दिए।'' कैली ने कहा।

''एतने नहीं। पूरा जहर भरा है महेन्दर बाबू को, पूरा! बोला, आपका खातिर हम का नहीं किया, जान को जान नहीं समझा, जात को जात नहीं...।''

''चार-चार महीना का तनखाह रोक के रखा, पूरा बाँसगड़ा में जहर घोल दिया, सबको लँगड़ा, लूला, अपाहिज और रोगी बना दिया।'' फकीर ने फोकल की नकल उतारी, फिर पूछा, ''ठीक कहता मामा, महेन्दर बाबू का खातिर कुत्ता बन गया लेकिन हम पूछता, बाँसगड़ा खातिर का किया ऊ?''

मामा खिसिया गए, ''महेन्दर बाबू तो उसको आसनसोल बस स्टैंड पे काम दे दिए, बाँसगड़ा का देता उसको?''

''तो तुम भी चलो जाओ मामा हुँबइ, और नईं तो खलासी बनके एलाउंस करना—चार पाँव पे खटर-खटर करते हुए कोल्टी, बराकर, बरनपुर, चित्तरंजन, दुर्गापुर...! मिहीजाम, जामताड़ा करमाटाँड...!''

मामा ने शिकस्त में सिर झुका लिया, ''ठीक-ई बोला महेन्दर बाबू फोकल को, इज्जत बनाते-बनाते उमर गुजर जाती है लेकिन बिगड़ने लगती है तो एक पल में बिगड़ जाती है।''

अब सबको लगा कि मामा के साथ कुछ ज्यादा ही हो गया। सब आ-आकर उन्हें पुचकारने लगे, ''तुम तो हमरा मामा है, तुमरा इज्जत हमरा इज्जत है। तुम सिरफ उस दलाल का बात मत करो।''

"फैटरी बन्द होने से केतना फायेदा है मामा, चाय-बास (खेती-बारी) का बात छोड़ो, यही सोचो, पहले आप दो बात बोलो कि खाँसी और अब...?" मंगर ने कहा।

मामा को यह बात भली लगी, मलाल कुछ कम हुआ, बोले, "अरे इसका का है। एक-आध महीना बाद फिर चालू हो जाएगा।"

"नईं चालू होने देंगे।"

"हुँह, मुर्गा बाँग नहीं देगा तो सुबह नहीं होगा?...तुम नहीं काम करोगे, कोई और करेगा। टेंगर महातमा ऐसेई पहरा देते हैं रात-रात भर... ।"

"पइसा-वइसा भी देते हैं महेन्दर बाबू...?"

"सब पैसा जमा हो रहा है, तीरथ करने जाएँगे, तब लेंगे एक साथ...और ए मैनवा... ।" उन्होंने मैना को सम्बोधित करते हुए कहा, "तू बड़का शरखाँ बन गई न, तोरे चलते सब मरेगा...कहे देते हैं।"

"का हुआ मामा?"

"एक बात हो तो कहूँ। तू पहले रेल का डब्बा दखिलियाया, फिर पानी का पैप तोड़ा?"

"ई तो दू ठो बात है।"

"ठीक है, सिर्फ ये बताओ कि पानी का पैप काहें तोड़ा? मालूम नईं ई पानी सरकारी है, शहर जाता है।"

"हमको पानी नईं चाहिए?"

"नईं।"

"हमरा सीना पे से गुजरेगा और हमको पानी नईं चाहिए का? हम इस देस-मुलुक का आदमी नईं?"

पानी के पाइप को, जिसमें मैना ने हथौड़े से मारकर कल छेद कर दिया था, वहाँ पानी का फव्वारा झर रहा था, जिसमें इन्द्रधनुषी वितान टँगा दिख रहा था, उस पर नजर गड़ाए कैली ने कहा, "नमकहराम मत बनो मामा, तेजाब जब करकराता था, तो सूअर की तरह रेल-तलाब दौड़ते थे, अब हियाँ दिन में दू-दू बार नहाते हो।"

मामा ने बुझे मन से इसे स्वीकार किया, "चलो, मामा, लेकिन जिस दिन हथकड़ी डाल के पुलिस ले जाएगा, उस दिन...? मालूम है, कल पालाजोरी में गोली चली है, कितने मरे कोई ठिकाना नहीं।" सब चुप हो गए।

"तुम लोग बहुत मन बढ़ा दिए इसका। कल ही इसने टरक के खलासी को छड़ से पीटा है।" मामा फिर शुरू हो गए।

"ऊ का किया, जानता मामा?" मैना ने कहा।

"अरे का किया होगा, किसी लड़की को छू-छा दिया होगा—यही न? रमिया का देह पर हाथ दिया था, हम पूछता, ई पहला मरतबा है। पुलिस का जवाब का-का नहीं

करता--किस-किस को मारकर भगाएगा—बोलो! उसी का चलते दू-चार पैसा का आमदनी हो जाता था, सब गया।''

''अब हियाँ पे कोई सिलतोड़ी नई करेगा।'' मैना ने नाक फुलाई।

''नई करेगा...?'' मामा अवाक् रह गए, ''फिर भीख माँगेगा?''

''नई भीख भी नईं...! काम करेगा।'' मोड़ल ने समर्थन किया।

''काम...?'' मामा जोर से हँस पड़े, ''बाँसगड़ा का गुलगुलिया और सौंताल लोग काम करेगा? काम पे लगा दो तो भी भाग आता, जुआ खेलता बैठ-बैठकर।''

''खेती करेगा!''

''कर चुका और हो चुका खेती! अरे खेती के लिए हियाँ का जमीन बनाने में टैम लगेगा, बहोत टैम! अभी का खाएगा, ई बताओ। कोलियरी बन्द ही है, नया कारखाना खुलता नहीं। काम कहाँ मिलेगा?''

मैना चुप हो गई।

''बुलाओ अपने मोर्चा को, शरमा बाबू को, फैटरी तो बन्द करवाया, बाकी काम भी मना कर दिया। खाएँगे का?''

मैना इस आक्षेप से तिलमिला उठी। पसीना चेहरे पर चिपचिपा आया था। वह अपनी समाधि की भुरभुरी मिट्टी को अँगूठे से कुरेद रही थी। उसकी चुप्पी पर लोगों का साहस बढ़ा। बूढ़े साँगों ने ललकारा, ''ऐसा काम जोश में नईं करना चाहिए मैना कि पीछे पछताना पड़े।''

''कोच्छ पछताना नहीं काका, भौत काम मिलेगा।'' उसने अपना झुका चेहरा ऊपर उठाया, ''कल से सब चौराहे पर चलेगा एक साथ। हुँआ मजूर खोजने भौत आदमी आएगा।''

दूसरे दिन सुबह-सुबह वह सबको हाँककर चौराहे पर ले आई। उसने सिद्धान्त बना लिया कि पहले सबको काम मिल जाए, तभी वह काम पकड़ेगी। अक्सर वहाँ भी दो-चार मरियल लोगों के साथ उसे काम के इन्तजार में बैठे रहना पड़ता। मामा आते ही फब्तियाँ कसते, ''क्यों राजा हरिश्चन्दर महाराज, तुम्हारे कितने आदमी चंडाल के हाथों बिके?''

मैना जवाब न देती। सरदार निहाल सिंह, सुलोचन साव, पंडित सीताराम आकर समझाते, ''बेकार की जिद है मैना।'' उनकी बात शेष होते-न-होते वह ऊबकर उठ खड़ी होती।

जैसे-जैसे दिन बीत रहे थे, उसे महसूस होने लगा था कि बाँसगड़ा के लोगों को नियन्त्रित रख पाना आसान नहीं। सामने पैसे की नदी बह रही हो और वे कुएँ खने...? फिर कुआँ खोदने पर भी पानी हमेशा मिलता कहाँ है? सिलतोड़ी व चोरी तो फिर भी तनिक जोखिम का काम था, लेकिन कूड़ागाड़ी का कबाड़ चुनना तो बहुत ही आसान था।

मैना के उदास सलोने मुखड़े को निहारकर मामा को बेइन्तहाँ प्यार आया। स्नेह से उमगती उनकी आवाज आई, "तू हियाँ काहें जनम लिया मैना? हम तुमको उलटा-पलटा जो भी बोल जाते हैं, उसका मतलब ये कतई नईं कि तुमको बुरा समझते हैं। हाँ, तुमसे खौफ जरूर खाते हैं। कभी-कभी अकेले में सोचते हैं तो समझ नहीं पाते तू क्या है। तूने एक भी काम गलत नहीं किया फिर भी गलत है। ई लँगड़ा-लूला बीमार इनसानों के बीच एक तू ही तो साबुत है, और यही गलत है।"

स्नेह का स्पर्श पाकर धीरे से मैना बैठ गई, जैसे कोई परिन्दा थककर धरती पर उतरता हो, बोली तो स्वर की आर्द्रता में शब्द-शब्द भीगा हुआ था :

"हम भौत-ई कमजोर आदमी है मामा, भौत-ई कमजोर...!" भीगी रतनारी आँखों से असहायता में तिरोहित होते माहौल को एक नजर देखते हुए बोलती गई, "थोड़ा-थोड़ा चल के बैठ जाना पड़ता। कहाँ जाएँ, किधर जाएँ—कभी-कभी कुछ सूझता-ई नईं! चारों तरफ से रास्ता बन्द है—माँ, बाप, मर्द, बेटा-बेटी, भाई-देस-मुलुक सब! हम का करें मामा, हम अपना मन से हार गए। अन्दर-ई अन्दर कुछ काटता है। हम जानता कि हमरा नुकसान होगा, लेकिन हमसे बरदास-ई नईं होता।"

मामा को लगा जैसे मैना सचमुच की मैना हो गई है जो बन्द पिंजरे की सलाखों को चोंच से काटती फड़फड़ा रही है। उन्होंने देखा लोग निराश होकर मैना को भला-बुरा कहते हुए अपने-अपने टपरों में जा रहे हैं। मंगर परेमा की जेब से बीड़ी निकालकर सुलगा रहा है। अब वे जुए के अड्डे की ओर बढ़ रहे हैं। मोड़ल अपना छप्पर ठीक कर रहा है। उनकी नजर रेंगते-रेंगते जा पहुँची टेंगर पर। वह कोयले का बस्ता लिये बेचने कॉलोनी की ओर जा रहा था।

"तू अभी भी रात को फैटरिया का टंकी तोड़ने के खयाल से काहें जाती है?"

मैना अपनी विह्वलता में इस कदर खोई थी कि उसने कोई जवाब न दिया।

मामा ने खुद ही बता देना उचित समझा, "महातमा पूरा खार खाए बैठे हैं। ई बुढ़वा तुमरे खातिर रात-रात भर पहरा देता है फैटरी का। मार बैठेगा—ई नहीं समझेगा कि तुम उसका बेटी हो।"

10

अभी-अभी पानी बन्द हुआ है। पानी में चितकबरी-चितकबरी चमक रही है यार्ड की फ्लड लाइट। अजीब शोर और सन्नाटे के कगारों में बहती है भादों की रात। छह बजे से डब्बे में ढिबरी जल रही है, दो घंटे बीतने को हो आए लेकिन अभी तक डब्बे में न सितवा लौटी, न टिपका और न लुत्ता और न ही मंगर। सितवा को तो

आजकल रमिया से 'ही-ही-ही-ही' करने से फुरसत ही नहीं मिलती। जाने कितनी बातें हैं कि खत्म होने को नहीं आतीं। वह यह सोचकर मठेस जाती है कि उनकी उमर ही ऐसी है। टिपका और लुत्ता भी तो अपने संगी-साथियों से बिलावजह भिलभिलाते रहते हैं। गला फटी ढोल-सा बेसुरा हो उठा है, लुत्ता गले में चूना लेपता है रात को। उसे लताबाई जैसा गला चाहिए, टिपका रोज कोसता है इस बात को लेकर, "ई गला सुन के टरेन से बाबू लोग मार के भगाएगा।" डब्बे में खपटा बजा-बजाकर गाकर पैसे माँगने का काम फिर शुरू कर दिया मुओं ने। उन्हीं को क्या दोष दें जबकि मंगर खुद दिन-रात जुआड़ियों और रेलवे पुलिसवालों के पास बैठा रहता है। हाँकता होगा डींग कि वह सोनार है। उनके लिए चाय-पान, बीड़ी-सिगरेट लाने और उसमें से एक आध कप चाय या बीड़ी पा जाने से ही धन्य हो उठता होगा। इस भुतहे डब्बे में एक वही है पहरा देने को। वह और उसका बच्चा! ढिबरी की मरियल रोशनी में कैसा तो लगता है यह भी।...जैसे खुद जेलर की मूर्तिमान घृणा सो रही हो डब्बे के अन्दर।

बच्चे को एकटक देखते-देखते उसका चेहरा कठोर होने लगता है। एकाएक खुद के क्रूर खयालों से डर जाती है वह। छी! उसे क्या हो जाता है। घबराकर फूँक मारकर ढिबरी बुझाकर बच्चे को बचा लेना चाहती है अपनी घृणा से। अँधेरा बिल्ली-सा झपटता है—चितकबरी बिल्ली बाहर उसकी खाल सूख रही है दूर-दूर तक जैसे काली उजली-स्याह-सफेद! परिवार-कुटुम्ब, कबीले और अपने गिर्द घिरी दुनिया की सियाही, इसके बीच डब्बे में चमकते पानी-सी चिलकती सपनीली सफेदी—शर्मा, टुडू और मोर्चा के अन्य साथी। जाने किस गाँव में भटक रहे होंगे वे इस भादों की रात में? और वह...?

गाँव से औरतों की गुस्सैल आवाजें उभर रही हैं। शंकर की औरत का भूत झाड़ा जा रहा होगा। न, न, शायद कोई झगड़ा हुआ है। मन में आता है जाकर समझा-बुझा दे लेकिन कोई उत्साह नहीं मिलता अन्दर से। उसकी हालत उस बीमार औरत-सी हो गई है जिसके सामने घर नष्ट होता जा रहा है लेकिन वह कुछ कर नहीं पाती। एक शंटिंग करता इंजन छक-छक करता हुआ सारी आवाजों को पीसता, सम करता दूर चला जा रहा है, उसे लगता है, इंजन सीने पर से गुजर रहा है।

सहसा उसे यार्ड जानेवाले रास्ते पर 'छप-छप' की आवाज सुनाई पड़ती है—कौन हो सकता है? सितवा आ रही है क्या? मगर यह तो जाने की आवाज लगती है। पीछे की चाल पर गौर कर वह अनुमान लगाती है, रमिया है। 'रमिया!' उसने डब्बे से ही आवाज दी।

छाया एक बार ठमकी फिर जल्दी-जल्दी आगे बढ़ गई। "कहाँ जाती है इत्ती रात को?" पीछे से पुकारा उसने। इस बार भी कोई जवाब न मिला तो उसकी चेतना

को ठेस लगी। अब तक के घुमड़ते सारे गुबार को जैसे फट निकलने का मौका मिल गया। दौड़कर पकड़ा उसने रमिया को, घसीटते हुए ले आई गाँव में और सीधे झोंक दिया उसे परेमा के सामने, ''लो देखो, कआँ जा रई थी ये?''

उसकी उत्तेजना पर अनहोनी की आशंका में सारा कुछ छोड़कर स्त्री-पुरुष और बच्चे एक-एक जमा हो गए। उसे अभी भी भरोसा था कि गाँव के लोग अपनी उदासीनता और काहिलियत पर अनुतप्त होकर रमिया को भला-बुरा कहेंगे लेकिन आश्चर्य, औरतें तो उलटे उसी को खरी-खोटी सुनाने लगीं, ''इतना इज्जतदार है तो परदा में रखो। खाना-कपड़ा दे दो, कोई नईं जाएगा कईं।''

मैना को काटो तो खून नहीं।

''जरा-सा छू गया तो तुमरा इज्जत चला गया। भीख माँगने में, चोरी करने में, गाली खाने में इज्जत है?'' कैली ने कहा।

''भीख तो बाभन माँगता, साधू-फकीर माँगता। चोरी तो बड़का-बड़का करता। हम करता तो मजबूरी में।'' परेमा ने यह कहकर रमिया के साथ-साथ अपने पक्ष को भी पुष्ट किया।

''और हम का शौक से कर रए थे?'' रमिया ने सिर उठाया, ''तुम बोले नईं कि दस-पाँच रुपया चाइए, वोई तो माँगने जा रए थे।''

इस तर्क और सफाई के पीछे बिलबिलाती गन्दगी पर कुढ़ गई मैना। बोली, ''हम पूछता, तुम सबको जब ये-ई मंजूर है तो शौख से चकलाघर चलाओ, मगर हमको एक बात बता जाओ, ये-ई बात पएले बताया होता तो हम खलासी से झगड़ा कायें करता?''

शर्मा और हैदर मामा इस बीच जाने कहाँ से आकर खड़े हो गए थे। भनभनाहट बन्द हो गई। क्षुब्ध मन से मैना वापस होने को मुड़ी कि तभी रमिया ने तमककर कहा, ''तुम हमसे जलता है। हमरा हँसना-बोलना तुमसे बरदास नईं होता। अपनी बेटी को तो कब्भी नईं बोला।''

''का किया हमरा बेटी?'' बिल्ली की तरह पलट पड़ी मैना।

चुप हो गई रमिया।

''बोलती कायें नईं?''

''उसी से पूछो क-आँ जाती रात को?''

''रात को...?''

''हाँ, जब तुम फैटरी का चक्कर मार रई होती।''

मैना को तमाचा-सा लगा। चेहरे के सारे रंग उड़ गए। उत्तेजना में दौड़कर जा घुसी टपरे के अन्दर। सितवा आटा सान रही थी। खींच लाई झोंटा पकड़कर खर-खर खर-खर!

'माँ-माँ' किए जा रही थी सितवा और लात-मुक्के बरसाती जा रही थी मैना, "चुप राँड! तेरा माँ जिन्दा-ई है अब्भी? मार डाला रे तुम सबने, सबने मिल के मार डाला।"

औरतों ने मैना को किसी तरह काबू में किया तो सितवा ने आटा-सने हाथों को चमका-चमकाकर रो-रोकर गाली देना शुरू किया, रमिया को।

"चौप्प! जबान हिला कि गाड़ देगा काटकर!" मैना के हुँकारते ही चुप हो गई सितवा। अब रमिया की गालियाँ मुखर हो उठीं। वह एक-एक कर बेटी और माँ के सारे सम्बन्धों को उधेड़ने लगी, "तुमरा मन एक से नईं भरा, दूसरा किया, दूसरे से नईं भरा तीसरा किया। अब नमूना बाबू को फँसा लाई है। माँ-बेटी दोनों फँसी हैं, दोनों!" सन्न रह गई मैना। उसने इतने जोर से झटका दिया कि औरतें भहरा गईं। अब उसने उसी फट्‌टी को उठा लिया, जिससे खलासी को पीटा था। रमिया ने ईंट का टुकड़ा उठा लिया था, "आ छिनाल! तीता लग गया सच्चा बात! हमरे पे पहरा है? हमको तुम नईं मार सकता?"

"नईं?"

"नईं! हम अपना कमाई खाता। हम अपना खुसी माफिक रएगा।" वह कहती जा रही थी, बचने के लिए पैतरे-दर-पैतरे पीछे खिसकती जा रही थी। औरतों को आश्चर्य था, मैना एकाएक शिथिल क्यों पड़ गई।

"ठीक है चला जा खलासी के पास!"

जीत के ज्वार में रमिया ने नाक फुलाकर कहा, "चला जाएगा। बुलडोजर चलवा देगा बुलडोजर!"

औरतों ने रमिया को गलियाना शुरू किया। मैना ने फट्‌टी फेंककर जैसे समर्पण कर दिया। रमिया ने प्रतिपक्ष की नायिका-सी रोते हुए कहा, "हमरा-ई सारा कसूर। हमी खराब बोलता!"

"कायदे से बोलना चाहिए, मौसी है तेरा।"

"न, हम उसका कोई नईं।" मैना ने कहा, "खलासी के पास जा कि डराइवर के पास, बुलडोजर चलवा दे या रोलर! पर एक बात जान ले, मैना का जब मन चाहा मरद किया, मन से उतर गया, छोड़ दिया, मरजी से किया, मजबूरी से नईं। मैना का करता, काहें करता, असल बाप का बेटी हो तो पएले मैना बन के दिखाना, तब बात करना मैना से, उसका पएले नईं।"

मंगर ने कथरी फिर से ओढ़ ली। टेंगर ने जमीन पर पिच्च-सा थूक दिया और 'हरे-राम, हरे-राम' जपते हुए फैक्टरी की ओर बढ़ गया। अविनाश शर्मा को लगा जैसे सबने मिलकर उसे नंगा करके घुमाया हो। उसके अन्दर कोई उसे धिक्कार रहा था, 'और हँस-हँसकर बतियाओ मैना से? बगुला भगत कहीं का! खोल दी न कलई रमिया ने। रमिया ही क्यों, बस्ती का बच्चा-बच्चा जानता है। किसी ने भी उसे

डाँटकर चुप नहीं कराया।'

"लेकिन मैंने तो मैना या सितवा को छुआ भी नहीं?"

"इससे क्या होता है, क्यों जवाब दे नहीं पाई मैना उस अदनी-सी लड़की का? छी! तुमने मैना को भी कलंकित किया शर्मा!"

"अब से किसी से बात नहीं करेगा वह।" उन्होंने यह फैसला लिया और स्याह चेहरा लिये हैदर मामा के पास से उठकर जाने लगे। ठीक इसी समय मैना अपनी सधी चाल से टपरे की ओर चली। जैसे इस पंचायत से कसूरवार का फैसला लेकर दो प्रेमी अपने-अपने घर जा रहे हों।

मामा ने सान्त्वना दी, "ये तो रोज-रोज का बात है, शाम को छुरी-गोश्त, सुबू फिर दोस्त-दोस्त!"

मगर मामा का अनुमान इस बार गलत सिद्ध हुआ। मैना अब किसी से मिलने पर भी न बोलती, अविनाश से भी नहीं। सबसे कटकर, सारे सपनों की तिलांजलि देकर वह पूरी तरह गुलगुलिया औरत बनकर मर जाने पर आमादा थी। देह बेचने से उसे घृणा थी, चोरी का संस्कार था नहीं। सो उसने चौका-बासन के काम तलाशे। मगर उसकी स्वच्छन्द वृत्ति को मालकिनों की धौंस रास न आनी थी, न आई। दो दिन लगातार भूखी रही। सितवा का दिया खाना छुआ तक नहीं। मगर वह पराजित नहीं है, इसे दिखाने के लिए फालतू कामों में व्यस्त दिखती रही।

मोड़ल ने एक दिन उसे रोक लिया, "का भौजी, हमसे भी नईं बोलोगी? तेरे न बोलने के चलते सब अपने-अपने मन का हो गया है। चार बार पुलिस आ चुकी। तुमरा जीते जी हम अनाथ हो जाएगा?"

"जब हम किसी का पेट नईं भर सकता तो हमको बोलने का का हक?"

"सबको छोड़ो, तुम बताओ, तुम दू दिन से काहें जान दे रहा है। खाना तो खाएगा न! झगड़ा-झंझट कहाँ नईं होता! चलो-चलो हमरा कसम! हमरा खाना तो खाना-ई पड़ेगा।"

मैना मान गई है, यह खबर पाकर उसे खिलाने का श्रेय लेने के लिए कई कटोरे निकल पड़े। परेमा भी रमिया को धकेलते हुए जैसे ले आया। रमिया के कटोरे में पूरी और मिठाई थी। उसे देखते ही मैना का दिमाग फिर खराब हो गया, 'क्या वह इन्हीं भिखारियों और रंडियों का खाना खाएगी...? यह उसकी मौसी की लड़की है और यह इसका बाप! छी! ये सभी घिनौने हैं। अभी वह मरी नहीं, कमाकर खाएगी नहीं तो भूखों मर जाएगी।"

हड़बड़ाकर वह उठी और काम की तलाश में निकल पड़ी। मंगर ताश में रमा हुआ था, कनखियों से उसने देखा और नजर फेर ली, 'जो यहाँ आएगा, वही अपाहिज हो जाएगा।'

11

शहर से अलग बने हैं नवधनाढ्यों के प्रासाद। आज से महेन्दर बाबू भी यहाँ के अपने नए मकान में चले आए हैं। नया होने पर भी बिलकुल नया नहीं। सिर्फ ऊपर की मंजिल नई है। नीचे फूलों का बगीचा, मन्दिर, कुआँ, गोदाम। ऊपर आवास! कल ही गृह-प्रवेश हुआ, मगर सुविधाएँ महीनों से इकट्ठी की जा रही थीं। सामने सड़क है, इसी मकान से तिराहा फूटता है—तीन ओर के दृश्य खिड़की से एक साथ दिख रहे हैं। सामने से कोई औरत बच्चा लिये चली आ रही है। तभी दूसरी ओर 'कोइला ऽ ऽ ऽ' की आवाज आती है। अच्छा दुःसंयोग है। टेंगर और मैना एक साथ! एक बाजार दूसरी मजरूी के लिए नई जगह तलाशते आ गए हैं और दोनों में से किसी को शायद पता नहीं कि यह किसका मकान है। महेन्दर बाबू तो डॉली लाज में ही रहते थे, यहाँ तो अब आए हैं।

'कोइला ऽ ऽ ऽ' और 'माइजी ऽऽऽ' की दोनों आवाजें सहसा टकराकर टूट गईं। बाप-बेटी अवाक्! अन्ततः बाप कन्नी काटकर सीधे तिराहे पर बढ़ गया। अब उसकी फटी बनियान, ऊलजलूल हाफ पैंट और सिर पर कोयले की दो बोरियाँ ही उसके अस्तित्व का आभास दे रही थीं। मैना ने बाप को दूर जाते देखा तो बच्चे को उतार दिया, जो दयनीय स्वर में करुणा उपजा रहा था। लाई के उजले फूल उसकी बहती नाक से सटे वात्सल्य और बीभत्सता का एक साथ उद्रेक कर रहे थे। "माईजी कोई कामधाम है?" बच्चा बाहर के फाटक से सटकर खड़ा था, जबकि मैना की आवाज भीतरी ग्रिल को पार कर दरवाजे पर फूल चुनने के लिए आती मालकिन तक पहुँच रही थी। मनहूस चेहरों को देखते ही बिदक गई, "जाती है के नहीं?"

"कोई काम माई जी", वह रिरिया रही थी। कई घरों से इसी जिद के चलते वह काम पा जाया करती थी।

मालकिन फट पड़ीं इस धृष्टता पर, "हट रंडी!" चाबुक खाकर जैसे वह चैतन्य हुई। बच्चे को उठाकर बोली, "ऐ, गाली कायें देता?"

"अभी पूजा करेगा, ठहर!"

"सीधे से कह दो, चला जाएगा हम!"

"अरे कोई है, देखो तो सबेरे-सबेरे ई रंडी परीशान करत बा।"

"रंडी तें! तेरा माँ रंडी, तेरा बहन रंडी, तेरा बेटी रंडी! तेरा गुस्टीखानदान रंडी।"

मालकिन को ऐसी गुस्ताखी की उम्मीद न थी। पहले पीली पड़ीं फिर लाल। पहले हकलाईं फिर सध गईं। अब वे गालियों का जवाब दुगुने तेज से देने लगीं जैसे दो बिल्लियाँ लड़ पड़ी हों।

"ठहर तोरे भोसड़े में आग सुलगाते हैं।" कहकर उन्होंने कुत्ते को हुलकार दिया। चौतरफे हमले में उसकी चेतना थपेड़े खाने लगी। चेन से बँधा डॉली वहीं उछलता-भौंकता रह गया लेकिन दरबान रामसिंह चेन से मुक्त था। उसने सरपट दौड़ा लिया मैना को। बच्चा छोड़कर मैना भागी, थोड़ी दूर तक जाते-जाते रामसिंह के हाथ में उसकी लहराती साड़ी आ गई। चर्र-से फट गई साड़ी, चक्कर काटकर गिर पड़ी मैना, गिर पड़ा रामसिंह सन्तुलन खोकर।

ब्लाउज-पेटीकोट में फिर उठकर भागी मैना। उसकी साड़ी परे फेंककर उठकर फिर खदेड़ा रामसिंह ने। थोड़ी दूर जाते-जाते रामसिंह के हाथ पीछे से ब्लाउज पर पड़े। चर्र-से फट गया पुराना ब्लाउज। अब रह गया था सिर्फ कटे पंख-सा फटा ब्लाउज और पेटीकोट-ब्लाउज के बचे अंश को हथेलियों से दबाए भागी चली जा रही थी, सरे बाजार।

जिन्होंने यह नजारा देखा, वे अपने को सौभाग्यशाली मान रहे थे, जो न देख पाए, खुद को कोस रहे थे।

टेंगर एक चायवाले के पास कोयले का सौदा कर चुका था। वह कोयला गिरा ही रहा था कि चायवाले ने कहा, "देख ले, देख ले बुढ़वा, तर जाएगा।" नंगी औरत! टेंगर के हाथ रुक गए। पहले उसने उसे एक पागल मात्र समझा। करीब आने पर शक हुआ। अब उसने शक को झुठलाना चाहा मगर हकीकत किसी रेल-सी धड़धड़ाती हुई उसे कुचलकर चली गई।

कुत्तों की भीड़ के पीछे ओझल हो चुकी थी बेटी, मगर उसके लिए वह कतई ओझल न हो पाई। उसे लगा, जैसे उसे केन्द्र कर हर दिशा से नंगी भागती चली आ रही मैना उसे चीरकर निकलती जा रही है। विकल होकर उसने बेटी के नंगेपन को ढक देना चाहा। मगर किससे--? एक भी कपड़ा साबुत नहीं। खयाल आया उसके सिर पर गमछे की गेंडुली है। झरझराते ही साँप की तरह खुल गई गेंडुली की कुंडली। अब गेंडुली उसकी ईमानदारी की नकाब-सी तुड़ी-मुड़ी फैल रही थी दोनों हाथों में, जगह-जगह सुराख, सुराख-दर-सुराख झाँकती कमीनी आँखें! उसके भीतर कोई आध्यात्मिक अन्ध नैतिकता का मेहराब चनाक-चनाक टूट रहा था।

मंगली, काली, गन्नी, तुरिया और बुढ़िया कैली तक मैना को घेरकर सान्त्वना दे रही थीं। गन्नी पास के मुहल्ले में रहती थी और बाजार में दतुअन बेचा करती थी। वह कपड़े से ढककर ले आई थी मैना को और सबसे ज्यादा मुखर भी वही थी, "कुछ नहीं हुआ। कुछ नहीं। अरे कोढ़ फूटेगा दहीजारों के कोढ़। चल हम टोटका कराते हैं ओझा से।"

मैना किसी बड़े हादसे से जीवित बच जाने जैसे सकते में ऊब-चूब हो रही थी। बच्चा बाद में टेंगर लाकर दे गया था जो उसके बदन पर चढ़-उतर रहा था। टेंगर

दूर से दो बार चक्कर लगा गया, मगर इतने दिनों की जड़ता तोड़कर ऐसी स्थिति में क्या बोले, वह समझ नहीं पा रहा था। सितवा और रमिया साथ-साथ आईं और अपराधिन की तरह बैठ गईं।

कोई उसके सिर में तेल लगा रही थी। कोई गरम पानी के बोतल से सेंक रही थी।

उसके आसपास आहटों, फुसफुसाहटों और सहानुभूति की सरगोशियाँ थीं। मगर वह अपनी पीड़ा में निपट अकेली थी। मुँह खुला था पर कोई आवाज नहीं, कान खुले थे पर कोई आहट नहीं, आँखें खुली थीं पर कोई दृश्य नहीं। आदमी नहीं काठ हो गई थी मैना। इस काठ में घुन-सा कोई कीड़ा चेतना को कुतर रहा था।

'बड़ी लड़ाका बनी फिरती थी मैना, अब बोल और लड़ेगी?'

'..............................'

'सत्त पर जीना चाहती थी और जिएगी?'

'..............................'

'जवाब नहीं सूझ रहा तो गाली ही क्यों नहीं देती?'

'पहले हम गाली दिया?'

'पर जवाब तो कसकर दिया।'

'वो हमको रंडी बोला। कांय को बोलेगा? हम उसका चोरी किया? उसको कोई खराब जबान बोला? काम-ई तो माँग रआ था।'

'यानी आन पर...?'

'..............................'

'फिर भागी क्यों?'

'भागा कायें?'

'हाँ।'

'शायद कुत्ते से डरकर, वो-वो कुत्ता न था!' हकला रही है ज़बान।

'सिर्फ कुत्ते से? च्च! च्च!!' कोई टिटकारी मार रहा है।

'न न! शायद भीड़ से। हुआँ भौत आदमी जमा हो गया था न!'

'तो आदमी से...?' कोई ताने कस रहा है।

'न न! माने...।'

'कितने बहाने गढ़ेगी मैना? दिल को टटोल, क्या तू सिर्फ कुत्ते या भीड़ से भाग आई थी? बोल!'

'बेइज्जत हो जाने के डर से।'

'तो क्या बच गई तेरी इज्जत? अरे पलटकर रामसिंह जैसे कमीने को मजा नहीं चखा सकती थी? तू इज्जत से डर गई? तू खुदगर्ज है।'

'ना ना।'

'फिर बच्चे को छोड़कर इज्जत लेकर भागी क्यों?'

'आँ ऽ ऽ ऽ!' चिहुँककर बच्चे को सीने से चिपका लिया उसने।

'इसी इज्जत की लड़ाई तो लड़ने चली है तू, बाकी जो है, वो उसके निमित्त मात्र! बोल इस तरह फिर भागेगी कभी?'

'ना।' उसका सिर पागलों-सा संकल्प में हिल रहा था।

अवचेतना गाढ़ी होते-होते नींद में ढल गई तो गन्नी के लाए लाल कपड़े से ढँककर उसे आराम करने के लिए छोड़कर सब हट गए वहाँ से।

हादसे की खबर पाकर मंगर जब टपरे में दाखिल हुआ तो यह नजारा देखकर उसे लगा कि मैना मर गई। खड़े-खड़े अपनी तमाम नाकामियों को याद कर सिसकता रहा वह। जब उसे सोरे ने बताया कि मौसी सो रही है तो प्यार से गदबदा होकर भीगी चमकती पलकें लिये सिरहाने बैठकर सहलाने लगा पत्नी का।

रात उतर आई थी, मगर बस्ती मुर्दा बनी हुई थी। काम पर भी कोई नहीं गया। आज सारे दृश्य और शोर ठमके पड़े थे। आधी रात को हाफ पैंट-कमीज में टेंगर की छाया रोज की तरह फैक्टरी का चक्कर काटती दिखी। मगर एक बार के बाद वह भी नहीं। इसके थोड़ी देर बाद 'ठहाक'-सा कुछ बजा, सों-सों, सर्र-सर्र की आवाज के साथ टेंगर की हृदयविदारक चीत्कार सुनाई पड़ी।

टेंगर के लिए इससे अच्छा कोई प्रायश्चित्त सम्भव भी नहीं था। जब तक दौड़कर लोग वहाँ पहुँचते, उसका शरीर तेजाब में मछली की तरह तला जा चुका था।

"अब क्या होगा, हे बधना देवी?" सबके मुँह से एक ही हाय! पंडित सीताराम रात ही बुलाए गए। आते ही वे अपना सिर पीटने लगे, "अब क्या होगा महावीर स्वामी! अरे हम कहाँ तक बचाएँगे तुम पातकियों को!"

"आप ही माई-बाप हैं। कुछ कीजिए पंडितजी!" हैदर मामा बैसाखी समेत भहरा पड़े पंडितजी के पाँवों पर।

"अच्छा एक काम करो, रातोरात इसको जला डालो।" उन्होंने तनिक सोचते हुए कहा, मगर इस निर्णय पर स्थिर न रह पाए, "ऐसा करते हैं हमको और महेन्दर बाबू को लौटकर आने दो। कोई तुम लोगों से पूछे तो बोलना, हम लोग नहीं जानते। मैना को भी खबर न हो, तभी अच्छा है।" कहकर वे पलटे ही थे कि उन्हें लगा उन्होंने भूत देख लिया है। अस्त-व्यस्त कपड़ों में बाल चुड़ैलों-सी बिखेरे दो औरतें फटी-फटी आँख से लाश को निहार रही थीं। एक तो मैना लगती है, और दूसरी...? मैना की धुँधली परछाईं-सी कौन है यह बुढ़िया? मैना की माँ तो नहीं? दोनों उस लाश को देखने में सुध-बुध इस कदर खो चुकी थीं कि एक दूजे तक को भी पहचान न पाईं।

जानगुरु और महेन्दर बाबू साथ ही आए लेकिन कहाँ...? वहाँ तो मैना की माँ का कहीं नामोनिशान न था। सिर्फ मैना खड़ी थी एकटक लाश को निहारती हुई।

"डायन का माया है सब! हमको आता देखकर भाग खड़ा हुआ।" जानगुरु (ओझा) ने कहा, "खैर जो हुआ; सो हुआ, अब रातोरात पंचनामा करके लाश फुँकवा दीजिए नहीं तो फिर आएगा डायन मरद का कलेजा खाने।"

"लाश नंय फूँका जाएगा?" मैना ने पहली बार कहा तो सबकी नजरें पलटीं।

"काहें, नुकसान जो हुआ, हमरा हुआ, लाश फूँक देने में क्या दिक्कत है?" महेन्दर बाबू ने समझाया। मैना को पागलों-सी चुपचाप खड़ी पाकर वे औरों की ओर मुड़ गए, "सुनो सब लोग...। जो नुकसान हुआ हमारा हुआ लेकिन अब सबका भला इसी में है कि लाश को चुपचाप फूँक दिया जाए। कोई नामोनिशान न रह जाए टेंगर का। कान खोलकर सुन लो, कोई पूछने भी आए तो कहना, हम नहीं जानते, न वो मैना का कोई था, न बाँसगड़ा का...। मुँह सी लो और फूँक दो नमकहराम को।"

"लाश नंय फूँका जाएगा।" मैना के होंठ इस बार हिले।

"काहें...?"

"सौंताल को अब कबर दिया जाता है।"

"कबर...? छी! छी! छी! धरमभ्रष्ट! अरे लाश की दुर्गति न करा मैना! लाश कबर में रही तो डायन आती रहेगी कलेजा खाने के लिए।"

"कलेजा तो चुन-चुन के तुम लोग खाता र-आ है पंडित...तुमसे बड़ा डायन कोई है?"

मौके की नजाकत को देखते हुए पंडित ने बात को हँसकर झेल लिया, "गाली फिर दे लेना। अभी लाश को ठिकाने लगाना है। चल रेलवे से जितना सिलीपर चाहे, दिलवा दें, लाश का अग्नि संस्कार कर दे।"

"कआँ-कआँ दिलवाएगा आप चोरी का सिलीपर, सौंतालों का सब जंगल चरकर तो चिक्कन कर दिए? अब है कआँ लकड़ी कि धरम बचे? जिस सौंताल परगना में जंगल-ई-जंगल था, हुआँ अब लाश फूँकने को लकड़ी नईं? सब सौंताल को कबर दिया जा र-आ है तो हमरा बाप का भी कबर होगा।"

"तुम्हारा बाप...?" महेन्दर बाबू की गर्दन घृणा से तन गई।

आँखें छोटी हो आईं। मरकहे भैंसे की तरह थूथन उठाकर डकार उठे, "कब से...?" "तब से," जवाब में ठीक उसी अन्दाज में ग्रीवा तन उठी थी मैना की, आँखें भीगीं मगर गर्व से जलती हुईं, "जब से वो आपका नमकहराम हुआ।"

12

"तो क्या वह इस मुगालते में है कि उसके बाप के टंकी तोड़ दिए जाने की वजह से फैक्टरी बन्द हो गई?" थाने के ओ.सी. ने विनोद से पूछा।

"हाँ साहब!" पंडित सीताराम का यह कहना था कि होटल के कमरे में वो जोरदार ठहाके गूँजे कि दीवारें हिलने लगीं। वे मन ही मन खुश थे, अच्छा हुआ उन्होंने मैना की माँ वाली बात का जिक्र नहीं किया वरना ये लोग हँसकर उनको पोंगा सिद्ध कर देते।

"अमाँ, यह तो बेवकूफ भी समझ सकता है कि रिपेयर कराकर चाहें तो महेन्दर बाबू फिर से तेजाब बना सकते हैं, लेकिन नहीं अब वह चाहे फैक्टरी हो चाहे औरत, जितना निचोड़ सकते थे निचोड़ चुके, अब दूसरा कुछ निचोड़ेंगे–क्यों?" खाँ साहब ने कहा।

"फैक्टरी का तो दिवाला पिट ही गया था, पाँच लाख जो बैंक से उसके रेनोवेसन (नवीनीकरण) के लिए लिये, उसे भी डकार गए, सो बन्द तो होनी ही थी।" ओ.सी. ने शरारत से मुस्कराते हुए महेन्दर बाबू को देखा।

महेन्दर बाबू ने ग्लास की आखिरी बूँद को घूँटते हुए कहा, "आप लोग समझते क्यों नहीं, मैं इस औरत के रहते इस इलाके में कोई भी काम नहीं कर सकता। ऐसी औरत मैंने देखी नहीं जो बाप और मर्द को दलाल कहकर छोड़ दे। जेल में बच्चा पैदा करे और एक आदमी फँसाकर ले आए। सौंतालों की लीडर बनती है स्साली!"

इस बार सरदार दिलावर सिंह ने अपनी नशे में डूबी आँखों से उन्हें घूरा, "बकरी नहीं खाई जाती बाबू साहेब, बकरा खाया जाता है। बकरी को बख्सिये।"

"लेकिन उसका गुरूर...?"

"देखिए, एक गुरूर का इलाज तो मेरे पास है–वो जो उसका नया मर्द है न, क्या तो नाम है–सोमवार या मंगलवार, उसे मैं जानता हूँ। मेरे एक फ्रैंड सिंह, ओ.सी. है, पिछली पोस्टिंग में उसे डमी क्रिमिनल बनाते रहे–वो सोनार है न!"

"हाँ, पर आपको कैसे पता?"

"वही तो रटता रहता था वहाँ सफाई में।"

"यहाँ भी तो...।"

उपहास के पटाखे फिर दगे।

"तो महेन्दर बाबू, आप जब कहें, उसे दो हंटर मार के अन्दर कर दें।" वे तनिक रुके फिर बोले, "लेकिन इससे आपकी समस्या का समाधान नहीं होगा।"

"तब...?"

"मुसीबत की जड़ खत्म कीजिए जड़। आप सभी ठेकेदार लोग हैं, गाहे-ब-गाहे मजदूरों की जरूरत आप लोगों को पड़ती रहती है। सौंताल परगना और छोटानागपुर के आदिवासी अंचल ही सस्ते व मेहनती-मजूरों की खान थे। लेकिन अब हालात ऐसे आ रहे हैं कि ये झारखंड मुक्ति मोर्चा, जनमोर्चा और जाने क्या-क्या संगठन बनाकर उकसाए जा रहे हैं ये। फैक्टरी मैना के परिवार ने नहीं, मोर्चे ने बन्द कराई, और

यही हालत रही तो कल को आप छोटा-मोटा ठेका भी नहीं ले सकते, रह भी नहीं सकते, काम तो दूर की बात है। आपको पता नहीं 'दिकू-दिकू' कहकर कितना जहर भरा जा रहा है। सो पहले मंगर या मंगल को नहीं, शर्मा को बन्द करना जरूरी है—अविनाश शर्मा!"

"वाह साहब, इसे कहते हैं पुलिस अफसर का दिमाग!"

सरदार की बाछें खिल गईं।

"अच्छा महेन्दर बाबू, हमने तो सुना है, शर्मा आपका ही आदमी है।" हुसेन साहब ने पूछा।

"सब तो हमारे ही आदमी हैं!" महेन्दर बाबू ने व्यंग्य से कहा, "अरे उसका बाप चतुर्भुज शर्मा हमारा नौकर था नौकर!"

"ओ ऽ ऽ ऽ!"

"जिन्दगी भर हमारी रोटी तोड़ता रहा, और ये स्साला दो अक्षर पढ़-लिखकर हमीं को आँख दिखाने चला है।" शर्मा का प्रेत थोड़ी देर तक मँडराता रहा। बैठक खत्म होने की बारी आई तो महेन्दर बाबू की कचोट फिर उभरी, "तो मैनवाँ को आप लोग यूँ ही छोड़ रहे हैं न?"

इस बार बी.डी.ओ. धनेश पांडेय ने उनका कन्धा प्यार से दबाया, जैसे उनके उफनते गुस्से को दबा रहे हों, "ब्लंट न बनिए। खामखा खून-बून के चक्कर में परेशान होंगे। आपका क्या जाता है, जीने दीजिए उसे भी कुछ दिन इसी मुगालते में।"

और मैना सचमुच जी रही थी।

अँधेरे में निकलकर एक बार फिर उजाले के वृत्त में आ पहुँची है वह। मंगर से उसकी फिर से दोस्ती हो गई है। दोनों हँस-हँसकर ऐसे नरम सुर में बतियाते हैं कि मन तिरपित हो जाता है। अजनबियों को वहम हो सकता है, वह उससे 'फँस' रहा है।

मैना ने उसके लिए दलदल से नया तिनपतिया साग खोंटा है। सितवा जहाँ चौका-बासन करने जाती है, वहाँ से कुम्हड़ा लाकर दे गई है। जरा-सा सड़ा है तो क्या हुआ। दराँती से काटकर उस अंश को निकाल देगी। फव्वारे का पानी जिस गड्ढे में जमा होता है, सितवा उसी से केकड़े पकड़ लाई है। टिपका और लुत्तो को यार्ड में शंटिग हो रही गाड़ी से एक मिठाई का पैकेट मिल गया था। सब इन्तजाम पक्का है।

ईंट के पीढ़ों पर बिठा दिया है मंगर को। सामने रख भात को शोरबे में सानकर मंगर ने एक कौर उठाया है मुँह में डालने के लिए, तभी ठिठककर मैना को बुलाता

है, 'इधर सुन!' 'का है?' नवेली दुल्हन की तरह उसने लजाकर पूछा मगर जवाब उसके मुँह में आ गया। मंगर ने वह कौर उसके मुँह में डाल दिया था।

"माँ, वो भी आया है।" टिपका असमय प्रकट हो गया मनहूस सूचना के साथ।

चुभलाने की क्रिया पथरा गई, "वो भी...?" आँखों में फोकल का मनहूस चेहरा नाच गया। बाप के श्राद्ध के समय पूरी बिरादरी से अलग चबूतरे पर बैठकर फूट-फूटकर रोता फोकल, फिर चुपके-से गाँव छोड़कर चला जानेवाला फोकल! सख्त नफरत की चट्टान पर सहानुभूति की कोंपल-सा जाते-जाते भी उग आया था फोकल! लेकिन आज...? उसका चेहरा सहम गया, "कायें को आया वो आज...?" उसके होंठ बुदबुदाए जैसे कोई कातर फरियाद बिछली हो। थोड़ी देर तक वह ठगी-सी बैठी रही फिर शिथिल भाव से उठकर शाल के पत्तल में उसने थोड़ा-थोड़ा सारा भोजन सजाकर टिपका से कहा, "जा के दे-दे उसे। खा ले तो उधर-ई कोई बोरा बिछा देना सोने के लिए।"

टिपका फिर भी नहीं हिलता।

"अब जाता कायें नईं?"

"वो बोलता, तुमसे बात करेगा।"

"बात...?" मैना ने सहमकर मंगर की ओर देखा। "अरे! वह तो खाना छोड़कर उठ गया।"

टपरे के दरवाजे से वह सुन रही है हैदर मामा का संवाद, "कोई आइडिया लेकर आया है फोकल।"

मंगर झिझक रहा है बात करने में। फोकल खाना खाते-खाते अपनी बहादुरी और मंगर की कापुरुषता की चर्चा छेड़ रहा है, "हम अपना जनाना तुमको सौंप दिया—ठीक! अब दे दिया सो दे दिया, कभी टोंकने भी आया हो तो बोलो। नईं न?"

मंगर कुछ नहीं बोलता।

"फिर सोचो आज काहें आया? नहीं समझ सके न? अरे तुम लोगों का 'दुर्दशा' देखकर। आखिर कुछ भी हो, वो हमारा बियहुता जनाना है, देवता के सामने हमसे पूछा जाएगा, ऊ गलत किया तो किया, तुम भी गलती कर गए? तब हम सोचा, तुम दोनों का हम उद्धार कैसे करें? बहुत सोचा, थाह नहीं मिला। तब एक आइडिया आया देवता की किरपा से। सुनो, महेन्दर बाबू का आसनसोल के नगीच बस टीशन का ठीका मिला है—काम करेगा?"

मंगर कोई स्वतन्त्र निर्णय नहीं ले पाता, "मैना बताएगी।"

व्यंग्य से हँस देता है फोकल। वह बढ़-बढ़कर शेखी में अपनी मर्दानगी के किस्से बखानने लगता है। बहुत बुलाने पर सुकुचाती हुई अँटकते-घिसटते धीरे-धीरे एक दूरी पर आकर खड़ी होती है मैना। वह सुई-धागे से मंगर के कमीज की बटन टाँक रही

है। अभी भी जैसे फोकल की बात सुनने नहीं, यही करने इत्ती दूर से आई है। सारी नजरें उसी पर केन्द्रित हैं। झेंप मिटाने के लिए उठकर चल देता है मंगर। मामा बताते हैं, "काम दिलाने की बात करने आया है फोकल। बस-स्टैंड पर महेन्दर बाबू का ठेका है। क्या बोलती है?"

सर झुकाए-झुकाए ही जाने क्या देखता है फोकल उसकी मुद्रा में, उठ खड़ा होता है, "ठीक है, हम अभी जाता है। जैसी मर्जी!"

उसके जाते ही बूढ़ी सास की तरह पिनक गए मामा, "हम भी चलें। तुम लोग समझो अपना!"

"समझना का है?" मैना ने दाँत से धागे को तोड़कर थूक दिया, "तुमको तो मालूम मामा, हम दलाल से बात नईं करता। ई बार पलामू, राँची, हजारीबाग से मजदूर नईं ला सका तो हमरा पास आया है।"

"अरे महारानी काम तो करना-ई पड़ेगा कि नहीं?" मैना निरुत्तर हो गई।

"तुमरा काम हमरा समझ में नईं आता मैना, पहले उसे ठहराया फिर...।"

"हम उसको बुलाने नईं गया।"

"खाना दिया?"

"हाँ दिया, जैसे कुत्ता-बिल्ली को देता। खाओ, रास्ता नापो। जब भी कोई अच्छा दिन हमरा जिन्दगी में आया, ये खुच्चड़ करने चला आया। हम इसके कएने से जाएगा काम करने?" सहसा ही वह कटखनी हो उठी।

"तो बोलो परधान मन्तरी को बुला लावें, वही हाथ जोड़कर अरज करें, "हे मैना महारानी, काम पर जाओ'।"

"बस, बस। हम कब बोला काम नईं करेगा? सिरिफ उस दलाल के बोलने पर काम नईं करेगा।"

"तो शर्मा बाबू के बोलने से काम पे जाएगा?" मैना के अन्दर इस फब्ती से भक-से आग लग गई, मगर मामा ने घबराकर जल्द ही बात बदल दी, धीमे-से पूछते हैं, "मंगर के कहने पर जाएगी?"

"जाएगा। सब?"

"हाँ सब!"

मामा ने उसे स्नेह से देखा, फिर हँस पड़े, "ये-ई बात पहले कह देती तो...।" फिर तनिक साहस सँजोकर फुसफुसा उठे, "अरे तो फोकला से राजी-खुशी का दो-दो बात तो कर-ई सकती थी।"

"हम कोई रंडी है?"

"ले हलवा! बात को फिर खींचकर ले गई मैले में, अरे वो टिपका और सितवा का बाप है। उनको ले जाना भी चाहता था आदमी बनाने के लिए, पर तू तो...।"

"पएले खुद तो आदमी बन जाए!"

"बाप के चलते फर्ज बनता है कि नहीं?"

"कैसा बाप? हुँह दो घड़ी मौज मारने से-ई कोई बाप कहा सकता है?"

"ये-ई बात तो वो भी कह रहा था, नौ महीना मजबूरी में पेट में रखने भर से कोई माँ नहीं बन सकता।"

"सही है, बाप और माँ तो वही है जो बच्चे को पाल-पोसकर आदमी बनाए, इसके बिना सब मौज और मजबूरी है।"

"मगर कोरट तुमरा बात नहीं मानेगा।"

"कोरट कब हमरा बात माना?"

"वो ले जाए उन्हें तो?"

सहम गई मैना। तनिक करुणा, तनिक आक्रोश में लगी तरेरने मामा को।

"हम ऐसे-ई नहीं बोला मैना, वो मिठाई ले आया था लड़कों के लिए। बड़ी देर तक हाल-चाल पूछता रहा।" मामा ने स्थिति स्पष्ट की।

सद्यःप्रसवा भीत सियारिन-सी गुर्रा उठी मैना, "मामा, तुमको हजार बार बोला, एक बार फिर बोलता, हमसे उस दलाल का बात फिर किया तो ठीक नईं होगा।"

मामा घूरते रह गए उस औरत को। चेहरे में इतने रंग थे एक साथ, मगर कहीं कोई टकराहट नहीं। वह फोकल की परित्यक्ता है, मंगर की बीवी है, अविनाश से नरम सम्बन्ध रखती है सब एक साथ और इसके साथ बस्ती की सरदार है।

मैना का मन फिर से उद्विग्न हो उठा–'आखिर ये लोग चाहते क्या हैं? वह अपने तईं आती है, अपने तईं जाती है, न किसी का कुछ लेती है, न देती है, फिर भी जब देखो, तब पंडित से लेकर पुलिसवाले उस पर दया पोंकने चले आते हैं। जब उसने साफ-साफ यह बता दिया है कि उसके आदमी चोरीवाला काम नहीं करेंगे तो लोग क्यों कुत्ते की तरह पीछे पड़े हैं उसकी जान के? ना, ऐसे नईं चलेगा, मोर्चे के सामने यह बात रखनी होगी।'

13

शर्मा बाबू के दरवाजे पर ताला झूल रहा था। तब...? थोड़ी देर तक उधेड़बुन में खड़ी रही मैना। दसबजिया गाड़ी की सीटी से उसे होश आया कि रात ज्यादा हो रही है। पर कहाँ जाए वह? इस बखत कहाँ मिल सकते हैं शरमा बाबू? पीरटाँड़! कोस भर दूर है पीरटाँड़ और वीरानी रात। अष्टमी का चाँद आसमान के कोने की ओर सरक रहा था। अगर वह अभी से चल दे तो चाँद डूबने के पहले चौमुहानी तक तो पहुँच

ही जाएगी। वहाँ एक नाले को पार करते ही पीरटाँड़वाली खोर मिल जाएगी। कोई नहीं भी मिला तो फुफेरी बहन मेरी हेंब्रम के यहाँ ही रात काट लेगी?...और रात की परछाइयों में एक परछाईं और जुड़ गई।

कुत्ते जोर-जोर से रो रहे थे। वह पिशाचिन-सी बढ़ी जा रही थी। दिल जोरों से धक-धक कर रहा था। दूर जहाँ-तहाँ अवैध खनन चल रहा था। चौमुहानी के नाले पर खजूर की परछाईं में कोई जानवर पानी पी रहा था--चभ-चभ! वह ठमक गई। हाथ में ढेला उठाया पर मारने की जरूरत न पड़ी। सियार था नाले की सीध में चला गया। नाले में उभरे पत्थर-दर-पत्थर पाँव रखकर नाला पार करते ही ऊँचे-ऊँचे मेड़ और उसके बाद पीरटाँड़ ले जानेवाली खोर। उसने चाँद के देवता का मन ही मन आभार माना, 'बहुत रास्ता दिखाए, चाँदो अब तुम आराम से डूब सकते हो?'

पीरटाँड़ पहुँची तो एक साथ कई कुत्ते भौंक पड़े। उसने बेहया की एक छड़ी तोड़ ली। एक कुत्ता जैसे ही पास आया, छड़ी की सटकार पर 'काँय-काँय' करता हुआ भागा। बाहर सोई एक बुढ़िया को उसने जगाया तो डर के मारे उसकी घिग्घी बँध गई।

"डर मत काकी, हम हैं, मैना!"

"मैना...? इत्ती रात को? पुलिस-उलिस तो नईं न?"

"पुलिस...? ना तो।"

गाँव में 'जाग' हो गई थी। कुछ लोग सहमते-सहमते इकट्ठा हुए।

"शर्मा बाबू का कुछ पता है?"

"पुलिस पकड़कर ले गया।"

"ऐं!" वह घबरा उठी, "कब्ब...?"

"आज-ई शाम को।"

सबके सब घबराए हुए थे। डर उनकी आत्मा की तह तक पैठा हुआ था। 'अब का होगा?' सबका एक ही सवाल।

"जो होगा देखा जाएगा, शालबन में सबेरे सब लोग जमा होना। हम क्रीश्चन पारा में जा रहा है खबर करने मेरी के हिंया, हँवई रहेगा रात को।" उसने उनके बहाने अपने डर को दूर किया।

अगल-बगल से सूअरों की 'घों-घों' करती आवाजों और कुत्तों के भौंकने के बीच वह उन्हें तसल्लियाँ दिए जा रही थी। पहुँचानेवाले मेरी के दरवाजे तक आए तो वे एक साथ इतने लोगों की उपस्थिति से बाड़े के सारे सूअर अस्थिर हो उठे और इधर के कुत्तों ने कमान सँभाल ली। मेरी के पति ने चोरों की आशंका में दरवाजा खोलकर देखा तो अचकचा गया।

"मैना है।" कई आवाजें आईं।

"ओ।"

इस बार वह घर के अन्दर गया तो अलसाई हुई-सी मेरी आई लालटेन लेकर। साँवली, दुबली-पतली, पच्चीस की उम्र!

"मैना दीदी, इस बखत?"

"हाँ, चल अभी सोने दे कहीं, सबेरे बताएँगे।" उसने साथियों को विदा किया और घर की चौखट लाँघ गई। जब से मेरी क्रिश्चियन हुई थी, मैना का आना-जाना लगभग छूट चुका था। बाप की अन्त्येष्टि में भी ये लोग बाँसगड़ा नहीं गए थे और उसकी दूसरी शादी और लॉबीर में भी नहीं? एक जाति, और रिश्ते से इतने अन्तरंग लोग—यह धरम कितना भयंकर साँप है जो सूँघ जाता है उन्हें।

"खाना...!"

"नहीं सिर्फ पानी?"

मेरी और उसके पति जैकब ने रश्मी तौर पर उसके बाप की दर्दीली मौत पर सहानुभूति प्रकट की। फिर वे उसके नए पति मंगर से जुड़ी बेसिर-पैर की अफवाहों का जिक्र करते हुए उसे यह सारा लीडरीवाला लफड़ा छोड़कर भगवान जीशू की शरण में जाने का उपदेश देने लगे।

"तू कह तो मैं बात करूँ?"

"हम बोला न, सोने दो, सबेरे भौत काम है।"

और उसने ओढ़ने के रूप में दी गई मेरी की साड़ी को सिर तक खींच लिया।

सुबह मेरी दम्पती से पहले ही उठ गई वह। मुखिया; एक मास्टर थे स्टुअर्ट माझी। सारा कुछ उन्होंने सुबह की जँभाई के साथ सुना फिर गम्भीर हो गए। "हमारी पारटी तो अलग है, कोई कहने से जाएगा नहीं?"

"सौंताल तो आप भी हैं।"

"हैं...तो!" उन्हें स्वीकारने में थोड़ी झिझक हुई।

"फिर—हमरा मोर्चा तो सबके लिए है।"

"सभी तो बोलते हैं यह।"

"कोई खोट-खराबी हो तो बोलो।"

"हम का बोलें...?"

"तो आप-ई चलो न?"

"हम...? हमरा एक ठो दूसरा मीटिन है।"

"इससे भी जरूरी?"

"समझने से जरूरी है।"

"बाद में मेरी ने बताया कि वे लिपि को लेकर आन्दोलन चलाने जा रहे थे। सौंताली भाषा कब तक देवनागरी की गुलाम रहेगी? फिर देवनागरी में वो क्षमता

कहाँ कि सौंताली शुद्ध-शुद्ध लिखी जा सके। स्टुअर्ट बाबू चाहते हैं कि देवनागरी छोड़कर रोमन लिपि अपना ली जाए।"

मैना के दिमाग में कुछ न आया, "तू तो भौत बड़ा-बड़ा बात करने लगा रे। खूब पढ़-लिख गया न?"

मेरी सकपकाई, "नहीं दीदी वो तो...?"

"और तेरा मरद...?"

"वो भी तो।"

दुविधा ताड़कर वह हँसी, "देख ऊ सब पढ़ाई-लिखाई का बात बाद में, पएले खाना चाइए न! खेती से का मिलता?"

"तीन महीना का मिल जाए तो बहुत है।"

"नौकरी-चाकरी?"

"वोई मजदूरी...उसका खातिर बाहर जाना पड़ेगा।"

"थोड़ा-मोड़ा हेल्प चर्च कर देता है।"

"तो तू चल रई है शालवन में?"

मेरी चुप हो गई। रोटियों का नाश्ता खत्म कर मैना उठ खड़ी हुई, "आना–हाँ?" फिर दरवाजे से उसने जोड़ा, "शालवन में भी और बाँसगड़ा में भी। जैकब को लाना। हाँ।"

शालवन में उत्तरपारा के लोग भले ही नहीं आए, रात ही रात खबर पाकर वहाँ कई गाँव के लोग इकट्ठे हो चले थे? काले-काले बदन पर मैली सफेद धोतियाँ, जैसे शालवन जलकर कहीं कोयला हो गया हो, कहीं राख! पता चला, शर्मा के पकड़े जाते ही मोर्चा के बाकी लोग इधर-उधर भूमिस्थ हो गए थे। जो साधारण कार्यकर्ता थे, उनमें अनिश्चय की स्थिति थी। क्या करना है–इस पर कोई भी साफ न था।

मैना को बहुत अफसोस हुआ कि अभी मोर्चा परिपक्व न हुआ था। उसने सौंताली भाषा में तनिक तल्ख होकर कहा, "आप लोग थाना चलकर उन्हें छुड़ा नहीं सकते?"

लोग चुप! काठ थे जैसे!

उसने एक बूढ़े मोड़ल से पूछा, "क्या काका बोलोगे भी...?"

"हम का बोलें बेटी, पुलिस-गौरमिंट सब उन्हीं का है, उनसे लड़ पाना आसान नहीं। तुमरा मरद भी तो पकड़ा गया–का कर सकी तुम...?"

"मरद...?" उसका मुँह हैरत में खुल गया।

"रात दो बजे पुलिस पकड़ के ले गई, तुमको नहीं मालूम?"

उसकी दोनों आँखों से सूझना जैसे बन्द हो गया। बिना किसी निर्णय पर पहुँचे मीटिंग स्वतः ही बिखर गई। गाँव के मोड़ल स्वयं असहाय दिख रहे थे। मैना को

थोड़ी दूर तक पहुँचाकर लौट गए सब। रास्ते में शंकर मिला, भेड़ बेचने जा रहा था साइकिल पर, मगर वह गूँगा बना रहा।

मैना दोपहर ढले बाँसगड़ा पहुँची तो वह पहली ही नजर में उजाड़-सा दिखा। सकपकाए हुए-से लोग उसके गिर्द जमा होने लगे। रमिया कल ही रात भाग गई थी खलासी के साथ। औरतें मैना को गालियाँ देने लगी थीं, "डायन की बेटी सबको खाके मानेगी।" मामा आए बैसाखी खटकाते हुए, "तुम अपने आगे किसी की सुनो तब न! खुद मरेगी सबको मरवाएगी।" वह एक बारगी डर गई, कहीं उसे भी तो डायन घोषित नहीं करवा देंगे ये...।

चारों तरफ अँधेरा था। वह लाख जतन करती कि कहीं से आशा की कोई धार इस अँधेरे को चीर सके, लेकिन अँधेरा गैंडे की खाल बन गया था, कट-कटकर जुड़ता हुआ। बाप की समाधि पर दो घड़ी बैठकर रो लेती तो शान्ति मिल जाती।

नफरत और मायूसी की लम्बी रातों में जब, टिपका और लुत्ता के अलावा उससे कोई बात भी न करता था, और सब अपने-अपने मन की करने लगे थे, एक दिन जब वह अनजाने ही अपनी समाधि पर बैठी बच्चे के सिर से जुएँ बीन रही थी कि उसने देखा परेमा उसे घूर रहा है। उसकी घिनौनी छाया को उसने पहले भी कई बार अपने गिर्द मँडराते देखा था लेकिन वहम मानकर टाल गई थी। एक बार उसकी ओर देखकर उसने नजरें फेर लीं। वह गया नहीं सो खुद ही उठकर जाने लगी।

"भौजी!"

"..."

"भौजी, भैया का केस कल खुल रहा है।"

"..."

"केस लड़े खातिर वोकील करना होगा न!" वह चुपचाप चली जा रही मैना के पीछे किसी ठूँठ-सा चला आ रहा था, "घबड़ाना मत, हम पइसा का बन्दोबस्त करेगा?"

मामा ने दूर से कनखियों से देखा और खखारकर थूक दिया, "अरे तें तो पुलिस का गवाह है रे, तें का मदद करेगा?"

"बोई पैसा जो मिलेगा पुलिस से, बोई से वोकील ठीक करेगा।"

मुकदमा खुला तो परेमा ने सचमुच गवाही दी मंगर के खिलाफ, "हाँ हजूर, ई जब से हमरा बस्ती में आया है तभी से हमको बराबर उकसाता रहा, चल मन्दिर से मूरत का मुकुट उतार लें। तू लूला है, तेरे ऊपर शक नहीं होगा...।"

मैना ने एक नजर कठघरे में खड़े मंगर की ओर देखा। वह निर्विकार खड़ा था। आगे एक शब्द भी न सुन सकी वह।

बयान खत्म कर लूला परेमा कोर्ट के कम्पाउंड में आया तो अपनी फूली जेब को उसके आगे करने लगा, "लो, जेतना पइसा चाहिए निकाल लो भौजी। हमरा जिनगी भर का कमाई है। रमिया का बियाह तो अब होना है नहीं, भाग गई ससुरी। ई पैसा तुमरे काम में लग जाए।"

मैना ने मुँह फेर लिया तो परेमा स्वयं झुककर दाँत से जेब के नोट निकाल-निकालकर गिराने लगा उस पर। उसने आँसुओं से भरी पलकें ऊपर उठाईं तो नोट बलगम की तरह थूक रहा था परेमा।

14

ब्लाउज के अन्दर खोंसा हुआ परेमा का पैसा रह-रहकर खसखसा रहा था, जैसे हथेलियाँ उग आई हों पैसों में—लूले परेमा की वर्षों पहले कटकर जुदा हो गई हथेलियाँ। उसने घबराकर पैसे ब्लाउज से बाहर निकाल फेंके और तुड़े-मुड़े नोटों को शंकित भाव से लगी देखने। क्या जाकर लौटा आए वह...? लेकिन इनमें से सौ रुपए तो वह वकील को दे भी चुकी है। नोटों को डब्बे में रखकर सिर्फ दस रुपए का एक नोट निकाला, उठाया उसने, जैसे कीड़ा उठा रही हो। अब वह स्टेशन जाने की पगडंडी पर थी।

जिला कारा पहुँचते-पहुँचते दिन खासा चढ़ गया था।

इस पार मैना खड़ी है, उस पार शर्मा, बीच में फौलादी सींखचे...। नजर भरकर देख लेने के बाद झुक आई हैं नजरें। पहरे का सिपाही घड़ी देख रहा है, कितनी जल्दी-जल्दी बीता जा रहा है समय जबकि अभी बात शुरू भी नहीं कर पाई है वह।

"मंगर का केस खुल गया?" आखिर पहल शर्मा ही करते हैं।

"हाँ।"

"परेमा सरकारी गवाह है?"

"हाँ।"

"वकील को देने के लिए पैसा भी वही दे रहा है?"

चौंकती है वह! इसके मायने ये कि शर्मा को सब कुछ मालूम है। मालूम तो होगा ही, शर्मा जेल के अन्दर से ही मोर्चा का कामकाज सँभालते रहते हैं। लेकिन ये सवाल कहीं उसे घेरने के लिए तो नहीं किए जा रहे?

"माने ई कि...।" कोई सफाई उससे बन नहीं पाई, देह काँपी और वाक्य अधूरा रह गया। अपनी सारी चेतना समेटकर वह कसमसाई, "हम का करें? कोई रास्ता नहीं सूझता।"

"यहाँ पहले आ जाती तो...।"

"जहर खाने भर का भी पइसा नईं था। आप का सोचते, हमरा मन में हियाँ आने का बात नईं उठा...? दिन, तारीख, महीना, बरस–हमको कुछ नईं मालूम, कैसे आता है, जाता है। मोर्चा का आदमी भी हमरा पास नईं आता। बाँसगड़ा फिर टूट रहा है। हमको कुछ नईं सूझता, का करें...? आप कब छूटेगा?"

"देखो कब छूटते हैं। मंगर जल्द छूट जाएगा।"

शर्मा की बात में फिर वही पेंतरा। एक मंगर से शादी क्या उसने कर ली, सारी दुनिया से कट गई। वह कुछ तीखा बोलने को थी कि शर्मा का स्नेहिल स्वर सुनाई पड़ा, "घबराओ मत! एक दिन की लड़ाई नहीं है यह!"

"हियाँई से सबको आप हुकुम देते रहते हैं, हमरा खातिर का हुकुम हो रआ है?" उसने मुस्कराने की कोशिश की, मगर उसका सवाल उसके बच्चे की रुलाई में घुल गया।

बिना कोई उत्तर पाए, इस चुप्पी और शोर में मुलाकात का वक्त बीत गया।

बच्चे को चुप कराते हुए उसने पागलों-सी खोई नजर से कारागृह की मनहूस दीवारों को देखा, पता नहीं इस बच्चे का कुत्ता बाप, वह जेलर, अभी भी यहीं है या कहीं चला गया है। वह इतनी खो गई कि उसे एक पल को ठीक-ठीक समझ में न आया कि बच्चा अन्दर से रो रहा है या बाहर से। लगा, यह टेर उसके जन्मस्थान के आकर्षण से खिंच-खिंचकर आ रही है।

बाँसगड़ा पहुँची तो दिन ढल रहा था। टिपका और लुत्ता का अभी तक अता-पता न था। घर की दीवार का लेप वर्षा में कट गया था। अगर उसे बचाया न गया तो बाप की आखिरी निशानी भी ढह जाएगी। बेमन से उसने फावड़ा और झूड़ा उठा लिया और जंगल की ओर चली गई।

अपराह्न को वह पुटुस, ढेरे और ढाक का छोटा जंगल सुनहरे सन्नाटे के आतंक में झूम रहा था। उसे लगा, जैसे जंगल में मौत मँडरा रही है–सुनहरी-सुनहरी खालवाली मौत। साड़ी का कछन्ना काछ कर उसने फावड़ा उठाया ही था कि उसकी नजर दूर एक कुत्ते पर पड़ी जो झाड़ियों से कुछ खींच रहा था। पहले सोचा, कोई जानवर या परिन्दा होगा। लेकिन मन नहीं माना। वह धीरे-धीरे चलकर वहाँ पहुँची तो देखा वह एक हाड़ था। शायद किसी आदमी के हाथ का।

"अरे यह तो शायद बाप का हाथ है! निश्चय ही यहीं कहीं गाड़ा गया था उन्हें।" उसने कुत्ते को पत्थर मारकर भगाया और करीब जाकर उस जगह को देखने लगी। लगता था, बाप को हड़बड़ी में ठीक से गाड़ा नहीं गया था उस रात। इस बार जो पानी बरसा उसके रेले में रही-सही मिट्टी कटकर बह गई। कुत्ते ने गहरे तक खोद डाला था अपने पंजों से। उसने फावड़े से मिट्टी हटानी शुरू की। पहले पीली, फिर काली मिट्टी, पूरा कंकाल बाहर करते-करते वह पसीने से लथपथ हो गई।

बैठकर सुस्ताने लगी। तभी उसका ध्यान अन्दर से निकले काले-काले पत्थरों पर पड़ा। उन्हें हाथ में लेते ही वह चिहुँक गई, यह तो कोयला लगता है। हाँ, कोयला ही। तो क्या यहाँ कमर भर माटी के नीचे ही कोयला है! सामने बाप का कंकाल पड़ा था और उसके सिर के नीचे कोयला जैसे अभी भी सिर पर कोयले की बोरी हो। उसकी एक आँख रो रही थी, एक आँख हँस रही थी। नीचे से झूड़ी भर कोयला निकालकर जब वह बाप का कंकाल अन्दर रखकर मिट्टी से भर रही थी तो उसके कानों में महीनों पुरानी बाप की टेर गूँज रही थी–'कोइला ऽ ऽ ऽ लो ऽ ऽ!'

वह टेर जैसे विरासत की तरह बाप से बेटी के कंठ पर सहसा ही आ बैठी थी।

गई थी मिट्टी लाने, ले आई कोयला।

उस दिन के बाद रात भर ढिबरियाँ झाड़ियों में डोलने लगीं। एक-एक कर बाँसगड़ा के सभी लोगों को मैना ने बुला लिया। गड्ढों की संख्या बढ़ती गई। सुबह यही कोयला जलाकर पानी से बुझाया जाता, फिर छोटी-छोटी बोरियों में भरकर टेंगर की सन्तानें शहर में निकल पड़तीं–"कोइला लो ऽऽऽ! कोइला ऽऽऽ!"

15

मंगर जेल से छूटकर आ गया था इस बीच।

मैना अपने पूरे परिवार के साथ कोयला बेचने निकलती। पहले-पहल उन्हें 'कोइला ऽ ऽ ऽ' की टेर देने में भी खासी दिक्कत होती। पहल मैना ने ही की। मंगर की दशा सबसे शोचनीय थी। दोपहर तक भी वह अपना कोयला न बेच पाता। सबसे पहले सितवा का बिकता, फिर मैना का। तब टिपका और लत्तो की बोरी वे ले लेतीं और बेंच आतीं। मैना ने सितवा के बोरे में कोयला कम भरना शुरू किया, फिर भी जल्द बिकने के मामले में कोई फर्क न आया। उसके कोंछे से पैसे गिनकर देखा, पैसे भी ज्यादा! उसका माथा ठनका। उसने सन्देह की नजर से घूरा, "का बात है रे...?"

सितवा बकर-बकर ताकने लगी निर्दोष-सी।

"कल से तू नईं जाएगा।" मैना ने फरमान जारी किया।

"हम भी नईं जाएगा?" टिपका ने कहा। 'हम' में लुत्ता भी शामिल था।

"मोटा गया?"

"कोई दो देता, कोई ढाई! तीन देते-देते जान निकल जाता।" तनिक ठहरकर उसने अपनी बात का असर देखा, माकूल पाकर मन की बात उगल दी, "हियाँ पे भोत टेम लगता माँ। हम लोग कहो तो टरेन से दूर जा के बेंच आयें!" मैना ने न

'हाँ' कहा, न 'ना'।? टिपका ने इसे स्वीकृति बना ली। पिंजरे से आजाद पंछी की तरह दोनों मस्ती में कुलाँचे भर उठे। उन्होंने डब्बे में जाकर अपने पुराने गीतों और साजों का रिहर्सल किया। दूसरे दिन से उनके मजेदार दिन फिर से लौट आए। पाखाने के पास के कारीडोर में कोयले की बोरियाँ रख दी जातीं और 'जूनियर रफी' और 'जूनियर लता' के संगीत की महफिल सज उठती। टक-टक टर्कर ऽऽऽ! खपटे बज उठते और इसके साथ :

"घड़ी दो घड़ी के हैं बादल ये काले
ये दिन तो हमेशा नहीं रहनेवाले
घुटे दम तो क्या साँस फिर भी लिये जा
बुराई के बदले दुआएँ दिए जा।"

पैसों के साथ तरह-तरह की सूचनाएँ थामते वे। सूचना नम्बर एक, उनकी नानी (मैना की माँ) एक दिन मिली। मिली तो कई दिन, मगर उसने बात उसी दिन की। पूछ रही थी, 'तेरी माँ कैसी है, कितने भाई-बहन हो। नाना कैसे मरा?' सब बताया तो रोने लगी, उसका हॉकर मर्द ट्रेन से कटकर मर गया और अब भीख माँगती है, एक लूले लड़के को लेकर, जिससे उसकी नहीं पटती। मैना ने कहा, "फिर मिले तो साथ लेते आना।" मगर वो मिली ही नहीं।

सूचना नम्बर दो, रमिया धनबाद टीसन के आठ नम्बर पिलाटफारम पर रहती है, गोद में बच्चा भी है। शाम को छोटा शीशा में देख-देखकर बाल झार रही थी, फिर पाउडर लगा के यार्ड की खाली बोगी में घुस गई। सूचना नम्बर तीन, फोकल एक नेपाली लड़की से हँस-हँसकर स्वेटर खरीद रहा था कि जाने किस बात पे झगड़ा हो गया। वह हमसे पैसा माँग रहा था, हम नहीं दे रहे थे तो छीन लिया। आदमी जुट गए तो बोला, 'ई हमारा लड़का है, चाहो तो पूछ लो।' हमसे पूछा तो हम बोला, 'हाँ।'

ये सारी खबरें मैना को रुलानेवाली थीं। थोड़ी देर तक उद्विग्न बनी रहती, फिर उन्हें लगती डाँटने, "तू सबका भी हालत ऐसा-ई होगा। न पढ़ना न लिखना। कल से टैम निकाल के शरमा बाबू के पास नईं पढ़ने गए तो खाना बन्द!"

बच्चे आज्ञाकारी सन्तान की तरह पोथी लेकर बैठ जाते। उसकी उद्विग्नता छँट जाती। अतीत भले ही घिनौना है, भविष्य को वैसा नहीं होने देंगे।

चेहरे के गुरूर को पढ़कर मामा टुहुँकते, "का रे मैना-सेठ, कितना जमा किया?"

टाल देती मैना, "अभी कआँ...? अभी तो इत्ते लोग का पेट भर जाए, पुलिस, गुंडे से बचे, ये-ई बहुत है। अभी तो बच्चा सबको देखना है, सितवा का शादी है। फिर टिपका-लुत्ता को पढ़ा-लिखा के आदमी बनाना है।"

"ई तो नेक खयाल है तेरा, हम सबके सामने कहेंगे।"

"छोटका पढ़ेगा तो बिलैत भेजेगा!" गर्व से मुँह फूल आया गूलर की तरह, "बड़ा भागमान है।"

"लेकिन टिपका तो बिलैत से लौट आया, टरेन में आ रहा था, आया में लंडन से बन ठन के...।"

टिपका पीछे से चुटकी काटता, मामा उछल पड़ते, मैना कान पकड़ लेती टिपका का, "हजार बार बोला कि ऊ सब गन्दा सलीमावाला गाना नईं, सिर्फ पढ़ो और सऊर सीखो, कैसे बड़े से सलूक किया जाता। महेन्दर बाबू का लड़का देखा, कइसा गऊ जैसा सीधा।"

मामा चुटकी की जगह को मसलते हुए कोसते टिपका को।

"ये-ई करतब रहा तो जनम-भर कंगाल रह जाएगा। महेन्दर बाबू लखपती है लाख कितना होता मालूम?" मैना समझाती।

"कितना?"

"ए इतना!" मैना दोनों हाथ फैलाकर खड़ी हो जाती बिजूके की तरह। टिपका देखता रह जाता इस बिजूके को।

उसे अपनी माँ पर गर्व हो आता। पूरे बाँसगड़ा की सरदारनी है माँ। कोयला का पता चला तो सबको बता दिया—सब आओ। सब काम करो। कोई पंडित-संडित, पुलिस-उलिस का डर नहीं। शर्मा चाचा जेल में झूठ-मूठ के डर गए कि शैतानों के चंगुल में फिर से फँस जाओगी, सो सबको साथ ले लो। सब साथ आ सकते हैं? डरपोक हैं सब। एक माँ ही बहादुर है। घर, डब्बा, बाँसगड़ा, जंगल—उसे हर जगह बिजूके-सी दोनों बाँहें फैलाए अभयदायिनी माँ खड़ी दिखाई देतीं—विराटरूपा माँ।

छब्बीस जनवरी! आजादी का दिन है! वह माँ को उस दिन दो नया गाना सुनाएगा—

"हम लाए हैं तूफान से किश्ती निकाल के,
इस देश को रखना मेरे बच्चों सँभाल के।"

और "ऐ मेरे वतन के लोगो..." को लुत्ता गाएगा। खुश हो जाएगी माँ।

लुत्ता के साथ साज और सुर मिलाकर वह गा रहा है, बिजूके-सी माँ झूम रही है—दोनों बाँहें फैलाए। झूमते-झूमते छब्बीस जनवरी की तारीख पर पाँव रखकर खड़ी हो गई है माँ!

माँ और उसका नया बाप मंगर, साथ ही गए थे कोयला बेचने। दिन ढल गया। महफिल सज गई लेकिन जिसे सुनाने के लिए उसने आज तक परेटिस (प्रैक्टिस) की, कहाँ रह गई है वह माँ?

लुत्ता ने चुटकी काटी-ई का है?

टिपका ने देखा, पंडित सीताराम आकर खड़े हो गए थे।

उसे लगा, बिजूके के सिर पर चील्ह आ बैठी है।

16

छब्बीस जनवरी को बस्ती से जो-जो कोयला बेचने निकले थे, वे प्रायः सबके सब लौट आए थे और नहा-धोकर वहाँ के 'रात्रि-उत्सव' में शामिल हो गए थे। अगर कोई नहीं था तो वह थे मंगर-दम्पती।

पति-पत्नी को आज ही बाजार-हाट भी निबटा लेने को सूझी थी। पैसे कम थे, सो तनिक चालाकी बरतते हुए उन्होंने आठ बोरी कोयले का दस बोरी बनाया था, जिनके बिकते-बिकाते दोपहरी ढल गई। अब आई सौदा-सुलुफ की बारी। सस्ता और इफरात ढूँढ़ने के क्रम में वे कई दुकानों से भिखमंगों की तरह दुरदुराए गए। शाम हो गई, तब जाकर भर पाए उनके थैले, आटा, मोटा और थोड़ा महीन चावल के अलग-अलग पैकेट, सस्ती किस्म की दाल, नमक, मसाला, बची-खुची आधी सड़ी सब्जियाँ, आलू, सीता के लिए छापेवाली चटख साड़ी, देशी ठर्रे की एक बोतल अपने लिए और बासी जलेबियाँ बच्चों के लिए। मंगर के हाथ में थैले लटक रहे थे, मैना के हाथ में खाली बोरियों का गट्ठर और सरसों तथा मिट्टी के तेल की शीशियाँ। कोयले के चूरे से सने दोनों प्रेत-प्रेतनी-से लग रहे थे। रास्ते में जहाँ-तहाँ बन्दनवार और बिजली के कुंकुमों की सजावट, माइकों के शोर और सजे-सँवरे लोगों के बीच से लौटते हुए मंगर की नजर बार-बार टँग जाती।

"आज आजादी का दिन था साइत!" एक पछतावा होंठों से बिछला। मैना ने, जिसका सारा ध्यान अपने इस हिसाब-किताब में अटका हुआ था, कि कहीं किसी ने उसे ठग तो नहीं लिया, अपनी दुनिया और इस दुनिया की सन्धि पर से जैसे जवाब दिया, "पास में पइसा हो, तब आजादी है।"

मंगर को इस दुनिया से लौटना पड़ा पत्नी की ओर। जाने क्यों, मैना उसे बड़ी प्यारी लगी इस बार, उसने कहा, "ना, पास में मैना जैसा जनाना हो तब...।"

तेजी से चलते-चलते पलटकर घूरा मैना ने, "बड़ा मन सोंधा हुआ है? जेहल में कैसे मन को दबाए रहे...?"

"और तुमरा?" मंगर के प्रतिप्रश्न पर मैना उसे मारने दौड़ी। उनके उजले-उजले दाँत उनकी काया की कृष्ण-पट्टिका पर अनुराग के आखर लिख रहे थे। बस्ती तक आते-आते वे साहब-मेम बन गए थे। उनके हाथ मिले हुए थे, और होंठों पर गीत गुनगुना रहा था।

जैसे-जैसे वे बस्ती के करीब आने लगे, उनके सुर तेज सुर से टकराने लगे। खुल गया हाथों का बन्धन, जड़ हो गए होंठ, आँखें पाइप लाइन के उस फव्वारे तक फैल गईं, जहाँ से वह स्वर उभर रहा था और गैस बत्ती के उजाले की किरचों में काँप रहा था, "ऐ मेरे वतन के लोगो, जरा आँख में भर लो पानी, जो शहीद हुए हैं उनकी, जरा याद करो कुर्बानी!"

टपरों में सूनापन बिछल रहा था, कुत्ते घुसकर हाँड़ियों में मुँह मार रहे थे। एक नामालूम-सी घबराहट में उनके पाँव उस जलसे के स्थल की ओर बढ़ते गए। वहाँ पहुँचकर उन्होंने देखा कि प्रायः सभी स्त्री-पुरुष, बच्चे वहीं जमा थे। लुत्तो गा रहा था, मामा ढोल बजा रहे थे, टिपका खपड़े की 'टक-टक' से संगत कर रहा था, परेमा सिर हिला रहा था और बगल में किसकी मूँड़ी हिल रही है? पंडित सीताराम! लो, पंडित ने उठकर एक अठन्नी लुत्ता को दी।

"मैना आया है, मैना।" भीड़ में थोड़ी अस्थिरता आई। पंडित झूमना छोड़कर जैसे नींद से जगे। एक उदार राष्ट्राध्यक्ष की तरह उन्होंने बढ़कर मैना की अगवानी की, मगर मैना का नक्शा देखकर तनिक कुंठित हो जाना पड़ा उन्हें, "अरे नहा-धोकर आना चाहिए!"

"ई सब का हो रहा है?" उसकी तीखी आवाज पर गायन-वादन रुक गया जैसे किसी ने टेप रिकॉर्डर का स्विच ऑफ कर दिया हो। हैदर मामा दारू के नशे में उदार बने रुक-रुककर आज का सारा वाकया बता गए। उनके स्वर में उल्लास फूट रहा था, "अब कोई डर नहीं मैना, हमारे सिर पर पंडित जी आ गए हैं। तुम्हारा काम देखकर बहुत खुश हैं।" अब चूँकि कोयला सरकारी चीज है और पंडितजी सरकारी आदमी हैं सो इन्होंने कहा, "डरने की कोई बात नहीं, हम देखेंगे अब से सारा काम। आज आजादी का दिन है, आज से एक तरह से समझ लो, तुम्हारा ई कोइलौरी-ठो नेशनलाइज हो गया। और तो और इस जगह का नाम भी महातमा के नाम पर रख दिया पंडितजी ने—टेंगर नगर!" मैना की नस-नस गुस्से से भरकुस हो उठी—"तो गीध की नजर लग ही गई!" प्रकटतः उसने पूछा, "ई पंडित कौन है?" हालाँकि उसने 'प' की जगह 'ल' का इस्तेमाल किया।

उस रात कोयला खोदने कोई न गया। पंडित की 'सरकार' ने पहले ही 'छुट्टी' की घोषणा कर रखी थी और नए सिरे से सुबह से काम शुरू होना था। मगर सुबह पंडित की जगह दो-दो खाकी वर्दियाँ गड्ढों के गिर्द दिखाई दीं। गड्ढों का मुआयना कर वे बस्ती में आए और लगे गुर्राने, "हियाँ सरकारी जमीन पर किसका परमीसन से कोइला निकाला जा रहा है?"

मैना अभी सो रही थी, मर्दों में जो जहाँ था, वहीं दुबक गया। औरतें अवश्य अपनी दिनचर्या में मशगूल रहीं। अपने सवाल को कई रूपों में व्यंजित करने के

बाद उन्होंने औरतों को घूरा, जाँघ खुजलाई, 'कूँ-कूँ' जैसा अस्फुट कामार्त स्वर निकाला, खड़े-खड़े पेशाब की और यह कहते हुए चले कि सबको हवालात में बन्द कर देंगे।

उनके चले जाने के बाद सब एक-एक कर अपनी माँद से निकले, स्थिति की समीक्षा की और मैना को जगा देना ही उचित समझा।

"पुलिस आया था।" आधी नींद और आधी जगी अवस्था में यह अप्रिय वाक्य मैना के कानों में टपका। सवेरे-सवेरे एक साथ सबको देखकर उसने इस वाक्य की पृष्ठभूमि को परखना चाहा। बाहर सुबह की ताजगी बरकरार थी, कहीं कोई चिह्न नहीं थे आतंक के।

"ऐसे-ई डराने आ गया होगा।"

"ऐसे-ई नईं, वो देखो मामा आ रहा है, उसी से पूछ लो।" मंगर ने कहा।

यार्ड की ओर से लपके चले आ रहे थे मामा और परेमा। बीच-बीच में दोनों एक-दूसरे से बातें भी करते आ रहे थे। उनके आने तक सब दिल थामकर उधर ही ताकते रहे।

"का रे मैनवा, तू रएने देगी या नहीं?" यह वाक्य दूर से ही बोलकर मामा ने अपनी बात का माहौल बनाया, "देख, जमाने का रंग-ढंग तू तो जानती-ई है। पुलिस को बिना पटाए, हम ये कोयले का काम नहीं कर सकते। पंडितवा को इसीलिए मिलाया लेकिन तूने सारा गुड़-गोबर कर दिया आकर!" उन्होंने लगभग गिड़गिड़ाते स्वर में कहा, "तू का ये-ई चाहती है कि तेरी सनक की खातिर शरमा जैसे सब जेहल में बन्द हो जाएँ?"

मामा के स्वर में इतनी बेबसी थी कि मैना को सहसा कोई जवाब न सूझा। उसे निरुत्तर होती देख मोड़ल का हौसला बढ़ा, "भौजी, हम कमाएगा नहीं तो खाएगा कैसे?"

"चोरी करके।" किसी ने धीरे से ताना कसा। दबी-दबी खिल्ली उठी, मगर मैना के पलटकर देखते ही वह थम गई। मामा ने हँसनेवालों को डाँटकर मैना को मनाना चाहा, मगर उसने बिना कोई टिप्पणी किए अपनी बाल्टी उठा ली और फव्वारे की ओर बढ़ गई।

"इस सीता-साबितरी के चलते हम सब मारे जाएँगे।" बोलते हुए मामा निरुपाय हो गए थे। मामा के प्रति सहानुभूति में कोई स्वर आया, "सीता-साबितरी-एह! सत्तर चूहे खा के बिलाय चली हज को।"

बाल्टी झन्न-से गिरी, बिल्ली की तरह देह मरोड़कर खड़ी हो गई मैना। गुस्से के अतिरेक में वह बिना कुछ बोले लगी ताकने बेवकूफ-सी अपने लोगों को। ये वही लोग थे, फर्क यह था कि नाममात्र के पैसों की आय ने उनकी जिन्दगी को थोड़ी

खुशहाली बख्श दी थी और उन्हीं पैसों के लोभ में वे इस कदर ढीठ और मौकापरस्त बन बैठे थे कि अपने-पराए का फर्क तक भूल चुके थे।

"असल बाप का हो तो फिर से बोलो तो!" उसकी चुनौती पर सन्नाटा छा गया।

"सोचा, इज्जत का रोटी खाए सब, बहुत पत्तल चाटा, लेकिन कुत्ता का जात...। कान खोलकर सुन लो, जिसको गू खाना हो खाए, लेकिन हमसे सटा तो ठीक नईं होगा। तुम अपना का मालिक! हम अपना का!"

तमककर उसने बाल्टी फिर से उठा ली और फव्वारे की ओर बढ़ गई। मगर फव्वारे तक पहुँचते-पहुँचते उसका कुचला हुआ अहं फिर से घनीभूत हो गया और वह वहीं बैठकर रोने लगी।

रुलाई का स्वर यद्यपि बहुत ही धीमा था, लेकिन उसकी बिरादरी को विचलित कर गया, वे एक पाप-बोध से ग्रस्त कीलित प्रेतों की तरह जड़ हो गए।

तीसरे पहर खबर पाकर खुद आए पंडित। मैना उस समय भी वहीं बैठी हुई थी, उसका पति मंगर और उसके परिवार के अन्य सदस्य भी, जैसे पंडित सरकार के खिलाफ वे सामूहिक भूख-हड़ताल पर बैठे हों। बहुत देर तक पुराने रिश्तों और अपने एहसानों की दुहाई देते रहे वे। पूरी बस्ती के लोग घेरकर खड़े हो गए उन्हें। पंडित की आँख इस बार बिलबिलाई, "यहाँ क्या तमाशा लगा है। भागो। अपना-अपना काम देखो जाकर। आग लगा दोगे पहले, फिर हमको बुलाने को दौड़ोगे, महाराज जी बुझाइए चलकर। देखो, अब से कोई एक शबद भी बोला तो ठीक नहीं होगा। भूल गए कि मैना ने क्या-क्या नहीं सहा तुम लोगों की खातिर। आज जो कोइला मिला है, ऊ भी इसी लछमी के बदौलत और नमकहराम सब लछमी का अपमान करेगा?"

"हम नहीं महराज पुलिस...?" कोई हकलाया।

"ऊ हम देखेगा, हम!" उन्होंने 'हम' पर जोर दिया, "तुम लोग जा के कोइला खोदो।"

रिंग मास्टर के इशारे पर कुदाल, फावड़े, झूड़े निकल पड़े, रह गया सिर्फ मैना का परिवार। पंडित ने सन्धि प्रस्ताव की तरह बात पेश की, "हमारी-तुम्हारी कोई लड़ाई नहीं मैना। हम तुम सबकी भलाई चाहता, तुमको पसन्द नहीं, ठीक है, तुम्हारा गड्ढा हम नहीं छूने जाएगा, मगर तुम भी हमरा आदमी को मत फोड़ो।"

"हमरा आदमी...? दिकू मोंग सेता मोंग! (दिकू की आँख कुत्ते की आँख है)।" मैना का सर्वांग खर्र से जल उठा, "ए पंडित, दिकू का चाल मत चलो, कै दे रआ है, हाँ! तीर चल जाएगा तीर!"

"तीर चलाएगा कौन?" सरदार निहाल सिंह व्यंग्य करते हैं। "आदिवासी सब तो लाल झंडा, हरा झंडा, तिरंगा झंडा में बँटा हुआ है।"

"शरमा! जेल से ही मन्तर देता रहता है सबको। धनुष आदिवासी का, तीर शरमा का।" परेमा बताता है।

भेड़-बकरियों को ले जाते हुए ठिठककर सुनने लगता है शंकर। कुछ देर तक बातचीत सुनता है फिर अपने मन की कोई बात पाकर खुशी में उसकी नाक टेढ़ी होने लगती है। चितवन किसी मुकाम पर आकर स्थिर हो गई है।

दिलावर सिंह ताड़ लेते हैं इस परिवर्तन को, "अरे शंकरा, तू किदर है?"

शंकर हमेशा की तरह चुप्पी साधे रहता है, जवाब देता है परेमा, "इसको तो शरमा बोला है, महेन्दर बाबू और आपका सब कर्ज माफ करवा देगा, जनाना का दवाई करा देगा, मैना की खान में नौकरी...।"

"मारा जाएगा बिना मौत अगर पड़ा उनके चक्कर में। ऐ शंकरा ऊ ठो बकरा हमको दे दे।...अरे नगद पैसा ले लेना?" शंकर सहमकर आगे बढ़ जाना चाहता है।

"तेरी भैण की...साला दो कोड़ी का आदमी, पैसे दे रहे हैं और ये ऐंठा जा रहा है। जरा शेखी तो देखो! इसी खातिर तुम लोगों का हालत ऐसा है।" वे खुद दौड़कर बकरे को पकड़ने आए पर सामने दिख गया मंगर, बोले, "अरे सोनार भाई, जरा ऊ बकरा पकड़ के लाना तो, हम चाय पिलाएँगे अभी।"

मंगर 'सोनार' कहते ही खिल उठता है, बकरे के पास धीरे-धीरे जाता है। शंकर बकरे की माँ बन गया है। पीछे-पीछे अस्फुट स्वर में जाने क्या-क्या बकते दौड़ रहा है। बकरा भागता है। मंगर ने दौड़ा लिया है। मंगर को चकमा देता, दौड़ाते-दौड़ाते बकरा, गोल से दूर चला जाता है फिर कन्नी काटकर गोल में चला आता है। मंगर की साँस उखड़ गई है।

"तू भी बिहारी ही ठहरा!"

"अरे क्या सरदार, एक ठो बकरा नहीं पकड़ाता।" महेन्दर बाबू उधर से आते हुए ताना देते हैं। उनके साथ पंडित सीताराम और हुसैन भी हैं।

दिलावर सिंह उड़ता हुआ सलाम दागते हैं दोस्तों को, "आइए-आइए बाबू साहेब! सोचा था, आप लोगों को आज बकरे की दावत देंगे लेकिन...।"

"अरे तो अब क्या हुआ?"

"वो मँगरा नहीं पकड़ सका।"

"चलिए हम सब पकड़ते हैं। ऐ पंडित जी, आप उधर से घेरिए, हुसैन साहब आप उधर जाइए, मंगर तू वहीं रह, सरदार आप झाड़ी की तरफ...।"

शंकर की भेड़-बकरियों की गोल के बाहर इनसानी भेड़ियों की एक घेराबन्दी कसती है। गोल मिमिया रही है इसके बीच से महेन्दर बाबू ढेरे का एक पल्लव लेकर आगे बढ़ते हैं 'उर्री ऽऽऽ!, उर्री ऽऽऽ!'

चारे की ओर कई लपकते हैं लेकिन उन्हें तो गोल के बीच खड़े बकरे की तलाश है। हाँ, वह सामने रहा। चारा हिलाते हैं महेन्दर बाबू। सशंकित नजर से चारे को देखता है बकरा, जैसे ही हाथ डालते हैं, बकरा मुड़कर वार करता है। छपास! गिरते हैं महेन्दर बाबू, "पकड़ लो स्साले को जाने न पाए!" दिलावर सिंह चीखते हुए ललकारते हैं और बकरा कसते हुए घेरे की गिरफ्त में आखिर आ ही जाता है। अब उसकी मुखर मिमियाहट और शंकर के मौन आँसू ही कहीं ठहरे रह गए हैं वहाँ। बड़ी देर तक चुहुल होती रही है इस गोल में, दिलावर सिंह फिर से ले आते हैं पुराना प्रकरण, "स्सालों को तीर का गुरूर है।"

"उधर से तीर चला तो इधर से गोली चलेगा।" पंडित ने कहा।

परेमा और मंगर, इस गोल में फिट नहीं पड़ते। तनिक बगल बुलाकर बीड़ी पिलाने के बाद पूछता है परेमा, "मंगर भइया, मान लो, उधर से तीर चले और इधर से गोली तो तू किससे मरना चाहेगा?"

खीस निकल आई है मंगर की। कोई माकूल जवाब नहीं है उसके पास। जवाब उससे बहुत दूर मैना के मन में मुर्दे की सड़ी लाश-सा उतरा रहा है–'मरना तो सबको है, मगर कुछ आदमी पहले ही मर जाता।'

17

लाख समझाने-बुझाने, डराने-धमकाने के बावजूद मैना अपनी स्वतन्त्र इयत्ता को पंडित के संरक्षण में विसर्जित करने को तैयार न हुई। हैदर मामा ने मैना का विग्रह करते हुए पंडित को बताया, "मैं ना, मैं ना!"

"पकाने दो उसे डेढ़ चावल की अलग खिचड़ी, तुम सब लोग तो ठीक हो?" पंडित ने पूछा।

"ठीक-ई हैं, सिरिफ थोड़ा-सा हमदर्दी है उसकी ओर भी, बस।"

"हूँ," हुँकारी के साथ वे खनन क्षेत्र में आए।

टेंगर का कंकाल कभी इधर किया जाता, कभी उधर। कई दिनों से वे देख रहे थे।

"ई हाड़ कैसा है?" पंडित ने मामा से पूछा, तो मामा ने टेंगर के वहाँ गाड़ने की याद दिलाई, साथ ही उन्होंने यह भी बताया कि इन्हीं हड्डियों की बदौलत कोयले का पता लग सका है। पंडित की मूँड़ी हिलने लगी, "ऐ रुको, रुको!" कहकर वे आगे बढ़ गए। मोड़ल से उन्होंने हड्डियों को इकट्ठा करवाया, उसे रास्ते के इस छोर पर एक गड्ढे में भरवाकर एक बाँस गड़वाया, फिर सबको बुलवाया, "ई ठो इस्मारक हुआ समझे। टेंगर महातमा था, अपना जान देकर तुम लोगों को नया रास्ता

दिखा गया। आज से सब आते-जाते मत्था टेकेगा ई चौरा पर। साल में एक ठो बकरा चढ़ेगा।'' इतना कहकर उन्होंने हाथ जोड़ लिये और मत्था टेककर जैसे इस 'राष्ट्रपिता' की समाधि का उद्घाटन किया।

बड़ा माकूल असर हुआ इस बात का। मैना कोसती रह गई, ''जीते जी खाया, मर जाने पे भी नईं छोड़ेगा?'' मगर उसकी किसी ने न सुनी। सब जगह पंडित का गुणगान, ''पंडित महराज का दिल साचो का बड़ा है। मैना बेकार में फटर-फटर करे है। किसी को सूझा ऐसा बात?''

यह किला फतह कर उन्हें अपनी ड्यूटी की सुधि आई। ड्यूटी तो कोई जरूरी न थी, मगर जाना इसलिए जरूरी था कि वहाँ से वे कोयला ढोनेवाले ट्रक-मालिकों से फोन पर सम्पर्क कर सकते थे।

कबाड़वाले सेठ वहाँ पहले से इन्तजार कर रहे थे। मक्खियों की तरह हड़ाने के बावजूद वे पीछे लगे रहे तो पंडित पलटे, ''ना, आपको मालूम है, मेरे पास अपना कफन खरीदने-भर का पैसा नहीं है।''

''हाथ से ही परखकर बता देते हैं, लाइए न!''

पंडित ने थोड़ी देर में उन्हें दो ढेले लाकर दिए। साहु ने परखकर बताया, ''यह तो पत्थर है और यह कोयले का बच्चा।''

''लो साला, कोयले का भी बच्चा होने लगा।''

''दरअसल यह कोयला अभी पूरी तरह बना नहीं।''

''और यह...?'' पंडित ने एक तीसरा ढेला थमाया।

साहु को थोड़ी दिक्कत हुई इस बार। उन्होंने आग में डाल दिया उस ढेले को और दंग रह गए, ''यह भी यहीं से निकला है?''

''हाँ, क्यों?''

''यह तो ए-ग्रेड का कोकिंग कोल लगता है--बाजार में काफी कीमत है इसकी! अगर यहाँ से निकला है तो जरूर नीचे का होगा, जैसे-जैसे नीचे जाएँगे, अच्छा कोयला मिलेगा, मगर इतना अच्छा कोयला...!''

''ठीक है, आप लोग जाइए। टेंडर रिन्यू करवा लीजिए और कूड़ा यहीं फेंकिए, सड़क भी बन जाएगी, चुन भी लिया जाएगा।'' उन्हें कोयले में गोते खिलाने के बाद, उन्होंने धीरे-से गाली दी, ''स्साले!''

अब उनके पास दो अमूल्य जानकारियाँ थीं--एक तो यह कि अच्छा कोयला पाने के लिए नीचे जाना पड़ेगा, दूसरी यह कि यार्ड के वैगनों में भरा कोयला बहुत कीमती है। तीसरा ढेला वैगनों का ही था। इसके साथ ही उन्हें अपनी इस मूर्खता पर खासी कुढ़न हुई कि व्यर्थ ही टेंगर को यह कोयला देते रहे। टेंगर की समाधि पर खड़े होकर मन ही मन उन्होंने उस मृतात्मा को हजार गालियाँ दे डालीं।

उस रात से शुरू हुई उनकी द्विआयामी योजना। इस्पात कारखानों को जानेवाले वैगनों के कोयले निकालकर ट्रकों से बाहर भेजना और इस खनन क्षेत्र के घटिया कोयले को वैगनों में लादकर फिर से उन्हें जस-का-तस बना देना। इस क्रिया में खनन क्षेत्र से यार्ड तक ढोने का जो ताँता लगा कि साक्षात् रामायण के सेतु-बन्ध का दृश्य उपस्थित हो गया। यह क्रिया रोज दुहराई जाने लगी। इसी सेतु से सोने की लंका में प्रवेश किया पंडित सरकार ने। पैसा ही पैसा!

पंडित को सीढ़ी मिल गई थी और मैना को साँप निगल गया था, वह फिर से अब एक-एक घर आगे बढ़ रही थी। वह पागलों की तरह कोयला काटने में जुटी रहती। पंडित और अपने लोगों के पैसे की बाढ़ से उसे उतनी दिक्कत न थी, जितनी कि अपने परिवार में बढ़ी आ रही पैसे की ललक से। मंगर अब वह मर्द नहीं था, जिसे पाकर फोकल को भूल गई थी। वह अक्सर पंडित की बुद्धि की तारीफ में पुल बाँधता फिरता। अब ऐसी मेहनत को वह उपेक्षा की दृष्टि से देखता जिसमें उस जैसा मुनाफा नहीं। मैना मर्द की तरह अन्दर कछन्ना काछकर कोयला काटने में जुटी रहती। रात को इन्हें जलाकर सुबह उसे बेचने भी जाना पड़ता। मंगर इससे इस बात के लिए भी नाराज रहता कि वह उसे दारू पीने के पैसे तक नहीं देती। पंडित का पड़ोस उसके लिए समस्या बनता जा रहा था।

ऐसे में एक दिन बाहर से दारू पीकर आए मंगर ने गड्ढे में घुसते ही मैना को पीछे से बाँहों में जकड़ लिया, "तुम इतना काहें को खटेगा? नईं...नईं...।" थकी अकड़ी देह की कई नसें खुशी की कलियों की तरह चटखीं। मैना ने दारू की बू को झेलते हुए मुँह फेरा, "का इरादा है?"

इरादा 'नेक' नहीं था। हालाँकि वह इस बात से आशंकित थी कि अभी उसका पति 'गोबर' बन जाएगा और उसकी भी देह अलसा जाएगी, मगर सबसे कटी हुई मैना कम-से-कम अपने मरद से जुड़ी रहना चाहती थी। हुआ भी वही।

"बस इसी एक काम का मरद है?" मैना ने पीठ के चूरों को झाड़ते हुए पूछा।

"का करें और? बोलो।"

"चलो, चलकर एक ठेला ले आएगा, थाना में नीलामी हो र-आ है। अब हमसे सिर पे कोयला रख के कुत्ता का माफिक भटका नईं जाता!"

"चार-पाँच सौ रुपया कहाँ है?" मंगर ने बुरा-सा मुँह बनाया।

"पैसा है। इसी खातिर तो तुमको दारू पीने नईं देता।"

मंगर भौचक रह गया। आनन्दातिरेक में उसने मैना को फिर भींच लिया।

ठेला रिक्शा आ गया। शाम तक मंगर ने उसके टायर-वायर बदलवाकर उसे कामचलाऊ बना लिया। शाम को फव्वारे पर नहाकर लौटते हुए उसने देखा कि सितवा, लुत्ता, टिपका और उसके भोलू को बैठाकर मंगर उन्हें चक्कर लगा रहा है

तो वह आह्लादित हो उठी। मंगर ने उसके सामने लाकर ब्रेक कस दिए, "तू भी बैठ जा।"

"रएने दे, रएने दे, अभी चार-पाँच सौ खरच कर ले आया, अभी चक्का भरस्ट हो जाएगा।"

धीरे-धीरे ठेले के गिर्द बस्ती के स्त्री-पुरुष और बच्चे भी जुड़ आए। सब छू-छूकर ईर्ष्या-भरी प्रशंसा में सवाल पूछ रहे थे। मैना उन्हें प्रतिशोधात्मक भाव से भरी शेखी में बता रही थी कि कैसे उसने एक-एक पैसा जोड़ा और यह ठेला लिला। अब सिर पर बोरे उठाकर 'कोयला ऽ ऽ ऽ' कहकर भटकने की कला खत्म।

"साचो मैना, तेरा करतब का जवाब नईं! हम तो जो कमाया सब खा-पी के उड़ा दिया।"

"अपना रोजगार भी दे दिया।" मैना ने जोड़ा, "कल को पंडित बोले, 'भागो हियाँ से, तुमरा जरूरत नईं', तो!"

इतना कह चुकने के बाद उसे पिछली बातें याद आईं तो तनिक ठसके से बोली, "हम बेफालतू-ई सब बोला, हम है कौन?" मैना की बात जले पर नमक की तरह छरछराई, कैली ने आहत स्वर में कहा, "ऐसा मत काहो मैना। भूलचूक किससे नईं होता, अरे ई जरलहा पेट जो न करावे।"

मैना का मलाल हल्का पड़ गया।

मुँह-अँधेरे लदकर चल देता ठेला। अँधेरे के कैनवस पर चित्र उभरता। पूरब की चढ़ाई पर मंगर जबकि सीट पर बैठा होता, मैना ठेले को पीछे से धकेल रही होती, सलोना सूरज खिल रहा होता, ऐसा लगता, जैसे वे नए सूर्य की ओर बढ़ रहे हैं। शाम को यही ठेला ढलान पर डगराता हुआ लौटता तो मैना ठेले पर बैठी होती। मंगर को लगता, वह रोज एक मैना को लेकर लौटता है, और दिनों से नई, और दिनों से ज्यादा खिली, शक्ति और सौन्दर्य से मंडित–किसी साबुन कम्पनी के पोस्टर-सी, दिन-ब-दिन खिलता रूप।

रात को यह सौन्दर्य बदली का चाँद बन जाता। पेड़ों, लताओं की छाया में जब लालटेन, ढिबरियाँ और टॉर्च से जंगल के पत्ते-पत्ते चकमकाने लगते, वह सधे कदमों से आती और अपनी माँद में समा जाती, उजाला अब माँद से छिटकने लगता, उसकी खसखसी आवाज जब तक सुनाई पड़ती। जैसे ही पुलिस का धावा होता, बिल्ली की तरह दबे पाँव सबके साथ निकल भागती, साक्ष्य के लिए रह जाते इक्के-दुक्के चप्पल, गैंते, झूड़े। पुलिस अपना नजराना वसूल कर चली जाती, मगर पुलिस की कोई एक जाति हो तब न! 'गौरमेंट' ने किसिम-किसिम का पुलिस पोस के रखी थी, आर.पी.एफ., जी.आर.पी., सी.आई.एस.एफ., सी.आर.पी., जंगल-पुलिस और थाने की पुलिस! मैना को यह सब मालूम है, मंगर को नहीं। तभी तो उस दिन फिर पकड़ा

गया। रात के दस बजे पुलिस वसूली करके गई थी। अब कोई खतरा नहीं, ऐसा सोचकर निर्द्वन्द्व कोयला खोद रहा था वह तभी टॉर्च की बीम पड़ी तो अचकचा गया।

"निकल साले, नहीं तो दाग देंगे!" ऊपर से आवाज आई। हतबुद्ध रह गया वह। एक खाकी वर्दी उसे निकालने को अन्दर घुसी तो वह हकला उठा, "राम कसम! धँस जाएगा साब।"

"तो वहाँ क्या अपनी माँ...रहा है। निकल नहीं तो तोप देंगे इसी में।"

बाहर निकलकर दो-चार थप्पड़ ही पड़े थे कि मैना रुपए लेकर हाजिर हो गई थी।

"देखिए, आप लोग आपस में फैसला कर लीजिए, अभी-अभी पुलिस को दिया, अब आप लोग आए हैं, कितना देगा?" उसने ऐसे कहा जैसे घर की मालकिन भिखारियों को झिड़कती हो।

थोड़ी-बहुत खिच-खिच के बाद वह पचास पर अड़ गई, "इससे जास्ती नईं है सिपाई साब, चाहे खाल उधेड़ लो।"

खैर मंगर छूट गया। सिपाहियों की दी हुई बीड़ी के सुट्टे मारता अब वह उनके पीछे-पीछे चल रहा था जैसे उन्हीं का जाति-भाई हो, मैना उसके पीछे-पीछे चल रही थी। बासन्ती भोर की टटकी हवा में पतझड़ के बाद पेड़ों पर नई कोंपलें फूट रही थीं। आमों में बौर आ गए थे। उसे यह सोचकर आश्चर्य हुआ कि मौसम और पर्व कैसे आते हैं, कैसे जाते हैं–सब वह भूल चुकी है। 'बधना परब' कब बीता, पता ही नहीं। कोई बता रहा था, टिपका तीर के निशाने में 'फस्ट' आया था। वह नाचना-गाना तक भूल गई क्या! चलते-चलते उसका मन हुआ तनिक नाचकर देखे तो...। ना, इस बार सरहुल में जी भर के हँड़िया पीकर नाचेगी, जाहिर थान भी नहीं गई बहुत दिन से। सौंताली बोले हुए महीने हो गए जब देखो तब ई गुलगुलिया और हिन्दी की चटखनी बोली! शर्मा थे तो सब ठीक था, कितना उत्साह था उस आदमी में और उसके साथियों में? कितना कट गया है बाँसगड़ा दूसरे गाँवों से और वह खुद भी...!

18

सुब्बाराव की बस्ती से सटा वह टीला। रेल क्रॉसिंग से पश्चिम सड़क और रेल के तिकोने पर तिकोने के साथ-साथ फैलता हुआ। टीले पर खड़ा वह शाल का पेड़। हैदर मामा का कहना है कि जिस दिन पुलिस की गोली खाकर सुब्बाराव 'शहीद' हुए, उसी दिन इसके बिरवे को उन्होंने अँखुआते देखा था। है तो सुब्बाराव की तरह कुछ टेढ़ा ही मगर अभी भी उस छोटे मगर घने जंगल का सरदार है। दूसरे पेड़, मसलन,

ढेरा, सिंहोर, पलाश आदि जैसे इस दादा की डाँट खाकर जहाँ-के-तहाँ सिटपिटाए पड़े हैं। पुरुश की झाड़ें जैसे फूल बिखेरती हैं कदमों पर। तेजाब की फैक्टरी कालिया नाग की तरह जब फुफकारा करती थी तो यह जंगल मुरझाया-मुरझाया रहता था। पेड़ भी शायद इसीलिए पतले और बौने रह गए, मगर अब उन्होंने फिर से पेंग बढ़ाई है। इस साल की बरसात ने इस जंगल को घना बना दिया है। पहले इस जंगल में सियार, बनबिलाव, चूहों, खरगोशों और साँपों का बसेरा था, कुत्ते यदा-कदा पहुँचकर इनको परेशान करते। यह सारा कुछ अब भी है सिर्फ जन्तुओं ने आदमी की शक्ल अख्तियार कर ली है कोयले के दलाल, मजदूर, उनके बच्चे कोल माफिया और यदा-कदा पुलिस!

खट-खट! छर्र-छर्र! इस जंगल में कुंजों की आड़ में अब साँकल, कुल्हाड़ी और गैंते चल रहे हैं। पहले पीली मिट्टी, फिर स्लेटी, फिर पत्थर! मगर यह कोयला नहीं है, कोयले का कवच है। इस पत्थर को हुमचकर हटाते, तोड़ते ही कोयले का खजाना। शर्मा होते तो कहते इस खजाने पर अमेरिका की तरह पंडित सीताराम एक बड़े खनन-क्षेत्र पर काबिज हैं और लैटिन अमेरिका के एक छोटे राष्ट्र की तरह मैना। पंडित सरकार के सपने बड़े हैं, मैना के छोटे। ज्यादा उगाही और बड़े मुनाफे के लिए पंडित के 'राष्ट्रीयकृत कोयला निगम' ने हाल ही में 'बहुराष्ट्रीय निगमों' और 'ज्वाइंट सेक्टरों' से सन्धि की है। उसी के तहत पश्चिम में हुसैन साहब और पूरब में महेन्दर बाबा भी आ गए हैं। तेजाब की फैक्टरी के बन्द होने के बाद अपने किसिम-किसिम के ठेकों से अर्जित चौर विद्या के उपयोग का इससे अच्छा कोई विकल्प था भी नहीं, मगर वे खुद अपना कारोबार कम ही देखते हैं, इसके लिए नियुक्त है फोकल। केंचुल छोड़ दी है उसने। अब उसके बदन पर फुटपाथ की ही अच्छे किस्म की उतरन आ विराजी है। मैना से जब-जब वह दावे के साथ पूछ लिया करता है, "कोई जरूरत हो तो बोलना।" अफसोस मैना बोलने को कौन कहे, ताकती भी नहीं एक बार! इस उपेक्षा को अपने चारमीनार के धुएँ से वह ओझल कर देता है वह फिर आकर अपने कुंज में धूनी रमाता है। बोरे के आसन पर रईस की मुद्रा अख्तियार कर जब वह होंठों के कोनों पर चारमीनार दबाए आठ आने की डॉट पेन से सवा रुपए की डायरी में लिखते-लिखते रुककर, सिगरेट हटाकर दारू के ग्लास को मुँह से लगाकर देखता है तो दलाल नहीं, माफिया सरदार ही लगता है।

दूसरे कुंज में ऐसे ही एक और 'माफिया सरदार' दफ्तर लगाते हैं—हैदर मामा। दोनों के 'डिस्कशन' का एक ही 'ईशू' होता है—मैना, अपमान, और सम्मोहन की मिली-जुली चुनौती-सी चटपटी। इस 'चखने' से दारू का मजा खासा जमने लगता है तो अक्सर अपने बेटे टिपका को दारू का प्रलोभन देकर बुला लिया करता है फोकल, फिर उससे कारोबार की बातें करते हुए मैना के अहं के ग्राफ की स्टडी करते हैं मामा और वह। टिपका उसकी याद को टटका करता रहता है कि कभी मैना का

वह पति हुआ करता था। मैना की बेरुखाई उसकी चाहत को भड़काया करती है। एक दिन तो यह 'प्रेमरोग' इतना उत्कट हो उठा कि वह कुंज से निकलकर कुंड में जा भहराया—कुंड, जहाँ से मैना अभी-अभी काम करके गई थी। गिरना आसान था, निकलना मुश्किल। रात-भर उसी में पड़ा रहा। सुबह महेन्दर बाबू ने उसे निकलवाकर काफी डाँटा। बस्ती के लोग काम करने आ गए थे तब तक। काफी खिल्लियाँ उड़ीं। परेमा ने हैदर मामा और फोकल की लँगड़ाती जोड़ी को देखकर कहा, "अब मिली है जोड़ी।" लँगड़ाते हुए 'मजनू' को उसकी 'लैला' को दिखाया गया, मगर वह पहले की तरह ही आई और काम में मशगूल हो गई। हुसैन साहब ने एक शेर पढ़ा, "जिस दिन मेरा जनाजा निकला, सारा शहर निकला, मगर वो नहीं निकला, जिसकी खातिर मेरा जनाजा निकला।" पुलिस को देखकर चींटियाँ अपने अंडे-बच्चे समेत बिलों से निकल भागीं। पंडित ने उन्हें फिर से बुलवाया, "अरे, नईं पकड़ेंगे रे, जा काम कर।"

कुंज के नीचे एक सेफ्टी मीटिंग शुरू हुई। सेफ्टी इंजीनियर स्वयं शरीक थे, एक-दो रेलवे और पुलिस विभाग के लोग भी।

"हाँ, तो बताइए साहब, हमारी सेफ्टी का क्या इन्तजाम आप कर सकते हैं?" महेन्दर बाबू ने बात शुरू की। "खादों को मैंने अभी एक नजर देखा, दे आर टोटली अनसेफ। छत कभी भी धँस सकती है, सपोर्ट चाहिए। नीचे हमने देखा ढिबरी-लालटेन लेकर लोग काम कर रहे हैं, गैस एक्सप्लोजन का खतरा है, वेंटिलेशन क्राइसिस तो है ही। बगल का पानी भी पम्प से निकाल दीजिए।"

"यही सब जानने के लिए हम आपको हर महीने पाँच सौ देते हैं?" महेन्दर बाबू ने हँसते हुए पूछा तो सेफ्टी इंस्पेक्टर के चेहरे पर मूर्खता का भाव छलक आया।

महेन्दर बाबू ने खुलासा किया, "चींटियाँ दब जाएँ या मर जाएँ, दैट्स नाट माइ हेडेक, हम कैसे सेफली ज्यादा-से-ज्यादा उगाह सकें—हमें यह देखना है, हमने पैसा फँसाया है साहब, पुलिस और आप लोगों को देते-दिलाते इतना पैसा तो बचना चाहिए कि हम वर्कर्स का पेमेंट दे सकें, दो-चार पैसे अपने बाल-बच्चों के लिए भी रख सकें।"

"इसमें मैं क्या मदद कर सकता हूँ?"

"आप! ऊपर से कोई कार्रवाई न हो, इसका जिम्मा ले सकते हैं।"

"देखिए इललेगल माइनिंग अकेले आप ही तो नहीं कर रहे हैं। पूरे रानीगंज—आसनसोल, धनबाद, झरिया और गिरीडीह में अभी इललेगल माइनिंग चल रही है। जब सबका बन्द होगा तो आप भी बन्द कर दीजिएगा। क्यों इंस्पेक्टर साहब!"

पुलिस इंस्पेक्टर ने उनकी बात का समर्थन किया और वायदा किया कि छापा पड़ने की हालत में उन्हें पहले ही इत्तला मिल जाएगी, फिर भी वे सतर्क रहें—आलवेज एलर्ट, एक्सीडेंट एवर्ट!

रेलवे पुलिस के अधिकारी ने दूसरा नारा दिया—"डिले डज नॉट पे!"

पुलिस इंस्पेक्टर ने एक नया सजेशन दिया, "आप इधर-उधर पैसा देते हैं कोयले को भेजने में, आप इसे 'इंस्योर' क्यों नहीं करवा लेते? मेरे एक बहनोई हैं, कहिए तो उनसे मिला दूँ। आप उन्हें पाँच सौ देकर इंस्योर करवा लीजिए, हर थाने, चेक पोस्ट को सँभालते हुए वे कोयला सेफली पहुँचवा देंगे बनारस—द डे यू इंस्योर, यू आर सेक्योर!"

दवा-दारू पी-पाकर हरे नोटों को जेबों के हवाले कर वे रुखसत हुए तो हैदर मामा ने सुरक्षा इन्तजामों पर प्रकाश डाला—सड़क पर जो घास छीलनेवाला है, यहाँ जो गाय चरा रहा है, ये दोनों दो-दो रुपए के जासूस हैं! पेड़ पर अपने एक-दो लड़के हैं, पेड़-पेड़ पर समझिए टेलीफोन लगा है। पता नहीं, कब कौन साला आ टपके और बोले, "तुम उसको देते हो हमको नहीं दोगे?" सबसे पोख्ता इन्तजाम है हमारा। वाच टावर-वो सुब्बारवा का पेड़, उस पर सोरे बैठा हर घड़ी दूर-दूर तक देखता रहता है।"

हैदर मामा यह सब बताकर महेन्दर बाबू को खुश कर देना चाहते थे, मगर उनका ध्यान तो कहीं और ही था। वे एकटक मैना के परिवार का कोयला निकालना देख रहे थे।

"क्या ये लोग भी पैसा देते हैं?" उन्होंने पूछा।

"उनका अपना इन्तजाम है, कारोबार भी तो छोटा ही है।"

"मगर क्यों है?"

मामा ने पंडित को देखा, जैसे इसका जवाब बेहतर ढंग से यही दे सकते हैं। पंडित ने खखारा, "बड़ी बदजात है मैना।"

"मगर फोकल तो इसी का दीवाना है।" महेन्दर बाबू को सुबहवाली बात याद आई।

"उसकी पहले की जोरू है न!" पंडित ने बताया।

"हूँ ऽ ऽ ऽ," इस हुंकारी में तेजाब की फैक्टरी से आज तक के सारे दर्द थे। खैर, इस वक्त तो उन्हें सुरक्षा के सबसे बड़े उपाय को देखना है—लायन्स क्लब में इस अंचल के सबसे बड़े अधिकारी से सौदा। कहते हैं बड़ा ईमानदार है, कड़ियल तो एक नम्बर का। गाहे-ब-गाहे भेज देता है सी.एस.एफ.। महेन्दर बाबू ने एक सड़ी गाली थूकी उसके नाम, "साले, सब जानते हैं हम! दस-बीस ज्यादा लोगे, इसी के लिए सारे नखरे पाले बैठे हो।"

थोड़ी देर बाद एक क्लब में उस अधिकारी के दलाल के साथ ताश का खेल शुरू होता है।

"सात!" महेन्दर बाबू ने बोली शुरू की।

हँसता है दलाल, "सोलह के नीचे तो बोली होती नहीं।"

"अच्छा सोलह!"

"बस–? तब हो चुका खेल आपसे। हमारा वक्त ज़ाया न कीजिए।"

"अच्छा अट्ठारह!"

"उहूँ।"

"उन्नीस!"

"ना।"

"बीस! अब इससे ज्यादा अपनी औकात नहीं। 'पास' बोलिए!"

"जाइए 'पास' रहा लेकिन इतने में काम नहीं चलने का। दो-चार ट्रक कोयला और उगाहिए–लिव एंड लेट लिव!" दलाल ने यह कहते हुए रंग उलट दिए–पूरे बीस!

लौटकर आए तो देखा फोकल गाड़ी में चूहे की तरह बन्द है। उनके दिमाग में 'बीस' को कहीं से उगाह लेने की योजना धामिन साँप की तरह चंचल थी। गाड़ी स्टार्ट करते हुए बोले, "वेलफेयर के खाते में घूस की रकम लिख लो–पच्चीस सौ, पाँच सौ अपनी जेब से दिए, सो, कल जुगाड़ करना है।"

"जी!"

"और हाँ, कल सुबह मुझसे भेंट करो।" यह कहते हुए उनके दिमाग में मैना की जमीन नाच रही थी। उतना मिल जाने पर घाटा पूरा कर लेंगे। उन्हें अपनी युक्ति खासी रोमांचक लगी।

19

सुबह-सुबह फोकल का मुँह दिख गया तो दिन मनहूस जाएगा–यह मैना की पक्की धारणा थी। आज भी वह दिख गया, लँगड़ाते हुए जा रहा था महेन्दर बाबू के यहाँ! मैना सहमकर देवी-देवताओं से अपनी खैरियत मनाने लगी, मगर असर गया नहीं तभी तो भैरोपुर की जो चढ़ाई वे रोज ही पार कर लेते थे, आज पहाड़ बन गई। मैना ने पीछे से पूरी ताकत लगाकर मंगर को ललकारा, "और जोर लगाओ, और...और!" मगर ठेला जुम्बिश न खाया। हारकर दो बोरे उतार देने पड़े। चढ़ाई पार कराकर दोबारा वह और मंगर बोरों को उठाकर ले गए। सड़क अपने जन्म से आज तक कभी रिपेयर नहीं हुई थी, वे झल्ला रहे थे। आगे उतनी ही तेज ढलान थी। उसे इस बार ठेले को अपनी ओर खींचे रहना था, लेकिन ठेला गड़गड़ाता ही चला गया, उसके साथ घिसटाती हुई वह मुँह के बल जा गिरी। घुटने, टखने और केहुनी छिल गई। खिसियाकर बोली, "ये-ई मरद बनता?" "ब्रेक-ए नहीं लगा।"

मंगर ने सफाई दी।

"दारू पीने का पैसा है, ब्रेक ठीक कराने का नईं...?"

मंगर ने सिर झुका लिया।

"हम अस्पताल से दवा लगवा के आता, तुम चलो।" उसके यह कहने के पीछे एक दबी इच्छा थी कि मंगर यह कहेगा, "कोयला तो बाद में भी बेंच लेंगे, पहले तुझे अस्पताल दिखा आऊँ।" मगर मंगर ने दूसरी ही बात कही, "हमसे अकेले ठग लेता सब।" हारकर उसने कहा, "जब तक हम अस्पताल जाता, तुम ब्रेक-ई ठीक करा लो।"

कोयला बेचकर वे लौटे तो उसकी इच्छा आज नहीं हो रही थी कि वह रोज की तरह ठेले पर बैठकर आए। देर का डर न होता तो वह कतई न चढ़ती। "चलो, एक गरह पार हुआ।" उसने खुद को तसल्ली दी, जाते हुए वह 'जाहिर थान' रुककर ग्राम देवता को प्रणाम करती गई।

बड़ी देर हो गई थी आज। उसने अपने गड्ढे में पाँव डाला तो ऊपर से भरभरा गई मिट्‌टी। टिपका ने उसे झूड़े, गैंते थमाए। मंगर उतरने को हुआ तो उसने मना कर दिया, "ऊपर का काम देखो आज। टिपका आज हमरा साथ रहेगा।" मंगर तनिक उदास हुआ तो खीझ उठी वह, "साथ रहने पर बदमाशी सूझती है उसको, काम का हर्ज होता है।" टिपका के रहने से काम ज्यादा फुर्ती से हुआ। देखते ही देखते दोनों ने मिलकर दो झूढ़े ऊपर थमा दिए। अब तनिक दम लेकर माँ-बेटे अन्दर कोयला काटने लगे। ऊपर से मंगर ने पुकारा तो काम छोड़कर उसने वहीं से ऊपर ताका, महेन्दर बाबू, पंडित सीताराम, हुसैन साहब और फोकल के मुँह नारियल के फल से लटक रहे थे। थकान के मारे उसका सिर चकरा रहा था, बाहर हवा तेज थी। आवाजें कट-पिटकर आ रही थीं, नारियल के फल हिल रहे थे, मंगर की आवाज के टुकड़े को उसने दूर से पहचाना, "काहें नहीं काटेगा?"

"का बात है पंडित। उस दिन तो बोला, हमरा-तुमरा कोई झगड़ा नईं, फिर नया-नया बात किधर से पैदा होता?" वह अब मुहाने पर आकर खड़ी हो गई थी।

"हम नहीं रोकते। जमीन के मालिक से पूछो।" पंडित झुँझलाए।

"चौधरी बाबू को तो पूरा पैसा दिया!" मैना ने कहा।

"चौधरी बाबू नहीं, हमसे पूछो, हमसे, अब जमीन हमारी है।" महेन्दर बाबू ने कहा।

"एक चीज एक बार बेचा जाता है कि हजार बार! रोज-रोज नया-नया मालिक बदलेगा तो रोज-रोज पैसा क-आँ से देगा हम?"

"तब ई कोयला ले जा रहे हैं हम!" महेन्दर बाबू ने फैसला दिया और फोकल

से कोयला उठवा लेने को कहा।

"मर-मर के निकाला हम, और अब हो गया तुमरा बाप का? खबरदार जो हाथ लगाया!" मैना के अन्दर से ललकारते ही मंगर का साहस उतराया, अपने कोयले पर जाकर खड़ा हो गया वह। फोकल और मंगर में जो खींचा-खींची हुई, उसमें फोकल का पक्ष कमजोर पाते देखकर महेन्दर बाबू ने हाथ चला दिया मंगर पर, "साला मौगा! मार के गाड़ दो इसको।"

तब तक माँद से गिरती-पड़ती बिल्ली की तरह आ गई मैना, उसने टिपका को ललकारा, "मार के गिरा दे भड़वे को।" फोकल की जगह कोई और होता तो टिपका टूट पड़ता उस-पर। लुत्ता जरूर आगे बढ़ा था, मगर उसकी समझ में न आया कि वह क्या करे? यह जड़ता टूटी ढेलों की बौछार से। मैना के ढेले जिसे जहाँ लगे, वहीं से बिलबिलाकर भागा। गाली-गलौज, भागम-भाग में बस्तीवाले तटस्थ रहकर मौन सहमति दे रहे थे मैना को। सबसे ज्यादा ढेले लगे फोकल को जो अपनी लँगड़ी टाँगों की बदौलत जल्दी-जल्दी भाग नहीं पाया था। दूर खड़ी शत्रु-सेना की गालियों, धमकियों के जवाब में मैना का स्वर अब भी चाँड़ था, "साला गुंडा सब। देख-देख के छाती पे साँप लोटता सब का कि मैना अकेले कइसे खाता-पीता, काँय नई हमरा गोड़ के नीचे रहता। नईं रएगा रे भँड़वा लोग, नईं रएगा, तुमरा धौंस का नीचे, चाहे भूखा मर जाए!"

दूसरे दिन ही उनका रिक्शा-ठेला पकड़ा गया। पुलिस के जवानों की बेरहम पिटाई से मंगर जबह किए जा रहे बकरे की तरह तड़प रहा था और परिन्दे के दूसरे जोड़े-सी मैना तड़फड़ाती इधर-उधर चक्कर काट रही थी। जरा-सा मौका पाते ही उसने छाप लिया मंगर को–"अब मत मारो साहेब! मर जाएगा, अब मत मारो।"

"पैसा तो पहुँचाया था साहेब!" वह गिड़गिड़ाई।

"पकड़ के बन्द कर दे हरामजादी को? पैसा दिखाती है। कितना पैसा है?"

"नईं साहिब, नईं साहिब, गरीब है, भूखो मर जाएगा...।"

"हम पूछा, कितना पैसा है तेरे पास?"

मैना ने आँचल की खूँट से बिना गिने सारे तुड़े-मुड़े नोट उनके हवाले कर दिए। उन्होंने गिनकर देखा और बोले, "ई तो बासठ ही है। कम-से-कम सौ पूरा कर।"

"बाकी पहुँचा जाएगा साब रात को।"

"पक्का...?"

"पक्का!"

"ठीक है, ई ठेला थाने पहुँचा के तुम लोग जा सकते हो।"

"ठेला नईं मिलेगा?"

"पैसा लेकर तो आओ।"

थाने में ठेला पहुँचाकर पति-पत्नी लौटे तो उनकी स्थिति भीगे सियारों-सी हो रही

थी। अगर किसी ने देख लिया तो क्या पत रह जाएगी? रास्ते में एक बार भन्न-सा मैना ने पूछा, "चोट जास्ती लगा?" मगर मंगर ने कोई जवाब न दिया।

रात को मंगर थाना जाने को कतई तैयार न हुआ। और किसी से कह भी नहीं सकती थी, बात फूट जाने का डर था और अगर ठेला न आया तो वह इस झूठ को सच में कैसे तब्दील कर सकती थी कि ठेला रिपेयर होने गया है। ठेला लाने उसे हर हालत में जाना है। वह उसकी प्रतिष्ठा का प्रतीक है। बहुत हुआ तो हैंडिल पकड़ के लाना पड़ेगा न--इस बिरानी रात को कौन देखता है! मगर जैसे-जैसे उसके कदम थाने की ओर बढ़ने लगे, उसने महसूस किया कि इत्ती रात को अकेले थाना जाना मरघट जाने से भी ज्यादा भयावना है। आगे कदम-दर-कदम वह ऐसे रख रही थी जैसे दलदल में पाँव रख रही हो।

सिपाही थाने में पहरे पर नहीं थे, पता चला बगल के बैरक में है। बैरक क्या था, एक बड़ा हॉल था, जहाँ मरीजों की तरह खाटें बिछी हुई थीं। ट्रांजिस्टर से कोई फिल्मी गीत बज रहा था। खिड़की से कुछ लेटे हुए, कुछ ताश खेलते हुए मोटे-सोटे लोगों की झलक मिली। वहाँ चोरों की तरह काफी देर तक घात लगाए खड़ी रही, कोई बाहर निकला तो उसने हकलाहट में पूछा। थोड़ी देर में छोटी चड्ढी पर लम्बा जनेऊ लगाए हुए सिपाही नमूदार हुआ, "तुम...? अच्छा, अच्छा ले आई?" मैना ने गूँगी की तरह अड़तीस रुपए थमा दिए। गिनते हुए वह अन्दर जाने लगा तो हकलाहट फिर उभरी, "साहेब, हमरा ठेलवा...?"

"उन्हीं का चाहिए कि हम लोगों का भी...? पीछे छोटी चड्ढियों, लुंगियों की भीड़ में ठहाका दग गया।

उस सिपाही ने मुस्कराते हुए उँगली से थाने के बगल में इशारा किया, जहाँ एक ओर कोयले के स्तूप थे दूसरी ओर सैकड़ों ठेले, रिक्शे और साइकिलें कबाड़ की तरह एक-दूसरे पर फेंकी हुईं। उसे वह दिन याद आया, जब यहीं से एक दिन वह और मंगर उसे ले गए थे तो पाँव जमीन पर नहीं पड़ते थे और आज? आज तो मन इतना उदास है कि कोई टोक भी दे तो वह रो पड़ेगी।

टपरे में मंगर अभी भी लेटा पड़ा था। मैना आकर खड़ी हो गई। मंगर ने पूछा तक नहीं कि ठेला आया या नहीं।

"आज काम बन्द-ई रएगा?" यूँ ही पहल के तहत ये शब्द मैना के होंठों से फिसले और लावारिस बनकर दम तोड़ गए। कुछ सोचकर उसने सरसों का तेल गरमाया, मंगर को लगाने बैठी। कपड़े उघाड़ते ही गुम्मड़ों पर हाथ गया, "कसाई सबको नरक में भी ठाँव न मिले।"

हाथ हटाते हुए मंगर गुस्से से खौंखियाया, "रहने दे लीपने को।"

"अरे ए जरलहा, जनाना के सामने उसका मरद पिटा जाए तो ऊ जिन्दा-ई हैं--

तू काँय कू काट रहा है?"

"ऊ सब ढोंग है।"

"ढोंग है?"

"हाँ-हाँ ढोंग!"

मैना ने जबरन तेल लगाना शुरू किया। अंगार की छुअन से जैसे तड़प उठा मंगर, "वोई पइसवा पहले-ई दे देती तो हम मार खाने से तो बच जाते। हमेशा ऐसे-ई करती है। अब नखरा काहें को?" कहते हुए उसने जो झटका दिया कि तेल की कटोरी नीचे जा गिरी। मैना की हमदर्दी, मिट्टी चाटने लगी। मंगर बकता ही चला गया, "तू हमरा जनाना नहीं, सेठ है, सेठ, हम तेरा नौकर। दूसरा सेठ के हियाँ काम करता, ऊ नहीं करके तेरा ही पास कर रहा है, बस इससे ज्यादा कुच्छ नहीं।"

मैना सन्न रह गई इस नई व्याख्या पर! दरवाजा 'कें' करके खुला, मोड़ल ने टपरे में घुसकर पूछा, "का बात है?"

"बात का है? सब तिरिया चरित्तर है। मोड़ल, तुम हमरा खातिर पंडित से बात करो, हियाँ हमरा गुजारा नहीं।"

मैना अपमानित-सी बैठी रही। शर्म और क्षोभ से वह मोड़ल से नजर तक न मिला पाई।

"भौजी!"

भौजी के मुँह से बकार न फूटी तो खुद ही बोला, "जो हो गया जाने दो भौजी, औरे ए मंगर भैया, तुम जाके सोवो तो अब।"

"नईं मोड़ल!" मैना ने सिर झुकाए ही कहा, "अब हम किसी को बाँध के नईं रखेगा। ई हमरा मरद है?" उसने सिर उठाया, तो बरसती आँखें झलकीं, मगर स्वर तनिक भी गड़बड़ाया नहीं, जैसे वह सिर्फ आँखों से रो रही थी, बाकी शरीर यथावत् अविचल था।

"तुमको पएले का जमाना कुछ याद है मोड़ल, तब हमरा पास पइसा नईं था एक भी, कई-कई दिन आधा पेट रएना पड़ता, फिर भी ऐसा लगनेवाला बात कोई नईं बोला। पइसा का आते ही फरक पैदा हो गया। हम टाटा-बिड़ला बनना कब्भी नईं सोचा, सिरिफ भिखारी न बना रए—इसी खातिर कोशिश करता रहा। लेकिन हम गरीब, कंगाल लोग का किस्मत-ई खराब है। अगर हमरा मरद, हमरा लड़का, लड़की ई सोच ले कि हम उसको सिरिफ पैसा का खातिर फँसा के रखा तो थू है हम पे। जाओ सब फिरी आज से।"

मोड़ल कुछ देर तक उसके संवादों में गोते लगाता रहा फिर हाथ पकड़कर खींचते हुए बोला, "चल-चल भौजी, काम का हरजा हो रहा होगा।"

"तुम जाओ मोड़ल। पराया का जनाना से बात करना अच्छा बात नईं।"

मोड़ल के हाथ ढीले पड़ गए, "हमको का जरूरत भौजी, वो तुमरा लड़का लोग

अकेला काम कर रहा था, हमको बोला, काका जरा माँ-बाबू को बोल दो नईं तो...वो देखो आ गया सब!''

और इसके साथ ही एक-एक कर टिपका, लुत्ता और सितवा ने उस कमरे में प्रवेश किया। बोझिल माहौल को सूँघकर वे इधर-उधर ताकने लगे।

''बेटा टिपका, इधर तो आ।'' मैना ने बुलाया, ''सितवा तू भी, लुत्ता तू भी...।'' टिपका को उसने बड़े प्यार से अपने पास बैठाया, बालों की गर्द झाड़ते हुए बोली, ''तेरा मन करता है न बाप के पास जाने को...? जा, चला जा। हम तुमको, जब छोटा था तब से पाल-पोस के बड़ा किया। अब तू बड़ा हो गया है, कमाने लगा है, तेरा कमाई खाने का हक हमरा नईं! जा, चला जा।''

टिपका भकुआकर गोद में सिर डालकर रोने लगा, ''हम कभी ऐसा बोला माँ?'' इसके साथ ही सभी बच्चे सिसकने लगे।

मैना ने बेरहम होकर इन सिसकियों के बीच ही अपने छोटे बच्चे को उठाया और काम की जगह पर आ गई। बच्चे को ऊपर रखकर बाँहों के बल काँखते हुए वह गड्ढे में उतरी, ढिबरी जलाकर अलग रखा और बच्चे को उतारा। पस्त मन से उसने गैंता उठाया, भारी लगा फेंक दिया, साबल उठाया, लगी खोदने।

बाहर महेन्दर बाबू, पंडित और हुसैन साहब के संयुक्त खनन में काम का शोर इतना तेज था कि उसकी तुलना में उसकी 'ठक-ठक' डूबती नब्ज-सी क्षीण थी। थककर वहीं लेट गई। जाने कब तक सोती रही।

नींद खुली तो दिन का उजाला कुएँ के अन्दर झरने-सा झर रहा था। अभी तक न मंगर आया था, न सितवा, टिपका और लुत्ता की ही कोई आहट आ रही थी। बाहर निकलकर उसने अलस-उदास भाव से इस पूरे खनन क्षेत्र को देखा, जाने कहाँ-कहाँ के स्त्री, पुरुष और बच्चे कोयले की कटाई-ढुलाई में व्यस्त थे। उन्हीं में कहीं-कहीं अपनी बस्ती या अन्य गाँवों का कोई परिचित चेहरा दिख जाता। सारा काम इतने बेखौफ भाव से चल रहा था जैसे यह चोरी का काम नहीं, कोई लम्बी सरकारी परियोजना हो। बस्ती की ओर आगे बढ़ते ही सबसे पहले कैली की ताड़ी की दुकान नजर आई। दो मटकों के बीच घुग्गू-सी बैठी अजीबो-गरीब नजरों से उसे निहार रही थी कैली। उसने नजरें फेर लीं। आगे चाय-पान, बीड़ी-सिगरेट, डबल रोटी, सस्ते बिस्किटों के खोमचे लगे हुए थे जिनके बीच रंग-बिरंगी साड़ियों में मजूरनें आ-जा रही थीं, जैसे पहली बरखा से भरती के बिरवे फूटे हों और बीर-बहूटियाँ निकल आई हों। उसे देखते ही वे कानाफूसियाँ करने लगीं। दो-एक आवाजें उसके कानों में भी बजीं :

''अरे, माँ जो रास्ता दिखाएगी, बेटी वही न देखेगी?''

''बेंच दिया होगा।''

मैना को इन बातों में कोई रुचि नहीं थी। पुलिस के जवानों से लेकर साधारण मजदूर तक उसे तीखी नजरों से घूरने लगते थे, सो यह कोई नई बात नहीं। गर्दन सीधी कर वह निर्विकार भाव से रोज की तरह चलकर अपने टपरे में आई। टपरे में कोई न था। दो झूड़ी कोयले पड़े थे। उसने उन्हें बाहर लाकर चुनकर जला दिया। थोड़ी देर तक वह धुएँ का निकलना निरर्थक ही देखती रही फिर भोलू को उठाकर फव्वारे पर चली आई। अपने सूने डब्बे को उसने निहारा, मगर मन वहाँ भी न अटका तो आँखें फेरकर नहाने लगे।

"सितवा का कुछ पता चला भौजी?"

मोड़ल आकर पूछ रहा है।

"सितवा...? क्या हुआ सितवा को?" वह बदन सिकोड़कर कुल्ली करते हुए दोनों बाँहों के कवच में अपने अंग छिपाकर सिर्फ आँखों से पूछती है। जवाब न पाकर सिर झुकाए हुए मोड़ल चला जा रहा है। उसके वहाँ से जाते ही अब तक के अनसुने कर दिए गए सारे वाक्य मुरदे की तरह स्मृतियों में उतराने लगे, 'अरे, माँ जो रास्ता दिखाएगी, वही न बेटी देखेगी।'

'बेंच दिया होगा।'

तो क्या सचमुच भाग गई सितवा...? कब...? किसके साथ...? कहाँ...? तो क्या टिपका वगैरह उसे ढूँढ़ने गए हैं? उसका दिमाग थोड़ी देर के लिए सपाट हो गया। फिर धीरे-धीरे उस सपाट से रमिया का तभतमाया चेहरा चुड़ैल की तरह भौंकने लगा, 'तुम हमरा हँसना-बोलना नईं देख सकता, अपना बेटी को तो कब्भी नईं बोला!'

वह आज उससे डपटकर पूछ भी नहीं पा रही थी, 'का किया हमरा बेटी...?'

उसके अन्दर से किसी ने फिकरे कसे, "तब तो ताव में आकर बोल गई कि जाओ, आज से सब फिरी...अब सितवा चली गई तो काहें को चुभ रहा है मन में कुछ...?'

'हाँ कहा था!' उसने अपने आपको जवाब दिया और उस प्रकरण को झटककर पूर्ववत् नहाने लगी जैसे कुछ हुआ ही नहीं।

नहाकर कपड़े बदलकर टपरे की ओर जाने लगी तो उसे एक विचित्र आशंका हुई, लगा, कहीं कुछ उघरा रह गया है। वह रुक-रुककर सिर से पाँव तक की साड़ी और आँचल बार-बार सहेज रही थी। सारा कुछ तो ढका है। नहीं, कहीं कुछ है, जो उघरा रह गया है, जिसे वह देख नहीं पा रही है।

इस झेंप से निजात पाने के लिए उसने पतीलों में चावल-दाल, नमक, मसाला, आलू डालकर बाहर धधकते कोयले पर ही चढ़ा दिया। उसे रह-रहकर यह डर साल रहा था कि ऐसा न हो, कोई लिबिर-लिबिर करता हमदर्दी जताने चला आए। मगर

आने के नाम पर मात्र टिपका और लुत्ता नमूदार हुए और आकर बिना कुछ बोले सकपकाए-से एक ओर खड़े हो गए। इनका मतलब है, सितवा का कुछ पता नहीं चला। मगर ये मुए बोलते क्यों नहीं? वह न पूछे तो इसके मायने ये तो नहीं कि वे भी न बताएँ! वह एकबारगी कुढ़ गई। खिचड़ी की 'सों-सों' करती आवाज जब 'चिर्र-चिर्र' में बदली तो वह चुपचाप उसके खदकने की आवाजें सुनती रही। जलने की गन्ध पाकर जैसे-तैसे दो डंडों से उसने खिचड़ी को आँच पर से उतारकर अल्यूमिनियम की थाली में साबुत अंश को उलीचा, अन्दर ले गई, फूँक-फूँककर दो-चार कौर बच्चे को खिलाया, एक कौर खुद के लिए उठाया, मगर खाया न गया, टिपका और लुत्ता को बुलाकर देना चाहा, बुलाया न गया। आँसुओं पर काबू पाने की कोशिश में फव्वारे से पानी ला-लाकर कोयले के शोलों को बुझाया, मगर मन की अगन न बुझी तो बच्चे को उठाकर एक तरह से उसकी ओट लेकर फिर से जंगल की अपनी माँद में जा भहराई, जैसे इसके सिवा इस दुनिया में कहीं कोई आश्रय शेष नहीं रह गया था।

अन्दर घुसते ही 'फों-फों' की आवाज आई, मैना की नजर पहले तो स्थिर न हुई, स्थिर हुई तो उसे साँप की अस्पष्ट आकृति नजर आई। थोड़ी देर तक वह अपने ही खयालों में खोई रही, जैसे वह साँप नहीं कुछ और देख रही है। एक कदम आगे बढ़ाया कि फिर वही फुफकार। इस बार उसने हौले से एक बड़ा पत्थर उठाया और उसे दे मारा। फिर पत्थर पर पाँव रखकर जब उसने दबा-दबाकर उसे अधमरा कर दिया तो ऊपर की झाड़ियों को लपककर एक टहनी तोड़ ली। साँप को फँसाकर उससे बाहर निकाला।

मोड़ल देखते ही सिहर गया, "अरे भौजी डँसा तो नहीं?"

"डँस ही ले तो का...!" उसने नाक उपेक्षा में यूँ टेढ़ी की जैसे यह सवाल ही बेमानी हो।

मोड़ल ने इसका अभिप्राय उलटा लगाया। साँप का उजला पेट छटपटा रहा था पूँछ समेत। उसे खुशी हुई कि अभी भी वह 'भौजी' को बचा सकता है। साँप को गलियाते हुए वह नीम पर जा चढ़ा, "सरवा, ओकरा में का करने गया था? बाप का घर था का?" फिर उसने वहीं से दो कौंचे नीम के गिराए, "जर चखो तो भाभी।"

मैना ने उदास हँसी हँसते हुए कहा, "रएने दो देवर, जिसका मन तीता है, उसको ये तीता नईं लगेगा।"

उसने एक नजर मंगर पर डाली, ताश से पलटकर उसने देखा तक नहीं। 'हुँह का रखा है ऐसे जीने में!' वह बुदबुदाती हुई फिर से जा भहराई अपनी माँद में। उसे जोरों की रुलाई आ रही थी।

20

गुफा के नीम-अँधेरे में जहाँ तक सुरंग दिखती रही, वह बढ़ती ही गई। जब आगे दीवार आ गई तो बच्चे के गट्ठर को उसने पीठ से खोल दिया। देह चकरा रही थी। आँखों की पुतलियों के आगे कई तरह के गुब्बारे से नाच रहे थे। कब जन्म लिया था उसने अभागन माँ की कोख से? जब-जब इस अतीत की सुरंग में लौटती है, उसे लगता है, सहस्रों वर्षों की पुरानी खोह है, जहाँ कुछ आदिम जंगली किस्म के लोग खड़े हैं--दीन, हीन, उच्छिष्ट पर पलते जातीय गौरव और आत्मसम्मान से हीन लोग। आदमी होने के नाते कभी कुछ रहा भी हो तो क्रम-क्रम से राह के लुटेरों ने लूट लिया। सौंताल तो फिर भी सौंताल! उसे तो शक है, ये बाँसगड़ावाले सौंताल भी हैं या नहीं! ये ही उसकी जड़ें हैं, बिना किसी आधार के गन्दे पानी में साँप की तरह आधार टटोलती हुई। शर्मा बाबू मजाक-मजाक में कहते हैं, 'न तुम्हारा रूप सौंतालों से मिलता है, न रंग, न भाषा, न आचरण, तुम किसी और ही नस्ल की हो, उस नई नस्ल की जो अपनी मिट्टी, हवा-पानी से उखड़कर देश के महानगरों और औद्योगिक कस्बों की तलछट बनी जीने को अभिशप्त है, जिनका न ठाँव है, न ठिकाना।'

'था सब कुछ, लुट गया।' उसका जवाब होता है।

माँ को डायन बताकर कुत्ती की तरह पीट-पीटकर भगा दिया गया, बाप को भगत का झाँसा देकर लूटा गया, पति फोकल की आदमीयत खरीद ली गई, बेटी सितवा को लालच देकर बरगला लिया गया। लुत्ता पराया है, और टिपका भी उसका नहीं, फोकल का बेटा है, फिर उसकी झोली में बचा क्या? एक प्रतिहिंसा की आग और एक नफरत का जज्बा, जो उसे कभी भी चैन नहीं लेने देते। इतना ही कम था क्या...? दिकुओं से पीछा छुड़ाने की चाल में एक और दीकू को गले लटकाती आई--मंगर!...और शर्मा? अब शर्मा भी कहाँ...? उसकी परछाईं ही कहीं ऐसी तो नहीं कि जहाँ पड़ी वहीं बंजर हो जाता है। क्या-क्या बोलते थे--जनमोर्चा इस पूरे इलाके को मुक्ति दिलाएगा लेकिन...आज पूरा इलाका तबाह है और चोर, चापलूस, हत्यारे, बलात्कारी तो यहाँ घूम सकते हैं, शर्मा नहीं! तब! सब तरह से टूटी वह किसके सहारे जीए? ना, मरना नहीं हो सकेगा उससे...। मर जाने पर सब खत्म तो हो नहीं जाता, सिर्फ होता यह है कि आदमी देख नहीं पाता उसे!

ख़यालों के इस सिरे पर आकर उसे अजीब-सी सिहरन हुई, अरे कोयले नहीं काटने उसे क्या? कम-से-कम दो झूड़ी तो निकाल ही लेने चाहिए। उसने जबरन गैंता उठा लिया।

काटते-काटते वह पसीने से तर हो गई तो रोते हुए बच्चे का खयाल आया। अभी तक कोई आया न था। देह गरमी से भभक रही थी। उसने एक-एक कर सारे कपड़े उतार दिए। बच्चे को स्तन से लगाकर कोयले पर ही कपड़ों को सिरहाने रख वह निढाल हो गई।

हल्की झपकी थी सिर्फ लेकिन सपनों के पर फैलाने के लिए इतना ही काफी था। सपने में उसने देखा कि मोड़ल आकर उसका सिर सहला रहा है। थकी देह को यह दुलार अच्छा लगता है, जैसे दर्द झाड़ रहा हो कोई फूल लेकर।

'सँपवा डँस नहीं पाया था न भौजी!' मोड़ल साँप की पूँछ झुलाते हुए हँसता है।

'हाँ!' वह व्यंग्य से मुस्कराती है।

साँप धीरे-धीरे गर्दन उठाता है, फिर अपनी दोधारी जीभ लपलपाता है। अब जीभ की छुअन वह गले, होंठ, गाल, सीने, कमर और जाँघ पर महसूसती है। जहाँ-जहाँ वह छूता है, जहर की सुनहरी बूँद अंकित करता जाता है। वह साँप की आँख में चुनौती-भरी चाहना से अपलक देख रही है। साँप अब फूल रहा है, फूले फन से उसको देख रहा है, जीभ लपलपा रही है। अब वह झूम रहा है और लो...उसने फन पटक दिया।

चीख मारकर परे धकेला उसने देह पर चिपके हुए जिस्म को। खर्र से दियासलाई की तीली जला दी। वह आदमी लँगड़ाते हुए सर्पाकार टेढ़ी-मेढ़ी चाल से बगल में कहीं जाकर दरारों में समा गया।

फोकल!

उसका सर्वांग घृणा और गुस्से से भर गया, 'तुमको आधा मारना ठीक नईं हुआ।' उसने दूसरी तीली जलाई और अगल-बगल फिर सामने देखा। सहसा उसका दिमाग चकरा गया, 'अरे महेन्दर बाबू और उसके बीच की दीवार कहाँ गायब हो गई...?'

उसे यह भी सुधि न रही कि वह नंगी है। धड़कते दिल से वह इधर-उधर टोह लेती आगे बढ़ती गई। सारी माँदें जुड़कर लम्बा गलियारा बन चुकी थीं। बंसी के छेद की तरह अलग-अलग मुहानों से बहुत ही धूसर-सा उजाला उसे डरा रहा था। वह फिर लौट रही थी वर्षों बन्द खदानों की भूलभुलैया में, बचपन में इसी तरह नंगे वह फोकल को ढूँढ़ा करती थी। फोकल कहाँ चला गया? उसने रुककर आवाजें अनकने की कोशिश की। हाँ, ऊपर शोर था—दूर से आता हुआ। तो महेन्दर बाबू सारी माँदों पर कब्जा जमाने में कामयाब हो गए? फोकल की कमीनगी कामयाब हो गई? अब क्या करेगी वह...? बच्चा फुक्का मारकर रो रहा था, मगर मैना रो भी नहीं पा रही थी। सारा कुछ जम गया था अन्दर ही अन्दर।

21

सौंतालों और गुलगुलिया लोगों की बस्ती के सारे बच्चे खुश हैं। उन्हें खेलने का नया जरिया मिल गया है। पूरब से घुसते हैं, पश्चिम निकल आते हैं। मैना असहाय भाव से देखती है यह सारा खेल! टिपका पाइपलाइन पर बन्दरों की तरह उकड़ूँ बैठा है।

मंगर ताश में रमा है। मामा का पता नहीं। रात जल्दी-जल्दी अपने डैने फहराती चली आ रही है। जुआरियों के पास ही कहीं ट्रांजिस्टर बज रहा है–

'मैं का से कहूँ अपने जिया की माई री...।'

इस गीत से परे रह-रहकर उनकी बातचीत के अंश सुनाई पड़ते हैं। कोई बता रहा है, "बड़का-बड़का एस्पाट (एक्सपर्ट) लोगों से बात है, ऊपर भसा कर पोखरिया खाद बनेगा। हम खुद सीख रहा है 'बिलास्टिंग' करना। चिर-चिर-चिर-चिर धाँय!"

आवाज पहचानकर उसने गोपाल को पुकारा। गोपाल बेमन से उठा तो अलग ले जाकर मैना ने कहा, "तुम अपना ही जमीन को बारूद से उड़ाएगा? छी! शरम नईं आता।"

"एकरा में शरम का है काकी?"

"तोरे-हमरे जमीन से केतना कोयला निकाल के बिल्डिंग पीट लिये सब और तू...तोरा रहे का भी ठिकाना नईं!"–वह उसे धिक्कारती चली गई।

"तो हम का करें?"

"बोलो कि हमरा जमीन का मुआवजा दे दीजिए!"

"ऊ तो नहीं देखा।"

"तब चलो थाना।"

"थाना...? अरे बाप रे!"

"इसमें डरने का का बात है? थाना में बोलने से काम रुक जाएगा। फिर तोर बात झख मार के मानना पड़ेगा। लाख रुपैया पाएगा रे लाख–थोड़ा हिम्मत कर।"

'लाख रुपैया' के लोभ में गोपाल खिंचा तो जरूर लेकिन थाने की उलटी जिरह में ही वह भहरा गया, "जमीन सरकार का, कोयला सरकार का। चोरी कराते शर्म नहीं आती? बन्द कर दो साले को, कोयला-चोर है।"

बाहर खड़ी मैना बिल्ली-सी दबे पाँव सरक गई।

थोड़ी देर तक वह यूँ चली जैसे किसी शरीफ घराने की औरत हवाखोरी के लिए निकली हो, फिर अँधेरा पाते ही वह चुड़ैल-सी दौड़ पड़ी। सामने ढलान पाकर वह ठमकी। दूर-दूर जहाँ-तहाँ कोयले जलाकर उसकी तेज पीली रोशनी में चल रही थी कोयले की खुदाई। न डर है, न लाज! गोपाल कोयला-चोर है और ये–? पहले इक्की-दुक्की खानें थीं, वह भी ढिबरी-लालटेन जलाकर चोरी-चुपके कटाई होती थी, अब तो जहाँ तक देखो, चिता-सी जल रही हैं। दिन में भी झाड़ियों की आड़ में पता भी नहीं चलता कि यहाँ क्या होता है। ढलानों पर घिनौने ट्रकों की कतारें खड़ी हैं। कोयले की लदाई के खेप छहरा-छहराकर गिर रहे हैं–कभी दूर कभी पास, जैसे मशाल की रोशनी में बेड़िन-सी रात झाँझर झनकारती नाच रही हो–कभी दूर, कभी पास। पछुवा हवा के झकोरे किसी मनचले-से सीटी बजा रहे हैं।

वाह रे बेशरम सरकार! सब ईमान-धरम धो के पी गई। हजार बार छली जाने पर भी इसी सरकार के भरोसे तू गोपाल को उकसाकर यह धन्धा बन्द कराने चली थी...? चूतड़ पर चार बेंत पड़े नहीं कि हरहराकर पेशाब कर देगा, 'हुजूर, हमको मत मारिए, हमको मैना ने उकसाया था!'

इन जालिमों के हाथ पड़ने का मतलब बूझते ही उसे कँपकँपी आ गई। फिर कहाँ जा सकती है वह...? दूसरे गाँव! हालाँकि वहाँ जाकर भी कुछ हासिल होना नहीं है, जो समर्थ हैं वे तपाक से पूछेंगे, 'हियाँ का करने आई है,' जो असहाय हैं, टुकुर-टुकुर मुँह ताकते रहेंगे, 'मोर्चा' में मोर्चा लगा हुआ है। फिर भी उसे जाना है। वहीं किसी जगह छुप के रात काट लेगी वह। पुलिस सूँघ-साँघकर चली जाएगी तो सुबह लौट आएगी।

आगे बढ़ते ही उसे सड़क पर कुछ झुग्गियाँ मिलीं जहाँ पेट्रोमैक्स जल रहे थे।

उसने दिन को भी कभी-कभार इधर से गुजरते हुए देखा है लेकिन तब दिन को यहाँ सिर्फ बसन्ती का मर्द हँड़िया (भात की शराब) बेचता था। आज तो सब कुछ नया लगता है। झुग्गियों के अंडे-बच्चे और परिवार-से फैल गए हैं। ट्रक भी हैं, गाड़ियाँ भी, मोटर साइकिलें भी।

एक ट्रक की ओट से उसने देखा, बसन्ती एक सरदार से बात कर रही है। शायद ट्रक ड्राइवर हो। फिर उसने देखा कि झोंपड़ी से तुरिया निकली। तुरिया और यहाँ? और वह आदमी इसे पैसे क्यों दे रहा है? दूसरी झुग्गियों की गैस की रोशनी में उसे एक गुलगुलिया लड़की शोभा दिख गई, उसके साथ एक सौंताली लड़की भी थी, दोनों नशे में धुत्त! एक चिनगारी-सी चिरचिराई। तो इसका मतलब यह हुआ कि आसनसोल, लक्षीपुर की तरह यहाँ भी रात को चकला चलने लगा। इन्हीं लोगों को जब उसने शर्मा की गिरफ्तारी के खिलाफ थाना घेरने को कहा तो सबको कैसे साँप सूँघ गया था। आज उनके घरों की लड़कियाँ चकले में आ बैठी हैं। यही आसान लगा। यही अच्छा लगा। छी!

अगर एक ओर महतो 'टुडू, असगर, शर्मा और मोर्चा के दूसरे कार्यकर्ता हों और उनके सामने ये जुआरी, चोर, सिलतोड़वे या असहाय मर्द और औरतें हों तो कैसा लगेगा? इस क्रूर विडम्बना पर उसके होंठ उदासी भरी मुस्कराहट में खिल उठे। और लो, पास से गुजरते बूढ़े सरदार को वहम हो गया, "कितना लेगी?" उसके होंठ भिंच गए और उसने जिस नजर से सरदार को देखा कि वह घबराकर आगे बढ़ गया। इस छोटी-सी जीत पर उसे बल मिला। वह आगे बढ़ी। 'अरे, आगे तो खटिया पर बैसाखी टिकाए हैदर मामा लगते हैं। हाँ वही हैं। कोई फ्रॉक पहने कमसिन-सी गोरी लड़की उनसे लाड़ जता रही है। बाहर से लाई गई लगती है। अगर कहीं सितवा भी यहीं कहीं धन्धा कर रही हो?' इस खयाल के आते ही वह घबराकर देवी-देवताओं से चिरौरी करने लगी। 'रोज-रोज आता सेठ। दस रुपैया और दे देगा तो का घट जाएगा

तुमारा?' लड़की मामा के गले में बाँहें डालकर बच्ची-सी लाड़ जताती झूलती है/मामा की मौजूदगी के अचम्भे ने सितवा के खयाल को ढक लिया।

"हूँ! इसके मायने ये कि मामा सधे हुए पुराने शिकारी हैं। अब सेठ भी बन गए सिलतोड़वा से।" मन ही मन खीझती हुई वह इस दृश्य में इस कदर खोई हुई थी कि अँधेरे में किसी मनचले ने उसके स्तन पर हाथ रख दिए। पहले कोई प्रतिक्रिया नहीं हुई। फिर एहसास के जगते ही वह शर्म और अपमान से गलकर पिचपिची हो आई। यह कोई पहला वाकया न था। फोकल, मंगर ही नहीं, जेलर से लेकर जाने कितने मर्दों ने यह हिमाकत की, पंडित सीताराम ने भी। तो क्या यही कुतियागीरी ही उसके करम में है? जितनी तेजी से वह कुंठित और हतबुद्धि हुई थी, उतनी ही तेजी से एक अजीब-सी सनसनाहट ने उसे ठोस बना दिया। उसके मुँह से बेसाख्ता निकल पड़ा, 'मादरचोद!' इसके साथ ही उस दारू से चर्बियाए हाथ की कलाइयाँ उसकी मूठ में आकर कड़क उठीं। दर्द से बिलबिलाकर वह जवान कुत्ते-सा काँय-काँय करने लगा, "अरे बाप रे! छोड़ दो, टूट जाएगा। माँ! तुम माँ हो। पचास रुपैया ले लो!" उसकी फरियादें अनसुनी करती हुई वह सड़ी गालियाँ उस पर थूकती जा रही थी।

आवाज पहचानकर मामा, बैसाखी खटकाते हुए दौड़े, "अरे मैना सरदार। तुम हियाँ?"

धक्के खाकर वे मुँह के बल गिरे तो वहीं से उलटे भला-बुरा कहने लगे उस युवक को, "अरे बबन बाबू! आप लोगों को भी कुछ सूझता नहीं!"

मामा के गिरने से मैना ने बबन की कलाई छोड़ दी और खड़ी-खड़ी हाँफने लगी। मामा स्वतः ही बैसाखी टटोलते हुए उठ खड़े हुए तो मैना के पास न जाकर उस युवक को फुसफुसाकर समझाने लगे। कई लोग झुग्गियों से निकल आए। ऐयाशों का खास आकर्षण बन चुकी थी वह।

"किसी बड़े घर की लगती है।"

"अरे पैसा जो न करावे ये गुरु! चलो देखते हैं फीस कितनी है?"

मैना इन गीधों से उलझना चाहती नहीं थी, मगर उसने कदम आगे बढ़ाए ही थे कि बबन की आवाज आई, "ई ठो अन्याय है। चलिए हम चलते हैं।" उसकी आवाज धूल झाड़कर फिर खड़ी हो गई थी और वह शेखी में ऐसे इतरा रहा था, जैसे कुछ हुआ ही न हो।

मामा ने मैना को टोका, "तनी आ तो हमारे साथ?"

इस नए पैतरे पर आशंकित होकर ताकने लगी वह। "अरे आ तो पागल। हम हैं न! लाख बुरा हो लेकिन तेरा बुरा नहीं चाह सकता तेरा मामा।"

उनके साथ झुग्गियों के पीछे एक बड़े झोंपड़े में वह ठमकते हुए आई। वहाँ खासी महफिल जमी हुई थी।

"ई ठो अच्छा नहीं किए महेन्दर बाबू!" बबन ने कहा। मैना ने चौंककर देखा, तो महफिल के केन्द्र महेन्दर बाबू थे! शायद पैसों का हिसाब चल रहा था। किसी ने उन्हें पाँच सौ दिए थे, जिसे कम मानकर गुस्से में वे फाड़ने जा रहे थे।

"इस बेचारी के गड्ढे पर कब्जा भी कर लिये, पैसा भी नहीं दिए।" बबन का यह कहना था कि इस बात की अश्लील व्यंजना पर वो कहकहा मचा कि मैना उसमें डूब-डूब गई। "लाइए।" यह कहकर बबन ने महेन्दर बाबू के हाथ से पैसे लेकर मैना की ओर बढ़ाते हुए कहा, "पचास की जगह पाँच सौ लो। बोलो अब खुश हो।" कहकर उसने आँख दबाई। दो बार सामूहिक कहकहे दगे और वह इस दंश से तिलमिला उठी।

लेकिन पैसे वह मुँह पर मारकर चली क्यों नहीं आई? उसे हो क्या गया है? वह तो कहकहों के दंश में भी पैसे लेकर यूँ चली आई जैसे कहीं से उठाकर ले आई गई औरत हो, जिसे चकलाघर में रात-भर निचोड़ा गया हो। पाँच सौ की भी कोई बिसात है, फाड़कर फेंक देता, सो नहीं किया, तुझे ही दे दिया। जा खुश रह!

तू अकेली किस-किससे लड़ेगी मैना...?

22

चकलाघर के सामने बिछी खाटों पर रोज की तरह आज भी बैठे हैं महेन्दर बाबू। कचहरी-सी लगी हुई है, चाय के दौर चल रहे हैं।

"कुछ सुना आपने...? आपकी महारानी मैना अब आपको यमलोक भेज रही हैं?" महेन्दर बाबू व्यंजना में बोलते हैं तो ट्रकों का हिसाब-किताब बैठाते हुए पंडित सीताराम गड़बड़ा जाते हैं, "कैसा जमलोक...?"

"यही कि हम लोग इल्लेगल माइनिंग कर सरकार और देश को चूना लगा रहे हैं। रेलवे के वैगनों से अच्छे किस्म का कोयला निकालकर बेच लेते हैं और उसकी जगह अपना खराब कोयला भर देते हैं।" पंडित सीताराम और उनके दूसरे सहयोगी धीरे-धीरे सिर उठाते हैं।

"मन्तर किसने दिया, मोर्चावालों ने?" हुसैन साहब त्योरियाँ चढ़ाकर धीरे-से पूछते हैं।

"मंगर बता रहा था कि वहाँ से तो उलटे मुँह लौट आई थी।"

"फिर...?"

"बूझिए कौन हो सकता है!"

"शरमा...?" पंडित ने अनुमान लगाया।

"कौन शरमा, वही नक्सलिया...? ऊ तो सार जेल में है?" बबन ने कहा।

''उसी के कहने पर कोई एक असगर है, उसी की लिखी दर्ख्वास्त है—मास पेटीशन!''

''तो सबने साइन कर दिया?''

महेन्दर बाबू जवाब में सिर्फ उन्हें तरस खाती नजरों से ताकते हुए पान चुभलाते रह जाते हैं।

''बोलिएगा भी कि यूँ ही परान सुखवा डालिएगा।'' पंडित का चेहरा सचमुच सूखता जा रहा था।

''बोलें क्या...? आप लोगों को तो सिर्फ हाय पैसा, हाय पैसा लगा हुआ है।''

''हम पूछते हैं, साइन हो गया सबका...?''

''ना! लेकिन हमने रोका न होता तो हो गया होता।'' एक राहत बिछल गई तनाव में तने चेहरों पर, महेन्दर बाबू ने उसे फिर से सोखकर सतर्क कर देना जरूरी समझा, ''मगर दर्ख्वास्त जा चुकी है।''

चेहरों पर इस बार की घटा कुछ गाढ़ी हो आई।

''उसको तो हम...।'' बबन ने पिछले सन्दर्भ की आधी बात कही आधी को मसोसकर पूरा किया, ''इस औरत को बहुत बख्सा गया लेकिन अब नहीं।''

''सीधे-सीधे मारने का खतरा समझते हैं...? सारे सौंताल तीर-धनुष लेकर चढ़ आएँगे।'' हुसैन साहब ने कहा।

महेन्दर बाबू रस ले-लेकर पान चुभलाते हुए उनकी नपुंसक बौखलाहट का मजा लेते रहे, जब वे थक-हारकर बैठ गए तो उन्होंने टिटकारी मारी, ''क्यों बिल्ली के गले में बाँध चुके घंटा?''

थोड़ी देर बाद वे उठकर जाने लगे। जाते-जाते कुछ सोचकर दरवाजे पर पलटे, ''आप लोग कुछ उलटा-पलटा मत कीजिएगा नहीं तो हम नहीं जानते—हाँ! उसको अपनी ही मौत मरने दीजिए। सुना, घर के अन्दर गड्ढा खोद रही है। वही गड्ढा उसकी कब्र बनेगा। अभी तो हम जा रहे हैं लंगड़-लूल के झगड़े का फैसला करने।'' कहकर वे चले गए।

''लंगड़-लूल माने हैदरवा और परेमवा...? पंडित अनुमान लगाते हैं।

कल रात परेमा को चकलाघर में पटककर कुछ रंडियों ने जेब की सारी नोटें निकाल ली थीं। परेमा को मामा पर शक है। इस मुसला (मुसलमान) का साथ उसे शुरू से अपसगुन सिद्ध हुआ। पहले सीलतोड़ी करते समय मालगाड़ी के चल देने के कारण दोनों घायल हुए। मामा का एक पाँव गया और उसके दोनों हाथ। तब से भीख माँग-माँगकर पैसे जोड़ता रहा कटे हाथ को दिखा-दिखाकर। सोरे और रमिया का भी भरोसा नहीं, सो पैसे हमेशा जेब में रखता है। आज वह पैसा भी गया। औरत का चक्कर ही कुछ ऐसा है साला। यहीं अन्धा हो गया वह। अब...? अब उसको

जिन्दगी से वैराग्य हो गया है। मंगर लोटा-बाल्टी लेकर पानी पिलाने आ रहा है पंडित को। साला दीकू! मैना जैसी भरी-पूरी औरत पर कब्जा जमाए बैठा है। ठीक है बेटा।...वह पागल ऊँट-सा भटक रहा है। मामा को भी देख लेंगे–रंडियों को भी देख लेंगे और तुम्हें भी देख लेंगे।

अप्रत्याशित आवाज में पुकारते हैं मामा, "परेमा! सुना, कहाँ तो कल...।"

फूट-फूटकर रो पड़ता है परेमा। मामा आज उसे प्यार भरी सान्त्वना दे रहे हैं, "हम दोनों की किस्मत ही खराब है परेमा।"

परेमा साहस पाकर मैना को फुसलाने का अनुरोध करता है। सारा कुछ सुनकर गहरी साँस लेकर बोलते हैं मामा, "मंगर को अपना कर जो भूल उसने की है, उसे अब समझने लगी है, लेकिन तुम...?" पीठ थपथपाकर बात को संशय में छोड़कर उठ खड़े होते हैं मामा। परेमा को लगता है, मामा महज ईर्ष्यावश ही नहीं चाहते कि मैना उसे मिले। ठीक है, उसे अकेले ही कोशिश करनी पड़ेगी।

तब से मैना के कुएँ के गिर्द ही मँडराता रहता है परेमा।

मैना के आँगन का कुआँ!

टुड्डू ऊपर से झाँकते हैं कुएँ में। ऊपर से आम कुएँ जैसा ही है लेकिन अन्दर ही अन्दर इतना गहरा और चौड़ा है कि पूरा झोंपड़ा और आँगन ही उस पर तैरते हुए लगें। पानी नहीं, कोयला निकलता है इस कुएँ से। ऊपर से सामान्य लेकिन अन्दर से गूढ़, जटिल और व्यापक–ठीक मैना की जिन्दगी की तरह। नीचे कहीं कोयला काटने की आवाज आती है, जैसे मैना का दिल धड़क रहा हो। इस धड़कन में शायद मैना के साथ-साथ उसके पति और बेटे की धड़कन भी शामिल हो। चकलाघर के हादसे के बाद बाँसगड़ा के किसी भी आदमी से नजर मिलाकर भर मुँह बात करने का ताब भी न रह गया है, माफिया गिरोह के खिलाफ मास पेटीशन पर अँगूठों की टीप देने से भी जब एक-एक कर उसके सभी लोग इनकार कर गए तो पहले की तरह धिक्कारने के बजाय, चुपचाप अकेले ही पी गई सारा जहर। तब से सिर्फ अपने परिवार को छोड़ किसी से बात तक नहीं करती वह। सारे दरवाजे बन्द पाकर अपने ही घर में माँद बनाकर घुसरी पड़ी है अब।

शर्मा से जेल में मिलने गए तो उन्होंने मोर्चे के बिखराव के सन्दर्भ में मैना की खासतौर पर चर्चा की, "उससे कहा, वह अपने लोगों से कटे नहीं। तुम लोग जाकर वहाँ देखो कि लोग बिखरते क्यों जा रहे हैं?"

शर्मा और अन्य साथियों को क्या जवाब देंगे जाकर, "यही कि बाँसगड़ा और आसपास के गाँवों में इसके सिवा कोई चारा नहीं कि वे माफिया गिरोहों के अवैध

कोयला खनन में जोखिम का काम करें, ठेकेदारों से अपना मांस नुचवाएँ, चोरी, सिलतोड़ी करें या कटोरा लेकर भीख माँगने निकल पड़ें, कि मैना अब उनकी सरदारनी नहीं, उनके लिए डायन हो चुकी है। दुलाल की भैंस मर गई, बुला का लड़का बीमार है, मिरांडी हँड़िया पीकर मरते-मरते बचा—सब मैना के चलते। उसके डायन होने का सबसे बड़ा प्रमाण है उसके घर के अन्दर का कुआँ। चाहे बातें रोब या ताने के रूप में आएँ, मुद्रा चाहे जो भी हो, सबका एक ही सवाल है, 'अगर उसके कुआँ खोदने में कोई भेद नहीं तो यह कैसे हुआ कि तभी से सारी अनहोनी घटने लगी। आखिर कोई अपने ही घर में कुआँ क्योंकर खोदेगा?' "

टुडू ने लाख समझाया लेकिन उन्होंने एक न सुनी, "आप उसे नहीं जानते। इसकी माँ भी डायन थी, वह भी मारने का टोना करती रहती थी, यह भी वही कर रही है, एक पल भी दम मारने नहीं देगी—ये ठीक नहीं, वो ठीक नहीं। ऐसा करो, वैसा करो। पहले फैटरी बन्द करवाई, अब दर्खास देकर कोयले का धन्धा बन्द करवाने आई थी। बोलिए, ये भी बन्द हो गया तो हम लोग खाएँगे का?" टुडू का कोई भी तर्क उनके सन्देह को भेद न सका। वे परम दीन-हीन विषण्ण चेहरे अपने ही बुने अँधेरे के ताबूत में सुरक्षित महसूस कर रहे थे। उनकी बातों को हवा में उड़ाते हुए उन्होंने कहा, "आप क्या बात करेगा हमसे, पहले उससे बात करके देखो, कैसा माफिक ताकता है! बहुत टोना-मन्तर आता उसको बहोऽऽ त। आदमी को सुग्गा बना के रख लेता—एक दीकू को अभी भी सुग्गा बना के रखा है, जाके देख लो।"

लौटने से पहले मैना को इन सारी परिस्थितियों से आगाह कर देना जरूरी है। ऊपर से पुकारते हैं, "मैना!" अन्दर कोयले काटने की आवाज रुक जाती है। दोबारा पुकारते हैं, "मैना ऽऽऽ!"

टेर पूरी नहीं हो पाती। सीढ़ी पर अभी-अभी जो चेहरा उभरकर आ रहा है, उससे डरकर गले में ही फँसकर गुँगुआती रह जाती है आवाज। क्या यही मैना है? कोयले की कालिख और पसीने से सनी जुगुप्सित औरत थकान के चलते झपकती पलकें, हाँफने के क्रम में काले चेहरे के बीच झलकते उजले-उजले दाँत, अस्त-व्यस्त भीगे, गन्दे-चीकट कपड़े और चुड़ैलों से बिखरे बालों से रह-रहकर झरते कोयले के चूरे और पसीने की काली बूँदें। ना यह मैना नहीं, यह तो कोई और ही औरत है—साक्षात् डायनरूपा।

"मैना...?"

उसने मुरदार पलकों को मूँदकर हामी भरी। टुडू आहत हुए, "मैं सुभाष टुडू हूँ, शर्मा का साथी, पहचान रही हो?"

मुरदार पलकों में कोई कौंध खिली लेकिन टुडू ने उसे देखा नहीं, "मैं बाँसगड़ा आया था हाल-चाल लेने। जा रहा हूँ।"

"कायें आज भर रुक जाओ न!" वह अब बाहर निकलकर अपने कपड़े ठीक कर रही थी। "आपसे भौत कुछ बोलना है।"

"ना, जाना ही पड़ेगा। यहाँ की हालत ठीक नहीं है, जल्दी ही लौटूँगा। एक बात कहूँ, तुम्हारे बारे में, जैसा कि शर्मा ने बताया था, देखकर सही लगा। उनका कहना सही था कि तुमने अपने लोगों से कटकर ठीक नहीं किया।" तनिक रुककर उन्होंने उसकी फिर से मुरदार हो आई आँखों के श्मशान में झाँकते हुए कहा, "मालूम है, ये लोग तुम्हें डायन समझ रहे हैं?"

टुडू को आश्चर्य हुआ, मैना का चेहरा पहले से भी भावशून्य हो उठा था, कोई प्रतिक्रिया नहीं। उन्हें लगा, वे ज्यादा देर रुके तो दम घुट जाएगा, बोले, "ठीक है, तुम सतर्क रहना, हम फिर आएँगे। शर्मा से कुछ कहना है?"

"कै (कह) देना, मैना अगर जिन्दा रहा तो फिर मिलेगा और मर गया तो...।" मैना ने बीमार औरत की तरह हाँफती आवाज में कहा।

उद्विग्न मन से चले गए टुडू। मोहभंग में तिलमिलाती लौट आई मैना। क्या महज खानापूर्ति करने आए थे टुडू...?

ढाँय!

महेन्दर बाबू और पंडित सीताराम की खुली खदान से जमीन की परतों को कँपाती ब्लास्टिंग की आवाज! पत्थर और मिट्टी के टुकड़े बरसते हैं मैना और मंगर पर। रोते बच्चे को चिपटाकर दोनों धरती के काँपने की ताल पर देर तक काँपते रह जाते हैं। यह कँपकँपी थमते ही मंगर उसकी कसमसाती गिरफ्त से देह छुड़ाकर सीढ़ी चढ़ने लगता है, "तुमको बार-बार बोला, महेन्दर बाबू के पास काम करने चलो लेकिन तुम काहें सुनने लगी। डायन हो डायन। हमें मार डालने पर आमादा हो।" गुस्से में एक से बढ़कर एक अपशब्द बोलता ऊपर आता है मंगर। अन्दर बच्चे की रुलाई कुएँ में गूँजकर निकलती है तो लगता है पूरी माँद रो रही है। रुलाई धीरे-धीरे ऊपर उठ रही है। रोते बच्चे को लेकर सीढ़ी चढ़कर ऊपर आती है मैना। वह कोई सफाई देना चाहती है कि लो, लूला परेमा फिर हाजिर!

"बाबू साहेब पानी माँग रहा है मंगर भैया।" परेमा का यह सन्देश सुनते ही मंगर के चेहरे की मनहूसियत छँटती है। बाल्टी-लोटा लेकर फव्वारे पर जा रहा है वह।

फिस्स-फिस्स हँसता है परेमा, "बाबू महेन्दर सिंघ और पंडिज्जी और किसी का छुआ पानी नहीं पीते, समझी भौजी, सिरिफ भैया का छुआ—सोनार हैं न भैया!"

मंगर के अन्दर इस पुराने रोग के लक्षण तो उसे पहले से ही दिखाई दे रहे थे। वह परेमा की बात को कोई महत्त्व न देकर चुपचाप थकी-मुरझाई आँखों से मंगर का जाना देख रही है।

परेमा का साँस फूलता है, "पोस का जानवर का का भरोसा भौजी? उसका मन-मिजाज बदल गया है, तुमरा टोना-मन्तर सब बेकार है। तू चाहे तो..." आगे परेमा को यह कहना था कि 'हमरा पाकिट से दस रुपैया निकाल ले, हम तेरा जात-भाई है। हाथ नई है तो का, बाकी सब है।' लेकिन मैना को देखकर वह अपना थूक आप ही निगल गया।

नाहक ही डर गया परेमा, मैना न तो वह बात समझ पा रही है, न यह।

23

बाँसगड़ा में सुबह से ही कानाफूसियाँ चल रही हैं। जहाँ-तहाँ लोग गोल बाँधकर उस घटना के सम्बन्ध में नई-से-नई जानकारियाँ हासिल कर लेना चाहते हैं। कल शंकर की दो भेड़ें गायब हो गई थीं। उसने जानगुरु (ओझा) से विचरवाया तो जानगुरु का सगुन बोला कि भेड़ मैना की कुइयाँ में है! वहीं थीं। दोनों भेड़ों के गले में दाँत धँसा के खून पिया गया था। पंचानन ओझा से गुनी हियाँ दूसरा आदमी है नहीं, जो बताया, रत्ती-रत्ती सही निकला।

"ए रुको, रुको!" सिरिया की माँ टोंक देती है, "दाँत कहाँ धँसा था गरदन में न?"

"हाँ।"

सयानी की तरह मूँडी मटकाती है सिरिया की माँ, "अब बताओ डायन हो तो बड़का-ड़बका पे मन्तर साधो, ई का कि गाँवे के आदमी पर...?"

"और आदमी भी कैसा दीदी, छाच्छात गऊ। मुँह भर किसी से बोलता भी नहीं! हाय! हाय!! गरीब-दुखिया का रोआँ नहीं दुखाना चाहिए!"

"लेकिन मैना का फाटक तो बन्द रहता था। भेड़ गया कइसे कुइयाँ पर? कुइयाँ पर भी पटरा पड़ा रहता था।" गन्नी ने शंका प्रकट की।

"तू नंय समझेगी काकी, अरे मन्तर का जोर से खींच लेता है डाइन लोग, फेन खून चूस के छोड़ देता है।" सिरिया की माँ फुसफुसाई।

"तू तो अइसे बोले है, जइसे अपना आँख से मैना को खून चूसते देखा।" कैली ने ताना कसा।

"इनका सुनो, अन्धा आदमी भी देख लेगा कि ऊ मौगी के बोली–बानी, चाल-चलन, सब गजबे ढंग का है।"

"है तो है। ऊ तोर का बिगाड़ा है?"

दोनों बूढ़ियाँ आपस में लड़ पड़ीं तो गन्नी ने बीचबचाव किया, "एकरा में बड़ा-बड़ा का माथा है, तू दूनों बेकारे में लड़ रहा है। ले देख ओझा आ रहा है।"

शंकर के झोंपड़े के आगे आकर खड़े होते हैं पंचानन ओझा। अभुवाती हुई शंकर-बहू बाहर आकर उनके सामने सिर पटकने लगी है।

ठँठ की तरह भटकता हुआ परेमा यह दृश्य देखकर ही दहशत से भर उठता है। भीड़ इकट्ठी होती जा रही है वहाँ। वह जिस-तिस से पूछता है, लेकिन उसे कोई माकूल जवाब नहीं देता।

करीब दस बजे ऊपरी जेब फुलाए ऊँट की तरह भागता हुआ आता है परेमा मैना के पास और हाँफती, उत्तेजित आवाज में जोर से फुसफुसाता है, "मैना चल! जितना जल्दी हो भाग चलें हियाँ से। हुआँ सब तुमको डाइन बताकर बेइज्जत करने का परपंच कर रहा है।"

आश्चर्य! इतनी खतरनाक बात सुनकर भी सिर उठाकर देखती नहीं मैना। पहले की तरह अपने नन्हे भोलू के सिर से जुएँ बीन रही है। परेमा को हाथ कटने के बाद से अपने लूले होने की ऐसी कचोट पहली बार हो रही है। बाँह होती तो जबरन खींचकर दूर ले जाता वह। मुँह से वह बार-बार अपनी फूली जेब और प्यार की दुहाई दे रहा है, "सुनती नहीं मैना, बहरी हो गई क्या...?"

लो और भी आहटें आने लगी हैं। मोड़ल और बूढ़ी कैली लगभग एक सुर में आकर बोलते हैं, "मैना भाग! ओझा महेन्दर बाबू से घूस खा चुकल है, तोरा के डायन बता देगा आज। कहता है, शंकरवा का भेड़ को तू ही मन्तर से खींच के खून चूस लिया।"

इस बार एकदम से खड़ी हो जाती है मैना। बच्चे को पीठ से बाँधती है, दूर-दूर तक मंगर की टोह लेती है, हुँह उसके होने से क्या और न होने से क्या! हाँ, टिपका और लुत्ता अगर होते तो मोर्चा के लोगों को खबर भेजती। लेकिन अब समय नहीं है। मन में कोई संकल्प लेती वह चबूतरे की ओर चल पड़ी।

"उधर कहाँ?" टोकता है परेमा, पर वह सुनती नहीं।

अस्त-व्यस्त मैले-फटे कपड़े, चारों ओर छितराए रूखे लम्बे बाल, आगे-आगे अभुवाती हुई शंकर की औरत, पीछे-पीछे ओझा और उसके पीछे नई लाल हाँड़ी में फूल-पानी और शाल का पत्ता लिये हुए शंकर। पहले वे मैना की बेदी पर आए, फिर वहाँ से जाहिर थान, सारा गाँव पीछे-पीछे चल रहा था।

मैना उन्हें चबूतरे से जाहिर थान की ओर मुड़ते देखकर उधर ही मुड़ जाती है। उसकी जलती आँखों में अपनी माँ की छाया काँप रही है। क्रोध और करुणा में सिन्दूरी चेहरे का रंग गाढ़ा हो रहा है, पाँव अटपटे पड़ रहे हैं जैसे हँड़िया का तेज नशा सवार हो।

जाहिर थान के पेड़ों के नीचे उत्सुकता में तिरबिराती भीड़ में अस्थिरता आ गई है—मैना आ गई। अभुवाती हुई शंकर-बहू के ठीक सामने हाँड़ी में धार (अर्घ्य) लेकर

बैठा है शंकर, तिरछी नजरों से मैना को ताककर फिर टिका देता है ओझा पर नजर, जो शाल के चिकने हरे पत्ते में सरसों का तेल चुपड़कर मन्त्र पढ़ते हुए एक अलग ही ताल में मूँड़ी हिला रहा है। सभी नजरें उत्सुक, सभी चेहरे आशंकित!

"मैना!" शाल के पत्ते में झाँकते हुए आखिर ओझा घोषणा करता है तो एक बार फिर अस्थिरता छा जाती है भीड़ में। सारी नजरें मैना पर उठ जाती हैं कि पंचानन ओझा के पीछे खड़ी वह अब भाग खड़ी होगी—लेकिन नहीं। एक मुहूर्त के अन्तराल होते ही उसके हाथ ओझा की गरदन पर पड़ते हैं और हलाल होते बकरे की तरह छटपटाने लगता है ओझा, "खा जाहिर थान का कसम! खा माराँ बुरु का कसम! खा बधना देवी का कसम कि तू घूस नहीं खाता है, सच बोल रआ है। अरे ओकरा में तो तोर चेहरा लौक रहा है तो तू हो गया डाइन? तोरा घर में हम भेड़ मार के फेंक दे तो तू हो गया हत्तियारा...?"

देवताओं की साखी भराते ही भीड़ का चरित्र दरक गया। मोड़ल, परेमा और कुछ अन्य लोगों ने कहा, "ठीक! ठीक-ई तो बोला मैना, ओझा अगर सच्चा है तो खाए कसम!"

पंचानन ओझा की बात कोई नहीं सुनता, भीड़ अपने में व्यस्त है। जब उनकी बात का कोई असर न हुआ तो सरापते हुए चले गए। शंकर वहीं बैठा रह गया चुपचाप जमीन को निहारते हुए, उसकी औरत सिर पटकते-पटकते शिथिल होकर लुढ़क गई थी एक ओर!

सौंतालों के चेहरे सपाट। मैना डायन है कि नहीं—इस विषय पर उन्हें संशय था लेकिन इस बात में कोई दुविधा नहीं कि जो कुछ हुआ, ठीक नहीं हुआ। देवता जरूर रुष्ट हो गए होंगे। जाने क्या अनहोनी होनेवाली है!

और लो, अनहोनी हो न गई!

इस घटना के तीसरे ही दिन अलस्सुबह जब रेलवे के वैगनों का कोयला निकालकर उनकी जगह अवैध खनन का कोयला भरा जा रहा था, सुब्बाराव के जंगल में हड़कम्प मच गया। "पुलिस..." यह आवाज कई दिशाओं से कौंधी और ब्लास्टिंग के धमाकों से चूरे फर्र-फर्र उड़ने लगे। इस काले परदे का लाभ उठाकर जूते-चप्पल, टोकरी, कुदाल, बोतल, टिफिन कैरियर आदि छोड़कर, जो जहाँ था, वहीं से भागा। पहले पुलिस की ओर से हवाई गोलियाँ दगीं, लेकिन जब जवाब में माफिया दल की गोलियों की आवाज आई तो जंगल छोटे-मोटे युद्ध-क्षेत्र में बदल गया। नीचे से ऊपर के सभी सम्बद्ध अधिकारियों को फिर से घूस देकर भी महेन्दर बाबू और उनका फोकल रिहाई से न बच सके। पंडित, दिलावर सिंह और हुसैन साहब फरार हो गए, बाँसगड़ा भी वीरान हो गया। सिर्फ मैना की जोर-जोर से रोने की आवाज ही थी जो इस वीराने पर मँडरा रही थी। भोर की जो ब्लास्टिंग हुई, उसमें उसकी घर की खदान

बैठ गई। उसी में उसका अकेला सोता बच्चा भोलू भी दब गया। वह अभी-अभी कोयला बेंचकर उसके लिए लेमंचूस लेकर आई थी कि...उफ! मंगर के भरोसे छोड़कर गई थी। उसका भी अता-पता नहीं है।

शाम को डरते-सहमते लुकते-छुपते लौटते हैं एक-एक कर लोग! इस हादसे से की खबर पाकर सबके सिर एक साथ हिलते हैं, अच्छा नहीं किया मैना ने। देवता कोप जायँ तो जान लेकर ही छोड़ते हैं। वे हाथ जोड़कर जाहिर थान में खड़े हैं, जो भूल-चूक हुई उसे छिमा करो हे देवता! हम सब बहुत कमजोर आदमी हैं। वहाँ से लौटकर वे मैना को समझाने लगते हैं, "सराप टल गया है। अब से ओझा-गुनी का अपमान न करना, न ही देवी-देवता को झगड़े में घसीटना।" मैना समझ नहीं पाती उनकी बात।

पुलिस के कानों तक भनक भी मिले, इसके पहले झोंपड़े के कुएँ को पाटकर पहले जैसा बना देना है। बच्चे को कुएँ में ही दफन कर टिपका और लुत्ता के साथ मिट्टी पाट रही थी मैना! पाट रही थी और आँसुओं से पटा रही थी। अब तक वह था तो उसका महत्त्व उसके लिए नगण्य था। उसके चले जाने के बाद ही उसका सचमुच का आगमन हुआ था। फेंके गए हर खेप से जैसे कोई क्षीण-सी पुकार कौंध-कौंध उठती, असहाय मुर्गी की तरह गर्दन टेढ़ी कर वह अनकने लगती इस स्वर को। जेलर की कामुक बर्बरता और उसके विगलित वात्सल्य के दो पाटों की दरार से कहीं रिसकर आ रही थी यह मासूम पुकार। कैली, सन्ती, तुरिया और कुछ अन्य औरतें थोड़ी दूर पर खड़ी छाती पीट-पीटकर स्यापा कर रही थीं। मोड़ल और मंगर थून्हियों को ठीक कर रहे थे फिर किसी ने पुकारा और बिना कुछ बोले वे सड़क की ओर चला गया।

इस हादसे के चिह्नों के साथ चोरी से कोयला खोदने के निशान भी जब ढक गए तो मर्दों और औरतों ने उसे घेर लिया। कैली ने एक कटोरे में अपने घर से लाया हुआ दाल-भात उसके आगे रख दिया, "ऊ बेचारा तो सरग गया देवलोक में। लेकिन अन्न खानेवाला बच्चा था, किरिया-करम नईं होगा तो का? उसका खातिर दू महीना तक एक कटोरी खाना अलग कर दरवाजे पे रख देना। तोर तो अशौच हो गया, ऊ वहीं से बाहर ही बाहर आके खा लेगा।" कैली ने सन्थालों की परम्परा के अनुसार हिदायत दी तो फफक पड़ी मैना। एक-एक कर सब सान्त्वना देकर चले गए। टिपका और लुत्ता ने बोरा बिछा लिया। मैना ने कटोरे को दरवाजे पर रखा फिर आँचल से आँख पोंछी। सहसा आँचल से आँखों में कुछ चुभा। खोलकर देखा तो लेमंचूस थे, बच्चे के लिए लाई थी। पागलों की तरह अँधेरे में देखती रही फिर सारे लेमंचूस कटोरे में उलट दिए।

लगी विलाप करने, "इतने लोग जिन्दा हैं, एक तू भी रहता तो का घट जाता बेटा? कलंक देने खातिर हमरा कोख से जनमा था, कि मैना डर जाएगा। अरे नहीं

नुनू, नहीं भोलू, तुझको तो हम मान चुके थे।" वह विलाप करती जा रही थी और उस गड्ढे की ओर देखती जा रही थी, जहाँ से मिट्टी निकालकर पाटी गई थी। मन के अन्दर कहीं गहरे लगता था, वैसा ही कोई एक और गड्ढा हो आया था।

मंगर अभी तक न आया था।

दूसरे दिन एक पहर दिन चढ़े, वह उठी तो सड़क की दूर भिनभिनाती कतार में मंगर की एक झलक मिली, उसके हाथ में तख्ती थी, दूसरा हाथ हिला-हिलाकर वह जाने क्या कह रहा था। नजरें फिसलती गईं। मंगर के बाद फोकल, बूधन, परेमा, गोपाल...अरे ये सभी!

ईस्टर्न कोलफील्ड्स के हेड क्वार्टर साँकतोड़िया जाते हुए इस जुलूस के नारे उछलने लगे--

"रोजी-रोटी देना होगा।"

"देना होगा! देना होगा!!"

"जुलूमबाजी नईं चलेगा।"

"नईं चलेगा! नईं चलेगा!!"

"बन्दे मातरम्!"

"बन्दे मातरम्!"

"महेन्दर बाबू को रिहा करो।"

"रिहा करो! रिहा करो!!"

शाम को मैना ने जुलूस से लौटकर आए मंगर को झोंपड़े के दरवाजे पर ही रोक लिया।

"क-आँ गया था?"

"महेन्दर बाबू को छोड़वाने।"

"कौन...?"

मंगर अचकचा गया, "एतना आदमी को रोजी-रोटी देनेवाला। का हुआ तेरे को? पागल नहीं तो!" वह प्यार और मनुहार पर उतर आया।

मैना के उजड़े घोंसले-से सिर पर हाथ फेरते हुए वह उसे अन्दर धकेल रहा था। सीने में धँसती जा रही थी मैना। सहसा बिल्ली की तरह तनिक परे ऐंठकर उसने पंजों से मंगर की कमीज पकड़ ली और झकझोरने लगी, "तू कायें गया था बोल। वोई महेन्दर बाबू, जो हमरा सब कुछ लूट लिया, तेरा सब हो गया, और हम...? आज बच्चा तक चला गया लेकिन हम कोई नईं? तेरा खातिर का नईं किया, तू निकला का...? दलाल! दलाल काई हाथ पकड़ना था तो फोकल का खराब था तेरा से...?"

मंगर की कमीज तार-तार हो गई। भूख, थकान और जहालत से उसके चेहरे पर हवाइयाँ उड़ने लगीं, मगर एक शब्द तक न निकला मुँह से। कैली, तुरिया और कई औरतों ने बड़ी मुश्किल से काबू में किया मैना को तो उसके मुँह से झाग निकल रहा था, आँखें पथरा रही थीं। वह उन्हीं के हाथों में मिरगी के रोगी की तरह तड़पते-तड़पते शिथिल होकर झूल गई। मंगर पथराया-सा खड़ा रह गया।

पछुवा हवा के झकोरों से रात-भर एक बदबू उड़-उड़कर बाँसगड़ा पर मँडराती रही। सुबह किसी से मिलते ही हर कोई इसी के बारे में पूछ रहा था, बदबू किसी लाश की लगती थी। कहीं मैना का बच्चा तो नहीं...? न! उसे तो कल ही पाट दिया था उसने।

"हमको लगता है, मैना का माँ आया था। ऊ डायन जब-जब आवे है, कोई-न-कोई अनरथ हो के रहता।"

मंगर ने निबटान से लौटकर बताया कि सुब्बाराव के पेड़ पर चील्ह-कौए मँडरा रहे हैं।

"अरे बाप रे! सोरे...! तीन दिन से मुअल पड़ा है तब तो।" मोड़ल के यह कहते ही सबको साँप सूँघ गया।

शाम को पुलिस ने लाश पेड़ से उतरवाई तो नुच जाने के बावजूद वह इतनी विकृत न हुई थी कि कोई उसे पहचान ही न पाए, मगर पूछने पर सबने मूँडी हिला दी, "का मालूम किसका है!" सबसे आखिर में बुलाई गई मैना। लाश देखकर उसे बड़े जोरों की रुलाई आई। मन अन्दर से हाहाकार कर रहा था, "हाँ, यह सोरे है, मौसी का लड़का, इन पापियों की आपसी लड़ाई में मारा गया।" लेकिन उसकी फटी-फटी आँख में सिर्फ श्मशान था। इनकार में मूँडी हिलाकर अपनी कमजोरी से डरकर वह तुरत लौट आई। झोंपड़े में घुसकर भी मन न माना, वहीं से बिल की सियारिन की तरह हुलकती रही। लाश रिक्शे पर रखकर जब आगे चली तो वह अपनी बिल से निकली, भागते, छुपते, धड़कते दिल से वह ऐसे चली आ रही थी, जैसे आँख-मिचौली खेल रही हो। अब लाश सड़क की ओर जा रही थी, वह ताड़ के तने से चिपककर उसका दूर होते जाना देखती रही और आखिर कटे पेड़-सी धम्म-से बैठ गई।

बाँसगड़ा में अजीब-सी कानाफूसी चल रही थी। पंडित भी पकड़े गए थे। अन्दर ही अन्दर सब सहम गए। अब बाँसगड़ा में रहने का मतलब है या तो पुलिस का शिकार बनना या माफिया का! हर आदमी दूसरे आदमी को भय की निगाह से देख रहा था आज। एक दिन सोरे की तरह कोई उन्हें पहचानने से भी कतरा जाएगा। लाश चील्ह-कौवे खाएँगे।

चबूतरे के पास एक अलग गोल बैठी हुई थी। ये सभी बेरमो जाने की बात कर रहे थे। दामोदर नदी में बालू हटाते ही कोयला है। रात ही रात चुपचुप ट्रेन से गोमो निकल चलना है, वहाँ से बेरमो। टिपका और लुत्तो जाकर अपना झोला ले आए तो मंगर ने कहा, ''हमारा सामान भी लेते आओ।''

मौर्य एक्सप्रेस सुबह छह बजे गोमो पहुँची तो भरभराकर सब उतर पड़े। यहाँ से बेरमो के लिए दूसरी गाड़ी पकड़नी होगी। मंगर थोड़ी देर तक उद्विग्न भाव से इधर-उधर टहलता रहा। मैना उसकी हर गतिविधि को देख रही थी। लेकिन उसने उसे तभी टोका जब वह लौटकर झोले से अपना सामान अलग करने लगा।

''का बात है?''

''हमको बेरमो नहीं जाना।''

''तब कहाँ...?''

मंगर ने जवाब देना जरूरी नहीं समझा। परेमा ने हँसकर रहस्य खोला, ''मंगर भैया दामोद जाकर कोइला चुनेंगे...? कोइला चुनना हमरा-तोरा जइसा छोटी जात का काम है। ऊ सोना निकालेंगे, सोना-सुबरन रेखा से! जब ढेर सोना बटुरा जाएगा तो सोनारिन से शादी करके अपना जात में लौट आएँगे।''

मैना के कान परेमा पर लगे थे लेकिन नजर मंगर पर, ''ई हम का सुन रए हैं?''

मंगर फिर भी चुपचाप सिर झुकाए अपना सामान सहेजता रहा तो वह तीती हो उठी, ''अरे मूँ में करिखा लगा है न का? मरद हो तो भर नजर हमरा आँख में देखो।'' मंगर ने मरद प्रमाणित करने की गरज से मैना की ओर नजरें उठानी चाहीं, मगर सुग्गा बन जाने के डर से न उठा सका। उसके हाथ तक जड़ हो गए।

ट्रेन में इंजन लग चुका था और ढेर सारा भाप फेंककर वह अपना वजूद घोषित कर रहा था। सिग्नल हरा हो चुका था। वह मैना की बात अनसुनी कर उठ पड़ा था।

''मरना सबको है।'' मैना ने फिर कहा तो उसकी आवाज भर्रा उठी थी, ''हम दामोद में मरेंगे और तुम सुबरन रेखा में, लेकिन मरेंगे सब...तो एक साथ मरने में का हरज है?'' आवाज में इतनी कशिश थी कि मंगर का पोर-पोर भीग गया। अगर एक बार भी वह मैना को देख लेता तो बच्चे-सा फूट-फूटकर रोते हुए वहीं बैठ जाता, लेकिन नहीं ट्रेन पर दौड़कर सवार हो गया वह। मैना खड़ी देखती रह गई।

द्वितीय खंड

24

बेरमो!

दामोदर के बीचोबीच अनमने-से बैठे शर्मा नद के विस्तार को उदास भाव से देख रहे हैं। तन यहाँ है, मन बाँसगड़ा में। पत्थरों के बीच कई-कई धाराओं में बहता पानी और अगल-बगल शिला और सैकत के अम्बार! पीरटाँड, जादू खेड़ा, मदनपुरा, गोमुहानी, कन्दाडीह और बाँसगड़ा जैसे पचासों गाँवों का उजाड़पन! आदिवासियों के अलग-अलग गुट कहीं हरा झंडा, कहीं लाल, कहीं तिरंगा तो कहीं कुछ। लाल में भी किसिम-किसिम के लाल। लेकिन आदिवासियों की नियति में कितना फर्क आ सका है?

जेल से रिहा हुए आज छह महीने गुजर गए और जेल की अवधि को जोड़ लें तो पूरे तीन साल। बेकार के बह गए तीन साल! जेल में 'नक्सली' के नाम पर जो अमानुषिक यन्त्रणा उन्हें दी जाती रही, उसकी टीस अंग-अंग से टहकती है अब भी, लेकिन जब लौटकर उन्होंने लोगों के लाचार चेहरों को देखा तो यह टीस इस टीस के सामने भूल गई। ठेकेदार अब भी ढोर-डाँगरों की तरह उन्हें काम कराने हाँककर ले जाते हैं और चूसकर छोड़ देते हैं, माफिया अब भी उनसे चोरी से कोयला कटवाते हैं और पकड़े जाने पर सजा भी उन्हीं की होती है। बड़े जोतदार अब भी खेती में उनसे अमानुषिक श्रम कराते हैं और जरा-जरा-सी बात पर पीटते हैं। क्या कर रही हैं पार्टियाँ? क्या कर रहे हैं झंडे?...और खुद वे ही क्या कर रहे हैं? गाँव-के-गाँव उजड़ रहे हैं और दल-के-दल माफिया उभर रहे हैं। सामने की शिला से टकराकर धारा में फूटते बुदबुदों पर टिक गई नजर, लगा, साँवले सौंतालों के अजस्र मुँह सिर धुन रहे हैं, यह झूमर नहीं, सरहुल नहीं, बँधना पूजा नहीं, यह कोई और ही नाच है, तप्त कड़ाह के भभूके में तड़प-तड़पककर भुने जाते चेहरों के नाच!

वे नजर फेर लेते हैं। दूसरी ओर की शिला से गिरती पतली, तेज धारा से बनता फेनिल झाग! याद आ रही है पार्टी की मीटिंग। सैद्धान्तिक बहसों, समीक्षाओं और औपचारिक संकल्पों से जी ऊब जाता है उनका, रोक नहीं पाते खुद को, ''सुनिए

कॉमरेड! आप कहते हो कि ठेकेदार, माफिया, जोतदार और दलाल आदिवासियों का शोषण करते हैं। वे तो करेंगे ही। वह तो उनका वर्ग चरित्र है। लेकिन मैं पूछता हूँ, आपके पास भी इसका कोई जवाब है। आपका कोई चरित्र है या नहीं? आपकी कोई रणनीति नहीं? कोई विकल्प नहीं?"

"हम तो कहते हैं सौंतालों को फिर से तीर-धनुष उठा लेना चाहिए," एक कॉमरेड ने कहा।

"मगर किसके खिलाफ? दुश्मन कहीं नजर आए साफ-साफ तब न! शोषकों की पूरी व्यवस्था प्रकट में जनहितैषी का भ्रम पैदा करती है। वे नेता हों या अफसर, माफिया हों या ठेकेदार, कारखानेदार हों या दलाल, सभी तो गरीबों और शोषितों के उद्धार में लगे दिखते हैं! दुश्मन जितना मूर्त है, उससे ज्यादा अमूर्त! तीर का निशाना क्या होगा?"

"तभी तो कह रहे हैं, उन्हें गोलबन्द किया जाए।"

"किस आधार पर? कैसे? सिंहभूम, राँची, हजारीबाग, धनबाद, गिरीडीह से लेकर सन्थाल परगना तक कितने कल-कारखाने हैं उनमें कितने घुसेड़ सके हैं अपना मुँह? जब उनके जीने का कोई आधार ही नहीं बचता तो आप लाख बुलाते रहें, आगाह करते रहें, उन्हें शोषकों के जाल में जाने से कोई रोक नहीं सकता।" बोलते-बोलते वे रुक गए तो असगर जैसे स्वगत भाव से बुदबुदाने लगे, 'जब से देवधर जिला बना है, सत्ता की साजिश सतह पर आ गई है। सारे अपराधी, गुंडे और दागी लोग पुलिस और प्रशासन, उद्योगों में घुस आए हैं! बी.एम.पी. की फैलाई गन्दगी कल पता नहीं कितने बलात्कारों को जन्म देगी। जसीडीह की कुल बहत्तर इकाइयों में से अधिकांश बन्द हैं, कोलियरियाँ बन्द हो रही हैं, खेती खत्म है, कुछ तो चाहिए उनके जीवनाधार के लिए...' सबके चेहरे झुक गए तो शर्मा अपनी बात पर फिर लौट आए। "बाँसगड़ा का प्रयोग आपके सामने है। हमने वहाँ की हत्यारी फैक्टरी को लोगों को गोलबन्द करके ही बन्द करवाई, जिस व्यवस्था ने उन्हें चोर और अपराधी में तब्दील कर दिया था, उससे हटाकर उन्हें अलग सार्थक जीवन शैली देनी चाही लेकिन दे पाए...? टुडू को जान से हाथ धोना पड़ा। मैं जेल से हड्डियाँ तुड़वाकर लौटा हूँ, मैना डायन कहकर अपने समाज से दूध की मक्खी की तरह निकाली गई, मगर आज कुल मिलाकर बातें फिर वहीं पहुँच गईं। कर पाए हम गोलबन्द? नहीं न! यह आत्मालोचन करने की बात है कि एक सम्भावना तिल-तिल कर तिरोहित क्यों हो गई। आप कहेंगे संघर्ष का फेज जरा-सा धीमा पड़ा कि यह सब हो गया। ठीक! लेकिन उससे भी अहम मुद्दा यह है कि क्या आपने उन्हें जीवनाधार का कोई विकल्प दिया था। दरअसल संघर्ष के व्यावहारिक पक्ष पर हमने कोई स्ट्रेस ही नहीं दिया!"

"कॉमरेड असगर ने और आपने जो चित्र खींचा, वह भयावह है। इस बदले हुए कंटेक्स्ट में आपके पास कोई प्रोपोजल है?" पार्टी के महासचिव ने पूछा था।

"हाँ है! एक कोऑपरेटिव माइनिंग!"

शर्मा ने झाग से आगे देखा, झाग के तले-तले धारा शिलाओं के बीच आँखमिचौनी खेलती हुई लुप्त हो रही थी। पार्टी से स्वीकृति तो मिल गई लेकिन...खुद को बिलकुल असहाय पा रहे थे वे। बाँसगड़ा गए तो वह पहले की बनिस्बत बिलकुल उजाड़ हो चला था। किससे पूछें कि कहाँ गए वे लोग। चबूतरे पर थोड़ी देर बैठे रहे। दूर मालगाड़ी का डब्बा झलक रहा था—आशा की मरीचिका-सा। कोई आकर्षण खींच रहा था उन्हें। आगे बढ़े ही थे कि किसी डब्बे से ठोकर खाकर गिर पड़े। चश्मा छिटककर दूर जा गिरा। अन्धे की तरह टटोलने लगे। हाथ किसी बेदी के उभार पर फिसल रहे थे। चश्मा फिर से मिला तो आँखें नम हो आईं। यह मैना की समाधि थी—जैसे अहल्या का स्पर्श कर रहे हों। भावविह्वल घूरते रह गए थे बड़ी देर तक समाधि को।

सामने कोई स्त्री-मूर्ति खड़ी थी। कौन? मैना? नहीं, मैना नहीं सितवा! उसी डब्बे में लौट आई थी सितवा अपने खलासी पति के साथ। डब्बा वही था। मुसाफिर बदल गए थे। पुरानी पीढ़ी की जगह नई पीढ़ी पहले से ज्यादा जर्जर, ज्यादा बदहाल, ज्यादा अकेली!

"कैसी हो?"

"ठीक!" मुश्किल से बकार फूटी थी सितवा की।

"काम-धाम...?"

"कब्भी मिलता है, कब्भी नईं।"

"हूँ ऽऽऽ! माँ का कुछ अता-पता है?"

"हमसे तो तभी से बोलती नईं, सुना, देवता के नाराज हो जाने से हमरा छोटका भाई दब के मर गया तब्भी से खुद-ई चले गए लोग।"

"कहाँ?"

"कुछ ठीक-ठीक पता नईं। सुना चाचा भी उसको छोड़ के चला गया उधिर-ई कहीं और वो बेरमो में कहीं है।"

"यहाँ मामा का भी अता-पता नहीं।"

"वो बाबू लोग के साथ उधर कोयले के काम में है सिर्फ सरदार जी-ई पंजाब गए?"

"दिलावर सिंह!"

"हाँ।"

"क्यों, महेन्दर बाबू, पंडित सीताराम, हुसैन साहब और दिलावर सिंह में तो गाढ़ी छनती थी।"

"वो जब इन्दिरा गांधी का मौत हुआ न तो सब मिल के सरदारजी को लूट लिया, इसी से...। फिर हुसैन साहब और महेन्दर बाबू के बीच भी तो गोली चला था।"

"हूँ!" कहकर चुप हो जाते हैं वे।

लौटते वक्त वे फिर मैना की समाधि पर रुके थे।

"अच्छा एक बात बता सकती हो बेटी," शर्मा ने सितवा से पूछा था, "क्या तुम्हारी माँ भी तुम्हारी नानी की तरह डायन घोषित किए जाने के चलते ही भागी थी?"

सितवा का दयनीय चेहरा अचानक गर्व से फूलने लगा, "आपको नहीं मालूम?"

"ना।"

"वो तो ओझा को अइसा सबक दिया कि वो मिमियाने लगा। किसका मजाल जो उसको माँ के हाथ से छुड़ा दे। वो गया इसलिए कि हियाँ रह नहीं सकता था। उसका मन सबसे खट्टा हो गया था।"

शिला पर बैठे-बैठे शर्मा को लगा वे अभी भी मैना की समाधि पर बैठे हुए हैं। असगर अभी तक नहीं लौटे थे। क्या पता उन्हें मैना का कुछ अता-पता चला भी या नहीं!

आधे घंटे बाद आए असगर। उनके हाथ में शाल का ताजा पत्ता था।

"कुछ पता चला?" शर्मा ने निर्वेद स्वर में पूछा।

"हाँ, आइए चलते हैं।"

दोनों उठ खड़े हुए और दामोदर के किनारे-किनारे चलने लगे।

"इत्ती देर कहाँ लगा दी?" थोड़ी देर बाद शर्मा ने पूछा।

"वो इस पत्ते के लिए, उन्हें सन्देश देना है न!"

असगर की आँखें हँस रही थीं, "लो एक तुम भी लो।" थोड़ा आगे बढ़कर असगर ने नद के उस पार पुकारा, "मैना! ओ मैना!"

दामोदर के उस पार झोंपड़ों में आवाज के गूँजते ही कई लोग उठ खड़े हुए। शर्मा और असगर नद के छिछले पानी में पाँयचे मोड़कर उतर पड़े। तीर पर दरख्तों की मानिन्द खड़े थे लोग—मैना, मोड़ल, कैली, सुवल, तुरिया, सन्ती। उन्होंने देखा हाथ में शाल का हरा पत्ता लहराते हुए दो व्यक्ति पानी में चले आ रहे हैं। शाल का पत्ता यानी मीत!

"शरमा बाबू!" वही पुरानी चहक।

खुशी से छलक आईं मैना की आँखें, "जेहल से कब छूटे? हुँआ पे सब कैसा है? मोर्चा का साथी लोग? हियाँ कैसे खोज पाए?" एक साथ कई सवाल। शर्मा ने संक्षेप में उत्तर दिया। टुडू की हत्या पर उदास हो गई मैना। पिछले प्रकरण याद आए,

उनमें कुछ गिले-शिकवे थे लेकिन मौत ने सब पर मातमी चादर तान दी। शर्मा ने सन्दर्भ बदला, "मंगरजी कहीं दिख नहीं रहे हैं?"

"सोनार और कहाँ जाएगा, सोना खोजने गया सुबरन रेखा नदी में!"

"क्या मजाक करती हो?"

"हमरा का कुब्बत कि हम मजाक करेगा, मजाक सएने के वास्ते तो हम पैदा हुआ, बाप मजाक किया, माँ किया, बेटी किया, मरद किया...।"

"और तुम...?"

"हम गँवार आदिवासी, हमरा किस्मत में कोइला छोड़ के का है?"

"यानी वो सुवर्ण रेखा में और तुम दामोदर में! कभी आया नहीं तुम्हारी खोज-खबर लेने?"

"आप ई बात-ठो बन्द करेगा कि नईं। जो पूछना हो परेमा से पूछ लेना, वोई सब जानता। बाँसगड़ा लौट गया है, परेमा, हुवईं पूछ लेना, लेकिन हमसे मत पूछो, हाथ जोड़ता।" शर्मा चुप होकर नदी में लोगों को कोयला निकालते देखने लगे। असगर ने प्रकरण बदलते हुए पूछा, "अच्छा, यहाँ नदी के पेट से कोयला कैसे निकालते हैं लोग?"

"आप आओ हमरा साथ, हम दिखाते अब्भी, आओ, आओ न!" मैना खुद आगे बढ़ गई। वह नदी के पानी में घुसकर दोनों हाथों से बालू हटाने लगी। बालू पसरकर फिर से गड्ढे में समाती जा रही थी। दस मिनट की उबाऊ कोशिश के बाद उसकी आँखों में चमक आ गई। "हाथ लगाकर छुवो इसको, देखो क्या है ये?"

असगर झिझके लेकिन शर्मा ने कमीज मोड़कर हाथ डालकर देखा तो हाथ किसी पत्थर का स्पर्श कर रहे थे, "यह क्या है?"

"कोयला।" मैना ने नाखून में लगे काले कणों को दिखाया।

असगर ने उत्सुकता से उन कणों को देखा, "क्या...?"

"अंगार!" शर्मा की आँखें चश्मे के अन्दर से ऐसे जल रही थीं जैसे किसी कारूँ के खजाने का उन्होंने पता लगा लिया हो, "बेरमो का दामोदर एक प्रतीक है मेरे लिए इस देश के शोषित, उपेक्षित सर्वहारा का।" लोग हैरत से उनकी ओर देखने लगे। वे अपनी रौ में बोलते जा रहे थे, "ऊपर से देखो तो पानी कितना छिछला लगता है और उसके नीचे, अगल-बगल...? बालू! इस बालू को हटा पाना आसान नहीं। जितना ही हटाओ, पसरती ही जाए है लेकिन हटाना असम्भव भी नहीं, और हटा पाओ तो कोयला..., अंगार..., ऊर्जा...!" फिर उन्होंने चश्मे के पीछे अपनी चमकीली आँखें मैना के सिन्दूरी चेहरे पर टेक दीं; "हमने बाँसगड़ा के पास चतरपुर में एक कोऑपरेटिव माइनिंग की योजना बनाई है।"

"सच?" कइयों के मुँह से एकबारगी फूट पड़ा जैसे उन्हें विश्वास न हो।

"सच!"

"माराँबुरु का किरिया।"

"माराँबुरु का किरिया।"

"ई तो भौत अच्छा किया आप!" मैना आह्लादित हो उठी।

"लेकिन वही मुश्किल है, गाँव के लोग इतने सपाट हैं जैसे दामोदर, हटाते जाओ, मगर बालू है कि पसरती जाती है।"

"कोच्छ फिकर नईं! वो हम पर छोड़ो आप, हम सबके पैर पे गिर के राजी कराएगा।"

"हमें यकीन नहीं था, तुम अपना सारा अभिमान छोड़कर, सारी हार और अपमान भूलकर इतनी जल्दी तैयार हो जाओगी?" असगर ने प्रशंसा-भरी नजरों से मैना को देखा।

"कुच्छ भी हो, ऊ सब अपना-ई आदमी तो है न। पइसा के चलते आदमी आदमी का दुश्मन बन जाता। हियाँ भी तो हम लोग को रोज हियाँ का आदमी धमकी देता, एक बार मारा-पीटा भी कि–तुम लोग बाहर का आदमी है, अपना घर जाओ। एतना कोलोवरी, कारखाना है हियाँ, लेकिन हियाँ भी नौकरी तो दूर, नदी के कोइला के लिए मारपीट। हम तो बोलेगा–एई आइडियाठो पएले कायें नईं आया आप लोगों का दिमाग में। हम तो बुद्धू है लेकिन एक बात कब्भी-कब्भी सोचता, आप चलते-चलते रुककर बैठ जाओ, थोड़ा देर बाद आप देखेगा कि आपका साथ का आदमी कितना दूर निकल गया!"

"तो कब शुरू कर रही हो चलना...?" शर्मा ने मुस्कराकर पूछा।

"बस, शाम तक कोइला ठो बेंच-बाँच के चलेगा रात का गाड़ी से। तब तक टिपका और लुत्ता भी टरेन से कोइला बेंच के लौट आएगा।"

शर्मा ने अब दूर-दूर तक देखा, जैसे टिपका और लुत्ता को ढूँढ़ रहे हैं। सच कहती है मैना बेरमो, गोमिया, भुरकुंडा, पतरातू, बरकाकाना और वहाँ मिहिजाम, जसीडीह, गोड्डा–इतने कारखाने इतनी फैक्टरियाँ पर आदमी को रोजगार नहीं। वे जितना ही सोच रहे थे, अपने फैसले पर दृढ़ होते जा रहे थे।

25

अब तक कितने जोरों से खींच रहा था बाँसगड़ा। मन हो रहा था कि पूरे गाँव को बाँहों में भरकर भींच ले–एक-एक पेड़, एक-एक पल्लव, एक-एक जर्रे तक को, लेकिन अब...? स्टेशन पर पाँव पड़ते ही कैसे अजीब-से खालीपन ने आ घेरा उसे!

क्या बचा है यहाँ उसका? माँ-बाप, मरद, बेटी यहाँ तक कि एक बच्चा भी गँवा चुकी। उसे लगा, उसके पाँव एक गहरी खाई में उतरने जा रहे हैं, जैसे-जैसे वह आगे बढ़ती गई वैसे-वैसे यह अहसास गहराता ही गया। डब्बा पार हुआ लेकिन वह रुकी नहीं, पाँव घिसटते गए अपने घर तक। साथवाले भी आ गए थे और महीनों बन्द पड़े दरवाजे एक-एक कर खुल रहे थे। टिपका ने भी अपने घर का ताला खोलकर दरवाजा खोल दिया था लेकिन उससे अन्दर जाया न गया। दरवाजे पर ही खड़ी-खड़ी वह खोई-खोई आँखों से ताकने लगी। उसकी आँखों के आगे वह सारा अतीत, जिसे दुःस्वप्न की तरह वह भुला चुकी थी, देखते ही देखते कुनमुनाया, और करवट बदलकर ताकने लगा। हाहाकार कर उठीं यादें। वह वहीं बैठकर सिसकने लगी, जैसे सारा कुछ आज, अभी-अभी घटित हुआ था।

बस्ती के पुराने लोग एक-एक कर तसल्ली देने आए। लूला परेमा आया, बैसाखी खटकाते हैदर मामा भी आ गए और थोड़ी ही देर में एक कार में महेन्दर बाबू और पंडित सीताराम भी। पंडित ने बहुत समझाया, "मत रो मैना। जिनगी में बहुत दुःख सहा तैने। ये समझ ले भगवान को यही मंजूर था लेकिन तू रो मत। चिन्ता किस बात की है पगली? अरे हम तो जिन्दा-ई हैं अभी।" महेन्दर बाबू ने कहा, "कोच्छ फिकर नहीं। हमारे रहते तुमको रोने की कोई जरूरत नहीं। हम काम देंगे, हम! और काम करने की जरूरत भी नहीं, तू चल और बैठी रह। कोई बोला तो उसका जबान काट के तेरे हाथ पे न धर दिया तो महेन्दर सिंह नाम नहीं।"

ये आवाजें तेल की गरम बूँद-सी कानों में पड़ीं। उसने आँसू-भरी पलकें हौले-से उठाकर देखा, अरे यह अपाहिजों, चोरों, दलालों की कैसी भीड़ इकट्ठी कर ली उसने। वह रो-रोकर इनकी दया की भीख ही बटोरने आई थी यहाँ? उसे अपनी इस कमजोरी पर कोफ्त हुई।

"मंगरा कहाँ गया...?" महेन्दर बाबू ने पूछा, "दिखाई नहीं पड़ा।"

जवाब में मैना ने सिर्फ नाक छिड़की और बिना किसी से बोले उठकर चल दी।

पीछे जैसे ही परेमा ने मंगर के छोड़ जाने की कहानी फिर से दुहराई, लोग तरह-तरह की टिप्पणी करने लगे। सीताराम पंडित मैना के आचरण की चोट से अभी भी बिलबिला रहे थे, "मगर वो अभी कहाँ गई?"

"बताऊँ?" महेन्दर बाबू ने हँसकर कहा, "मंगरा का किरिया-करम करने।"

लेकिन महेन्दर बाबू का मजाक झूठा नहीं पड़ा। कुल बीस गाँवों में मंगर के श्राद्ध-भोज का न्योता बँटा। बीस गाँव के लोग बाँसगड़ा आए—स्त्री-पुरुष, जवान, बूढ़े, बच्चे सब! यह एक अजब भोज था जिसमें सभी आनेवालों की लाई सामग्री को एक ही जगह राँधा गया। भोज के पहले मैना ने अपनी सूनी माँग, सूनी कलाई और सफेद साड़ी में बिरादरी को हाथ जोड़कर अरज किया, "अब तो हमको बार-बार ई

बताना नईं पड़ेगा कि हमरा मरद का का हुआ। हाँ बाबा लोग, माई लोग, भैया लोग, बहिनी लोग, हमरा मरद मर गया, सोना का नदी में डूब के मर गया हमर। सब मरद! और भी जिसको मरना हो, जा सकता है। हर तरफ सोना का नदी बह रहा है।"

इस पर जोरों से हँसी का सैलाब आया। "लेकिन जो जिन्दा रहना चाएते हैं, हमको उनसे कएना है कि कैसा माफिक जिन्दा रएना चाअता है आप।

"लौटकर हम एक अचरज देखा, हम तो भाग गए, लेकिन कोइला चोर नईं भागे, वे हियाँई हैं। और हम...? हम जगह-जगह का ठोकर खा के आ रआ है। हर जगह एक-ई बात। दू-चार को काम मिला है हजारों बेकार! हमरा खातिर परमामिंट काम कईं नईं। चाहे ठीकादारी में माँस नुचवाओ, चाहे चोरी-छुपे कोइला काट के पुलिस और गुंडा का पाकिट भरो, चाहे चोरी करो। कुल मिला के कुत्ता का माफिक ई धूरा से ऊ धूरा, ई नाली से ऊ नाली, ई दरवज्जा से ऊ दरवज्जा का गन्दा चाटो, आपस में एक-दूसरे से लड़ो, लड़कर मरो। हम पूछता, आप दूसरा ठीकादार का ठीका में काम कर सकता तो अपना ठीका कायें नईं चला सकता।"

मैना के बाद एक अधेड़ उम्र के सौंताल महादेय ने उठकर कहा, "मैना का बात लाख टका का है। हम एतना आदमी है, हमरा कोई देखनेवाला नहीं। बिना अपने मरे सरग नहीं देखने को मिलता। हम अपना ताकत भूल गए हैं; ई हमी थे कि ई जानमारु फैटरी बन्द करवाए।"

उसकी बात पे जोरों से ताली बजी। उसने फिर कहा, "तब आप ई ठो सोचिए, हमको अपना परान बचाने का खातिर कुछ करना चाहिए कि नईं।"

उसकी बात के खत्म होते ही उत्साह और अनिश्चयता की आँच में भीड़ सीझने लगी, एक औरत ने तीखे स्वर में कहा, "शरमा बाबू का एक पलान है, वोई बताएँगे।"

शर्मा ने उठकर सौंताली भाषा में कहा, "पहले पूरी बात ध्यान से सुन लीजिए, फिर जो पूछना हो पूछिए। हम लोगों ने सोचा है एक पोखरिया खाद शुरू किया जाए। इसमें बीस गाँव के लोगों को रोजी-रोटी मिलेगी। इसके लिए काली माटी की सरकारी कोलियरी और सुब्बाराव के जंगल के बीच चतरपुर की जगह चुनी गई है। यह खदान किसी एक की नहीं बल्कि सभी काम करनेवालों की साझा होगी। चूँकि यह हमारी अपनी होगी, इसीलिए कोयला न निकलने तक सबको अपने घर से खा-पीकर आना होगा। जो खर्च झूड़ी, गइँता में लगेगा, उसको भी हमीं लोग देंगे। जब कोयला निकलना शुरू होगा तो मजदूरी भी कोयले में मिलेगी। इस खान के जरिए आपका डॉक्टरी इलाज, रिन-करज, पढ़ाई-लिखाई का भी बन्दोबस्त होगा। बोलिए आप तैयार हैं।"

"तब तो रात-ए में काम होगा?" मंटू माझी ने, जो अवैध खदानों में काम करता आया था, बीच में ही टोंक दिया।

"नहीं दिन में।"

"तो क्या ई इलेगल...।"

"जी नहीं!"

"हमरा समझ में नहीं आता गोरमिंट आपको औडर दिया है?"

"नहीं। हम लोग बीसों गाँव के लोग सरकार के पास दरखास देंगे। काम उसके बाद शुरू करेंगे।"

"और सरकार न माने तो? कोइला तो सरकारे का है।"

"हाँ, कोयला सरकार का है, इस देश का है, और आप सब...?" शर्मा के इस अकाट्य तर्क पर मैना ने प्रशंसात्मक निगाहों से उन्हें देखा।

शर्मा ने शंकाओं के निवारण के लिए तनिक और भी खुलासा किया, "हम यह मानकर चल रहे हैं कि कोयला सरकार का है और हम भी। हम एक-एक रोड़े का हिसाब सरकार को भेजते रहेंगे। हम उन्हें बताएँगे कि वर्षों से खेती-बारी चौपट रहने और काम-धाम न रहने के कारण हम लोगों की जिन्दगी सड़ती जा रही है। चोरी, डकैती बढ़ गई है। हमें चूँकि आप काम नहीं दे पा रहे हैं, इसलिए हमें मजबूरी में यह काम शुरू करने दिया जाए। हम प्रधानमन्त्री, उद्योगमन्त्री, खानमन्त्री, मुख्यमन्त्री, कोल इंडिया, ई.सी.एल. के चेयरमैन, मजिस्ट्रेट, एस.पी., एस.डी.ओ. सबको उस दरखास की नकल देंगे। हम डी.जी.एम.एस. और अफसरों से मुआयना करने की परारथना करेंगे। हम मजदूरी में बाँटे गए कोयले की एक-एक रोड़ी को जमा रखेंगे, सरकार जब चाहे उठाकर ले जाए।"

"शर्मा बाबू जिन्दाबाद! मैना सरदार जिन्दाबाद!!" एक बूढ़े ने उत्साह में आकर नारा लगाया। थोड़ी देर तक उत्साह का शोर मचा रहा। मैना झेंप रही थी, शर्मा ने उन्हें रोककर कहा, "शान्त हो जाइए, शान्त...! शर्मा बाबू और मैना सरदार तो आपके ही आदमी हैं, क्या जाने कब तक जिन्दा रहें, जिन्दाबाद करना हो तो अपनी जनखदान की करें–जनखदान, जिन्दाबाद!" और जिन्दाबाद के नारों से बाँसगड़ा गूँज उठा।

26

तेरह जनवरी, बधना परब का दिन! बीस गाँव के लोग अलस्सुबह चतरपुर की ओर निकल पड़े। जवान लड़कों का और लड़कियों का दल गीत गाते और नाचते हुए चल रहा था। बूढ़े आपस में बतियाते हुए सोंटा टेकते हुए जोर-जोर से चल रहे थे ताकि वे औरों से पिछड़ न जाएँ। बच्चे बछड़ों-से कुलाँचते हुए ऊटपटाँग हरकतें करते हुए चल रहे थे। किसी के हाथ फावड़ा था, किसी के हाथ कुदाल, किसी के हाथ झूड़ी। सबके सब एक नया इतिहास बनाने निकले थे। चतरपुर को केन्द्र कर चारों ओर

से जनसमुदाय उमड़ा चला आ रहा था। साढ़े-सात बजते-बजते ये धाराएँ मिलकर जनसमुद्र में तब्दील हो गईं।

कामिनी के छितनार पेड़ के नीचे पत्थरों पर बैठकर अविनाश शर्मा, दुलाल पंडा, गजानन माझी और असगर सबके नाम, आयु, पते, अनुभव लिख रहे थे। उन्हें काम के हिसाब से कई-कई टुकड़ियों में बाँटा जाना था। बच्चों को पानी ले आने और बूढ़े-बूढ़ियों को सबके साथ आए चावल-दाल को पकाने तथा नन्हे बच्चों की देख-रेख के लिए रख दिया गया, अलग-अलग टुकड़ियों को उनके दायित्व समझा दिए गए। ठीक आठ बजे के घंटे पर 'जनखदान जिन्दाबाद!' के नारे के साथ 'चतरपुर जनखदान' का काम शुरू हुआ। किसी-किसी ने माराँबुरु, बधना देवी, काली माई, हनुमानजी, सर्वमंगला देवी की जैकार की तो किसी-किसी ने सिद्धू-कानू और बिरसा मुंडा की भी।

कल सात सौ ग्यारह आदमी—तीन सौ चार मर्द, तीन सौ सत्तर औरतें और बाकी किशोर, किशोरियाँ! मैनेजर पंडा, ओवरमैन माझी, और शर्मा भी बैठे नहीं थे। वे फीते से मापकर जनखदान के खनन क्षेत्र को चिह्नित कर रहे थे। मैना बाँसगड़ावालों के दल के साथ उत्तरी छोर पर मिट्टी का आवरण हटवा रही थी।

असगर काम शुरू होने का एक मास का पेटीशन तैयार कर रहे थे जो प्रधानमन्त्री से लेकर ईस्टर्न कोल फील्ड्स और थाने तक को दिया जाना था।

ठीक बारह बजे टिपका ने घंटे पर बारह बार बजाकर दोपहर के भोजन की बिरति की घोषणा की। सामूहिक भोजन के बाद मास पेटीशन पढ़कर सबको सुनाया गया जिसका सार यह था कि हमारे पिछले निवेदन के अनुसार आज से हमने चतरपुर में 'जनखदान' का काम शुरू कर दिया है, सम्बद्ध अधिकारी कृपया आकर मुआयना कर जाएँ।

परेमा, हैदर मामा और बहुतेरे लोग इस काम को कौतूहलवश देखने के लिए आए। जब वे काफी देर तक जमे रहे तो शर्मा ने उन्हें बुला लिया, "मामा आपकी दुआ चाहिए।"

मामा कुछ बोल नहीं पाए। परेमा ने डरते-डरते पूछा, "काम तो बड़ा नेक है। गौरमिंट ऐसे-ई सब करखाना-कोइलौरी का काम मजूरों के हाथ में दे दे तब न?"

"कैसा लग रहा है?"

इस बार हैदर मामा का कंठ खुला, "हमको तो अफसोस हो रहा है अपने आप पर। आज अगर हाथ-पाँव साबुत होता तो हम भी हियाँई होते। जिन्दगी भर हमने गलत काम किया बेटा। पूरा जिन्दगी गारत कर दिया गलत काम में। अब ई बुढ़ौती में पाँव से लाचार मामा क्या करें...? जब जवान था, हाथ-पाँव, दिमाग, दिल सलामत था, तब ऐसी बात हुई होती तो तुम्हारा मामा मामा होता, आज क्या है, अपाहिज, बूढ़ा, कमीना...।"

"ऐसा मत बोलिए मामा, मैना कह रही थी कि आप दिल के बड़े साफ हैं। आपको कोई तकलीफ हो तो यहाँ आ जाइए, चौकीदारी तो कर ही सकते हैं।"

परेमा को अपने मनोभाव प्रकट करने का कोई उपाय न सूझा तो उसने भीगे गले से कहा, "शरमा बाबू, हम पापी आदमी हैं, लेकिन अभी मन में पाप हो तो गोड़ भी कट जाए। अभी हम सच्चा मन से कह रहा है। हम और किसी काम के काबिल नईं लेकिन इस अच्छा काम का खातिर हम कुछ देगा नईं तो आतमा को कष्ट होगा, आप हमरा पॉकिट से सब रुपैया निकाल लीजिए।"

दूसरे दिन मजदूर काम करने गए तो उलटे मुँह गालियाँ देते हुए लौट आए। खनन क्षेत्र में जगह-जगह पाखाना किया हुआ था।

"जरूर ई कोइला चोरवा सबका करतूत है। अपना माई-बहिन..."

"चूप!" टोंक दिया शर्मा ने, "जब कोई गलती करे तो फटदिना माई-बहिन तक पहुँच जाओगे। वे तो तुम्हारी भी माँ-बहिन हैं। बहादुर हो तो गलती करनेवाले से डटकर मुकाबिला करो।"

"तो एकर का मतलब है, आके हगेगा हियाँ...!"

"अपने अच्छे रहने के लिए सिरिफ ये-ई जरूरी नहीं कि आप अच्छे हों। जरूरी ये भी है कि पड़ोसी भी अच्छे हों। यह तो छोटा-सा इशारा-भर है कि आपकी जनखदान उन्हें फूटी आँखों नहीं सुहाती, आप आनेवाली लड़ाइयों के बारे में सतर्क रहें।"

"उपाय का है?"

"पहले तो इस गन्दगी को काम करते-करते साफ कर डालिए। चलिए, हम चलते हैं।"

"हम साफ करके आ रया है।" मैना ने बीच में हस्तक्षेप किया, "दूसरा उपाय हम बताता, हम सब मिल के रात में भी पहरा देगा।"

मैना की बात पर सब विस्मय और प्रशंसा से उसकी ओर ताकने लगे।

"तो काहें न हम इस जगह के चारों ओर झोंपड़ा डाल लें।" गोकुल ने कहा।

"लाख टके की बात कहिस है गोकुलवा।" मोड़ल ने कहा, "बस शरमा बाबू, येई बात पक्की रही!"

"लेकिन काम कब करेंगे?"

"वो काम इस काम के बाद होगा, मगर होके रहेगा, हम अपना खून-पसीना से इसको खड़ा कर रहे हैं तो इसका रच्छा भी हमीं को करना होगा, क्यों...?" उसने भीड़ की ओर ताका।

"जरूर!" भीड़ उल्लास से चीख उठी।

टिपका ने घंटा बजाया। लोग खनन क्षेत्र की ओर मुड़ गए।

काम चल रहा था और लोग आते जा रहे थे। चौथे दिन तक जनखदान के कर्मचारियों की कुल संख्या हजार को पार कर गई--एक हजार ग्यारह। देखते ही देखते टिड्डियों की तरह मजदूरों ने खनन क्षेत्र का चुंग लिया। शर्मा एक चित्रकार की तरह अपनी 'जनखदान' के खाके में रंग भर रहे थे। चित्र दिन-ब-दिन स्पष्ट आकार लेता जा रहा था। अब इस चित्र में कई चीजें साफ-साफ आने लगी थीं। चारों ओर जनखदान को घेरकर मिट्टी-पत्थर का मलबा छोटी गोल पहाड़ी-सा नजर आ रहा था। इस पहाड़ी के नीचे खनन क्षेत्र के किनारे-किनारे कगार पर झोंपड़े-ही-झोंपड़े, जिनसे लटकती रंग-बिरंगी साड़ियाँ, जैसे जनखदान के गिर्द कसी करधनी। मजाल नहीं था कि कोई बाहरी आदमी खदान में घुस जाए। खनन क्षेत्र एक बड़े गड्ढे के रूप में उभर आया था जिसके बीच बलखाता ढलवाँ रास्ता रीढ़ की हड्डी-सा नीचे तल तक चला गया था। पानी के लिए वहीं एक कुआँ भी खोदा गया था, बन-तुलसी से घेरकर पत्थर बिछाकर वहीं औरतों के नहाने का प्रबन्ध भी कर दिया गया था। अब तक स्लेटी परतदार काली मिट्टी का अधिकांश निकल चुका था। जमीन तीन से पाँच फीट की गहराई तक खोदी जा चुकी थी। वे किसी भी क्षण कोयले की चट्टान को छू सकते थे। किसी को भी मजूरी नहीं मिली थी लेकिन वे अपने-अपने घरों से चावल लाकर लंगर का सामूहिक भोजन करके भी मस्त थे। ऊपर कामिनी के पेड़ के तले बन-तुलसी, पुटुस और पुआल की तीन झोंपड़ियाँ खड़ी हो गई थीं, यही था मैनेजर पंडा, ओवरमैन और टाइम ऑफिस का दफ्तर। इसके आगे गुलमुहर, कचनार, अशोक आदि के नए लगाए गए पौधों के बीच जनखदान को सड़क से जोड़ता मार्ग दूर तक चला गया था। अभी इस चित्र में नया-नया बहुत-कुछ जुड़ रहा था--एक अस्पताल, एक स्टोर, तीन स्कूल, एक प्रयोगशाला, एक कोऑपरेटिव वगैरह-वगैरह। लेकिन अभी सबसे जरूरी यह था कि वे जल्दी-से-जल्दी कोयले की सीम तक पहुँचें। यही संकल्प लेकर मजूर-मजूरिनें आज नीचे उतरे थे। कुल मिलाकर नीचे लॉटरी खुलने जैसी उत्तेजना थी कि देखें कौन-सा दल कोयले को सबसे पहले स्पर्श करता है।

टिपका ने बारह का घंटा बजाकर भोजनावकाश का ऐलान किया लेकिन काम किसी ने बन्द नहीं किया। शर्मा, असगर पंडा और माझी आदि भी नीचे थे। पसीने से लथपथ मजदूर हुमच-हुमचकर गैंता चला रहे थे, पसीने से नहाई मजूरिनें रिले-रेस की तरह छह-छह का दल बनाकर मिट्टी बाहर फेंक रही थीं। किसी भी तरह की कोई आवाज नहीं सिर्फ काँखने, हाँफने के साथ गैंतों, कुदालों के प्रहार का शब्द। हवा साँस रोककर जैसे एक नए शिशु के जन्म के मुहूर्त की प्रतीक्षा कर रही थी।

"और...ये रहा! बोलो बोलो 'माराँबुरु' की जय।" "जय!!" एक बजने में कुछ ही पल बाकी थे कि कोयले का जन्म हुआ। यह शिशुकंठ की चीत्कार मोरम गाँव

के मंडल लोगों की थी। फिर तो प्रति मुहूर्त यह आवाज आने लगी। लोगों ने कोयले को उठाकर चूमा और मस्तक पर लगाया। हड़बड़ाहट में ऊपर के बूढ़े-बूढ़ियाँ और बच्चे तक उतर आए। कोयले का एक-एक ढेला लेकर आपस में उल्लास-भरी बातें करते वे ऊपर आए। ऊपर तमाशबीनों ने इस कोयले को माँगकर देखा, परखा और उत्तेजना में आपस में बातें करने लगे।

27

कोयले का जन्म! शर्मा अब चित्रकार से कवि बन गए। उनका मन हो रहा था यह कविता मैनेजर पंडा और उस मनहूस असगर को सुनाए लेकिन पंडा के पास अपनी ही कहानी थी, वे आते ही ले बैठे, "कोयले के जन्म पर बधाई देने पुलिस इंस्पेक्टर श्रीवास्तव और सेंट्रल सेक्योरिटी फोर्स के कमांडेंट पुरकाइत आ धमके हैं। 'बधाई' शब्द की उत्पत्ति शायद 'बध' से हुई हो, वे हर मजूर को हड़का रहे हैं। अब उनके लिए कुछ दान-दक्षिणा का बन्दोबस्त करो। बीस हजार माँग रहे हैं जनाब!"

"ऐं!" शर्मा कुर्सी से उछल पड़े, "किसी को मारा-पीटा तो नहीं?"

"नहीं, मारा-पीटा तो नहीं लेकिन कह रहे हैं काम बन्द करो। पहले ये बताओ, किसके परमीसन से कोयला काट रहे हो तुम लोग?"

"तो काम बन्द हो गया?" उन्होंने आगे बढ़कर स्वयं इस बात का पता लगाना चाहा, बीच की ढलवाँ सड़क पर पुलिस बल के पीछे-पीछे मजूर-मजूरिनों की भीड़ चली आ रही थी।

"आने दो, यहीं निबटेंगे।" उन्होंने कहा और दोनों आगे की रणनीति पर फुसफुसाने लगे। आँखों ही आँखों में पहेलियाँ बूझी गईं फिर दोनों इस तूफान का सामना करने को तैयार हो गए।

दोनों ने आगे बढ़कर अभिवादन करते हुए इंस्पेक्टर और कमांडेंट की अगवानी की।

"यह कोयला आप लोग कटवा रहे हैं?" कमांडेंट ने पूछा। वह एक चर्बियाया अधेड़ थुलथुल प्राणी था, चढ़ने-उतरने की थकान में उसकी सारी आरोपित चुस्ती पिलपिली हो आई थी। इंस्पेक्टर उसके मुकाबले कम उम्र का और ज्यादा चुस्त था।

"जी हमीं क्यों, ये सारे लोग हैं।" शर्मा ने जवाब दिया।

"बकवास बन्द करो। किसके हुक्म से काट रहे हो?" कमांडेंट चिढ़ गया।

शर्मा ने अब तक जनखदान के सारे मास पेटीशनों की नकल उनके सामने रख दी। दोनों का सिर कागज पर झुक आया।

"हूँ ऽ ऽ ऽ।" ये तो दरख्वास्त है, परमीसन कहाँ है?" कमांडेंट ने पूछा।

शर्मा कुछ बोलने ही वाले थे कि कमांडेंट ने धीमे सुर में कहा, "इधर आइए। आपके मैनेजर साहब ने कुछ कहा नहीं...?"

"हाँ, कहा तो है लेकिन खदान तो मजदूरों की है, मैं आपकी बात कनवे कर देता हूँ।" पुरकाइत रोकते रह गए लेकिन शर्मा ने भीड़ की ओर मुँह बनाकर कहा, "बोलते हैं बीस हजार दो तो परमीसन दे रात को चोरी से कोयला काटने का।"

"बीस हजार?" मजदूरों में अस्थिरता आ गई।

"हियाँ दस दिन से एक भी आदमी मजूरी नहीं लेता, घर से खा-पी के इसको खड़ा किया और आज कोयला निकलने का बखत आया तो इनको दे दें बीस हजार! जाके मुर्गा बोतल और रंडी के साथ मौज करें—वाह रे!" मोरम गाँव के दुलाल मंडल ने कहा।

इंस्पेक्टर और कमांडेंट शर्मा की साजिश को ताड़कर बिना तेल के भभक उठे, "तब चलो थाना।"

"चलेंगे, वही काहें? हम सब चलेंगे। ले चलो सबको।" मोड़ल ने कहा।

"अच्छा साहेब, ई जो रात-रात भर कोयला काटता है," मैना ने बाईं ओर के मीलों बिखरे अवैध खनन क्षेत्र की ओर इशारा किया, "ई हो सब परमीसन लिया है?" कमांडेंट झुँझला पड़े, "कहाँ कटता है कोयला?"

"बेचारे को कुच्छो पता नईं। च्च! च्च!!" बूढ़ी कैली ने दया दिखाई।

"बन्द करो बकवास!" इंस्पेक्टर पुरकाइत ने फाइल उठाते हुए कहा, "चलो थाने, वहीं लिच्चर देना।"

"ऐ साहेब!" शर्मा ठेठ देहाती पर उतर आए, "फाइलठो रख दीजिए हुँबई। जो तहकीकात करना हो, हिंयई कर लें, सारा कुछ खुला पड़ा है। कानून हमहूँ बूझते हैं।"

"धमकी देते हो? पकड़ लो इस कमीने को।" कमांडेंट ने अपने जवानों को हुकुम दिया।

मजदूर हुँकार कर उठे, "फाइल-ठो रख दीजिए, और चुपचाप जाकर ऊपर पता लगाइए तब दोबारा बीस हजार के लिए मुँह उठाए इधिर आइए। स्साले घूसखोर सब!"

देखते-देखते मजदूरों ने पुलिस बल को घेर लिया। शर्मा ने नाटकीय विनम्रता से कहा, "हम हमेशा हारते रहे हैं साहब, लेकिन अब नहीं। हम जानते हैं कि आपके संस्कार ही गन्दे हो गए हैं, लेकिन हम फिलहाल आपसे लड़कर अपनी शक्ति नष्ट नहीं करना चाहते, हमें उम्मीद है कि आप कोयला-चोरों में और हममें जो बुनियादी फर्क है उस पर गौर करेंगे। गौर करेंगे कि कोयला-चोरों का दल तो आपको देखते ही भाग खड़ा होता है, मगर ये क्यों नहीं भागे। जब मन में दृढ़ आत्मविश्वास और

पवित्र संकल्प हो तभी यह निर्भयता प्राप्त होती है। कागजों पर यकीन न हो तो इनमें से एक-एक की आँखों में पढ़ लीजिए। ये आँखें वर्षों से देखती रही हैं कि किस तरह सरकारी यानी देश की सम्पत्ति की लूट चल रही है आप लोगों की मदद से। जब भी आपने छापा मारा, पकड़े गए निर्दोष मजूर। मालिक आपको पैसा देकर फिर पाक-साफ। फिर से चल पड़ती है दोहरी लूट? लेकिन यहाँ कोई व्यक्तिगत मालिकाना नहीं, यह 'जनखदान' है--जनता की खदान! पन्द्रह दिन से बिना मजूरी पाए घर का खाकर सब लगन से काम कर रहे हैं, क्योंकि वे जानते हैं कि यह खदान उनकी है, देश की है। इसीलिए वे कृतसंकल्प हैं कि मजूरी के बाद सारा बचा कोयला सरकार को दे देंगे, एक ढेला भी नहीं छुएँगे। फिर आप ही सोचिए, ये बीस हजार कहाँ से और क्यों दें आपको। ले जाना हो तो आज की रेजिंग रिपोर्ट की नकल आप ले जाइए। मैं आपसे रिक्वेस्ट करता हूँ कि वह रिपोर्ट लेकर जाँच कर आप चले जाइए और अब से आइए तो रोब-दाब को थाने या कैम्प में छोड़कर आइए, दोस्त की हैसियत से आइए, ईमानदार सरकारी कर्मचारी बनकर आइए, हमारा सिर आपके स्वागत में झुका रहेगा। क्योंकि आप हमारे भाई हैं।''

पुलिस बल के लौट जाने के बाद मजदूर आपस में डींगें हाँकते हुए खदान में फिर से उतरने जा रहे थे कि पंडा ने रोक लिया, ''आज काम इतना ही। आप सब लोग दिन रहते दूसरा काम तब तक कर डालें। ये कुछ पौधे हैं, बन विभाग ने भिजवाए हैं, इन्हें सड़क के दोनों ओर लगा दें।''

और देखते-देखते सन्थाली गीत के साथ वृक्षारोपण भी शुरू हो गया--

नोड़ाक केदा लाङ दुआर केदा
बांद केदा लाङ पुखुर केदा
रोहोयालङ सारी नुथे से तालेदारे
गुंजुक गुरुक रे अतुय तोहन!

(हमने घर बनाया, द्वार बनाया, बाँध बाँधे और पोखरे खोदे। प्यारे चलो, अब हम आम एवं ताड़ के पेड़ भी लगाएँ, क्योंकि मृत्यु के बाद यही हमारी यादगार रह जाएँगे।)

''एक काम औरै बढ़ गया अब!'' महादेव ने कहा।

''क्या?'' पूछते हैं असगर।

''पौधा की रखवाली! चरवाहा सब बदमाश है, उससे बचे तो 'शंकर' भगवान की भेड़-बकरी है।''

''कहाँ की भेड़ और कहाँ की बकरी...?'' मोड़ल ने हाथ झाड़े ''वही होता तो ऊ महेन्दर बाबू के हियाँ काम ढूँढ़ने जाते और मौगी (पत्नी) ओझा के पास...?''

''हियाँ कायें नईं आया...?'' मैना का प्रश्न अनुत्तरित-सा हवा में झूलता रह गया। मन अनमना हो गया। आँखों के आगे झिलमिला उठा शंकर का काला

लम्बोतरा चेहरा, जिसमें जमाने-भर की दीनता भरी थी। सब तो जनखदान किसी-न-किसी बहाने आए भी, शंकर काका के मन में कौन-सी गाँठ बनी रही कि झाँकने तक नहीं आए? कैसे होंगे शंकर काका...?

28

सियारों के रोने से बाँसगड़ा में आधी रात का सन्नाटा गहरा रहा है। फटी चादर और बोरी ओढ़कर अपनी आखिरी भेड़ को कलेजे से सटाए फूस के ओसारे में पड़ा है शंकर। भूत का भय है, सियार का भी। भेड़ भी भूखी है, शंकर भी। घर पहले ही ढह गया। जब से फाकाकशी की वारदातें बढ़ीं, बहू ओझा के यहाँ काम पर जाने लगी। कल से वह भी नहीं आई। आती तो वह भी भूखी रहती। महेन्दर बाबू के खेत में कभी-कभी काम करता था तो दस-पाँच रो-झींककर माँग भी लाता था। अब तो माँगने पर वे भी उलटा तकाजा करते हैं। ऐसी तो नहीं थी यह जिन्दगी। न सही राजा-महाराजा, पेट भर भोजन, तन भर कपड़ा और सिर पर एक टुकड़ा छाँव की कमी तो नहीं ही थी। लेकिन अब...? एक-एक कर भेड़ें चुक गईं, बकरियाँ चुक गईं, मुर्गे-मुर्गियाँ चुक गए, इज्जत चुक गई। रह गई यह इकलौती भेड़ और बाप की यह टुटही साइकिल। कौन छीनकर ले गया सारा कुछ?

ले-देकर सिर्फ एक सहारा उसे नजर आता है--जनखदान, लेकिन क्या मुँह लेकर जाएगा वहाँ...? तब तो वह ओझा के वश में मैना को डाइन बनाने पर तुला हुआ था। वहाँ जाते ही सारी उँगलियाँ उठ जाएँगी, 'अरे-अरे ई तो वही शंकरवा है न!' जब भी उसने जाने के मंसूबे बाँधे इस डर ने हर बार उसका रास्ता काट दिया।

बाहर सियारों की हुँहुआहट और कुत्तों की जवाबी भौंक थम गई थी और अब भेड़ मिमियाने लगी थी। भय भी होगा, भूख भी...'अब इस गृहस्थी में क्या रखा है? इन बेचारों को क्यों तकलीफ दे वह? बेंच देगा भेड़, आजाद छोड़ देगा बहू को... जब वह किसी को खिला नहीं सकता, किसी की रक्षा नहीं कर सकता तो उन्हें रोक रखने का क्या अधिकार होता है उसे...?'

सुबह होते ही उसी बोरी में उसने भेड़ को भरा और उसका दीनता से भरा मुख बाहर रखकर उसने उसे साइकिल से बाँध लिया। साइकिल लेकर वह एक पल को असमंजस में खड़ा रहा, पत्नी से पूछ ले...? जिन्दगी में आज तक उसे कोई सटीक निर्णय सूझा भी था जो आज सूझेगा? अनिर्णय की अवस्था में ही वह सड़क पर आया पर आगे बढ़ने में उलझन महसूस होने लगी। सड़क से जाने पर महेन्दर बाबू से भेंट हो जाने की आशंका थी। उसने पगडंडी पकड़ी। लेकिन थोड़ा आगे बढ़ते ही उलझन

की डोर दोबारा पाँवों में उलझती-सी लगी। दूर-दूर तक चोरी से कोयला काटनेवाले सेठों का काम चल रहा था। जनखदान शुरू हुई तो इन कोयला-चोरों का भी दुस्साहस लौट आया था और वे दिन-दहाड़े ही कोयला काटने लगे थे। 'घर की मारी बन में गई, बन में लगी आग!' उसे पहले से पता होता तो इधर से कभी न आता वह। अब...मोड़ ले साइकिल...?

"शंकरवा है न क्या...?" महेन्दर बाबू की भारी-भरकम आवाज ने जैसे पीछे से कॉलर पकड़ लिया।

शंकर सन्न! न आगे बढ़ पा रहा है, न पीछे खिसक पा रहा है। सकते की हालत में सिर्फ स्थिर चितवन से ताक रहा है जैसे भेड़ ने कोई भेड़िया देख लिया हो।

"ई चोरी-चोरी कहाँ भाग रहा था रे!"

"..................."

"भेड़ बेचने जा रहा है?"

"हाँ मालिक!" बड़ी मुश्किल से बकार फूटती है शंकर की। थोड़ी देर तक वे दूसरे से बात करने में मशगूल हो जाते हैं। शंकर वहीं स्टैच्यू बनकर खड़ा है। आखिर उसकी उपस्थिति पर ध्यान जाता है उनका, "तब! पइसवा हजम कर जाएगा हमरा...?"

"नंय मालिक।"

"ठीक है जा। बेंच-बाँच के आ तो हियाँइ काम पे लग जा। पैसा मजूरी में पट जाएगा।"

काँप गया वह! इसका मतलब...? चोरी का काम, ऊ भी मजूरी नदारद।

अब वह घिसट रहा है। उसे लगता है, उसकी साइकिल के दोनों चक्के जाम हो गए हैं। ठीक है भेड़ के साथ-साथ इस साइकिल को भी बेचकर भाग जाएगा दूर कहीं वह। बाप-दादों की जमीन से इतने दिन का ही नाता रहा, यही समझ लेगा। चुन-चुन के सब तो खा गए, ई अकेली जान है, अब इस पर भी गीध की नजर लग गई। भेड़ अब लगातार मिमिया रही है और आँख निःशब्द चुई जा रही है।

"शंकर काका न का...?" एक अपनत्व-भरी आवाज उसे टोंकती है। भीगी आँखे ऊपर उठती हैं, तो सामने मैना का धुँधला अक्स भर उठता है आँखों में।

"ई का हुआ काका, रो रआ है तुम...?"

मैना के यह कहते ही हिचकियाँ ले-लेकर रोने लगता है शंकर।

"ई का हालत हो गई तुमरी काका। चलो, हमरा पास चलो। अब तुमको कईं नईं जाना।"

शंकर को दो ही दिनों में लगा कि उसका फिर से जनम हो गया है। पेट भर भोजन मिला तो दो ही दिन में आँख खुल गई। रात को नाच के लिए मादल बजे तो उसे याद

आया, वह भी कभी मादल बजाया करता था नाच में! आस-पास के मजूरों के काम में लगन और हँसी-मजाक भरे संवादों में बहकर उसे अपने कंठ खुलते हुए लगे। अब उसने भेड़ के गले में घंटी बाँध दी थी। आस-पास के खेतों में लम्बा रस्सा बाँधकर उसे चरने छोड़ देता। देखते ही देखते उसकी गिनती अच्छे मजदूरों में होने लगी।

29

फागुन के बीतते न बीतते, हवाओं में जब गरमी की खुनक जगने लगी, लाल-पीली कोंपलों के साथ पलाश और तरह-तरह के जंगली फूलों से रंग और बू का आलम सजने लगा और फजाँ में भौंरों, तितलियों और मधुमक्खियों की भनभनाहट भरने लगी, जनखदान के उत्पादन का ग्राफ भी वल्लरी की तरह लहरा उठा।

ये सरहुल और होली के मस्ती भरे दिन थे। साँवले, सुपुष्ट अंगों में खून की लाली और चेहरे पर आत्मविश्वास की कान्ति लिये सिर पर जनखदान के कोयले की बोरी लिए मजूरनों का कारवाँ जब कोयला बेचने निकलता या काली मांसल बाँहों पर चाँदी का बाजूबन्द, काले सँवरे जूड़े में चाँदी के नन्हे घुँघरुओं की लड़ियों और साफ-सुथरी कासी साड़ी में औरतें बाजार-हाट जातीं तो बाहरी लोगों में एक-दूजे से फुसफुसाकर शर्तें बदी जातीं, 'देख लेना ये जनखदान की मजूरनें होंगी' और अक्सर शर्तें बदनेवाले जीते जाते।

मजूरनों के अलावा मजूर भी कोयला बेंचने निकलते तो उनकी बातों और चाल-ढाल में आत्मविश्वास भरी तुष्टि से ही पता चल जाता कि ये जनखदान के मजदूर हैं। लेकिन सबसे ज्यादा कौतूहल भरतीं बैलगाड़ियों की पाँति। ये बैलगाड़ियाँ दूर-दूर तक के होटलों, ईंट के भट्ठों और घरों में जनखदान का सन्देश लेकर जातीं। लोग विस्मय से पूछते, "क्या कहा, मालिक कोई नहीं, मजदूर ही मालिक हैं? तब छोटी-मोटी पोखरिया खाद होगी।"

"डेढ़ हजार मजूर!...और मनीजर, ओवरमैन, बाबू, डागडर, नर्स और मास्टर भी झूठ नहीं बोलते। आकर देख लो।" मजदूर विस्तार से बताते।

"लो ई तो और भी अचरज की बात कि सबका मजूरी डेली एक से डेढ़ मन कोइला! ई भला विशवास करने की चीज है? मनीजर, डागडर और बाबू लोग को जरूर ज्यादा मिलता होगा, मजूर को कम!"

"नहीं? घूस-पाती भी नहीं? हो ही नहीं सकता। भला कोइला का काम हो और घूस-पाती न हो! एक भी सरकारी हाकिम और पुलिसवाला घूस लिये बिना छोड़ सकता है?"

"ओ ऽ ऽ ऽ! सरकार का परमीसन है! तभी तो कहें! ई ठो बहुत नेक काम है सरकार का। तब कोई डर नहीं। अच्छा काम करो तो भगवान भी सहारा देता है। शाबास बहादुरो, दिखा दो सरकारी कोलियरियों को कि काम कैसे होता है।"

"हम तो अब कोइला चोरवा सबसे कोइला कभी नहीं लेंगे, हमरा हर महीना दिए जाओ।"

"हमको भी!"

"हमको भी!"

जनखदान का कोयला, माने जनता का, माने अपना...।

लेकिन एक दूसरा अर्थ भी था, जिसे दूसरे कोने से प्रचार किया जा रहा था जनखदान माने 'जनी खदान!' माने जनाना लोगों की खदान! "ऐसा भी होता है कहीं कि कड़ा काम करनेवाले को मनीजर से भी ज्यादा मजूरी! अरे नया-नया जोश है, अभी भले चला ले जाएँ, अन्त तक निभ जाय, तभी कहना। सरकार और मारवाड़ी सेठ लोग इतने बेवकूफ नहीं, जो मनीजर को बारह हजार देते हैं तो मजूर को पाँच सौ। सब चीज का एक कायदा होता है जी।"

इन सारी ईर्ष्यालु आवाजों को ढकती जनखदान की आवाज, जो शंकर जैसों के कंठ से दूर-दूर तक गूँज रही थी, "कोइला ले लो कोइला ऽ ऽ ऽ ऽ!"

जनखदान का कोइला ऽ ऽ ऽ ऽ!

"कोइला ले लो कोइला ऽऽऽऽ!" आगे-आगे चलते हुए सबसे पहले मैना टेरती।

"जनखदान का कोइला ऽ ऽ ऽ ऽ!" दूसरी कड़ी पूरी करते टिपका और लुत्ता। थोड़ी देर तक वे साथ रहते फिर अपने-अपने सिर पर रखी कोयले की बोरियों को बेचने अलग-अलग दिशाओं में चले जाते।

"कोइला ऽ ऽ ऽ ऽ!" अकेली पड़ते ही मैना फिर से टेरती तो अनजाने ही इस मन्त्र से स्मृतियों की छाँव में सोई जानी-पहचानी कितनी ही धूल भरी और पथरीली राहें, चढ़ाइयाँ और ढलानें जगने लगतीं–एक-एक कर छायाएँ हिलतीं, धूल और धुएँ के कोहरे में लरजती भूतीली माँ, पैंट और फतुए में कोयले की बोरी सिर पर उठाए आता हुआ बाप, ठेलेगाड़ी को ठेलते या उसके संग घिसटते मंगर और वह या छोटे-छोटे टिपका और लुत्ता, नन्हे भोलू के साथ चली आ रही किशोरी सितवा। ये छायाएँ अनेकानेक रूपाकारों में खिलती-मुरझातीं–सुख के इने-गिने उजाले और दुख के लम्बे-लम्बे साए। वह पानी में चिलकती परछाइयों की तरह अपनी उस पुरानी जिन्दगी को तरस खाती नजरों से निहारती, गोया, वह इनसानी कुत्तों द्वारा खदेड़ी जाती हुई कोई दूसरी ही जिन्दगी थी, जो कदम-दर-कदम बेपर्दा हुई जा रही थी लेकिन

जिसे विवश बाप की तरह वह सिर्फ घूर ही सकती थी। काश! अभाव और अपमान में बिलबिलाकर खंड-खंड वह--बिला न गई होती वह जिन्दगी तो उन्हें वह बता पाती कि जिन्दगी ऐसी भी होती है।

"जनखदान का कोइला ऽ ऽ ऽ!" वह जैसे पूरे इलाके को अपना सन्देश पहुँचा देना चाह रही थी। कोयले कब बिके, कितने में बिके, उसे कुछ याद नहीं। अपनी ही भावनाओं में खोई वह किस राह से लौट रही थी--इसका भी उसे भान नहीं था जैसे। उसके कदम जिस मुकाम पर जाकर ठिठके वह मालगाड़ी का पुराना बसेरा था। सहसा उसकी चेतना लौटी, "अरे डब्बे में तो लगता है, कोई रो रहा है।"

पूरे डब्बे को मथकर मवाद की तरह उमड़ी आ रही थी वह रुलाई। डब्बे में तो सितवा रहती है, कहीं वही तो नहीं रो रही? भौंहें सिकोड़कर धड़कते कलेजे से थोड़ी देर तक यूँ ही टोह लेती रही, मगर अभिमानी मन के उस अवरोध को पार न कर सकी। आस-पास देखा, चबूतरे पर कोई लेटा दिखा पास ही खड़ी की गई बैसाखियाँ भी झलकीं। हैदर मामा का अनुमान कर उधर ही बढ़ गई।

"डब्बे में कौन रो रआ है मामा?" उसने मामा से पूछा।

"अरे मैना सरदार!" मामा हड़बड़ाकर उठ पड़े, "आओ-आओ, तुम तो दूज का चाँद बन गई!"

"बैठेगा नईं, भौत काम है, आप ई बताओ, डब्बे में रो कौन रआ है।"

मामा ने चेहरे को यूँ ही पोंछा, "अपनी बेटी की आवाज भी भूल गई?"

"हूँ ऽ ऽ ऽ।" हुँकारी लम्बी खींचकर चुप हो गई मैना फिर बोली, "लेकिन ऊ रोता काएँ को, मन माफिक तो कर-ई लिया।"

"अरे वो तो सब कर लेते हैं, तुम नहीं किया!" मामा खीझ उठे, फिर संयत होते हुए बोले, "जो किया, सो किया। तब तेरे पास भी कहाँ टैम था कि उसको प्यार-दुलार देती? वो कमबख्त खलासी जिसके साथ भागी थी, बाद में बेकार हो गया, नौकरी छूट गई। तब से आए दिन झगड़ा होता है, बहोत मारता है सितवा को।"

मैना के पास जवाब के लिए कुछ न था। मामा ने उसे कमजोर पड़ते देखा तो वहीं से पुकार उठे, "सितवा ऽ ऽ ऽ! ऐ सितवा ऽ ऽ ऽ! देख तो कौन आया है!"

"नईं-नईं! देखो मामा ठीक नईं होगा, कै दे रआ है। उसको काँय कू बुला रआ आप?" मैना घबरा उठी।

"अरे बेटी है, बुला ही दिया तो कौन-सा गुनाह कर दिया। तेरे पास सबका भला करने के लिए टैम है, और अपनी बेटी के लिए इत्ता भी बखत नहीं? तेरे खानदान को कैसा रोग लग गया है मैना? टेंगर महातमा से तेरी बनी नहीं, तेरे से सितवा की भी नहीं बनी। बाप जो था, था, लेकिन तू तो बागी औरत है, क्या तेरे बाप ने जो

गलती की, वही तू अपनी बेटी से करती रहेगी? बाप तो उस नफरत की लकीर को अपने खून से धोता गया लेकिन तुझसे तो ये मुहब्बत से भी न धोया गया।''

गन्दी फटी साड़ी में आकर खड़ी हो गई थी सितवा। मैना ने झेंपते हुए एक नजर अपनी परित्यक्ता बेटी को देखा, गाल और आँखें सूजी हुईं, देह गलकर आधी हो गई थी।

माँ के सामने सिर झुकाकर खड़ी थी सितवा।

''अब खड़ी क्या है शैतान! तू लाख गुनाह करे, देख, इस दुनिया में तुझे कोई माफ नहीं कर सकता सिर्फ एक जगह है, जहाँ माफी मिल सकती है, वो है माँ का दामन! चल, हिम्मत कर...। पहले दिन की तरह आज भी चूकी तो...।''

वाक्य के शेष होते न होते सितवा ने मुर्गी की तरह एक लम्बी चीख मारी और दौड़कर माँ के घुटनों पर चिपक गई। माँ-बेटी बड़ी देर तक समझ-समझकर रोती रहीं। इस बीच मामा बैसाखी खटकाते हुए उठकर अपने घर में चले गए। जब लौटकर आए तो मैना बेटी से सारा कुछ पूछ चुकी थी। मैना ने उठते हुए कहा, ''मामा, कल इन दोनों को सुबै जनखदान पर पहुँचाने का जिम्मा आपका रआ। रोजी-रोजगार के नईं रएने पर ऐसा-ई होता।''

सितवा माँ को अपने बन्द पड़े झोंपड़े तक पहुँचाने आई। माँ-बेटी थोड़ी देर तक 'भोलू' के खयालों में डूबी रहीं। फिर माँ ने बेटी को दस रुपए थमाकर इस हिदायत के साथ विदा किया, ''कल चला आना!''

सितवा लौट गई तो मैना ने एक नजर बन्द और खुले पड़े झोंपड़ों पर डाली। तुरिया का दरवाजा खुला पड़ा था। अरे यह तो चकलाघर जाने लगी थी न! एक बार तो मन बिदक गया फिर कुछ सोचकर उधर ही मुड़ गई। दरवाजे पर दस्तक होते ही खौराई कुतिया-सी कराह उठी तुरिया, ''कौन...?''

''हम हैं मैना!''

''मैना?''

साहस कर अन्दर चली गई मैना, ''ये तूने का हालत बना लिया रे?'' सहानुभूति का स्पर्श पाते ही पिघल गई तुरिया, ''पेट का ये गड्ढा भरने का खातिर का नहीं किया दीदी। हुवंइ रोग हो गया। अब कोई पानी तक देनेवाला नहीं। का जाने अभी का-का दुरगति लिखा है!'' सब सुनकर मैना पसोपेश में पड़ गई लेकिन फिर सिर को झटकते हुए बोली, ''कोच्छ हरज नईं। तू ऐसा कर, कल सितवा और उसका मरद जनखदान जाएगा, तू भी चली आ।'' फिर उसके विवर्ण चेहरे को देखते हुए बोली, ''तू-ई नईं, ऊ सब मौगी लोग (औरतें) जो चकलाघर छोड़ के काम करना चाएता है।''

''लेकिन ई हालत में...?''

''पगली नई तो! अरे हुआँ डाक्टर भी हैं न!''

दूसरे दिन सितवा और उसके पति, तुरिया और तीन अन्य औरतों को उनकी योग्यता के हिसाब से वह जनखदान में काम दिला रही थी कि बाहर पुकार हुई, देखा तो मेरी और उसका पति जैकब हैं।

"अरे तू...?" बाँहों में भर लिया उसने मेरी को, "आज सबेरे-सबेरे किसका मू देख के उठा था हम!...और बता कैसा है?"

उसने उसके दुबलाए-मुरझाए चेहरे को देखते हुए पूछा।

मेरी के होंठ बुदबुदाए मगर कुछ बोल नहीं पाई।

"थक गई न! चल घर चलते हैं...घर माने...?"

"दीदी, हमें काम मिलेगा?" इस बार जैकब बोल उठा।

"काम...?" वह भौचक रह गई।

"हाँ, हम लोग काम तल्लाशने आया। दिला दो न दीदी। सुना बहोत पावर है आपका।" मेरी के कंठ खुले तो बोलती ही चली गई।

मैना को पिछली मुलाकात का सारा कुछ याद आ रहा था, पूछना चाहा, 'उन लोगों के उस आन्दोलन का क्या हुआ, लेकिन सोचा इस वक्त जी को दुखाना ठीक नहीं।'

"ऐ माझी बाबू दू ठो नाम और लिखिए।" वह बाहर से ही चीखी और दोनों को लिवाकर अन्दर आई। माझी बाबू नए लोगों को काम बताने जा चुके थे, कुर्सी पर शर्मा थे। कदम ठिठक गए। "एई ठो अपना शरमा बाबू है, जिसका खातिर हम रात को गया था।" मैना ने फुसफुसाकर मेरी दम्पती को समझाया तो दोनों झेंप गए।

"माझी बाबू क-आँ गया?" मैना टेबुल के सामने खड़ी हो गई।

"क्या बात है?" शर्मा ने रजिस्टर से आँख उठाई तो चश्मे के लेंस में तीन बिम्ब उभर आए।

"भरती...नाम लिखना है।"

"तुम कह रही हो?"

"हाँ।"

"बोलो।"

"एक लिखो मेरी हेंब्रम, बाप का नाम स्टीफेन मिरांडी, उमर तीस और दूसरा जैकब हेंब्रम, बाप का नाम स्टुअर्ट हेंब्रम।"

"उनको बोलने दो मैना।"

"हमारा जैकब हैंब्रम, बाप का नाम एस टु एट हेंब्रम।" जैकब ने झेंपते हुए कहा।

"ये एस टु एट क्या है?" शर्मा के माथे पर बल पड़ गए, 'स्टुअर्ट'!"

"जी-जी सर!"

मैना जैकब का दयनीय मुँह ताकने लगी, बेचारा नाम तक तो सही बोल ही नहीं पा रहा था और इसे जोत दिया गया था उस आन्दोलन में–सौंताली हिन्दी में न लिखकर अंग्रेजी में लिखी जाए। वह खुद भी कहाँ समझ पाई थी इस रहस्य को उस दिन। वह तो बाद में जेल में शर्मा ने खुलासा किया था। शर्मा ने एक चुटका मैना को थमाते हुए कहा, "इन्हें पंडा या माझी बाबू के पास ले जाओ काम के लिए...और हाँ, इन्हें अपने साथ प्रौढ़शाला भी ले जाया करना।"

"जी!"

कोठलों के धान चुकने लगे थे, सो जनखदान में काम ढूँढ़नेवालों की संख्या बढ़ती ही जा रही थी। बधना पर्व की छुट्टी के बाद अब आ रहा था सरहुल! बसन्त ने इसकी तैयारी में पेड़ों-लताओं को रोज-रोज नए पत्तों, कलियों से सजाना शुरू कर दिया था।

सजती जा रही थी जनखदान भी। यह और बात थी कि इसके नए-नए फूल-पत्तों में बहुतेरे वे फूल-पत्ते भी थे जो अब तक माफिया गिरोहों के अवैध खनन में काम करते आ रहे थे।...और एक दिन एक जीप घरघराती हुई जनखदान के ऑफिस के सामने जा खड़ी हुई।

"शर्मा!" पंडित सीताराम ने पुकारा।

"जी। अरे आप लोग!" शर्मा ने रजिस्टर से नजरें ऊपर उठाईं। वह सोच रहे थे कि इन्हें बैठने को कहना उचित होगा या नहीं। पर वह दल बैठने आया नहीं था।

30

"तुम क्या चाहते हो, हम लोग यहाँ से चले जाएँ?" सीताराम पंडित ने पहल की।

शर्मा के मुँह में कोई कड़वा जवाब आया लेकिन उन्होंने होंठों पर आते-आते उसे रोक लिया, "क्या हुआ?"

"अभी क्या हुआ पूछते हो? ये पूछो क्या नहीं हुआ।" खान साहब ने कहा, उनकी खुफिया नजरें जनखदान के सादे वैभव पर ईर्ष्या से सुलग रही थीं।

"देखो, तुम लोगों ने ये जनता पार्टी का खदान..."

"जी नहीं, जनखदान।" शर्मा ने टोका।

"अरे वही हुआ, तो क्या नाम के 'जनखदान' शुरू किया, हमसे पूछा तक नहीं। आदमी कोई काम करने के पहले बड़े-बूढ़ों से सलाह ले लेता है। चलो, कोई बात नहीं लड़के थे, माफ किया, हमरा दिल में कोई मैल नहीं, बोलो जो कभी रोकने-टोकने आए...?" महेन्दर बाबू ने कहा।

"सो तो है।"

"नहीं, इतनी आसान बात नहीं है। हम चाहते तो किसी माई के लाल में ये हिम्मत नहीं थी कि हमरा सामने कोई नया काम शुरू करे। कितनों को मार के भगाया, कितनों का गड्ढों में गाड़ दिया।" महेन्दर सिंह माफियाई भाषा पर उतर ही आए। शर्मा ने ऊबते हुए पूछा, "तो अब क्या बात हो गई?"

"हमारे मजूरों को काहें फोड़ते हो? शंकर हमारा मजूर है। और भी कई हैं।"

शर्मा ने गिरगिट की तरह मूड़ी हिलाई, "हूँ! तो यह बात है!" उन्होंने इस बार माफिया दल को ध्यान से देखा फिर गहरी साँस छोड़कर कहा, "हमने किसी को नहीं फोड़ा लेकिन जो काम ढूँढ़ने आए, उन्हें रख लिया, क्योंकि ये किसी एक की नहीं 'जन' की खदान है। अब उन्हें किसी एक के मुनाफे के लिए रात में चोरी से कोयला काटना नहीं जँचा और वे ईमानदारी का काम करने यहाँ चले आए तो हम उन्हें क्यों रोकते?"

"तो तुम लड़ाई का पैतरा कस रहे हो?" महेन्दर बाबू ने गुस्से को संयत करते हुए पूछा।

"लड़ाई...?" शर्मा एक क्षण को कुछ सोचने लगे, "हाँ, एक तरह की लड़ाई ही समझिए? व्यक्तिगत स्वार्थ के खिलाफ सामूहिक स्वार्थ की लड़ाई है यह।"

"तुम क्या समझते हो, टिक पाओगे? सौ-दो सौ तीर-धनुष, लाठी-भाला, दो-चार बन्दूकों से हमसे कब तक लड़ोगे?"

शर्मा एकदम से उकता गए, "हमें और भी जरूरी काम हैं। देखिए, हमने तो अप्रत्यक्ष लड़ाई की ही बात की थी जो सदा से शुभ और अशुभ के बीच होती रही है।"

"हमको गीता मत सिखाओ, हम मोटी बुद्धि के हैं।"

"तब मोटी बात ही सुन लें, महीन खुद समझ में आ जाएगी! आप खुद काम नहीं करते, कराते हैं, हम खुद करते हैं। आप देश और इसकी जनता सबसे गद्दारी कर अपनी जेब भरते हैं, हमारा पूरा काम ही देश, और इसके लोगों के सामूहिक हित का है। इसीलिए लड़ाई की बात चाहे आप लाख करें आप सिर्फ कपट की लड़ाई लड़ सकते हैं, आपमें नैतिक बल है ही नहीं कि हमसे लड़ें।" शर्मा को लगा, उन्हें समझाने के लिए उन्हें उपयुक्त भाषा नहीं मिल पा रही है।

"क्या मतलब?"

"मतलब इसी से समझ लें, पुलिस आती है तो आप भरभराकर भागते हैं, हमारे यहाँ कोई भागता नहीं। आप खुद नहीं लड़ सकते, भाड़े के गुंडे बुलाएँगे, हम खुद लड़ते हैं, इसलिए कि हममें से हर कोई जानता है कि यह उनकी अपनी लड़ाई है। तीर-धनुष, बम, बन्दूक-लाठी, गोली नहीं लड़ती, लड़ता है आदमी के भीतर का नैतिक बल!"

"अच्छा तो फिर चलते हैं। कुछ हो तो हमको दोष मत देना।"

'अब तक जो हुआ, उसके लिए दोष दिया कभी?' शर्मा ने कहना चाहा, मगर ऐसे सड़े लोगों से बात न कर सामने फैले काम पर ध्यान देना ज्यादा जरूरी लगा। उन सबके जाने पर औपचारिकता-भर के लिए भी उठे नहीं और काम में मशगूल हो गए।

चौथे ही दिन कुछ सरकारी अधिकारी आ धमके। उनमें से एक ने आते ही पूछा, "वेल हू इज मिस्टर अविनाश शर्मा!"

"माइसेल्फ!"

"एंड व्हेयर इज मिस्टर पंडा...?"

"वे नीचे गए हैं। आप...?"

"मैं हूँ इंस्पेक्टर, डी.जी.एम.एस. सुजित कुमार अग्रवाल, ये हैं पी.आर.ओ.ई. सी.एल. मिस्टर सुरजीत सेन, और ये हैं चरित्तरपुर के जोनल मैनेजर मिस्टर पतित पावन चटर्जी, ये हैं फैक्टरी इंस्पेक्टर मिस्टर तड़ित घोष!"

शर्मा ने सादर उठकर सबसे हाथ मिलाए, फिर कुर्सियों की ओर इशारा किया, "स्वागत है आप सबका।"

एक-एक रजिस्टर पलटा गया, एक-एक फाइल खुली। फिर वे सबके सब शर्मा के साथ मौके का मुआयना करने नीचे उतरे। वहाँ, मैनेजर पंडा, ओवरमैन माझी और कुछ मजदूर, मजदूरिनों से भी मिले। शर्मा बराबर हर एक छोटी-बड़ी डिटेल उन्हें समझाते जा रहे थे फिर वे ऊपर आए, अस्पताल, 'बच्चा गृह', कैंटीन और अन्य स्थानों को भी देखा। उनकी नजर कोयले के पहाड़ पर चढ़कर उतर आई :

"सो दिस इज योर स्टॉक?"

"जी, हम चाहते हैं जल्द-से-जल्द आप लोग इसे ले जाएँ।" और उन्होंने रेजिंग रिपोर्ट उनके सामने रख दी।

काम का ढंग, रख-रखाव, श्रमिकों का मनोबल—सारा कुछ देखकर वे निराश हुए, उन्हें खोट चाहिए थी, मगर वह मिल नहीं रही थी। सहसा उनकी नजर खदान के गिर्द चारों ओर फैले झोंपड़ों पर पड़ी।

"ओह गॉड! आपने ये क्या कर रखा है?"

"लैंड एक्वायर किया जा रहा है, ये जल्द ही यहाँ से हटा लिये जाएँगे।"

"नो-नो, आज ही हटाइए।"

"जी, हट जाएँगे। दरअसल हमारे पास कोई अतिरिक्त सेक्योरिटी की व्यवस्था नहीं थी, सो ये मेनली पहरेदारी के लिए..."

"येई तो! हियाँ तो दो-चार हट बना है, हियाँई आप ले आइए।" घोष ने कहा।

"ये दरअसल प्राइमरी स्कूल और वेलफेयर सेंटर्स हैं।"

"बच्चों का।"

"जी नहीं सबका; प्राइमरी और प्रौढ़ पाठशाला।"

"यहाँ कोई सेफ्टी मेजर नहीं लिया गया है, न कोई बूट, न हेल्मेट।"

"उतने पैसे नहीं थे। हमने हर एक नीचे काम कर रहे मजदूर को मोटी पगड़ी बाँधने का अनुरोध किया है, आपने गौर किया होगा।"

"यूनियन?" फैक्टरी इंस्पेक्टर ने पूछा।

"उसकी कोई जरूरत पड़ी ही नहीं।"

"आपके पास कर्मचारी कम है महज एक मैनेजर, दो ओवरमैन–बाकी अनस्किल्ड! क्या मैनेजर के पास फर्स्ट क्लास मॉडनिंग इंजीनियर का सर्टिफिकेट है?"

"जी।" पंडा ने कहा।

"कैजुअलिटी...?"

"एक भी नहीं।"

"यह सरासर झूठ है।"

"जी नहीं, यह बिलकुल सही है, आप एन्क्वारी कर लें!" अधिकारियों ने अलग हटकर थोड़ी देर तक मन्त्रणा की, फिर अग्रवाल ने कहा, "ओ.के.! अच्छा तो हम चलते हैं।"

"आप रिपोर्ट तो लिख जाइए।"

"वो आपको मिल जाएगी।"

"फिर आपके मुआयने का सबूत क्या रह जाएगा हमारे पास?"

"कम-से-कम विजिटर्स लॉग बुक में तो इन मजदूरों की तसल्ली के लिए...।"

"नो।" कहकर वे गाड़ी में जा बैठे। लेकिन गाड़ी चल नहीं पाई।

जीप को घेर लिया मजूरनों ने, "का कसूर हुआ साहेब?" पीरटाँड की सिरीमती मझियाइन ने पूछा।

"कुछ नहीं, आप बहुत अच्छा काम कर रहे हैं, इतना तो सरकारी खदान में भी नहीं होता।"

"फिर ये-ई बात लिख के जाओ।" जादूखेड़ा की सलमा ने भीड़ को चीरते हुए सामने आकर कहा।

"ये तो जबर्दस्ती है।"

"कोई जबर्दस्ती नहीं। देखिए साहब, हम जानता कि हम कोइला चोरवा जैसा आपको घूस देने नई सकता।"

"नहीं-नहीं, घूस की क्या बात है।"

"तो आप लिख के जाओ। हम जबान देता, आप जो समझता–गलत-सही, वोई लिखो, कोई जबर्दस्ती नईं। लेकिन लिखो, नईं तो गाड़ी हियाँ से नईं हिलेगा।" मेरी हेंब्रम ने सबसे आगे आकर कहा। मैना चकित थी। उसकी जबान तिरबिरा रही थी यही बातें कहने के लिए लेकिन उसने कंठ तक न खोला और बातें कह दी गईं। ये सभी औरतें कैसे बोलने लगीं उसकी जबान?"

"घेराव...?" इंस्पेक्टर ने क्षुब्ध होकर पूछा।

"नहीं। सत्याग्रह!" शर्मा ने हँसते हुए कहा, "सत्य के लिए आग्रह।"

हालाँकि अधिकारियों ने लॉग बुक में खदान की कुछ खामियों पर ही बल दिया, उपलब्धियों की चर्चा बहुत कम की लेकिन महत्त्वपूर्ण बिन्दु आ गए थे। जनखदान के मजदूरों ने उनको पूरे सम्मान के साथ विदा किया। सरकारी स्तर पर जनखदान की यह पहली स्वीकृति थी। स्वीकृति या स्वीकृति का आभास...? जो भी हो, इससे न केवल उनका आत्मविश्वास बढ़ा बल्कि वे अपने दायित्वों के प्रति और भी सचेतन हो गए। काम को सहज और सुरक्षाप्रद बनाने पर रात में एक गम्भीर मीटिंग हुई। "एक जेनरेटर, एक डीजल पम्प का खरीदा जाना बहुत जरूरी है।" पंडा ने सुझाव दिया।

"ब्लास्टिंग के बिना रेजिंग में सफलता नहीं मिलेगी।" ओवरमैन मरांडी ने कहा, "फिर ये झोंपड़े भी हटा ही दिए जाएँ, सेफ्टी के लिए।"

"हाँ। बेहतर होगा सभी झोंपड़ों को वहीं पीछे सेफ डिस्टेंस पर कर दिया जाए।" असगर ने सुझाया।

"मैगजिन, डिटोनेटर आदि के लिए लिखा तो गया था लेकिन हमें मिला नहीं।" ओवरमैन के दिमाग में ब्लास्टिंग अभी भी नाच रहा था।

"वो मिलेगा भी नहीं लेकिन काम तो करना पड़ेगा।" असगर ने कहा।

"कहाँ से करेंगे?"

"वहीं से जहाँ से इललेगलवाले करते हैं।"

"बिलकुल!"

सबने जोर-शोर से इसका समर्थन किया।

"मिलेगा कैसे?" असगर झुँझला उठे।

एक नए मजदूर चैतू ने कहा, "हमरा पास है। हम खान के पास ये-ई करता था।"

"मगर तुम्हें कैसे मिला?" शर्मा की नजर चैतू पर जम गई।

"कितना चाहिए आपको...? चरित्तरपुर का मजदूर सप्लाई करता।"

शर्मा चुप हो गए। उन्होंने चैतू का नाम मन ही मन नोट किया कि उसके अतीत

और वर्तमान पर बाद में विचार करेंगे।

"मजदूरी के कोयले को बेचने में बहुत समय बर्बाद हो जाता, एक हार्ड कोक का भट्ठा लगा देने से सबका सुविधा हो जाता।" दूसरे मजदूर ने कहा।

"फिर तो हमको जाना नहीं होगा, जिसको लेना हो खुद लेने आएगा हियाँ। हम चाहें तो कारखाना में सप्लाई कर सकते हैं।" एक दूसरे मजदूर ने कहा तो सबने उमंग से इस प्रस्ताव का समर्थन किया।

"सब होगा, सब होगा।" मैना ने कहा, "अभी केतना काम पड़ा है, पएले इस जनखदान का रच्छा करना जरूरी है। सुबू से लेकर शाम तक किसिम-किसिम आदमी को हम सूँघता। ई ठो चैलेंज हो गया है कोइला चोरवा और सरकारी कोलोवरी के साहब लोगों के लिए।"

मैना के यह कहते ही एक गम्भीरता व्याप्त गई। सभा इस रक्षा-संकल्प के साथ खत्म होने लगी कि शर्मा ने उठकर खखारा, "रुकिए, कुछ जरूरी बातें रह गई हैं। एक तो यही कि आप लोग जनखदान के चरित्र के अनुसार खुद को ढालिए, दूसरे अब थोड़ा पढ़ना-लिखना भी सीख लें।"

"ताकि 'केतना' को 'कितना' और 'काएँ' को 'क्यों' बोल सकें।" नर्स कनक ने मैना पर कटाक्ष किया।

"एक लम्बी बहस की खुरापात कनक के भेजे में मचल रही है।"

शर्मा ने मुस्कराकर कहा, "लेकिन हम अभी उसमें उलझना नहीं चाहते, हम तो सिर्फ यह कह रहे थे कि ज्ञान का एक दरवाजा आपके लिए बन्द क्यों रहे। आप खुद जानिए कि सरकार ने आपके लिए क्या सुविधाएँ दी हैं कागजों में और आपकी नियति क्या है। इस नियति को बदलने का रास्ता क्या हो सकता है? और...इसके साथ ही जिस तरह जुए इत्यादि गलत कामों से आपने तौबा कर ली है, शराब से भी कर लें।"

"अपने को भुलाए रखने के लिए कोई-न-कोई नशा का होना जरूरी है। उसको आप कैसे रोक सकते हैं?" एक प्रौढ़ ने बैठे-बैठे ही कहा। उसका झुर्रीदार चेहरा सूर्यास्त की धूप में सुनहरा हो रहा था, और उदास आँखों में दीये की लौ-सी टिमटिमा रही थी। उसकी ओर देखते ही अस्थिर हो उठे शर्मा, "आपका नाम... ।"

"हम बूधन बेदिया!"

"बूधन बेदिया...?" शर्मा ने नाम को हैरत से दुहराया, "कौन-कौन हैं आपके परिवार में?"

"कोई नहीं। जनाना मर गया था। एक लड़का था, आसाम भाग गया।"

"क्यों?"

"ऐसेई गरीबी से घबड़ा के।"

31

शर्मा का कंठ सूखने लगा। वे धीरे-धीरे वहीं बैठ गए। सभा में जबकि हँड़िया पीने और न पीने के पक्ष में जोरों से तर्क-प्रतितर्क उपस्थित किए जा रहे थे, उनकी आँखें दस वर्ष पहले के छूटे हुए अन्तराल को पार कर क्षितिज पर जा अटकी थीं, वहाँ एक और सवाल-जवाब चल रहा था बूधन बेदिया से।

"आपका नाम?"

"बूधन बेदिया।"

"गलत! क्या आपका नाम चतुर्भुज शर्मा नहीं है?" चुप हैं बूधन बेदिया।

"और कौन-कौन हैं आपके परिवार में?"

"कोई नहीं। जनाना था, मर गया। एक लड़का था, आसाम भाग गया।" जवाब देता है बूधन बेदिया।

"क्यों झूठ बोलते हो बाबूजी? लड़का भाग गया या आप...? लड़का तो आपके सामने है। आप भागते रहे बाबूजी आप--गाँव से, परिवार से, जिन्दगी से...याद है, सबसे पहले आप गाँव से भागे थे--जहानाबाद से महेन्दर बाबू के पिताजी के इस बहकावे में भागे कि सन्थाल परगना में जमीन मिट्टी के भाव है, चलकर बसेंगे वहाँ! कर पाए मन की...? आपको क्या पता था कि वहाँ सौंतालों की जमीन आप कानूनन खरीद ही नहीं सकते। तब महेन्दर बाबू ने कानून में सूराख किया। एक सौंताल शम्भू सोरेन को पैसे देकर वहाँ एक झोंपड़ी डाली और जंगल के शाल कटवाकर बेचने लगे। ऐसे कितने दिकुओं के चलते आज ज्यादातर सन्थाल परगना की धरती नंगी हो गई--कभी सोचा आपने? आप क्या सोचते, आप तो महेन्दर बाबू के स्वजातीय हनुमान थे न! आपने तो उनके लठैत के रूप में ही जिन्दगी तमाम कर दी। जंगल साफ करने के बाद शुरू हुआ महेन्दर बाबू के बाबूजी का दूसरा खेल। वे सौंतालों को नगदी और धान देने लगे। साल भर बाद एक का डेढ़ वसूलते। कहने को उनके पास रिहाइसी मकान के अलावा कुछ भी न था पर उनके कोठले धान से भरे होते और बक्से सौंतालों के गहनों से। बैलगाड़ी लेकर आप सुबह निकल जाते और धान से भरी बैलगाड़ी लेकर शाम को लौटते। कभी-कभी मुझे भी बैलगाड़ी लेकर जाना पड़ता। मैं आपका इकलौता बेटा तब उन्हीं आदिवासियों की मिटती जिन्दगी और महेन्दर बाबू के फैलते दाढ़ों के बीच बड़ा हो रहा था। मेरे सामने ही कितनी बार खलिहान से पूरा-का-पूरा धान आपने उठवा लिया, और पूरा सौंताल परिवार रोता-बिलखता रह गया। मैं जब आपके काम में आनाकानी करता तो आप मुझे प्रताड़ित करने से न चूकते। अन्ततः मुझे वहाँ से हटाकर देवघर पढ़ने भेज दिया गया और इसके बाद कलकत्ता। सन् पैंसठ के हूल झारखंड में आखिर महेन्दर बाबू के बाबूजी को वहाँ से

भागना पड़ा। तब वे आए बंगाल-बिहार सीमान्त के इस अंचल में। यहाँ उन्होंने तिकड़म में जमीन ली आप फिर उनके हनुमान बनकर उनके साथ रहे। यहाँ भी सौंतालों और अन्य आदिवासियों को सबक सिखलाने में उन्हें आप बराबर मदद करते रहे। उधर मैं कलकत्ते में सन् उनसठ के कृषक विद्रोह के सम्पर्क में आ रहा था, इधर आप उन्हीं किसानों आदिवासियों पर कहर बरपा रहे थे। घर यहाँ भी आपका नहीं बन पाया। आप उन दिनों महेन्दर बाबू के काम-काज से जैसे ही फारिग होते, चल देते वैद्यनाथ धाम, देवघर। मैं जब भी घर आता, घर में सिर्फ माँ मिलतीं। आप बड़ी देर से आते, मैं आपको समझाता, 'आपको नहीं लगता बाबूजी कि यह सब गलत हो रहा है?'

" 'सब बाबा बैजनाथ ठीक करेंगे बेटा। तू इन सब फालूत की बातों में मन न लगा। ढंग से पढ़। मैंने जिन्दगी में कुछ नहीं किया, बस जो है वो तू ही तू है।' आप वीतराग-सा उत्तर देते। 'महेन्दर बाबू के साथ आप अपनी जिन्दगी को कब तक जोड़े रहेंगे?' मैं फिर पूछता।

" 'वो मालिक हैं। हमने उनका नमक खाया है। फिर अपनी जाति के हैं।' आप फिर वही दुहराते।

" 'यह गुलामी भी एक नशा है बाबूजी और जात-पाँत भी...।' मैं तनिक कटु हो उठता।

" 'यही पढ़ता है कलकत्ते में जाकर?' माँ प्यार-भरे गुस्से में डाँटती। मैं माँ के आगे और कुछ कह न पाता। मुझे उन पर दया आती। सारे कष्टों का निदान उनके लिए पूजा होती। लेकिन हुआ क्या? एक साधारण-सी बीमारी में मर गई माँ। आप गिड़गिड़ाते रह गए थे महेन्दर बाबू के पास, मगर उन्होंने छुट्टी न दी। धनकटनी का समय था, आपको कैसे छोड़ सकते थे भला! आखिर माँ की अन्त्येष्टि के लिए आपने जबरन अनुपस्थिति की और इसी बीच कुछ धान आदिवासी काट ही ले गए। महेन्दर बाबू दूर से ही आपको, 'साला, नमकहराम, कामचोर, हरामी' कहते आए थे, हम दोनों बाप-बेटे अपना घुटा सिर लिये अवाक् रह गए। मैं उनकी अकल ठीक करने को उठा ही था कि आपने मेरा हाथ पकड़ लिया। एक विचित्र भाव आपकी पेशानी पर बरस रहा था, 'बेटा कोई कुछ करता-कराता नहीं, सब भोलेनाथ कराते हैं। उन्होंने ही तेरी माँ को अपने धाम बुला लिया, धान उन्होंने ही कटवाया, महेन्दर बाबू से गाली उन्होंने ही दिलवाई...।' मुझसे रहा न गया, पूछ बैठा, 'और आदिवासियों की जमीन भी उन्होंने ही हड़पी?'

"वे मुझे लगे घूरने। उस समय मैं और आप, दो घुटे मुंडित सर, जैसे दो पृथ्वियाँ थीं जो एक-दूसरे की दुनिया का रहस्य नहीं समझ पा रही हों।

" 'मैं सब कुछ छोड़कर बाबा भोलेनाथ की शरण में जा रहा हूँ।' आपने जैसे

शून्य को सम्बोधित किया।

"'आप भाग रहे हैं?'

"'ना! जाग रहा हूँ।' दार्शनिक की तरह हँसते हैं चतुर्भुज शर्मा।

" 'यह धर्म भी एक नशा है बाबूजी।'

"'अपने को भुलाए रखने के लिए कोई-न-कोई नशा का होना जरूरी है।' कहकर आप चले गए थे, उस दिन। याद है बाबूजी?

"वही बोली, वही बानी, वही चेहरा, वही कशिश। आप खुद को बूधन बेदिया बताकर मुझे छल नहीं सकते बाबूजी!"

सिर उठाते हैं, वही किच-बिच करती भीड़। अपराह्न की पीली धूप में अभिशप्त चेहरों की सियाही...। असगर और पंडा, मैना और मोड़ल अलग-अलग गुटों में उनसे विचार-विमर्श कर रहे हैं।

भीड़ की लहरों में तिरोहित हो चले हैं चतुर्भुज शर्मा। प्रतिवाद में लहरों की मानिन्द कुछ स्त्री-पुरुष उठ खड़े हुए हैं। उन्हें रोकने के लिए एक-एक कर असगर, पंडा, मैना और कई मोड़लों की शिलाएँ निष्फल सिद्ध हो रही हैं। खुद को प्रकृतिस्थ करते हैं शर्मा, "क्या बात है?"

"हँडिया हमरा पूजा में चढ़ता है।" कई आवाजें उठती हैं।

एक क्षण को यह तर्क अकाट्य लगता है लेकिन उसके पीछे छुपी चालाकी पर गौर करते ही मुस्करा पड़ते हैं, शर्मा, "ठीक है, तब आप हँडिया छोड़कर दूसरा नशा नहीं करेंगे न?" शर्मा ऊँची आवाज में बोलते हैं। लहरों पर लगाम खिंच जाती है।

"चालाकी मत कीजिए, धर्म के बहाने न बनाइए। अपनी नियति को झुठलाने के लिए किसी भी नशे की जरूरत नहीं है। याद रखिए, आपको चूसनेवाले आपकी कमजोर नस को जानते हैं। क्या आप चाहते हैं कि उनके फन्दों में पड़ जाएँ? जवाब दीजिए।"

जवाब आया है बूधन बेदिया की ओर से। धीरे-धीरे इस शान्त जनसमुद्र से जीवित इनसान की तरह सिर उठाता है बेदिया, "माने जे केतना ऊँचा बात बोलिन हैं कि अपना नियती को झूठा करने के खातिर हमको कोई नशा का जरूरत नहीं है। अहाहा लाख टका का बात!"

"यह भगतसिंह की बात है बाबा।"

"तभी तो कहें...!" आँखें चमकने लगती हैं बेदिया की, "ठीक है, आज से हम परन करते हैं कि कोई भी नशा नहीं करेंगे।"

सभा कब खत्म हुई, शर्मा को पता नहीं। आते ही बिछावन पर पड़ गए। न

सोए थे, न जागे। नीम-अँधेरे में जाने कहाँ से फिर उभर आया बूधन बेदिया, 'मैंने तुम्हारी बात मान ली बेटा!' अवाक् शर्मा घूर रहे हैं उस आकृति को। काल के अतल गर्त में डूबा परिवार एक-एक कर सतह पर उतर रहा हो जैसे। खड़ा-खड़ा मुस्करा रहा है बूधन बेदिया। बूधन बेदिया...? नहीं-नहीं, चतुर्भुज शर्मा!

32

"पुहुँपु पुहुँपु पुहुँपू! पुप्-पूँ ऽ ऽ ऽ।"

कोयले के स्तूप के शिखर से बिगुल बज उठा।

"ढमक-ढमक–ढाँ-ढाँ ऽ ऽ ऽ!"

मलबे के घेरे से नगाड़े बज उठे।

लाल सूरज, लाल पताका, लाल बसुन्धरा!

पहली मई की आगमनी का शंखनाद।

यह भेरी सुनते ही गाँव-गाँव से स्त्री-पुरुष बच्चों का दल नाचते-गाते निकल पड़ा जनखदान की ओर! दूर-दूर से आए कॉमरेड, पत्रकार और अतिथियों ने अचकचाकर देखा, जनखदान को केन्द्र कर रंग-बिरंगा हुजूम चारों ओर से खिंचता चला आ रहा था। कहीं शंखध्वनि बजती आ रही थी, कहीं मांगलिक उलू-ध्वनि के परवाज उड़ते चले आ रहे थे तो कहीं अटपटे गीत और बिला वजह की 'ही-ही' की हँसी।

माइक से सुभाष मुखोपाध्याय की कविता 'एक टू पा चालिए भाई...' की ओजपूर्ण आवृत्ति लगातार टेर रही थी। ऐसा लगता था, यह गीत विशाल सिन्धु में अलग-अलग कई नौकाओं, जहाजों को खींच रहा था। धीरे-धीरे रक्त कमल की पँखुरियों की मानिन्द वे ध्वज के पास संकेद्रित होते जा रहे थे।

जैसे ही वयोवृद्ध क्रान्तिकारी सिराज अहमद ने लाल ध्वज फहराया, फिजाँ तालियों और नारों के उल्लास से काँपने लगी।

अब जनखदान-रूपी शिशु के अन्नप्राशन मुँहजूठी पर मैना के नेतृत्व में औरतों ने एक पारम्परिक सौंताली गीत गाया–

लेयाड गाड़ा धारे रे, हमन हमन दारे
काहाउ आकान पेड़ा नाइ, वाहा थारे थारे
वाहा लागिं हायरे मने, जिउंग आखान थारे

(बारहों महीने पानी से भरे रहनेवाले छोटे-से नाले के बगल के फूलवाले पेड़ में जगह-जगह फूल खिले हैं रे शिशु। फूल बगीचे में है और शिशु है दूर। फूल के लिए

आकुल है शिशु।)

चाय-नाश्ते के दौर के बाद जनखदान के सभी मजूर-मजूरिनें अपनी तीन महीने की अर्जित साक्षरता की परीक्षा देने बैठ गए। इसके बाद शुरू हुई आम सभा।

मई दिवस के महत्त्व पर प्रकाश डालते हुए पार्टी के महासचिव जयदेव ने बताया, "सबसे पहले हम मजदूरों को यह जान लेना चाहिए कि हमारा झंडा लाल नहीं था। शिकागो शहर में मुनाफाखोर पूँजीपतियों के खिलाफ उनकी मुक्ति की लड़ाई की शुरुआत काम के घंटों को लेकर हुई। बारह-बारह घंटे काम करने पड़ते थे और यह लड़ाई काम के घंटों को आठ घंटे करने की थी। आज से सौ साल पहले आज के ही दिन वह निर्णायक लड़ाई लड़ी गई। मजदूर सफेद झंडा लिये नारे लगाते आगे बढ़े। भेड़ियों ने गोली चलवाई। जैसे ही गोली सामने के मजदूर को लगी, झंडा गिरने लगा, मजदूर की देह से निकला खून का फव्वारा सफेद झंडे को लाल बना गया, लेकिन झंडा गिरने नहीं दिया गया। जैसे ही एक मजदूर गिरता, दूसरा लपककर उसे थाम लेता। इस तरह झंडा जो पहले बिलकुल सफेद था, अब बिलकुल लाल हो गया। तो साथियों इस झंडे की लाली खून की लाली है, सभ्यता की समृद्धि में आज तक मजदूरों ने जितना खून दिया है, यह झंडा उन सबका प्रतीक है। हम मजदूरों की कोई जाति नहीं होती, हमारा कोई धर्म नहीं है, हमारी लड़ाई तब तक चलती रहेगी, जब तक इस धरती से हर तरह का शोषण, गैर-बराबरी, गुलामी और नाइंसाफी मिट नहीं जाती। पहली मई कोई ऐश करने की तारीख नहीं, यह वह तारीख है साथियो, जब हमें मजदूरों के एक-एक बूँद खून का हिसाब करना है, हम अराजक नहीं हैं, हम अमन चाहते हैं लेकिन हम साफ-साफ बता देना चाहते हैं कि हमें हमारा हक चाहिए, हमारा खून यूँ ही नहीं बहता।" जयदेव का भाषण शेष होते ही खून के ज्वार पर असगर द्वारा गाया गया साहिर लुधियानवी का गीत हिलोरें लेने लगा :

"ये किसका लहू है, कौऽ ऽ ऽ न मरा...?"

हवा जैसे थम गई। पहला चरण शेष होते-होते सिराज अहमद भावावेश में काँपते हुए उठ पड़े, "मेरे बच्चो माफ करना, इस गीत के चलते मैं अपने को रोक न सका। यह गीत बम्बई के डॉकयार्ड मजदूरों पर लिखा गया था। मेरे कई साथी मारे गए थे। नेताओं ने पहले तो उकसाया लेकिन जब उस आन्दोलन को अंग्रेजों ने गोली चलवाकर कुचल डाला तो 'लोहे के इनसान' माने जानेवाले एक नेता ने कहा कि वे मजदूर गुंडे थे। यही नेता लोग हमारे हुक्मराँ बने। मैं आज जोर देकर कहता हूँ उनको गुंडा कहनेवाले मजदूरों के भाई कभी नहीं हो सकते, भले ही उन्होंने अपने चेहरे पर समाजवाद की लाल नकाब पहन रखी हो। लाल पहन लेने से लाल नहीं होता कोई—वह तो लहू की लाली है, जिसकी कीमत लहू देकर चुकानी पड़ती है।

गुलाब की तरह ऐसे लोगों की भी कई किस्में हैं—लाल, सुर्ख लाल और काला—जी हाँ, ये वे उग्रपन्थी हैं जो ज्यादा सुर्ख होने की बेताबी में काले हो गए हैं। आपको बरगलाने के लिए कई गुलाबी लालजी भी हैं, कुर्सी पर बैठे ऐश करनेवाले, पियाजी लालजी भी हैं जो पूरी तरह दलाल बन चुके हैं, ये असल लाल नहीं, इनसे होशियार रहना आप।''

उनके टीका-भरे इस हस्तक्षेप के बाद, जनखदान के मैनेजर पंडा ने जनखदान पर एक रिपोर्ट प्रस्तुत करते हुए अब तक की उपलब्धियों के आँकड़े प्रस्तुत किए, ''...हमने प्रधानमन्त्री से लेकर निचले तबके तक के सम्बद्ध अधिकारियों को सूचित करने के बाद 26 जनवरी से जनखदान का काम शुरू किया। वन विभाग की कुल छह हेक्टेयर भूमि पर शुरू हुआ काम। तब सात सौ तीस कर्मी थे, अब बढ़ते-बढ़ते उनकी संख्या डेढ़ हजार को छूने लगी है। पन्द्रह दिन बाद हमें कोयला मिल गया...'' विवरणों के बाद उन्होंने मजदूरों की तनख्वाह के विवरण दिए, ''माटी मापनेवाले, पम्प खलासी, चौकीदार, हाजिरी बाबू, खूँटा मिस्तिरी और सामान्य मजदूर को हमने प्रतिदिन एक मन की मजूरी दी। काटने, ढोनेवाले मजदूरों को पीस रेट के हिसाब से भारी पत्थर पर 10 मन प्रति चौका, कोयले पर 8 मन चौका, मझोले पत्थरों पर 6 मन चौका, मिट्टी, कीचड़ पर 3 मन प्रति चौका के हिसाब से मजूरी दी गई। एक एम.बी.बी.एस. और होमियोपैथ डॉक्टर हैं हमारे चिकित्सालय में, एक प्रशिक्षित नर्स थी, दिन की पाठशाला में तीन शिक्षक और प्रौढ़ पाठशाला समेत रात की पाठशाला में दस शिक्षक हैं उन सबको एक मन प्रतिदिन के हिसाब से कोयला मजदूरी में देते हैं।''

इस साम्यवादी वेतन पद्धति पर जोरों से तालियाँ बज उठीं। मैनेजर ने आगे जनखदान से पास की सरकारी खदान की तुलना करते हुए बताया कि 'दोनों ही खदानों में ऊपरी आवरण की मोटाई तीन से पाँच मीटर तक रही। दोनों ही के कोयला और ऊपरी आवरण के अनुपात प्रायः एक और दो के रहे। जनखदान का कोयला होटलों, घरों और ईंट के भट्ठों में बिकता है। अवैध खनन और सरकारी खदान के कोयले से दो रुपया सस्ता पड़ता है हमारा कोयला। सरकारी खदान में तेईस सौ मजदूर हैं जबकि हमारे यहाँ इनकी संख्या तेरह सौ से सत्रह सौ के बीच कमबेशी होती रही। उनके पास आधुनिक मशीनें हैं, हमारे पास नहीं हैं, फिर भी सापेक्ष दृष्टि से उत्पादन दोनों का प्रायः समान रहा। वहाँ आदिवासियों की संख्या मात्र सत्रह प्रतिशत है जबकि जनखदान में साठ प्रतिशत। वहाँ महिला कामगार मात्र दस प्रतिशत हैं जबकि हमारे यहाँ तीस प्रतिशत। वहाँ दो जानलेवा दुर्घटनाएँ घटीं इस दौरान, और ये रही इंस्पेक्टर की रपट—यानी हमारे यहाँ एक भी नहीं!'' पंडा ने जब आँकड़े देकर जनखदान और माफिया दल के अवैध खनन तथा सरकारी खदानों की तुलना प्रस्तुत की तो बाहरवाले दंग रह गए।

समस्याओं की चर्चा करते हुए पंडा ने आगे बताया कि "सरकार को सदा सूचित करते रहने के बावजूद अभी तक जनखदान के प्रति उन्होंने कोई स्पष्ट सकारात्मक रुख नहीं अपनाया। मजदूरी और अन्य खर्च के अलावा सारा कोयला आपके सामने छोटी पहाड़ी की शक्ल में फैला हुआ है। हमने सरकार को लिखा कि यह कोयला उठाकर ले जाए लेकिन उनका कोई जवाब नहीं आया।" बाहर से आए एक कॉमरेड ने कहा, "आप लोगों ने अँधेरे की छाती पर रोशनी का पेड़ रोपा है तो यह हम सभी का दायित्व बनता है कि इस रोशनी को बुझने न दें।"

इसी के साथ शुरू हुआ जनगीत :

"तोड़-तोड़ गहन अन्धकार दिखे चन्द्रमा,
तोड़-तोड़ गहन अन्धकार...
नीले आतंकों की छाती में चुभती कटार दिखे चन्द्रमा... ।"

भाषण देनेवालों की अन्तिम कड़ी में शर्मा ने जैसे यहीं से विषयवस्तु का चयन किया था, "साथियो, लाल झंडे में यह जो हँसुआ आप देख रहे हैं, यह सचमुच नीले आतंकों के सीने में रोशनी की कटार की तरह धँसा हुआ है। जैसे-जैसे कामयाबी हासिल होती जाती है, हँसुआ पुष्ट होता जाता है। रोशनी तो मिलती है लेकिन धार भी मरने लगती है। यहाँ तक कि पूरणमासी के दिन वह गोल हो जाता है। तब अँधेरा धीरे-धीरे उसे नोचना शुरू करता है। रोशनी दिनोदिन छीजने लगती है, चन्द्रमा दिनोदिन हारने लगता है...और अमावस का एक दिन ऐसा भी आता है जब चन्द्रमा का कहीं नामोनिशान नहीं रह जाता। चारों तरफ सिर्फ काली मनहूस रात! गाफिली का यही अंजाम होता है।" शर्मा तनिक रुक फिर शब्द-शब्द पर जोर देते हुए बोले, "लेकिन...। अँधेरे-उजाले की लड़ाई वहीं खत्म नहीं होती। दूसरे दिन क्षितिज के ऊपर (दूज) का नन्हा-सा चाँद फिर उग आता है—अँधेरे के सीने में एक धारदार हँसुए-सा खुभा हुआ चाँद!" चारों ओर से तालियाँ बज उठीं और देर तक बजती रहीं।

शर्मा ने कहा, "तो साथियो, यह धार ही हमारी शक्ति है और धार का भोथरा होना ही मौत। यहाँ ही नहीं, जहाँ-जहाँ भी साम्यवादी सरकारें हैं, यह उपमा लागू होती है। जनखदान आपका शिशु है, सपना है, सफलता है, हालाँकि है एक छोटी उपलब्धि मात्र। धार बरकरार रही तो सारा संसार ही आपका है। हम पहली मई की ऐतिहासिक शताब्दी पर देख रहे हैं कि सौ साल पूरे होने के बावजूद उस भावना को हम मूर्त नहीं कर सके हैं। यह छोटी-सी जनखदान भी किरकिरी बन गई है आँख की। चारों तरफ भेड़िए गुर्रा रहे हैं। वे हमें खा जाने पर आमादा हैं लेकिन क्या हम उनके नापाक इरादे पूरे होने देंगे? नहीं! हर्गिज नहीं। इसीलिए हमें धार की जरूरत है, सतत सान से ताजा होती धार—चाहे हमें कोई भी कुर्बानी क्यों न देनी पड़े।" कहते-कहते शर्मा

का गला रुँध गया। वे ज्यादा न बोल सके सिर्फ, "सारा लोहा उन लोगों का, अपनी केवल धार!" कहकर बैठ गए।

मैना एक-एक बूँद पी रही थी तृप्त भाव से, धार शब्द से उसे जेल जीवन की याद ताजा हो आई, खराद मशीन पर सान देता कोई हाथ। खर्र-खर्र! चिनगारियाँ और चिनगारियाँ।

खर्र ऽ ऽ ऽ!

घर्र ऽ ऽ ऽ!

चिनगारियाँ ही चिनगारियाँ!

तेज और तेज होती धार!

सबसे अन्त में जंगल सन्थाल का जागरण गीत नृत्य के माध्यम से प्रस्तुत किया एक अतिथि सांस्कृतिक दल ने :

"दे वाहा बिरिट पे-ए लगन लगन बिरिट पे-ए
जापित रे दो आदो वोया वन वन ताहे ना
लुदनिदा पारो सेना मासली सेटा सेटेरे ना
नाउवा बेड़ा हिड़ी-झिरी कुवरे राका वेन
माझरा-माझरा रामकाताते आदो वनवन भूलोया
बुलकाते आदो वोया वन वन ताहे ना।"

(सभी लोगों, जागो, उठ खड़े हो, जल्दी उठ खड़े हो। अब हम सोए नहीं रहेंगे, रात बीतने को आई है, सुबह फिर लौट आई है। सूर्य की तेज रश्मियाँ चारों ओर झिलमिला उठी हैं। (रामनामी ओढ़े) साधु लोगों के धोखे में अब हम नहीं पड़ेंगे और नशे की खुमारी में भी नहीं पड़े रहेंगे हम, अब हम जग उठेंगे ही।)

मैना को सुखद आश्चर्य हो रहा था कि सारे-के-सारे लोग उसी के मन की बात कैसे बोल रहे थे! क्या उसकी सोच के इत्ते सारे आदमी हैं? जब वह भीड़ में धक्के खाती लौट रही थी तो उसके अंग-अंग उसी ताल पर थिरक रहे थे। खर्र ऽ ऽ ऽ! घर्र ऽ ऽ ऽ! तेज और तेज होती धार।

33

पहली मई ने इतनी ऊर्जा भर दी थी कि बरसात के चार महीने भी जनखदान खींच ले गई। वह एक अजीब नजारा होता। बाँस का छाता या बोरी, प्लास्टिक ओढ़कर वे बरसते पानी में भी काम किए जाते। ऐसा लगता कुकुरमुत्तों का समुदाय चलता-फिरता नजर आ रहा है। आस-पास के इलाके में यह एक कौतूहल का विषय था कि जबकि सभी सुविधाओं से युक्त सरकारी पोखरिया खादों तक में काम बाधित

हुआ और चोरी की कोयला कटाई भी ठप पड़ी रही तो मात्र दो पम्पों के सहारे यह जनखदान कैसे करिश्मा कर गई।

मजदूर और उनके प्रशंसक बताते, "उन्होंने खाद के चारों ओर बाँध बनाए, नाले से पानी की धार को मोड़ा और सुरक्षा इन्तजाम चौकस किए। काम सुविधा से नहीं आन से होता है भैया।"

"लेकिन एक ही जगह तुम लोग गाफिल पड़े थे ऊ जो सेठ लोगों के भेदिया थे...कैसे घुस आए दूध-पानी-सा मिल गए? कुछ कोइला चुरा ले गए न।"

"बस दू-चार ढेला...!" मजदूर निश्चिन्तता में मुँह बनाते, "अरे भइया, रावन भी भिखमंगा बन के आया था सीता को हरने के लिए। अब कौन जानता है, किसके पेट में क्या है। लेकिन हमरा हर आदमी चौकीदार है–ई बात ठो भूल गए वो। बस पकड़ा गया–कपट खटाई के परे नीर-क्षीर बिलगाय।"

"लेकिन सरकार तो नहीं माना अभी इसको?"

"ऊ सरकार का काम है। हम अपना तरफ से राई-रत्ती का खबर सरकार को भेजते रहते हैं हफ्ता-हफ्ता।"

"अरे! तुम लोग का भाखा भी बदल गया?"

"अभी कहाँ...? अभी तो बरसात के चलते पढ़ाई-लिखाई बन्द था। पढ़ लेंगे तब देखना। कम्पलसरी है पढ़ना-लिखना, कम्पलसरी–का समझे?"

अक्षर ज्ञान से लेकर मात्रा तक सीख गई मैना। शर्मा के पास टेस्ट देने गई तो शर्मा ने 'मैं' पर उँगली रखकर पूछा, "यह क्या है?"

" 'म' ऐ कार 'मैं' ।"

"और ये?" उनकी उँगली 'ना' पर टिकी थी।

" 'न' आकार 'ना'।"

"दोनों को मिला दो।"

"मै और ना।"

शर्मा ने स्लेट पर शब्दों को मिलाकर कई बार लिखा।

"मैना।" मैना ने जैसे ही इस शब्द का उच्चारण किया, भक-सा अन्दर उजाला भर गया। वह आत्मसाक्षात्कार की एक नई अनुभूति से सिहर उठी। स्लेट पर मैना ही मैना! कितनी मैनाएँ कानों में फुदक रही थीं।

उसने उल्लास से चमकती आँखें शर्मा की ओर उठाईं तो वे उसी की ओर देख रहे थे। उसकी आँखें छलछला आईं, "ई पढ़ाई-लिखाई केतना अच्छा चीज है।"

लेकिन शर्मा कठोर थे, "ई नहीं यह, रटो।"

"इयेह! इयेह! इयेह!"

"य बोलो।"

"इये; ये, ये...।"

"हाँ और 'केतना' की जगह 'कितना', 'काहें' की जगह 'क्यों'।" अविनाश मैना को बताने के बाद पढ़ने में मशगूल दूसरे लोगों के पास चले गए।

सितवा और दूसरी औरतें अलग रट रही थीं—च्छ, तरं, ग्याँ (क्ष, त्र, ज्ञ) और उनमें से कुछ के बच्चे अलग बैठे उनकी नकल उतार रहे थे। मैना को बार-बार 'डिस्टर्ब' हो रहा था। वह खिसियाकर उठी और बच्चों को हड़ाकर फिर आकर रटने लगी, 'कितना, कितना, कितना...' उसे बार-बार इस बात पर झल्लाहट हो रही थी कि उसकी जबान सीधी क्यों नहीं होती। घंटों रट-रट के जतन से उसको सीधा करो और छोड़ दो तो फिर कुत्ते की पूँछ जैसी टेढ़ी की टेढ़ी।

इस तरह अक्षरों, शब्दों, मात्राओं से लड़ते-झगड़ते वह कुछ आगे निकल आने में सफल हो गई लेकिन आगे का रास्ता और भी दिक्कत भरा था। एक दिन वह 'क्यों' की दुम सीधी करने के चक्कर में 'केयों-केयों' कर रही थी कि बैसाखी खटकाते हुए मामा पास आकर खड़े हो गए, "अरे! हमने तो तुझको मैना समझ रखा था तू ई मोरनी कब से हो गई रे...?"

मैना उनके व्यंग्य पर हँसते-हँसते दोहरी हो गई, फिर मास्टरी गम्भीरता ओढ़कर मुँह फुलाया, "ई नईं इयह!"

"हाँ और नईं नहीं, नहीं!"

"बैठो, न-न बैठिए मामाजी, केया हालचाल है?"

"अरे बाप रे! तू तो बहुत पढ़-लिख गई रे।"

"सच...?"

"सच!" मामा ने बैठते हुए कहा।

"ई का ऐसे-ई सीख गई। बहुत कड़ी है पढ़ाई!"

"हाँ, सो तो हई है। पढ़ाई कड़ा न होता तो...।"

"उहूँ कड़ा नहीं कड़ी। कैसे पहचानोगे कि ई कड़ी है, कड़ा नहीं?"

मामा न बूझ पाने की लाचारी में उसकी ओर ताकने लगे तो मैना ने विजयी अन्दाज में समझाया, "नहीं बूझ पाए न! अरे, हम भी पहले कहाँ बूझ पाते थे...?" वह प्रत्येक शब्द को सावधानी से उगल रही थी कि कहीं वे अशुद्ध न उतर आएँ आदतवश। "अपना तो मोटा हिसाब-किताब था, पूँछ उठा के देख लो, कड़ा है कि कड़ी।"

मामा के झुर्रियोंदार चेहरे पर लज्जामिश्रित झेंप तिर आई, "तू बदल नहीं सकती मैना।"

"कैसे नहीं बदली...?" मैना ने त्योरियाँ चढ़ाकर हाथ हिला-हिलाकर समझाया, "यहाँ के मास्टर लोगों ने समझाया कि नहीं, कुछ चीज को मान लिया गया है कि ऊ 'मरद' है और कुछ को 'जनाना'।" वह पूरी संजीदगी से मामा को सिखा रही थी, "जैसे इयेह मान लिया गया है कि 'पुलिस' और 'सरकार' जनाना है।"

"हंय!"

"हाँ! पुलिस आ रही है, सरकार निकम्मी है—खयाल करो 'रहा' की जगह 'रही' और 'निकम्मा' की जगह 'निकम्मी' केया समझे?"

मामा पलक झपकाने लगे तो मैना अपने ही शब्दों की व्यंजना पर गौर करने लगी, "जब हम ये बोलते न मामा, तो कैसा लगता है, मालूम?"

"कैसा?"

"ऐसा लगता कि पुलिस खाकी साड़ी में और सरकार खादी साड़ी में घूँघट निकाले, काजरवाली बड़ी-बड़ी आँखों से डरते, नहीं-नहीं, डरती-लजाती, दाँत से घूँघट का कोना पकड़े आ रही है, हाथ में चूड़ी, पाँव में पायल छम्मक-छम्मक आ रही है, जा रही है। एकदम बड़े घर की, कोई मेहनत-मजूरी नहीं, सिर्फ मालदार मरद को रिझाना! नाचती भी है छमछमा छम-छम!" "ना बाबा!" उसने गहरी निःश्वास छोड़ी, "दो झूड़ी कोयला और कटवा लो, ऊ हमारे लिए मुश्किल नहीं लेकिन ई पढ़ाई..."

"कड़ी है।" मामा ने वाक्य पूरा किया तो दोनों फिर से हँस पड़े।

"हाँ, अब बोलो मामा, कैसे आना हुआ?"

मामा असमंजस में पड़ गए कि जो बात कहने वे आए हैं, उसे कहना ठीक होगा या नहीं। उनकी दुविधा ताड़कर तिरछी नजरों से ताककर खिलखिला पड़ी मैना, "कोई भेद-वेद जानना है केया...?"

"ना-ना।" मामा की देह पर चींटियाँ रेंगने लगीं। घबराहट में बात उनके गले से फिसल पड़ी। "वो हम जेल में उससे भेंट करने गया था न, उसी का एक सन्देशा है।"

"कौन...?" मैना ने आँखें सिकोड़कर पूछा।

"अरे वोई, क्या नाम के फोकल, वो बेचारा तो तभी से जेल में है जब से तुम लोग बेरमो चले गए...।"

"हमरा सामने उसका नाम लेने को किसने कहा...?" तड़क उठी मैना।

"देख हाथ जोड़ता हूँ।" और मामा ने सचमुच हाथ जोड़ लिए, "पहले पूरी बात सुन ले...वो बोला, हम कब्भी उसको दूसरे का बीबी मान ही नहीं सका। अब तो मंगर भी नहीं है, सो उसके जेल से लौटने तक तुम इन्तजार करो—हाँ। किसी दूसरे के साथ अगर तुमने घोंसला बना लिया तो वो सुइसाइड कर लेगा।"

मैना को लगा जैसे उसकी जिन्दगी के थिरते जल में फिर से कोई पाँव रखता तल में बैठी बहुत सारी चीजों को हिलकोरता उसके करीब आने की कोशिश कर रहा है। उसकी आँख सिकुड़ गई, नाक और होंठ फड़कने लगे। फोकल के साथ-साथ जेलर, मंगर, पंडित सीताराम, महेन्दर बाबू, रामसिंह, लूला परेमा और चकलाघर के कुत्ते तक के बुलबुले बजबजा उठे। बिदककर खड़ी हो गई वह, "तुमको मालूम मामा, जनखदान शुरू करने के पएले ही हम अपने सारे मरदों का सराध कर चुके!"

आवाज मौत की छुअन-सी इतनी सर्द थी, इतनी रहस्यमयी कि हड़बड़ाकर बैसाखी पकड़ ली उन्होंने।

उन्हें सहसा ऐसा लगा, अपनी माँ की तरह वह भी सचमुच की डाइन है। उसके भरे-भरे अभिमानी सिन्दूरी चेहरे में जड़ी अंगारों-सी आँखें...आँसू नहीं, आग की लौ झिलमिला रही है उसमें, धू-धू कर जलते पूरे अन्तर्लोक की ज्वाला को पढ़ा जा सकता है उनमें। मैना गलत नहीं कहती, वह श्मशान की जलती चिता है।

मुँह लटकाए बैसाखी खटकाते चले गए मामा लेकिन जिस आग को वे कुरेद गए थे, वह उसे कहीं भी चैन नहीं लेने दे रही थी। वे वाक्य बार-बार उसे घेर रहे थे, बार-बार वह रास्ता बदलकर उनसे कन्नी काट रही थी। खदान की भयानक खाई के गिर्द घिरे झोंपड़ों से उठते नींद के खर्राटे, टीले पर से तिर-तिर कर आता किसी की बंसी का विलम्बित स्वर, कामिनी के राशि-राशि धवल फूलों की सुगन्धि का सैलाब और गेट पर ऊँघते सन्तरी के सिर पर सरसराता लाल पताका, पेट्रोमैक्स की भभकती सों-सों करती रोशनी में कागजों पर पंडा, शर्मा, असगर और माझी के झुके चेहरे—वह कहाँ-कहाँ घूम गई लेकिन बेकार! कहीं कुछ खो गया है, जो नितान्त अपना है, जिसकी शिनाख्त नहीं मिलती कहीं।

टिपका और लुत्ता रफी और लता का रियाज करते-करते एक-दूसरे पर हाथ-पाँव फेंककर बेखबर सो रहे थे, बगल के झोंपड़े में कोई आहट नहीं, दिन भर की थकी सितवा अपने पति के साथ सो गई होगी। उसका खाना ढका पड़ा था। एक बार ताककर उसने कत्थर और लुगदी का तकिया निकाल लिया। झोंपड़े के खुले दरवाजे से अप्रैल का चाँद खजूर के दरख्त में गैस के हंडे-सा जल रहा था। थोड़ी देर तक यूँ ही देखती रह गई एकटक। एक विचित्र-से खालीपन के बाँध में वह कसमसा उठी, फिर निढाल पड़कर लम्बी-लम्बी साँसें लेने लगी। उसके अन्दर कोई नारी-कंठ रिरिया रहा था। साँस बन्द कर लगी सुनने फिर सहमकर करवट बदल ली उसने। देह का रोम-रोम गनगना उठा था। ना! नहीं सुननी है उसे ऐसी कोई रिरियाहट 'ढोंगी कहीं की।' अन्दर की इस विद्रूप-भरी आवाज पर वह कनमना उठी, 'क्यों तू औरत नहीं? फिर क्यों देखती है चाहना-भरी नजर से शर्मा को? सच-सच बता तू इसलिए ही नहीं डरती कि तुम दोनों की बदनामी से जनखदान का सारा

सपना चरमरा उठेगा? जनखदान कोई सजा नहीं है कि तू सारी इच्छाओं को होम कर दे।'

उसे एक जबर्दस्त ऐंठन का एहसास हुआ। घबराकर उठ बैठी वह। घड़े से पानी निकालकर आँख, मुँह पर छींटे दिए और गटगटाकर पी गई। उसका मन कुछ शान्त हुआ, हालाँकि एक अजीब-सी उत्तेजना में अंग-अंग जग गए थे। टिपका के अँगूठे और नखों की बनावट को गौर से देखती है तो फोकल सामने आ खड़ा होता है। आश्चर्य मंगर की एक भी निशानी नहीं, जैसे महज इत्तेफाक था वह! 'ना!' उसने जोरों से, मूँडी हिलाई, भुई-सी लटें बिखर गईं, जैसे दो-दो भूतों के प्रकोप से मुक्ति पाने का प्रयास कर रही हो वह। 'क्यों घेर रही हैं ये अशुभ परछाइयाँ उसे?' 'तो भोगो सजा फिर...?' भूत फिसफिसाते हैं।

'यह सजा नहीं, एक तपस्या है। जब तक पूरी नहीं होती, मैं किसी की एक न सुनूँगी।'

'और पूरी हो जाने पर...?' अन्दर कोई छेड़ रहा था।

'तब...तब!' उसे निर्णय लेने में दुविधा हो रही थी जिन्दगी की पूरी बही फड़फड़ाने पर, एक जगह वह अटक गई, वहाँ मंगर पीठ पर मार के निशान दिखाते हुए उसके बलात्कार के बच्चे को कबूल कर रहा था, यार्ड की गुमटी में जैसे अभी ढूँढ़ने पर वही बैठा मिल जाएगा। वह एक बार उसे ढूँढ़ने अवश्य जाएगी। वह एक पराजय की कचोट है पूरी जिन्दगी की, रह-रहकर टीसती है।

चेतन से अवचेतन, जागरण से स्वप्न में लुढ़कती गई वह। साँवली रात के सलोनेपन में ऊँचे-नीचे पठार के पार चाँदनी और छाया से आँख-मिचौली खेलते हुए वह जा पहुँचती है छोटा नागपुर के पर्वतीय प्रान्तर में जहाँ अगल-बगल दो नदियाँ बह रही हैं—दामोदर और स्वर्ण रेखा! वह दामोदर में झुकी पड़ी है, मंगर स्वर्ण रेखा में। एक कोयला चुन रहा है, दूसरा सोना। देखते-देखते दिन ढलने लगा है। वह मंगर से घर लौट चलने का कई बार इसरार करती है, मंगर सोना चुनने में इतना मग्न है कि उसके किसी इसरार का जवाब तक नहीं देता। उसकी टोकरी कोयले से भर चुकी है। वह पानी से निकल आती है। गेंडुली ठीक करते हुए प्यार-भरा अनुरोध करती है, 'चलो न, दिन डूबने को आया।'

'तुम चलो।'

'और तुम...?' गेंडुली सिर पर रखकर कोयले की टोकरी सिर पर उठाकर मुस्कराती है वह, 'देखें, कित्ता सोना जमा हुआ?'

शाल के हरे पत्ते में कुछ चमक रहा है। 'यही है?' वह झुककर उठाती है फिर खिलखिला उठती है उसके भोलेपन पर, 'यह तो बालू का चकता है।' खिलखिलाहट तेज होती, 'छी! यही चुनने में तुमने सारा दिन खत्म कर दिया।' इसके साथ ही

विनोद में उछाल देती है पत्ते को। फुलझड़ियों जैसे सैकड़ों बालू के सुनहरे कण चकमकाकर जा गिरते हैं सुवर्ण रेखा में। बदहवास-सा मंगर उन्हें पकड़ने दौड़ता है और पागलों की तरह बालू उलीचते, खुरचते देखते ही देखते उसी में समा जाता है नदी में।

34

आज करमा है। चावल की एक बोरी खुलवाकर रख दी है नीचे और खुद ऊपर दो मंजिले के अपने बैठकखाने में जा बैठे हैं महेन्दर बाबू। यहाँ से सड़क का जो तिराहा फूटता है, उससे तीनों तरफ दूर-दूर तक दिखता है। नीचे उनकी ससुराल से आया कोई बच्चा अपना पाठ रट रहा है। क्या रट रहा है यह उन्हें नहीं पता। उनके कान तो दूर-दूर बज रहे बाजों पर लगे हैं। करम की डाल और कास के फूल लेने इसी रास्ते जाएँगे आदिवासी और नाचते-गाते यहाँ मत्था टेकना नहीं भूलेंगे।

बाजे की आवाजों से स्मृति में कुछ जगता है...बधना हो, सरहुल हो, भादू, करमा या मनसापूजा। एक वह भी दिन था जब आदिवासियों की भीड़ सँभालनी मुश्किल हो जाती। रामसिंह और दूसरे नौकर डाँट रहे हैं, गलिया रहे होते पर भीड़ उमड़ती ही जाती। बाजों का स्वर जैसे-जैसे तेज होता, नाच का उल्लास अपने चरम पर पहुँच जाता। धितिंग-धींग, धितिंग-धींग, धितिंग-धितिंग धिन ताक्का...एक-दूसरे को कुचलकर पैसे-चावल बटोरती कंगालों की भीड़ और नाच दोनों तुंग पर! मालकिन की निगाह चारों तरफ है, 'का रे तुमको नईं मिला? ऐ रामसिंघ, पहिले ओकरा के...!' धितिंग धींग, धितिंग धींग, धिंग-धिंग-धिंग धींग! यह कब की आवाज है, राजेन्द्र पैदा हुआ है। यह? गाँव में नववधू मत्था टेकने आई है।...यह?...एक कोने की एक आवाज दूर होती है, दूसरी शुरू होती है, दूसरे कोने से उठती है, वह भी दूर होती है, तीसरी शुरू होती है...।

तिराहे से दूधवाले गए, स्टेशन के मुसाफिर गए, पछाहीं मजूर और बाबू लोग गए, बैलगाड़ी, साइकिल, स्कूटर–सब तो रोज की तरह आ-जा रहे हैं पर 'वे' कहाँ हैं? कहाँ हैं वे सौंताल, बाउरी, मोची लोग? स्नायुओं में तनाव शुरू होता है, बधना में देखा, सरहुल में देखा, भीड़ क्रमशः कमती ही गई। और अब करमा में देख रहे हैं कुछ अपाहिजों, कंगालों को छोड़कर कोई नहीं आया सिंह-भवन में कटोरे की शक्ल के इस पठारी अंचल में दूर उड़ते परिन्दों के बिन्दु से कतारबद्ध लोग। बाजों का अति मद्धिम स्वर! लोग नाचते-गाते बाजे बजाते दूर चले जा रहे हैं। स्साले नमकहराम!

'एक पीपल के कोटर में एक बूढ़ा गीध बैठकर...!' नीचे बच्चा पाठ सुना रहा है : गीध शिकार की ताक में...ऐं! यहाँ बैठकर क्या कर रहे हैं वे? हड़बड़ाकर नीचे उतर आते हैं। पहले सोचते हैं, बच्चे को डाँट दें फिर यह बचकाना लगता है। उन्हें नीचे उतरा देख बख्शीस पानेवालों का दल उसी तरह खड़ा और चौकन्ना हो गया है, जैसे चारा डालनेवाले को आते देखकर मवेशी! काले, कुरूप, अपंग! कामधाम एक पैसे का नहीं।

''यहाँ खैरात बँटता है क्या?...रामसिंह!''

रामसिंह आवाज के कंपन से ही भाँप लेता है अपना कर्तव्य! लाठी उठ गई है। गाली बिलबिला उठी है।

दूर कहीं फिर कोई बाजा बज उठा है–धितिक धींग!

इसी ताल पर एक 'झूमर' यहाँ शुरू हो गया है–याचक भाग रहे हैं, गिर रहे हैं, गिड़गिड़ा रहे हैं। नृत्य भी, गीत भी!...और बीच-बीच में रामसिंह की 'शाबासियाँ' भी–'भाग साला। काम का न धाम का, ठूँसना हराम का!'

'झूमर' का 'आनन्द' लेते-लेते अचानक महेन्दर बाबू को कुछ खयाल आता है, 'अरे डॉली कहाँ गया? भूँका तक नहीं?'

देखा तो बरामदे में चेन से बँधा आराम से जँभाई ले रहा है डॉली!

'साला! यह भी रईसी के नखरे सीख गया! 'डॉली लॉज!' का मालिक जो ठहरा! जैसा डॉली, वैसा रामसिंह। उसके नाम पर भी तो बगान हैं। काम करनेवाले एक नहीं और यहाँ मंगतों का मजमा जुटाकर आराम फरमा रहे हैं बेवकूफ! यह तो न जानने का असर है, अगर इन्हें अपने मलिकाने का पता हो जाए तब जाने क्या हो!'

रामसिंह याचकों को खदेड़कर आता है तो पसीने से लथपथ है। डॉली भी शायद तड़प रहा है पाँव पर लोटने के लिए। तनाव तनिक शिथिल पड़ता है। ब्लड प्रेशर, लगता है, बढ़ गया था। अरे-रे, दवा तो खाई ही नहीं। पहले जाकर दवा खानी है। अच्छा हुआ पूजा पर बैठी मालकिन को कुछ कहा नहीं?

दवा खाते ही बेचैनी तिरोहित होने लगती है। पर पूरी तरह जाती नहीं। हँसते हैं खुद पर, 'ब्लड प्रेशर की तो दवा है, मगर इस 'प्रेशर' की...?'

कहीं भी जी लगता नहीं महेन्दर बाबू का। एक जीप, चार ट्रक, दो मुर्री भैंसें, दो जर्सी गायें, हवेली के स्टोर में कसी चावल-गेहूँ की बोरियाँ, सजे-सजाए कमरे, नौकर-चाकर, मान-सम्मान, राजधानी में ऊँची कक्षाओं में पढ़ रहे बच्चे–सभी कुछ तो है, पर लगता है, कुछ खो गया है, वह कुछ क्या है–ठीक-ठीक उन्हें भी नहीं मालूम। डायरी से चिट्ठियाँ निकालते हैं, रख देते हैं। बन्दूक उठाते हैं, वापस टाँग देते हैं। सस्ते उपन्यास और पत्रिकाएँ उठाते हैं, छोड़ देते हैं। मालकिन पूजा पर बैठी हैं। यूँ ही थोड़ी देर खड़े रहते हैं गर्भगृह के द्वार पर, फिर पिछवाड़े से होते हुए बगान

में चले आते हैं और रामसिंह की ही खाट पर ढेर हो जाते हैं। रामसिंह दौड़कर तकिया लाता है, "गोड़ दबा देईं मलिकार।"

हाथ हिलाकर मना कर देते हैं।

"मलिकार, बबन बाबू अउर एक जो सरदार जी आइल वाड़न। नीचे के डराइंगरूम में बैठा देहले बानी।"

"उन सबसे कह दो, चले जाएँ, आज तबीयत ठीक नहीं है।" अपने आपमें इतने खोए हैं कि मालकिन पूजा की थाल लेकर खड़ी हैं और उन्हें पता नहीं।

"का बात है राजेन्दर के बाबूजी, तबीयत तो ठीक बानू...?"

मालकिन प्रसाद देकर हाथ से सिर का ताप परखती हैं। रग्घू बेंत की कुर्सी दे जाता है, बैठ जाती हैं। मारपीट, झगड़ा-टंटा, कोई भी खबर उन्हें सीधे नहीं मिलती? वह तो रामसिंह ही कभी-कभी बता दिया करता है। इस हवेली में ज्यादा कुछ जानने की गुंजाइश है भी नहीं। एक बार महेन्दर बाबू ने इन्हें बताया कि तहखाने में बम है, बबन आए तो दे देना, बस रात-भर दुःस्वप्न आते रहे उन्हें। तब से महेन्दर बाबू इन्हें बहुत-सी बातें बताते ही नहीं।

उन्हें इतना तो पता है कि उनके पति यहाँ के इतने दबदबे के आदमी हैं कि सौंताल तो सौंताल, अफसर भी बात करते हुए सहमते हैं। लेकिन ऐसा हाथी जैसा आदमी, इस तरह उदास हो जाएगा—कोई-न-कोई बात है जरूर! जवाब न पाकर शक के दूसरे बिन्दुओं को टटोलती है, "राजेन्दर बबुआ के कौनो चिट्ठी-उट्ठी आइल-ह पटना से?"

"हाँ, ठीक है राजेन्दरजी।"

"अउर गुड़िया—?" गुड़िया यानी उनकी बेटी मनोरमा?

"ऊहो?"

"समस्तीपुर से कउनो चिट्ठी ना आइल?"

"ना।"

"अहो दस लाख माँगत बाड़न नू?"

"हाँ।"

"एही अपसोच में जी हलाकान कइले बानीं?" मालकिन बोलकर चुप रह जाती हैं। थोड़ी देर तक प्रतिक्रिया भाँपने पर उन्हें लगता है, नहीं, कोई और ही बात है।

"अहो मजूर आइल रहलन। लौटा दिहलीं। काम नइखे होखता...?...दवाई खाइलीं हं-अ? डॉगडर का कहत बाड़न...?"

महेन्दर बाबू फिर भी जवाब नहीं देते तो इन्हीं सूत्रों के सहारे अपने मन के दर्द तक पहुँचती हैं, "सँवताल कुल्हि सरहुल पे आवत रहलन, अबकी बेर तो ना अइलन-स!"

मालकिन को याद आता है, हर पर्व-त्यौहार पर सौंताल और अन्य आदिवासी आते थे और उन्हें दान देकर बड़प्पन की तुष्टि मिलती थी, इस साल कोई आया ही नहीं।

"हूँ ऽऽऽ।" सिर्फ हुँकारी भरकर रह जाते हैं महेन्दर बाबू। फिर हाथ के इशारे से उन्हें चले जाने को कहते हैं।

मालकिन की शंका का समाधान नहीं हुआ सो भनभनाती हुई जा रही हैं, "दस लाख! बाप रे! बाप ना देखलस; आजा ना देखलस? अ-ई! पोस्ट ऑफिस में जमा कर देईं तो पाँच साल में बीस लाख! ई देखीं जमाना के हाल! दस-दस लाख तिलक-दहेज! अ, काल्हि-ए लइकी के जरा के मार डालें तो...?" भनभनाहट दूर होती गई, फिर उन्हें याद आया, असली बात तो भूल ही गईं।

उनकी भनभनाहट फिर आती सुनाई पड़ती है, "अहो, ई कलेसरा, शंकरवा अउर महदेवा कहाँ मू गइलन-स? माई के डागडर के पास ले जाए के बा।"

"रामसिंह से बोलकर बुलावा ल-अ डॉक्टर के।"

"त-अ ऊ डागडर आ के का-का करी? घरों के ते मय (सब) काम पड़ल बा। ई शन्तियो-उन्तियो के तो दरसन ना भाइल।"

महेन्दर बाबू मन ही मन चौंकते हैं। चेहरा और भारी हो आता है।

"गोड़ लागी पंडित जी।" फाटक पर रामसिंह की आवाज सुनाई पड़ती है।

"बाबू साहेब हैं?" पंडित सीताराम की आवाज लगती है।

"ना, माने हं-एं लेकिन तबीयत जो है, सो खराब है, मिल नहीं सकते।" रामसिंह का तोता मार्का जवाब।

"रामसिंह! पंडित को आने दो।" महेन्दर बाबू लेटे-लेटे ही आदेश देते हैं।

मालकिन हल्का-सा घूँघट खींचकर पीठ का परदा करके खड़ी हो जाती हैं।

प्रणामादि के बाद पंडित खाली कुर्सी पर बैठते हुए पूछते हैं, "का बात है बाबू साहेब, तबीयत कैसा है?"

बाबू साहेब के बताने के पहले ही मालकिन अपना सारा दुखड़ा बयान कर जाती हैं परिवार के इस शुभचिन्तक से। फिर चाय का प्रबन्ध करने चली जाती हैं।

चकमक-चकमक करते हैं धूप के चकत्ते। कहीं धूप है, कहीं छाया! कहीं देह जल रही है, कहीं ठंडी है? चित सोए हुए, नजर हवेली पर गड़ाए आत्मसंलाप-सा करते हुए बोल उठते हैं महेन्दर बाबू, "लगता है, इस इमारत की नींव ही गड़बड़ है। नीचे का खंड बाबूजी का है, जहानाबाद से आए, महाजनी की ठेकेदारी की, जो बन पड़ा

बुनियाद खड़ी कर गए। इसके ऊपर का खंड हमारी कमाई का है–फैक्टरी, ठेकेदारी कोयला। जब छत टपकती है तो आदमी ऊपर एक और मंजिल बनवा लेता है। हमने भी यही सोचा कि यह कोयले की कमाई है, कच्ची है। इसे बचाने का एक ही तरीका है–ऊपर की मंजिल। शुरू भी किया। राजेन्दर आई.ए.एस. हो जाता और मनोरमा की शादी वैसे ही किसी घराने में कर पाता तो एक कवच मिल जाता लेकिन यहीं आकर 'लेकिन' लग जाता है पंडितजी!''

बोलते हैं तो जैसे नोनछे झरने लगते हैं आवाज से।

''काहें, दहेज कुछ ज्यादा माँग रहे हैं?''

''वो तो माँगेंगे ही।''

''फिर भी?''

''दस लाख!''

''दस लाख! सीताराम! सीताराम!! लड़का क्या करता है?''

''एस.पी.। बाप कमिश्नर!''

''लेकिन दस लाख?''

''वही नहीं, अभी यह धमकी भी कि माफिया की लड़की से शादी नहीं करेंगे।''

''स्साले! बहनचो...!!''

''अरे मैं सब चोंचले जानता हूँ पंडितजी! शुरू-शुरू में सब आदर्श झाड़ते हैं, बाद में कौन साला नहीं लूटता दोनों हाथ से? और यही आदर्श है तो दस लाख माँग काहें रहे हैं? ई दस लाख आखिर आता है कैसे–आदर्श से या तुम्हारी माँ की...से? हम साले चोर, तुम साले साहू?''

''तो ये मसला है?''

''ये भी है, और भी...? दस या ग्यारह लाख इनके, पाँच लाख राजेन्दर का आई.ए.एस. कराने का घूस, कुल पन्द्रह-सोलह लाख! हमको उसकी भी फिकर नहीं। अगर कोयले की कटाई का काम दो साल और खींच पाते तो कुछ भी मुश्किल न था। लेकिन काम ही बन्द है। मजूर ही नहीं है।''

वे एक गहरी साँस खींचकर छोड़ते हैं, जैसे गुबार निकाल रहे हों फिर बोलना शुरू करते हैं, ''इलाके में अभी तक एक शाख थी। सिर उठाकर, भर नजर आँख में आँख डालकर कोई ताक दे, ऐसा लाल किसी माँ ने पैदा ही नहीं किया। जानगुरु हो या माझी हड़ाम (प्रधान), नेता हो या अफसर–सब अपने थे। बड़े 'हूल' और छोटे 'हूल' (सन्थाल परगना के हूल विद्रोह) हमारा कुछ खास न बिगाड़ सके। लेकिन जिस औरत और लौंडे को आप लोगों के कहने के चलते छोड़ते रहे, वही आज सबसे बड़े सरदर्द बन गए हैं। बाहर तो बाहर, घर के नौकर भी फोड़ ले गए ये। आज कटाई ही बन्द नहीं है, घर के नौकर भी नहीं आए, सब जनखदान!''

पंडित सिर झुका लेते हैं, "आप ठीक कहते हैं महेन्दर बाबू, इनको छोड़ना ठीक नहीं हुआ। कुछ करना ही पड़ेगा।"

"क्या कीजिएगा? पालने के बच्चे हमेशा पालने में ही तो नहीं रहते? भेजा तो था अफसरों को, लालीपाप चूसकर चले आए और उन्हें और मनबढ़ बना आए?"

"ये अफसर साले भी राम के ही बनाए हुए हैं। कोई-कोई तो उनको लुके-छिपे मदद भी देता है। और ई-सरकार...? इन्दिराजी के जमाने में इतनी गड़बड़ न थी। माना कि हमरी नौकरी चली गई, ऊ भी गई हमारी गाफिली से, और उससे लाभ ही हुआ। फिर भी एक कायदा-कानून था। ई राज चलेगा?"

"चल ही रहा है।" जलकर कहते हैं महेन्दर बाबू।

"खाक चल रहा है। उधर पंजाब में रोज हिन्दुओं को मारते हैं इधर आसाम, उधर लाल डेंगा, इधर घीसिंग, उधर मदरासी लोग, इधर झारखंड, मोर्चा...अब यही देखिए विच्छिन्नतावाद हिंयाइ है।"

"हमें सिर्फ इसी बात का अफसोस है पंडितजी, चन्दा हम दें, बूथ कैप्चर करवाना हो तो हमारी याद आए, लेकिन जब हमारी जरूरत आए तो हम ब्लैक लिस्टेड हैं, गुंडे हैं, माफिया हैं, इललेगल माइनिंग कराते हैं।"

"और जनखदान इललेगल माइनिंग नहीं करता?"

"नहीं! सालों से कोई पूछता नहीं कि हम करते हैं तो तुम्हें खिलाते हैं कि नहीं! तुम्हारा भी तो शेयर है, नहीं शेयर होता तो चलने देते? हमको तो धमकी देते हो और जनखदान मे जाते नानी मरती है तुम्हारी? आदिवासी तुम्हारे बहनोई हैं न! हम माफिया हैं कि तुम?"

"सुना, आपने मजूरों को लौटा दिया, बबन और सन्तोषसिंह को भी...?"

"हाँ! भेड़-बकरी से ही हल चलता तो लोग बैल काहें पोसते?"

थोड़ी देर तक सोचते हैं पंडित फिर एक युक्ति पर मन थिरता है, "मैनवा से बात करके देखें?"

"क्या बात करेंगे?"

"यही कि हमारे मजदूरों को न ले जनखदान में। माने शर्मा से नहीं मैना से।"

"आप भी पंडितजी, ठीक ही कहते हैं लोग, मैनवा सुग्गा बना लेती है आदमी को। अरे शर्मवा और मैनवा दो हैं क्या?"

एकबारगी झेंप जाते हैं पंडित सीताराम।

"अरे हाँ पंडितजी, आप थे कहाँ इतने दिन?"

"गाँव गया था।"

"सब खैरियत तो है?"

पंडित सिर झुका लेते हैं। महेन्दर बाबू समझते हैं पंडित सीताराम की पीड़ा को। पंडित अपनी स्याह-सफेद सारी कमाई घर पर पत्नी को भेजते रहे कि लड़के-बच्चे सुख से रहेंगे, पच्चीस बीघे जमीन खरीद दी, ट्यूबवेल लगवा दिया लेकिन पंडितानी अपने ही हलवाहे से फँस गईं। लाख जतन किया, लेकिन उसे छोड़ती नहीं, हटा दिया, मारा-पीटा लेकिन...। पंडितानी के इस इश्क में सारा घर जला करता है धू-धू करते हुए। धीरे-से पूछते हैं, "अब तो बुढ़ा गई होंगी पंडितानी...आपको तो मैनवा जैसी कोई सदाबहार औरत चाहिए थी–हमेशा जवान!"

मालकिन चाय लेकर आते हुए अन्तिम वाक्य सुन लेती हैं, "अरे ओकरा खातिर तो राम-ए सिंघ काफी है।"

"क्या?" दोनों एक साथ चौंकते हैं जैसे उघरा बदन ढक रहे हों।

"ऊहे मउगी नू, जौन हमरा के गरियावत रहलि तो रामसिंघ लंगटा (नंगा) करके खदेरि आइल!"

"हाँ वही।" महेन्दर बाबू कुढ़ जाते हैं, "तोहरा नीयर (तरह) नाहीं कि पैंतालिस साल में भी घुघुट ना उतरल, न दीन के खबर, न दुनिया के!"

"तबे न हजार मरद कइलस। हमहूँ करती तो ठीक रहत?"

"नहीं, तुम काहें करोगी। चढ़ी रहो खोपड़ी पर। इन्तजार करती रहो कि मर जाँय तो सती हो जाओ। अरे अभी तो जाओ भाग्यवान! अभी तो हम मरने नहीं जा रहे हैं।"

मालकिन मुँह लटकाकर चली जा रही हैं।

"पंडितजी!" बोलते हैं महेन्दर बाबू, "कहीं भी शान्ति नहीं। पैसा ले गया परिवार और पाप की गठरी हमारे जिम्मे! आओ, हम दोनों साधु होकर हिमालय पर चले चलें।"

"मजाक करते हैं?"

"मजाक नहीं। सचमुच का वैराग्य हो गया है मुझे पंडितजी–घर-परिवार, कुटुम्ब, जाति-बिरादरी, सरकार, धन्धा सबसे।"

"मलिकार! फोकला आइल बा।" रामसिंह की सूचना पर उनके वैराग्य में खलल पड़ती है।

"बुलाओ।" रामसिंह को कहकर गहरी नजरों से देखते हैं पंडित सीताराम को।

"होनी को क्या मंजूर है पंडितजी?"

"वही जो होने जा रहा है। पैरत थके थाक जनु पाई?"

दूर से ही हाथ जोड़कर प्रणाम करते हुए आता है फोकल। फिर बारी-बारी से वह महेन्दर बाबू और पंडित के पाँव छूता है।

"जेल से कब छूटा?"

"आज ही मलिकार!"

"तब आगे का का विचार है?" पूछते हैं पंडित।

"हियाँ का का हाल है मलिकार?"

"हाल पूछ रहे हो अभी फोकल! हाल बेहाल है। मजदूर सब फूटते जा रहे हैं। कोयले की कटाई का काम भी आज से बन्द हो गया।" महेन्दर बाबू ने कहा।

"ऐसे बन्द कैसे हो जाएगा?"

"बन्द है तो, कह रहे हैं।" उन्होंने ऊँचे स्वर में बात को वहीं लाकर गिरा दिया फिर उठाया तो आवाज धीमी हो गई, "हाँ, तुम चाहो तो शुरू भी हो सकता है।"

फिर वे रामसिंह को बुलाकर हिदायत देते हैं, "जाओ मालकिन से कह दो कि उनका डुलरुआ फोकल आया है बड़े दिन पर जेल से छूटकर। कुछ खाना-पीना भी लेती आएँ।" अब उन्हें मालकिन को इस तरह डाँट देना खुद सालने लगता है, कहाँ का गुस्सा, कहाँ पर! खैर! गँवार है, जल्द ही भूल जाएगी।

उनका अनुभव खरा था। मालकिन नौकरों के देनेवाले प्लेट में काफी कुछ ला रही थीं, चेहरे पर मन्द मुस्कान हल्के घूँघट में भी छुपाए नहीं छुप रही थी।

"अरे फोकल!"

"हाँ मलिकाइन!" फोकल उठकर गुलाम की तरह जमीन पर घुटने टेककर प्रणाम करता है।

"जीयत रह-आ! आ गइला छूट के?"

"हाँ मलिकाइन, आ गया, नमक का शरीअत अदा करना था न?"

"ले, खा!"

फोकल जमीन पर उकड़ूँ बैठकर कबूतर की तरह चुगने लगता है प्लेट का चारा। तीनों अर्थवान नजरों से परखते हैं उसके इस तरह के खाने की क्रिया को। पंडित टुहुँकते हैं, "अरे भौजी, इससे पूछिए जेल से कोई औरत और बच्चा नहीं ले आया अपनी मैनवा की तरह।"

तीनों हँस पड़ते हैं फिर मालकिन मीठे-मीठे फटकारती हैं पंडित को, "आपो पंडिज्जी! बेचारा मर-जर के आइल जेहल से अ ओकरा अउरो जरावत बानी? अरे ऊ निकल गइल रंडी छिनार तो ई बेचारा का का कसूर!"

"मैना!" हाथ तनिक काँपे फोकल के। जेल से छूटकर पहले हैदर मामा के पास ही गया था वह। मन में क्या-क्या सपने थे, मामा से कहलवाया था। इस बार अगर मैना मान गई तो जो कहेगी, वही करेगा वह—यहाँ तक कि वह कहे तो वह अपना सारा अतीत धोकर जनखदान में भी काम कर सकता है। वाह! क्या रानी की तरह

रहती है, कैसे नहीं मानेगी, वह उसकी ब्याहता है! उमंग में पाँव धरती पर नहीं पड़ रहे थे।

लेकिन जब हैदर मामा ने उसे बताया कि उसने उसके प्रस्ताव को सीधे-सीधे खारिज कर दिया तो उसके सारे सपने धराशायी हो गए।

"वो दूसरे ही किस्म की औरत है फोकल। जब तुम्हारी थी, तब तो रख नहीं सके; मंगर तक को उसने अपनाया और उसकी आँच से घबराकर वह जो भागा, तो फिर नहीं लौटा। वो आग है, आग जिसे छूती है, भसम कर देती है।"

वहाँ से फोकल चला तो निःशक्त हो चुका था। न पाँवों में जान थी, न मन में जीने का कोई अरमान। कहाँ जाए? क्या करे...? अनजाने ही परिचित कुत्ते की तरह वह महेन्दर बाबू की हवेली तक चला आया था।

"का सोचने लगे...? खाते क्यों नहीं?" पंडित ने कोंचा।

"हमारे बारे में सोच रहा होगा बेचारा, पुराना वफादार आदमी है। ऐसे ईमानदार आदमी मिलते कहाँ हैं अब?" महेन्दर बाबू ने आँख मारी।

"तो महेन्दर बाबू का काम...?" पंडित ने रस्से की डोर फिर पकड़ ली।

"ठीक है करेंगे। फेन से चमकाने का जिम्मा हमरा।"

फोकल ने ऊपर से महेन्दर बाबू और पंडित सीताराम को सम्बोधित किया और अन्दर कहीं कलेजे से चिपकी मैना की विद्रूपमयी मूर्ति को।

महेन्दर बाबू काँइयेंपन से घूरते हैं उसे। मन पुलक रहा है मगर चेहरे पर गम्भीरता की नकाब है।

"और ले आईं? देख, लजो मत। पता ना जेहल में पेट भर खाना मिलत रहे कि ना!"

"नहीं मालकिन! बस!"

"लेकिन एकरो में नमक बा?" हँसती है हल्के से।

"मालूम है।"

उसने सीने पर हाथ रखा, जैसे मैना को सुना रहा है, खा-पीकर वह घास पर ही लेट गया, तब तक सुबह के लौटाए हुए मजदूरों को रामसिंह बुला लाया और फोकल चल पड़ा नमक की शरीअत अदा करने।

काम शुरू करवाकर वह चल पड़ता है और मजदूर ढूँढ़ने। हिन्दी नहीं, बाँगला नहीं, भोजपुरी नहीं, मगही नहीं, सौंताली...सौंतालों से अब वह सिर्फ सौंताली में ही बात करता है। शुरू करता है अपने विविधता भरे जीवन प्रसंगों से, जिनमें शौर्य के रंग भरते ही वे चटख हो जाते हैं और लोभ का पुट देते ही आत्मीय!

"हुँह एक मन मजूरी। जब जनखदान शुरू हुआ, तब तो ठीक था, लेकिन अब भी! ई ठो अनियाव है भाई। हर चीज का दाम बढ़ गया है, फिर मजूरी काहें नहीं बढ़ेगी?"

"सबको तो वही मिलता है।"

"ई तो और भी अनियाव। तुम बोलो तुम का करते हो?"

"कोयला काटते हैं।"

"तुमको भी एक मन, जो ढोता है उसको भी एक मन, जो आराम से बेंठ के लिखता है, उसको भी–अन्धेर नगरी चौपट्ट राजा, टके सेर भाजी, टके सेर खाजा।" फिर एक मन के बराबर मजूरी हुआ कहाँ? सिर पे ढो के ले आओ, जलाओ, बुझाओ पानी डाल के, बोरा में भर के घर-घर बेंचो तब जा के दाम मिलता है। अच्छा बताओ, चोरी-वोरी नहीं होती?"

"नहीं!"

"तुम देखने जाते हो जैसे! जो सब बगल में रहता है, सब साधु ही है? फिर जिसके हाथ में बेचने-बाचने का काम है ऊ...?"

संशय की जमीन तैयार करने में अपनी पुरानी दलाली का उसे खासा अनुभव है, हर तर्क की काट भी, "मजूरी बढ़ाकर एक से डेढ़ मन कर देंगे? ठीक है, लेकिन ई ठो पहले हो जाना चाहिए था कि नहीं? कितना पैसा मारा गया तुम लोगों का! और...ऊ स्कूल, डागडर का बात...। हमको सब मालूम है भैया, जिस डागडर, जिस मास्टर को कोई न पूछे, वोही बेइमान, गया-गुजरा सब तो है। अच्छा डागडर होगा तो एक-डेढ़ मन कोइला पे डागडरी करेगा? जाके देखो आसनसोल, पटना, धनबाद में–साठ-साठ रुपए फीस है एक-एक अच्छा डागडर का? पैसा हो तो जैसा चाहो वैसा डागडर से दिखाओ और मास्टर...? दिन भर का थकल-मादल और ऊ भी बुढ़ौती में पढ़ाई! बुरबक बनावे खातिर दूसर आदमी नहीं भेंटाया?"

बहुत धीमे-धीमे कुतर रहा था फोकल मजदूर चेतना को। जमीन बनाने के बाद वह लोभ का लासा लगाता, "अरे हमरा पास आओ, बारह रुपैया का कड़कड़िया नोट ले जाओ दिन भर के काम के बाद। न जलाने का, न बेंचने का झंझट!! लोभ के बाद भय का घुग्गू खड़ा कर लौटता वह, "ए भइया, एक बात जान लो, जिस दिन सरकार का औडर हुआ, सब कुड़ुक हो जाएगा सब, जेहल, पिटाई और जो सजा होगी सो अलग! भलाई एकरे में है कि भागो। शरमवा को देखा न, लीडर बनता है साला, सड़ा न जेहल में हुआँ पकड़ाओगे तो कोई छुड़ाने नहीं जाएगा और हियाँ...हमको देखो, पकड़ाए और महेन्दर बाबू जा के छुड़ा लाए। हम फिर मूँछ पर ताव दिए घूमते हैं।"

जब तक मैनेजर पंडा को उसकी इस करतूत की जानकारी मिलती, सैंतालीस मजदूर फोड़ चुका था वह। पच्चीस उसने स्वयं महेन्दर बाबू के लिए रखे और बाकी दूसरे लोगों को देकर कमीशन लिया। महेन्दर बाबू का तो वह खास विश्वासपात्र बन चुका था बल्कि सारे हुक्म वह इस अन्दाज में देता, जैसे कोयले का यह खनन महेन्दर

बाबू का न होकर उसी का है।

एक ही जगह उसे अभी सफलता नहीं मिली थी–मैना को देख पाने में...। जनखदान जाना जोखिम-भरा काम था और मैना इधर आती-जाती नहीं। इसकी पूर्ति वह अपने सीने में चिपकाए उसकी भावमूर्ति को हर समय कटाक्ष से सम्बोधित करते हुए करता। शराब के नशे में होता तो मुखर हो उठता, "तुम केया समझता अपने आपको? एं! मंगरा साला रख पाया? अरे तुमको आना पड़ेगा हमरा-ई पास एक दिन।"

"एं! हँसता है। हम दिखा देगा तुमको। किडनैप करवा लेगा किडनैप! और किडनैप करने के बाद...? इस्स! क्या नखड़ा है।"

भावमूर्ति को चिढ़ाने के लिए वह चकलाघर भी चला गया है आज, "देख-देख, तू नईं है तो हजार हैं। जहाँ पैसा फेंको हुँवई...एक से बढ़ के एक।"

भावमूर्ति नजरें फेर लेती है। ज्यादती हो गई। औरत को उसी अवस्था में छोड़कर उठ आता है, लड़खड़ाते हुए, "तुमरा खातिर सब छोड़ देगा, परी...हाँ परी को भी, सनीमा के हीरोइन को भी...।" बड़बड़ाता हुआ लौटता है गिरते-पड़ते।

"एं काम बन्द काहें?" खनन स्थल पर लौटकर उसका नशा टूटने लगता है। बात क्या है? आधा भरा ट्रक खड़ा है। ड्राइवर और खलासी ऊँघ रहे हैं। मजदूर आराम से बैठकर बीड़ी फूँक रहे हैं।

"ई धँस जाएगा।" गंगा कहता है।

"धँस जाएगा?" वह टॉर्च लेकर मुआयना करता है। ऊपर झाड़-झंझाड़ है, नीचे कोयला निकालने से पोपली हो गई गुफा। एक क्षीण-सी टेढ़ी-मेढ़ी दरार नजर आती है, मगर उतनी चौड़ी नहीं कि गिरने की आशंका हो। "अभि ये गिर जाएगा...? बुरबक बनाने को कोई और नहीं मिला का? तुम सब नामरद हो। चार दिन का पैसा काट लेंगे–क्या समझ रखा है! पहले पूरा टरक भरो। फिर ऊपर का हिस्सा धँसा दो।"

मजदूर कानाफूसी कर फिर बैठ जाते हैं।

"अरे मरद होके डरते हो? आओ हम चलते हैं। देखते हैं कैसे भस जाता है साला? जो हमरा साथ आएगा, एक-एक बोतल दारू बख्सीस! आधा भर गया है, बस आधा ही तो और भरना है। इसके बाद फिरी!"

जैसे-तैसे काम शुरू हुआ। फोकल खुद गुफा के अन्दर उन्हें ललकार रहा था–"शाबाश! बस थोड़ा ही तो है।" ट्रक का बाकी भाग भरने लगा। खट्ट! खट्ट!!

छर्रऽ ऽ ऽ! छर्रऽ ऽ ऽ!!

"शाबास बहादुरो!" फोकल उल्लसित हो उठता है, "एक बोतल ठर्र ऽ ऽ ऽ!"

अ--र--र--र! आवाज पूरी होते न होते अर्राकर गुफा बैठ जाती है।

"अरे बाप! सब चँपा गया रे!" ट्रक लाद रहा मजूर झूड़ा फेंककर भागता है। बाकी मजदूरों में भी भगदड़ मच गई है। ट्रक का चालक माजरा बूझते ही आनन-फानन में ट्रक स्टार्ट करता है और बैक करने के बाद इतनी तेजी से भगाता है जैसे कोई उसका पीछा कर रहा हो।

रात ही रात मास्टर प्लान बना। नमक चाहिए नमक! नमक गलाता है लाश को। भोर होने के पहले यह काम हो जाना चाहिए, ज्यादा आदमी की भी जरूरत नहीं। महेन्दर बाबू, पंडित और दो लठैत--बस!

नमक की बोरियाँ लेकर जीप घटनास्थल पर आई तो चीं ऽ ऽ ऽ शीं ऽ ऽ ऽ झींगुरों-कीड़ों के शोर में अभी भी कोई कराह आ रही थी। टॉर्च से देखा गया तो मिट्टी का एक बड़ा खंड ढक्कन की तरह तिरछे गिरकर टूट गया था गुफा पर। ऊपर झाड़ियाँ थीं। जहाँ वह खंड टूटा था, वहाँ एक बड़ा विवर शैतान के मुख की तरह खुला पड़ा था।

"सिर्फ इसी को सम कर झाड़ी-झूड़ी से ढक दो। बाकी को कुछ करना नहीं है।" महेन्दर बाबू ने कहा।

"आह! मालिक!" कराह फिर आई। टॉर्चें जल उठीं।

"अरे यह तो फोकला लगता है, देखा जाय, शायद जिन्दा हो!"

पंडित सीताराम दुविधा में पड़ते हैं।

"अरे मार रे। अभी जिन्दा ही है साला! मार के भर दे नून सब जगह।" धीमे से डाँटते हैं महेन्दर बाबू और खुद लाठियों से खोभने लगते हैं। खस्स! खस्स!! खोभ-खोभकर नमक भरा जा रहा है हर खाली जगह में।

"ठीक से नमक भरो, यही क़फ़न है। इसके बाद मिट्टी? मिट्टी के बाद जड़ के थाल्हा समेत झाड़ी।" महेन्दर बाबू लाठी लेकर ऐसे पिले पड़े हैं जैसे श्मशान में दाह-संस्कार करवा रहे हैं।

टूटती-रुँधती साँसों के बीच मरते-मरते भी एक आवाज मरती भेड़-सी गुँगुआई थी--"म-अ-अ-अ!"

पता नहीं, फोकल महेन्दर बाबू बोलना चाह रहा था, मलिकार या मैना।

मरते वक्त शायद सीने से चिपकी मैना की भावमूर्ति ने उसी विद्रूप भरी अदा में हँसकर पूछा हो, 'नमक की शरीअत अदा हो गई? और चाहिए नमक? और? और?'

निश्चय ही पूछा होगा मूर्ति ने तभी तो अनमनी हो गई मैना। तड़के ही कानोकान खबर फैल गई थी। कोयले का झूड़ा लेकर असमंजस में खड़ी हो गई वह, हीप पर फेंके या नहीं, लगता था यहीं कहीं दबा पड़ा होगा फोकल!

टिपका का मुँह उतरा हुआ था, सितवा का भी।...और उसका...? उसके अन्दर कहीं बीस साल की मैना जाने कहाँ बैठी सिसक रही थी—बीस साल की मैना, फोकल जिसका प्रेमी और पति था। वह उसे लाख समझा रही थी, "छोड़ो, वो फोकल नहीं था यह, यह तो उसी दिन मर गया था, जब दलाल हुआ था।" लेकिन उसकी सारी तसल्ली बेकार हो रही थी। प्रौढ़ता की दहलीज पर खड़ी यह मैना क्यों इतनी असहाय हो गई आज कि वह उस बीस वर्ष की मैना को चुपचाप रोते हुए देख सकती थी, पर उसे समझा पाने में बिलकुल असमर्थ?

35

जाने कब तक सड़ती रही लाशें! लोगों को यकीन था, कभी तो गन्ध आएगी ही, उन्हें आए न आए पुलिस की नाक तो कुत्ते से भी तेज होती है।

"नमक में गलाने का बहुत ताकत होता है, सब गल जाता है।"

"जिन्दा भी, मुर्दा भी।" महादेव के कहते ही लोग हँस पड़ते हैं।

मैना चिढ़ गई, "ईये सब अपनी नामर्दी का नरक है।" दुर्घटना के एक माह बाद जनखदान में दोपहर के भोजन के समय मजदूर आपस में गुलगपाड़े कर रहे थे।

मैना की आवाज इतनी तीखी थी कि माझी, असगर और शर्मा की बातचीत रुक गई। माहौल सहसा ही भारी हो उठा।

"फिर हम क्या करते?" असगर ने वहीं से पूछा।

मैना चुप हो गई थी। विवाद से बचने के लिए अपनी थाली उठाकर जाने लगी। शर्मा ने चश्मे के अन्दर कनखियों से देखा, क्या होता जा रहा है उसे? पहले तो उसने खुशी का ही इजहार किया था—"यही सबक मिलनी थी।" फिर अनमनी रहने लगी और अब खिन्न! फोकल को लेकर कोई कमजोरी पनप रही है फिर से उसमें, माफिया तत्त्वों के प्रति आक्रोश है या मृत लोगों के प्रति महज एक संवेदना...? शायद तीनों ही। तभी तो कटी-कटी और भरी-भरी रहती है इधर! उन्होंने देखा, वह पंडा बाबू के पास यूँ ही जाकर बातें करने लगी, जैसे उनका सारा अनुमान गलत हो। पुकारते हैं, "मैना।"

पलटती है निःशब्द!

"तुम्हें ही बुला रहे हैं।" माझी बाबू ने कहा तो वह मुड़ी। वही अभिमानी, सिन्दूरी चेहरा, भरे-भरे गाल, वजनी कदम!

"तुम्हारे मन में इस बात के लिए क्षोभ है न कि हमने इसे इश्यू क्यों नहीं बनाया?" शर्मा कहीं दूर ताक रहे थे।

"हमने बोला, न न कहा, ऐसी बात?" उसकी आँख छलक आई।

"बोलने की जरूरत भी नहीं थी। यह एक महत्त्वपूर्ण मुद्दा था ही। लेकिन तुम्हीं सोचो, किस-किस खोह, गुफा को खोदकर हम निकालते रहेंगे सड़ती लाशें और कंकाल? पूरे क्षेत्र में ही तो वर्षों से यह चल रहा है और जब तक लोग जागरूक नहीं होंगे यह खूनी सिलसिला चलता रहेगा।"

उनकी दृष्टि अब मैना पर केन्द्रित थी।

"भावुक मत बनो मैना, बताओ कि हम कहाँ गलत हैं। तुम्हें पता नहीं, हमने अपने तईं कोशिशें कम नहीं कीं कि यह हादसा एक आन्दोलनात्मक मोड़ ले...लेकिन हमने पाया कि हर कोई उस पर धूल डाल रहा है—उनके अपने लोग भी...। मोड़ल ठीक ही कहता है, नमक सबको गला देता है। तब यही तय पाया कि मुर्दा टटोलने के बजाय अपनी सारी ताकत इसी मद में क्यों न लगा दें कि फिर कोई 'अपना' ऐसे हादसे का शिकार न हो और बचे हुए सारे लोग, जो अपने ही हैं, इज्जत और शान से जी सकें, उन्हें उन हत्यारों के जाल में फिर न फँसना पड़े।...तब तक हमें सूझ-बूझ और लगन से काम करते रहना होगा। थोड़ा इन्तजार करो मैना, थोड़ा इन्तजार और।" शर्मा ने चश्मे के भीतर से आँखों ही आँखों में स्नेह से मनुहार किया तो मैना आज्ञाकारी बच्चे-सी सिर झुकाकर काम पर चल पड़ी।

'हुँह इन्तजार! आखिर कब तक इन्तजार करें?' महेन्दर बाबू इन्तजार करते-करते ऊबकर बुदबुदाते हैं।

चकलाघर के उजड़े दयार में रोज की तरह सुबह-सुबह आमने-सामने नंगी बिछी खाटों पर बैठे हैं महेन्दर बाबू और पंडित सीताराम। बाकी खाटें सूनी हैं किसी के इन्तजार में। जब वह वारदात हुई थी, कुछ दिनों तक काफी सशंकित रहे थे दोनों। मगर जिस चालाकी से 'केस' डील किया गया था, अब वे बिलकुल सुरक्षित थे। इतने दिनों में तो लाशें सड़कर कंकाल बन चुकी होंगी, कोई कागज-पत्र भी तो नहीं, न ही कोई सबूत कि वहाँ उन्हीं का काम चल रहा था। इस मायने में शुरू से ही सतर्क हैं महेन्दर बाबू। देवघर के फूलों और लँगड़ा आमों की बगान रामसिंह के नाम है, एक मकान उनके कुत्ते के नाम! इन कमबख्तों को पता भी न होगा कि वे इतनी

सम्पत्ति के मालिक भी हैं। उसी तरह यह खनन का काम भी। बाद में कभी गड़ा मुरदा उखड़ा तो निबटेगा जमीनवाला।

आड़े-उलटे उनकी शाख ही बढ़ी है सेठों और ठेकेदारों के बीच। एक मुँहलगे बबन को छोड़कर कोई 'कूँ-काँ' भी नहीं करता आतंक के मारे। छोड़ना तो खैर सम्भव नहीं बबन को, पछाहीं मजूर वही ला सकता है, भले एक दिन डाँट देंगे तो फिर नहीं उठाएगा उस बात को। लेकिन कब तक इन्तजार करते रहें उसका?

"अरे पंडित!" उनका ध्यान कान का खूँट काढ़ते पंडित सीताराम पर जाता है। "बेकार है यह पंडितवा भी। जब देखो तब घर का पचड़ा! अरे बाबा, छोड़ क्यों नहीं देते पंडितानी को...? क्या मिसरी घुली है छिनाल में?"

तुम्हें भी कब का रिटायर कर दिया होता पंडित, लेकिन तुम ठहरे बूढ़े कुकुर! कहीं गति नहीं, मरोगे भी हमारी ही ड्योढ़ी पर! एह! कैसे मजे से आँख बन्द कर कान खोद रहा है जैसे कुत्ते अपने बदन की किलनी खाते हों!

पंडित ने शायद सुना नहीं! तभी तृप्त भाव से कान का खूँट निकालते हुए आँखें बन्द कर अपना ही सवाल रखते हैं, "डोकानिया राजी हुआ?"

"ऊँ ऽ ऽ ऽ!" महेन्दर बाबू की नजर सवाल पर न होकर अभी-अभी निकाले अपने नाक के नकटे पर है।

दोनों में फिर चुप्पी छा जाती है।

पूरब की सड़क से फट-फट मोटर साइकिल दगने की आवाज आती है, दोनों की नजर खुल जाती है। इन्तजार पूरा हुआ। आ गया बबन। तीसरी खाट आबाद हो जाती है। दोनों इस आशय से बबन का मुँह ताकते हैं कि वह मजदूरों के बारे में बताएगा पर जब उसे गम्भीर पाते हैं तो आशंका होती है, "काम नहीं बना न?"

बबन होंठ बिदुराकर सिर हिलाता है असमर्थता में।

"लोग कैसे कहते हैं कि बेकारी की समस्या है!" महेन्दर बाबू भनभनाते हैं।

"अरे मिसिल कहा है कि जब घर से खाकर चलो, तो बाहर भी मिलता है।"

पंडित बोलते हैं उदास भाव से हँसकर, "जब यहाँ ही...।"

थोड़ी देर तक तीनों तीन किश्तियों-से उसी चिन्ता की भँवर में नाचते हैं। फिर बबन व्यस्त भाव से ढाबे में गुहार लगता है, "तीन ठो चाह!" सन्नाटे की काई शब्दों से फटकर फिर जुड़ जाती है।

चाय खुद लेकर आता है ढाबेवाला। उसे देखते ही हमेशा की तरह बबन का मूड उखड़ जाता है, "कै दफे समझा दिया कि सबेरे-सबेरे जब चाह देना हो तो रंडी के हाथ से-ई भेजो, 'जातरा' बनता है लेकिन तुम...? राम-राम की बेला में अपना मनहूस चेहरा लेकर हाजिर!"

"सास का गुस्सा सरहज पे...?" टुहुँकते हैं महेन्दर बाबू।

"मतलब?"

"मतलब ई कि..." मतलब समझाते हैं पंडित सीताराम, "जे है से, सब रंडी लोग तो चला गया जनखदान में और खौखिया रहे हो ई बेचारे पर!"

बबन के चेहरे पर शिकन आती है, फिर धीरे-धीरे रुक्ष होने लगता है चेहरा, "जब ऐसे-ऐसे महारथी धनुहा-बान रख देंगे तो ई बबन का करेगा पंडितजी?" वह महेन्दर बाबू की ओर मटकिया रहा है, "मजूर फूटा, नौकर फूट गए, रंडी तक फूट गई–फिर बचा क्या? ऐसा हो गया जनखदान?"

"सब समय-समय का फेरा है बाबू बबन सिंह, नहीं तो कहाँ राजा हरिश्चन्दर और कहाँ चंडाल की नौकरी!" बोलते-बोलते अपनी ही बात पर सहम जाते हैं, आँखों के आगे महेन्दर बाबू का खुद लाठी से कोंच-कोंचकर लाशों में नमक भरने का दृश्य ताजा हो उठता है। आजकल बहुत सोचकर बोलना पड़ता है और बोलने के बाद भी सोचना पड़ता है। तुरन्त बाद बदल देते हैं, "महेन्दर बाबू को का कहें, हमहू तो मजे में कर रहे थे रुआबवाली नौकरी। ई कोइला का लालच में ऊ भी गया। अब ई भी जा रहा है।" उँगलियों के काले खूँट को देखकर दार्शनिक हो उठे हैं पंडित।

"करम को दोष काहें देते हैं? पहले करम करके दिखाइए।" बबन चाय पीकर ग्लास नीचे रख देता है।

"पुलिस भेजवाया, हाकिम भेजवाया और कौन करम बाकी रहा?"

"और कोइलवा के लिए पूछे थे, बेंचेगा सब कि नहीं?"

"ऊ कोइला ठो नहीं बिकाएगा।"

"काहें? जनखदान का कोइला कोइला नहीं, सोना है...?"

"कहता है गौरमिंटी कोइला है।"

"तब ऊ सार लोग पे दया-माया का है?" बबन ने कहा और मुँह कान के पास ले जाकर फुसफुसाया, "चलिए एक दिन उठा लें।"

महेन्दर बाबू बोलते नहीं कुछ। पंडित सीताराम इस प्रस्ताव पर मन ही मन खुश होते हैं मगर बोल नहीं पाते।

"बोलिएगा भी कुछ?"

"क्या बोलें? कोयला लूट लेना बच्चों का खेल है?"

"अरे तो वही सार लोग बड़का तीसमारखाँ बना हुआ है। हमरा सब लेबर ठो भी फोड़ लिया, हम भूखे मरें?"

महेन्दर बाबू को इस बात से बहुत हल्की-सी उत्तेजना होती है, मगर उनका ध्यान फिर डोकानियावाली पार्टनरशिप पर आकर ठहर जाता है। डोकानिया को कोयला

कटवाते समय एक बन्द खदान मिल गई है। कम लागत से ज्यादा मुनाफा। मगर उनके कान बबन और पंडित के वार्तालाप पर न चाहते हुए भी टिके हैं। बबन पंडित से रोना रो रहा है, "आप लोग एतना अनियाय देख के भी चुपा जाएँगे तो हम कहाँ जाएँगे?"

"भइया बबान! हम लोग तो गए थे एक दफा लेकिन...!"

"वोइसे जाने से होगा?"

"कोई बहाना होना चाहिए न?"

"बहाना...! अरे कौनो सार लेबर तो निकलेगा जो आपका पइसा खाया होगा? तफरीह के बहाने ही चलिए। भेद लेने के लिए ही चलिए लेकिन दुशमन को अइसे छोड़ देंगे? उधर ऊ का-का अफवाह उड़ाया, देखा नहीं।" फिर धीरे-से फुसफुसाता है, "साचो चंपा गया पाँच लेबर?" महेन्दर बाबू गम्भीरता से हँसते हैं, "तुम भी मान लो। खैर, सुनो बबन, वहाँ चलें और तुम कुछ उलटा-पलटा कर बैठे तो...?"

"तो आपका जूता और हमारा सर...।" बबन सिर झुका लेता है।

"इसको कहते हैं 'राजनीती'। जे है से, लछिमनजी जब-जब किरोध में आते, रामचन्दरजी राजनीती से काम लेते।" पीछे-पीछे बोलते हुए पंडित सीताराम उठते हैं और उनकी आवाज बुलेट मोटर साइकिल की फट-फट के दगने से उड़ जाती है।

महेन्दर बाबू पहले यूँ ही बबन का मन रखने के लिए चल पड़े थे लेकिन जैसे-जैसे वे जनखदान के करीब आते गए, उन्हें लगा ईर्ष्या, उत्सुकता के अजस्र तन्तु थे जो उन्हें स्वतः खींचे लिये जा रहे थे वहाँ। घटा घिरी आ रही थी। बूँदी छूटने के पूर्व वे जनखदान पर पहुँच जाना चाहते थे।

"एक बात है अचरज का।" महेन्दर बाबू बोल उठते हैं, "इतना पानी बरसा, सरकारी खदान का काम भी कई बार बन्द हुआ लेकिन जनखदान का नहीं।"

"सुनते हैं, बाँध बाँधा था सब मिल के।" पंडित बताते हैं।

"पम्प भी ले लिया है न!"

"ऊँह, ई सब तो कोई भी कर सकता है, लेकिन सब कामयाब काहें नहीं होता?"

"लो ई तो शुरू हो गया।" बबन ने बारिश से बचने के लिए मोटर साइकिल तेज कर दी।

सिधू, कानू पाठशाला के बरामदे में वे आकर रुके।

"आपको अचरज हो रहा था कि ई बरखा-बूँदी में कैसे काम होता है, लीजिए खुद-ई देख लीजिए।" पंडित ने कहा।

बाँस का टोप लगाए नीचे खदान में मजूर कोयले काट रहे थे। पम्प पानी उलीच रहे थे, लोग प्लास्टिक ओढ़े और टोप लगाए अपने-अपने काम में मशगूल थे। बारिश के पतराते ही वे बाहर निकले। तीनों ही भीड़ में चेहरों की शिनाख्त करते हुए खरामा-खरामा चहल-कदमी करते हुए काम का जायजा लेने लगे। नीचे उतरना चाहते थे पर टिपका ने रोक दिया। बबन झुँझलाया। मगर पंडित सीताराम ने उसे इशारे से मना कर दिया। फिर टिपका से पूछा, "माँ कहाँ है टिपका?"

"काम पे।" कहकर उसने मुँह फेर लिया।

"का बात है बाबू साहब?" माझी नीचे उतरते-उतरते रुक गए।

"कोयला देखने आए थे। बिकेगा?"

"बिना सरकार की परमीशन के कैसे बिक सकता है?"

"ओ ऽ ऽ ऽ!" माझी के मुड़ते ही तीनों की उपहासपूर्ण दबी हँसी उभरी। मगर यह हँसी उस हँसी के आगे दब गई जो नीचे से उभर रही थी।

"हुँड़ार (भेड़िया) आया है। लड़का-बच्चा से हुशियार रहना भाई!" कानों में पिघला सीसा टपका हो जैसे। उन्होंने देखा कुछ जवान मजूरनें हँसते हुए सिर पर कोयले का झूड़ा लिये बाहर उलीचने आ रही थीं। महेन्दर बाबू को टिपका पर अब काफी गुस्सा आया जो उन्हें नीचे जाने से रोककर उपहास का पात्र बनाए रखने पर आमादा था। बिना नीचे गए वे किससे बात करें? सहसा उनकी नजर शंकर पर पड़ी और वक्र हो गई, "अरे तुम...? उस दिन बोला बाजार में भेड़ बेच के आ रहे हैं, तब से आज तक झाँकने भी नहीं गया? हिंयाइ काम हो रहा है?"

शंकर सिर पर कोयले का झूड़ा लिये सकते में खड़ा है—हमेशा की तरह चुप।

"ई तो आपका पइसा भी लिया था न?" बबन जैसे याद दिलाता है महेन्दर बाबू को।

"अरे लिया था तो क्या! हम इतने छोटे नहीं हैं दिल के। जा, शंकर जा काम कर।"

"स्साला सूदखोर, कसाई कहीं का!" चाबुक-सी बजती है कोई गाली। गुस्से में सुर्ख होती नजरें घूमती हैं।

"ई कौन साला बोला, बोल तो शंकर!"

शंकर फिर भी चुप है। महेन्दर बाबू का गुस्सा अब रिसने लगता है, "सार जनम का गूँगा है।"

"ए बाबू साहेब, गाली मत दीजिए।" शंकर की बकार फूटती है।

"ई लो! जब तक हम अपने पइसा की बातें किए मूँ से आवाज नहीं फूटी, और अभी गाली पाते ही ऐंठ रहा है करैत जैसा, लगता है हमी इसका करजा खाए हैं।"

"आप तो खइबे किए हैं हमारा। मुफ्त में जितना बकरा खाए हैं सबका पइसा दे के तब अपना पइसा माँगिए।" कहते हुए उसने कोयले से भरी झूड़ी धप्प से गिराई, "आपका पास जाते तो हम भी जिन्दा रहते?"

"ऐं!" चिहुँक उठते हैं महेन्दर बाबू।

उधर बबन को देखकर मजूरनों में अस्थिरता आ गई है जैसे भेड़ों के दल में कोई कुत्ता घुस आया हो। यह चेहरा उनका जाना-पहचाना है। गोरा रंग, चेहरे पर पतली-पतली मूँछें, कत्थई दाँत। रास्ता चलते अश्लील फिकरे कसता रहता है यह चेहरा।

पंडित सीताराम मार-पीट से परे हैं। वे तो महेन्दर बाबू के चलते चले आए हैं। बस, मैना कहीं दिख जाए तो बाकी वे हल कर लेंगे। मगर उन्हें इसका मौका ही नहीं मिलता। यह बबन जो न करा दे! अब चकलाघर में तुरिया को कई बार भोग चुका है, इसके मायने ये तो नहीं कि इस भीड़ में उसका हाथ पकड़ ले। साला औरतखोर! इसी काम के लिए आया था यहाँ? अरे रे महेन्दर बाबू किसको गालियाँ दे रहे हैं...?

महेन्दर बाबू का शंकर को पीटना और बबन का औरतों से पिटना लगभग साथ ही शुरू होता है। पंडित, "अरे-अरे छोड़ दीजिए।" कहकर कभी इधर दौड़ते हैं कभी उधर। अचानक मार खाते-खाते शंकर को न जाने क्या सूझता है कि वह भेड़ की तरह पीछे हटने लगता है और फिर दौड़कर अपना सिर महेन्दर बाबू की छाती में दे मारता है। "अरे बाप रे!" महेन्दर बाबू गाय-सा अलाप भरते हुए कोयला फाँकने लगते हैं। अरे जिसको देखो, वही लात-मुक्का चला रहा है। शरमवा कहाँ गया?

"ऐ शरमा।" त्राहिमाम के अन्दाज में चीखते हैं पंडित। अब तक कहाँ छुपी हुई थी मैना, बबन को छुड़ा रही है। महेन्दर बाबू को उठा रहे हैं मोड़ल, महादेव और शरमा! सब नाटक है। ई तो चाहते थे कि इन लोगों की कुटम्मस हो जाए। सारी गलती बबनवा की है। यही सार तीसमारखाँ बनकर ले आया था हम सबको। दोनों ओर से रपट लिखाई गई है। चाहे फौजदारी चले, चाहे कोरट मारसल हो, शंकर को गम नहीं बल्कि उसे तो इस बात का परम सन्तोष है कि उसने महेन्दर बाबू की वह आँत छोटी करवा दी है जिसमें उसके जाने कितने मुर्गे-मुर्गियाँ और बकरे हजम हो चुके हैं और हजम हो चुके हैं कितने मजदूर! जमानत पर छूटते ही वह यक-ब-यक हीरो हो चला है।

महेन्दर बाबू की आँत का एक बड़ा भाग काटकर निकाल देना पड़ा, वे अब अक्सर घर पर ही रहते हैं। मगर बबन अस्पताल से डिस्चार्ज होने के बाद से ही एक नई स्कीम लेकर सेठों और ठेकेदारों के घर-घर घूम रहा है। यह स्कीम है एक निजी सेना का—गाँव पर की ब्रह्मर्षि और कुँअर सेना की तर्ज पर। इज्जतदार लोग अगर

संगठित न हुए तो उनकी इज्जत सन्थाल परगना में सुरक्षित नहीं रहेगी। इसी उद्देश्य से वह सेठ डोकानिया की गद्दी पर भी आया है।

गद्दी पर पहले से ही महेन्दर बाबू और कुछ आस-पास के सेठों का जमावड़ा है। बातचीत का विषय भी कोयला है। चैम्बर ऑफ कॉमर्स द्वारा डोकानिया इस बार 'कोल किंग' के तमगे से विभूषित किए गए हैं और महेन्दर बाबू 'कोल मैग्नेट' के तमगे से। इस कोले के दरबार में निहायत छोटे मनसबदार की तरह रह-रहकर उकता रहा है बबन। बीच-बीच में कोई-कोई सेठ पुर्र-से पादता है और वीतरागी-सा दूसरी ओर ताकने लगता है जैसे यह नेक काम दूसरे के द्वारा सम्पन्न किया गया हो। बबन के प्रस्ताव पर सबसे अन्त में विचार किया जाता है।

"देखो बाबू बबन सिंह।" बोलते हैं डोकानिया, "मने की एई बात ठो पहले होना चाहिए था। आज ई फूट का ही नतीजा है कि कल तक जो आदिवासी सब हाथ जोड़े खड़ा रहता है, हाथ तक उठाने लगा है। हियाँ पे हमरा बाप-दादा अंगरेजों के जमाना से बिजनेश करता आ रहा है लेकिन अइसा खराब टेम कभी नहीं देखा। जो-जो भौंकने आया हम सबको टुकड़ा डाला सोशलिस्ट, सी.पी.आई., सी.पी.एम., झारखंड सब। बौत पइसा देना पड़ता लेकिन सब बश में है। ई साला नया खुरापात कहाँ से आ गया–भगवान जानें! ई चतुर्भुज शर्मा का बेटवा जो न कराए। साला बराहमन-भुइंहार से सौंताल हो गया। हिन्दू धरम ऐसेई नहीं डूबा जा रहा है! इसीलिए सेना ठो बनना चाहिए। आप ई सेना ठो बनाओ तो हम बाकी सबको चन्दा बन्द कर दें–सिर्फ दो को देंगे, हिन्दू सेना और आपका सेना। आप सेना बनाओ लेकिन ईमानदारी से। मने की, ईमानदारी तो अब आप ही लोग में बचा है।"

"तो आपका आशीरवाद मिल रहा है?"

"हाँ जी, बनाओ सेना...!"

36

"संजय सेना...?" चौंकते हैं महासचिव, "हाँ नाम तो खूब चुना है, माफिया के हनुमानों ने ताकि सत्ता का समर्थन भी पा सकें। वैसे लगता है बुद्धि के कुछ मोटे भी हैं, यह नाम भी तो खटकने लगा है अब। बाइ द वे, कितने आदमी हैं?"

"अभी तो सिर्फ सौ हैं, मगर अपने आकाओं का विश्वास पाने के लिए वे उपद्रव शुरू करने ही वाले हैं ताकि उन्हें चन्दे मिलते रहें। जनखदान का कोयला लूटना उनका पहला अभियान होगा।"

"कितना होगा स्टॉक...?"

"तकरीबन दस हजार टन के आसपास।"

"सुरक्षित...?"

"हाँ, वही समझिए। ले कौन जाएगा...? चोरी-चुप्पे कुछ मजदूरों ने उठाया था, हमने बुलाकर डाँटा और समझाया तो मान गए।"

"हथियार कितने हैं सेना के पास?"

"दस बन्दूक, चार दोनली, दो कार्बाइन, इसके अलावा पारम्परिक हथियार हैं, फिर यह संख्या बढ़ भी सकती है।"

"सभी गुंडे हैं?"

"हाँ...और खबर है कि जेल से चार खूँखार मर्डरर भी आएँगे, कत्ल कर वापस जेल चले जाएँगे। वैसे भी आपको पहले बता चुका हूँ, पाँच मजदूरों को इन्होंने अपनी इललेगल माइनिंग में दबाकर मार डाला। अपराधी तो हैं ही। कुछ भी दया नहीं इनके पास।"

"और आपके पास जवाब के लिए क्या है...?" वे उठकर बेचैनी में टहलने लगते हैं, "हमने पहले ही कहा था, इस फालतू काम में न पड़ें। हमें यहाँ खेती, लेहना प्रथा, सूदखोरी, वन विभाग और बी.डी.ओ. आदि के जुल्म के खिलाफ उन्हें गोलबन्द करते हुए स्मूथली आगे बढ़ना चाहिए था और आप ले बैठे जनखदान। अब लड़िए माफिया की सेना से और इसी में जाया कर डालिए आन्दोलन की सारी शक्ति को! इज इट अॅवर मेन कंट्रैडिक्सन, आय आस्क...?"

"मेरा खयाल है, आप कुछ ज्यादा ही सिद्धान्त आश्रित होकर व्यावहारिक पक्ष को एवायड कर रहे हैं। हमने पहले भी कहा है, आज भी कह रहे हैं, जनखदान कोई साध्य नहीं, साधन है, स्थानीय समस्याओं और सम्भावनाओं के सन्दर्भ में। उस आधार पर खड़े होकर हम यहाँ के लोगों को शिक्षित-प्रशिक्षित करते हुए धीरे-धीरे बाकी चीजों को भी अपनी जद में लेते जा रहे हैं। रही बात टकराहट की तो आप कहीं भी पाँव बढ़ाइए, उससे बच नहीं सकते। जन-जनखदान न होती तो दबकर मरने या मार दिए गए लोगों की संख्या पाँच ही नहीं होती। घूम-फिरकर उन्हीं के जाल में तो फँसते बेचारे।"

"जितने दिन आपने इस जनखदान में नष्ट किए, आन्दोलन कहाँ का कहाँ पहुँच सकता था।" एक दूसरे साथी ने कहा तो खिन्न हो उठे शर्मा, मन में तो आया कह दें, 'ऐसे बेसिर-पैर के, खयाली पुलाव पकानेवाले अहंवादियों ने ही पारटी का सबसे ज्यादा नुकसान किया है, सफलता के उन दिनों में पहली मई की अपनी बात भूल गए, तब सफलता के दिन थे, सब प्रशंसक थे, आज तनिक संकट है तो सब भला-बुरा कह रहे हैं।' मगर बोले नहीं शर्मा।

महासचिव शर्मा को गम्भीर पाकर तनिक नरम हुए, "एनी वे, आप यह तो जानते ही हैं कि हमारे ऐक्शन दस्ते की संख्या कम है, आर्म्स भी कम हैं। लोकल लेवेल पर ही आपको ज्यादा भरोसा करना होगा। आप सही समय पर सूचना दें तो दस्तों को सूचित कर दिया जाएगा।"

लौट आए शर्मा मन ही मन खीझते हुए। पारटी आखिर चाहती क्या है? हम छोटे-छोटे स्तरों पर बिना किसी बड़े परिणाम के वर्षों काम करते रहे, बड़ी-बड़ी सैद्धान्तिक बहसें दागते रहे--मार्क्स ने यह कहा था, तो लेनिन ने यह, स्तालिन ने यह और माओ ने यह और सब अलग-अलग यह खुशफहमी पाले रहे कि प्रधान अन्तर्विरोध को हमने समझ लिया है, हम जल्द ही यहाँ महान अक्टूबर की क्रान्ति सम्पन्न कर लेंगे। चीजें युगों में बदलें या रातोरात, परिवर्तन ऊपर से हो या नीचे से, मगर उनकी तैयारी तो युगों में होती है! न्यूनतम जीवनधार के अभाव से भी आक्रोश फूटता है, और उसके अभाव में विचलित भी होता है, अपने इसी अनुभव के तहत वे विकल्प और विजन का एक समानान्तर जीवन्त प्रयोग चलाए जा रहे थे।" उन्होंने सिर को एक झटका दिया, कोई सहायता को आता है तो ठीक, वरना जनखदान के आन्तरिक स्रोतों से ही सेना का मुँह-तोड़ जवाब देना है।

इस प्रक्रिया के तहत सतर्कता बढ़ा दी गई। अब मजदूर गोल बाँधकर आते और जाते। पहरे की व्यवस्था भी ठीक की गई और चौकियाँ बना दी गईं। अस्त्र-शस्त्र भी बटोरे जाने लगे।

जैसी कि परेमा और मामा ने सूचना दी थी, शनिवार को संजय सेना का हमला होनेवाला था। वे ट्रक और डोजर लेकर आएँगे और आनन-फानन में जनखदान को तहस-नहस कर कोयला लूटकर चले जाएँगे। जाते-जाते भी कितनों का कत्ल करेंगे, कितनों को बाँध के ले जाएँगे--इसका कोई हिसाब नहीं, कतलिया सब आ रहा है जेहल से छूट के...।

और जब कतलिये आए...?

वह शनिवार का दिन था, शाम का झुटपुटा। दूर गाँवों के जो मजदूर अपने-अपने गोल बाँधकर जा चुके थे, उनमें से दो गोल लौट आए थे। वे काफी सहमे हुए थे। तभी सड़क की ओर से सूचना मिली कि कई ट्रक आ रहे हैं। आनन-फानन में सारी तैयारी हुई। पहला काम यह हुआ कि सड़क काटकर उसे फूस और मिट्टी से पाट दिया गया। ऐक्शन दस्ते ने पीछे से हमले के लिए मोर्चाबन्दी कर ली और शर्मा, माझी, मोड़ल आदि ने कोयले के स्तूप के पीछे बन्दूकें लेकर मोर्चा सँभाल लिया

हालाँकि मैना बम फेंकने की जिद कर रही थी, पर उसे अपनी साथिनों के साथ औरतों और बच्चों की रक्षा का भार सौंपा गया।

वे टिड्डियों की तरह उमड़ रहे थे, वे मस्त साँड़ों-से खुरों से धूल उलीचते चले आ रहे थे। जैसे ही हमले के लिए सेनापति बबन सिंह के हाथ हवा में लहराए, पीछे से कई तीर उनकी बाँह को छूते हुए निकल गए।

"ऐं! यह क्या! दुश्मन होशियार है! सावधानी से...! लेट जाओ, लेटकर आगे बढ़ो।"

तभी उनके सामने एक हथगोला आकार फूटा और वे धूल के बादलों में अँटक गए। फिर दूसरा, तीसरा और चौथा हथगोला...। विस्फोट-दर-विस्फोट!

जनखदान के मजूर-मजूरनों को इन विस्फोटों के बाद सिर्फ छीना-झपटी और गुर्राहटों के शोर में कुछ एक गोलियाँ चलने की आवाजें आईं, मगर धूल के अम्बार में वे समझ नहीं पाए कि कहाँ क्या हो रहा है। अभी वे यह सब भाँप ही रहे थे कि दूर किसी ट्रक के उलटने की-सी कर्कश आवाज आई और खुशी की उत्तेजना में कई अपने स्थानों से उठकर ताकने भी लगे। इस भूल का खामियाजा उन्हें भुगतना पड़ा। बदहवास भागती हुई सेना की गोलियों से जागो का कन्धा और सन्तू के हाथ छिल गए।

ऐक्शन दस्ते के एक जवान की जाँघ में गोली लगी थी, मगर वे सेना की आठ बन्दूकें छीनने में सफल हो गए थे।

यह युद्ध तो जनखदान ने जीत लिया लेकिन दूसरे दिन तीस मजदूर काम पर नहीं आए। "पहले दारू पर जब प्रतिबन्ध लगाया गया तो इसी तरह चालीस मजदूर और उन्नीस मजूरनों ने आना बन्द कर दिया था।" असगर चिन्तित हो रहे थे।

"लेकिन बाद में जब दारू बन्द करने की बात उन पर छोड़ दी गई तो धीरे-धीरे वे आए भी और दारू पर भी बहुत लोगों ने खुद ही 'रेस्टिक्शन' लगा लिये।" मैना की आशा मरी नहीं थी।

"तो क्या इसमें भी हम समझौता कर लेंगे?" माँझी ने हँसते हुए पूछा।

"जब अक्कल बँट रहा, नहीं-नहीं, रही थी तो तुम कहाँ थे?" मैना ने झिड़का, "अरे हमारे कहने का मतलब ये कि जब मजदूर देखेंगे कि सेना का साँड़ हमारा कुच्छो नई बिगाड़ सके तो लौट आएँगे।"

"सेना को तुम इतना छोटा मत आँको मैना रानी!" असगर ने सिर खुजलाते हुए कहा, "उस दिन अगर ऐक्शनवाले दस्ते न होते तो नजारा कुछ और भी हो सकता था।"

"केया बोलते हो असगर भाई...?"

"यही कि महासचिव ने दोबारा ऐक्शन दस्ते न भेजने का तय किया है। उनके और शर्मा बाबू के मतभेद बढ़ गए हैं। पार्टी में ज्यादातर लोग इस जनखदान को शर्मा बाबू और उनके समर्थकों की महत्त्वाकांक्षा मान रहे हैं।"

पार्टी के अन्दर द्वन्द्व! इस नई जानकारी से ठेस लगी मैना को। तभी तो कहे शरमा बाबू इन दिनों गम्भीर क्यों रहने लगे। बातें भी करते हैं तो कहीं खोए-से रहते हैं जैसे। पंडा बाबू, माझी, असगर और महादेव उनसे कभी-कभी बात करते हैं पर बीच में शरमा सिर्फ ताकते रहते हैं।

मेरी इसरार कर रही थी कि आज पंडा बाबू के पोखरे में नहाने चलें, कमल के ढेर सारे फूल खिले हैं उसमें। उसने कोई जवाब न दिया तो वह चली गई। इस बार आई तो उसके साथ तुरिया और मंगला भी थीं।

"दीदी, कमल अभी कुछ दिन रहेंगे। आज चलते हैं चौमुहानी के जोरिया (नाले) पर नहाने। बहोत अच्छा पानी होता है उसका। बहुत दिन से नहीं गए उधर।"

मैना ने सुना। लगा, तीन साल पहले की आवाज है। डूबते हुए चाँद की जर्द रोशनी, खजूर की छाया...एक सियार पानी पी रहा है चभ-चभ! फिर लगा सियार अदृश्य हो गया, वहाँ सिर्फ शर्मा हैं, जोरिया का चमकता पानी, धूसर चाँदनी, डूबता चाँद, खजूर की तार-तार छाया में उदास बैठे शर्मा!

"दीदी चल न!" तुरिया और मंगला ने भी जोर दिया इस बार।

"नहीं।" वर्तमान में चली आई थी मैना, "फिर कभी चलेंगे, आज जरा जरूरी काम है।"

वे चली गईं तो उसने इधर-उधर देखा और सुनसान पाकर दफ्तर में चली आई, "शर्मा बाबू!"

"आँ ऽ ऽ ऽ!" टेबुल से औंधे पड़े सिर को उठाया शर्मा ने, "तुम...?"

"हाँ!" रुक-रुककर कहती चली गई वह, "हम पारटी की राय के बारे में सुने। लेकिन उससे आप जी छोटा कायें...न-न केयों करते हैं? देखिए..." सामने की कुर्सी पर बैठ गई वह, "आप हैं हिंया, इयहाँ की माटी के आदमी और वो लोग किताब के आदमी। इयहाँ की माटी का दरद जितना आप समझ सकते हैं, उतना ऊ लोग समझ पाएँगे? नहीं न! फिर आप जी छोटा केयों करते...?" वह स्नेह और सहानुभूति में मुस्कराई।

शर्मा की खुमारी टूट गई जैसे। अन्दर ही अन्दर किसी अनिर्वचनीय बल के संचार की प्रतीति हुई। इसी की तो कमी थी। वाह मैना! मुद्रा आभार और स्नेह से मसृण हो आई, पर गूँगे के स्वाद-सा कुछ बोल नहीं पाए।

मैना वहाँ से चली आई पर थोड़ी देर में उसका भय फिर हावी होने लगा उस पर। हालाँकि सिधू-कानू पाठशाला में करमा के दिन उसे करमा और धरमा भाइयों

का दृष्टान्त देकर कर्म की महत्ता ही बताई गई थी और अभी हाल ही में भगतसिंह प्रशिक्षण केन्द्र में 'मैं नास्तिक क्यों हूँ' नामक किताब का पाठ कर ईश्वर की निरर्थकता भी समझा दी गई थी लेकिन लाचारी में आज उसे ईश्वर के पास फिर दौड़कर जाना पड़ा, "हे बधना देवी, हे माराँबुरु, हे जाहिल थान, हे काली मैया, जैसे भी हो पारटी की गलतफहमी को दूर करो मैया। उन लोगों को सुबुद्धि आवे। आखिर हम भूखों मरते, ऊ ठीक होता?"

उधर उसी वक्त उससे दूर बबन सिंह सेठ डोकानिया के सामने लगभग उसी अन्दाज में गिड़गिड़ा रहा था, "आखिर हम मर जाते हुआँ, ऊ ठीक होता सेठजी?"

डोकानिया वैष्णवो देवी के दर्शन से कल ही लौटे थे। सुबह-सुबह नहा-धोकर सोचा, चलो अफसरों को प्रसाद दे आएँ, साथ ही बना-बिगड़ा भी सँवार आएँ। और सब तो ठीक-ठाक था, पर बबन की असफलता का समाचार पाकर वे क्षुब्ध हो उठे थे। क्षोभ मिटाने को जब कुछ न सूझा तो गाड़ी के टेप को ऑन करवा दिया..."सिर्फ इक बार नजरों से नजरें मिलें और कसम टूट जाए तो मैं क्या करूँ?" भक्ति-भक्ति करते बोर हो गए थे, इस गीत से जी को शुकून मिला। अवसाद घुलने लगा धीरे- धीरे। वैष्णवो देवी के बाद अब सीतारामपुर की बन्दना देवी का भी दरश-परश जरूरी है। लड़के तनिक दूसरे ढंग के हैं एक कलकत्ते में सी.ए. कर रहा है एक आसनसोल में। उनको तो उनका प्रेम से वायु-त्याग तक अखरता है और कहीं यह पता चल गया कि पापा सीतारामपुर भी जाते हैं तो...। पर उन्हें जाना तो है ही, भले ही बड़के, छोटके के कलकत्ते और आसनसोल चले जाने के बाद...। फिर उन्हें याद आया कि गोपाष्टमी के अवसर पर शंकराचार्य को बुलवाना है और एक 'कवी' सम्मेलन भी...। ई साल कविया सबे पीता बहुत है मगर हँसाता है इतना कि...? लेकिन अभी कुछ नहीं, न बबन, न वैष्णवो देवी, न शंकराचार्य, न ही 'कवी' लोग! अभी सिर्फ और सिर्फ बन्दना देवी—छम्मम कट, छम्मकट, छम्मकट छम! जो मैं होती राजा बेला चमेलिया।

ऊबड़-खाबड़ रास्तों पर नाव की तरह हिलकोरती चली जा रही है कार— "जिन्दगी एक नशे के सिवा कुछ नहीं, तुझको पीना न आए तो मैं क्या करूँ..."

घर में कदम रखते ही नशा उखड़ गया। गावतकिये के सहारे महेन्दर बाबू, बबन सिंह और दो-तीन पड़ोसी सेठ। बबन ने उठकर सलाम किया, बाकियों ने भी, मगर सेठ का मिजाज बबन को देखते ही उखड़ चुका था, "क्या जी बबन बाबू, नाक कटवा आए?"

बबन सफाई पर उतर आया मगर सेठ पर जैसे कोई असर नहीं। सोफे पर बैठ गए। फरियादी-सा सामने खड़ा हो गया बबन, "हम तो ठीक ही गए थे। अगर पीछे से ऊ बम...।"

"दस राइफल भी गँवा आए?" सेठ ने बीच में ही बात काटकर कटाक्ष किया।

"क्या करते...?" बबन ने सिर झुकाकर धीमे-से कहा, "जान-बूझकर तो नहीं ही...।"

"दो-चार ठो को मार आते तो हम हजम कर जाते लेकिन...तुमसे कुछ नहीं होगा। बुरा मत मानो बबन सिंह, आप हमी पे शेर बन सकते हो, हुआँ तुमसे कुछ नहीं होनेवाला।"

"सिरिफ एक बार हमको और मौका दीजिए।"

"इसलिए कि फिर दस बन्दूक दे आओ। आठ वो ले जाएँ और दो अपने रख लो।"

बबन की बोलती बन्द हो गई। तो सेठ को सारी जानकारी मिल चुकी है! एक बन्दूक तो महेन्दर बाबू ने ही रख ली थी, एक ही तो उसने रखी है। वह शंकित नजरों से तोलता है महेन्दर बाबू को। "आँत के साथ-साथ जबान भी छोटी हो गई क्या? कुछ बोलते नहीं क्यों?"

चुप्पी चाय के भाप के साथ हल्के गुलाबी डिस्टेंपर पुते कमरे में तैरती है। डोकानिया सोच रहे हैं। उनकी मुद्रा देखकर बाकी लोग सोच रहे हैं कि वे तनिक सामान्य हों तो कुछ कहें। सोचते-सोचते ही डोकानिया को लगा, पेट कुछ फूल रहा है। 'ज्यादा सोचने से पाक-नली पर असर पड़ता है, अन्न पचता नहीं और पेट की कुंडली की तरह टेढ़ी-मेढ़ी आँत में गैस बनने लगती है अपच से।' छोटके की बात सहसा याद आते ही डरकर सोचना बन्द कर देते हैं। इतनी लम्बी आँत क्यों दी भगवान ने कि गैस...महेन्दर बाबू की आँत तो छोटी है, सुना पेट में मारा था किसी ने। बाप रे!

"इस सेना-फेना से कुछ नहीं होगा अब।" सेठ गैस के दबाव से तिरछे हो उठते हैं, "अब जो कुछ होगा, वहीं से होगा। ऊ चाहे तो क्या नहीं हो सकता। सबका चाभी हुँवइ है। है न महेन्दर बाबू?"

महेन्दर बाबू न समझते हुए भी हामी भरते हैं।

"कहाँ?" बबन अनाड़ी-सा पूछता है।

सेठ ने इधर-उधर देखा, कहीं बड़का या छोटका आसपास तो नहीं फिर बोल उठते हैं, "दिल्ली!" और इसके साथ ही उन्होंने इतने जोर से पादा कि बबन को लगा, दिल्ली गैस के गुब्बारे-सी उड़ गई।

और यह गुब्बारा उड़ता रहा, उड़ता रहा...। बहुत दिनों बाद एक दिन इसी गुब्बारे से अवतरित हुई काली-पीली टैक्सी।

37

काली-पीली टैक्सी जैसे ही रुकी, उसकी खिड़कियों से झक सफेद कपड़ों में झाँकते काले-पीले चेहरों ने गर्दन उठाई--"जनखदान, चतरपुर! यहीं होनी चाहिए वो...।"

"यह तो कोई और चीज दिखती है यार!" दूसरे की नजर पोखर में नहाती हुई मजूरनों पर जा चिपकी, वह कभी एक को, कभी दूसरे को टटोल रही थी। कुछ नहा रही थीं, कुछ कपड़े साफ कर रही थीं, कुछ नंगी थीं, कुछ अधनंगी। थोड़ी देर तक अपनी दमित वासना की आग में सीझने के बाद उनका मन कोई बहाना ढूँढ़ने लगा। एक ने गर्दन निकालकर पूछा, "कोयले की कटाई यहीं हो रही है?"

कसमसाते बदन शर्म से सिहर गए! सलोनी गर्दनें जरा-सी मुड़ीं फिर साही की तरह अपने आपमें सिमट गईं। बूढ़ी कैली धीरे-से उठी। वह सिर्फ साये में थी, बदसूरत चुचके स्तन झूल रहे थे, "का बात है?"

शृंगार की जगह जुगुप्सा! टैक्सी बिदककर आगे बढ़ गई। विजेता हँसी पोखर पर जगह-जगह कमल-पत्र-सी पसर गई। मई की सुर्खी पोखर के गिर्द खड़े पेड़ों पर मचलने लगी। अभी कुछ दिन पूर्व मजूरनों ने एक शहरी दिलफेंक बाबू को ताक-झाँक करने के लिए कान पकड़कर उठाया-बैठाया था और अपने ही एक मजूर को पीट-पीटकर निकाल बाहर किया था।

टैक्सी आगे बढ़कर फिर धीमी हो गई। दोनों ओर कतारबद्ध खड़े गुलमुहर, अमलतास के पौधे। अगल-बगल सुकान्त और सिधू, कानू पाठशालाएँ, भगतसिंह प्रशिक्षण केन्द्र, आइन्स्टाइन प्रयोगशाला, शिशु-बिहार के बोर्ड लगे साफ-सुथरे झोंपड़े। खदान में जोर-शोर से कटाई, ढुलाई चल रही थी। मजदूरों के झोंपड़े धूल में उड़ते-से दिख रहे थे। सामने कार्यालय था। शर्मा ने बढ़कर अगवानी की।

"हम सांसद हैं, दिल्ली से आपका कारोबार देखने आए हैं।" एक ने आँखें नचाकर 'कारोबार' पर जोर दिया।

"कारोबार...?" शर्मा ने शब्द को खोटे सिक्के की तरह उछालकर परखा, फिर हँस पड़े, "आइए, बैठिए तो सही।"

"हमें बैठने का समय नहीं, अपने मालिक को बुलवाइए।"

"मालिक!' शर्मा फिर चौंके, मगर उन्होंने कुछ सोचकर टिपका को मैनेजर को बुला लाने को कहा और खुद जनखदान का विवरण बताने लगे। बताते-बताते वे इतने तन्मय हो उठे कि सांसदों के चेहरे की ऊब को भी न परख पाए।

"मैंने पहले ही कहा था, यह कोई और ही चीज है यार!" एक सांसद बर्राया।

"तुम इन साले सेठों के नखरे नहीं जानते।" दूसरे ने उसे तरेरा और शर्मा से कहा, "हूँ ऽऽऽ! तो राजा को पता ही नहीं मुसहरों ने वन बाँट लिये।"

"क्या मतलब...?" शर्मा को बुरा लगा।

"मतलब ही तो पूछ रहे हैं, यहाँ कितनी-कितनी इललेगल माइंस किस-किस नाम से चल रही हैं?"

"आपको शायद गलतफहमी हो गई है। इललेगल तो बहुत-सी हैं, एक तरह से यह भी लेकिन एक फर्क है इसमें और उनमें। यह देखिए गवर्नमेंट को हमने शुरू से लेकर आज तक हमेशा छोटी से बड़ी हर बात की सूचना दी है।"

"हम नौकरों से बात नहीं करते, मालिक को बुलवाओ।"

"मालिक?" शर्मा के मुँह में बदबू घुल उठी, आँख सिकुड़ गई, "यहाँ तो सभी मालिक हैं, हर मजदूर, हर मजूरन!"

"और महेन्दर बाबू क्या हैं?"

"ओह! तो यह कहिए न!" शर्मा हँस पड़े, "वो उधर काम चलता है उनका। मकान मेन रोड पर है उस तरफ।" शर्मा ने उँगली से इशारा किया। सांसद दुविधा में पड़ गए।

थोड़ी देर तक चारों एक-दूसरे को ताकते हुए उजबकों की तरह बैठे रहे। कभी-कभी वे नजर घुमाकर इस रहस्य-भरे लोक को देख लेते। फिर वे एक साथ उठ खड़े हुए, "अच्छा तो...।" कहकर एक शर्मा के कान के पास फुसफुसाया, "सुना है, कभी उसने पाँच आदमी जिन्दा ही मार डाले थे खान में दबाकर। उस आदमी के पास पत्थर ब्लास्टिंग का परमिट है लेकिन वो ब्लास्ट करता है कोयला। इसी ब्लास्टिंग में उसे एक बन्द कोलियरी की सुरंग मिल गई और पूरी कोलियरी उसकी हो गई। सोचिए नेशनल प्रॉपर्टी का कैसा गलत दोहन कर रहा है! आप जरा डिटेल्स देंगे, हम वादा करते हैं, आपके खिलाफ हम कुछ नहीं बोलेंगे।"

"लेकिन हम चाहते हैं बोलें।" यह कहते हुए पंडा ने अभिवादन किया और विजिटर्स लॉग बुक सामने कर दी।

सांसदों की दुविधा सतह पर आ गई, "ना, इसे रखिए अभी। बता सकते हों तो महेन्दर बाबू और डोकानिया..."

"आप सांसद हैं, जन प्रतिनिधि और जनखदान से बिदक रहे हैं?"

"फिर कर देंगे, लिख देंगे, लौटकर आते हैं।" कहकर साँसत में पड़ी खद्दरपोश सांसदों की टीम पल्ला छुड़ाकर भागी।

शर्मा और पंडा दूर तक उड़ती हुई धूल से उभरे क्षितिज के बदनुमे धब्बे को खिसियाकर देखते रह गए।

एक-एक कर कोयला बेचने गए मजूर और नहाकर आई मजूरनें लौटकर हाल जानने के लिए वहाँ इकट्ठी होने लगीं।

कैली ने कहा, "हमको तो पहले ही ये गुंडे लग रहे थे।" फिर उसने पोखरवाली घटना का हँस-हँसकर बयान किया। मैना ने अफसोस जाहिर करते हुए बताया कि

गौरमिंट से कोई मुआयना करने आया है, यह खबर सुनकर औने-पौने दाम में कोयला बेचकर वह भागती हुई आई थी। उसकी साँस अभी भी उखड़ी-उखड़ी थी और पसीने और कालिख से वह भिखारन-सी लग रही थी। शहर की ओर से लौटकर आए माझी और असगर ने इसका उपसंहार बताया, ''वे चारों महेन्दर बाबू और डोकानिया सेठ के यहाँ जाकर राष्ट्रीय सम्पत्ति का डाका और जाने क्या-क्या भूँक रहे थे, सेठ हाथ जोड़कर कान-पूँछ गिराकर सुनते रहे। फिर धीरे-धीरे उनका भूँकना शान्त पड़ गया। हर सांसद को दस हजार रुपए, एक गाड़ी, एक कालगर्ल देकर अलग-अलग डाकबँगलों में भेज दिया गया।''

''हूँ! तो हाथी आया, हाथी आया, हाथी पादा पों ऽऽऽ!'' कहकर मैना धप्प-से बैठ गई, ''अब...? आप लोग कोई काम का नहीं। उनसे लिखवाना चाहिए था।''

''कहा है, लौटकर आएँगे तो लिख देंगे।''

''और आप आरती सजाकर बैठो। हुँह!'' कहकर क्षोभ में उसने गर्दन मोड़ ली।

दूसरे दिन पता चला कि महेन्दर बाबू और डोकानिया की इललेगल ख़दान के आगे इन्दिरा गांधी की मूर्ति लग गई है और उसका नाम इन्दिरा गांधी खदान कर दिया गया है।

''और एम.पी. चले गए?''

''हाँ।''

शर्मा और मैना ने लाचारी में एक-दूसरे को देखा, और उनके चेहरे लटक गए। जब से जनखदान शुरू हुई थी, यह पहला मौका था जब सबके चेहरों पर ऐसी मातमी छाया घिरी थी। इसके पूर्व वे दुर्दम्य जिजीविषा और ईमानदारी से तमाम विषम परिस्थितियों में भी टूटे न थे। उन्हें यकीन था कि एक न एक दिन सरकार उनके श्रम और निष्ठा को स्वीकार करेगी लेकिन आज लगता है, जिसे गर्भ मानकर वे सपने सँजोते आए थे, वह एक आघात से गर्भपात में बदल गया। रह-रहकर पछतावे की पीर उन्हें टीस रही थी। वे जितना ही सोचते पछतावे, अपमान और आक्रोश में छटपटाने लगते।

शर्मा जैसे खुद को सुना रहे थे, ''सरकार ने आज तक हमें साफ-साफ स्वीकार नहीं किया। उसकी स्वीकृति के बिना तो यह हमें सीधे-सीधे कोयला चोरों के दल में ठेलने जैसा हो गया!'' वह तिलमिलाहट में बेचैन बैल की तरह फनफना रहे थे।

''नेशनल प्रॉपर्टी।'' पंडा ने व्यंग्य से मुँह बनाया, ''स्साले! तुम नेशनल प्रॉपर्टी की चोरी में शेयर लेने आए थे या उसे बचाने?''

''एक गाड़ी, दस हजार रुपए, एक रंडी—कुल इतनी ही है जन-आकांक्षाओं की कीमत!'' माझी हँस पड़े।

"ये-ई सबको वोट दिया जाता है! छी! अच्छा है हम कब्भी वोट देने नहीं गया।" कैली ने मुँह बनाया।

"तुम्हारे देने-न-देने से केया होता काकी, ये सब इस देश का ठीकादार है, रहेगा। और जब तक रहेगा, क्या कीमत है, मेहनत का, ईमानदारी का? कुच्छ नहीं। अभी कल हम पढ़ रहे थे, कि जब तक शासन मजूर के हाथ में नहीं आएगा, हमरा दुख नहीं मिटेगा।" मोड़ल कैली को तसल्ली बँधा रहा था, "ये लाठी-गोली, पैसा और जाति के जोर से जीतनेवाले गुंडे हो सकते हैं, 'जन परतीनिधी' नहीं।"

"ई तो नाबदान का कीड़ा सब आया था, छोड़ो!" मेरी हेंब्रम ने कहा।

लेकिन मैना छोड़ने को कतई तैयार न थी, गुस्से के आवेग में साक्षरता का लबादा उसके आँचल की तरह नीचे लिथड़ रहा था, कोयले की खाली झूड़ी को टेककर उसने कहा, तो लगा, रो रही है, "ईएम.पी. साला घूस वसूलने आ सकता, रंडीबाजी करने आ सकता लेकिन हमरा मेहनत-मशक्कत का फल देखने में इनका नानी मरता।" अतिरेक में वह सड़ी गालियाँ थूकने लगी।

"गुस्सा तुम्हारी ताकत है, मैना, इसे बर्बाद मत करो।" शर्मा ने प्यार से झिड़का।

"एइ सब चिक्कन-चिक्कन बात ठो हमको और मत सिखलाओ, गुस्सा हमरा ताकत है, मन का बासना को कंटरौल करो। सब तो पी गया, बोलो नईं...? हमीं नईं सब! चार-चार ठो जनाना चकलाघर से आया, जो कहो, हियाँ आने का बाद फिर से कभी किसी को ताका हो। एतना पहाड़ जमा हो गया है, चैतू, डेबा को छोड़कर जो कहो, कोई ईमान खराब किया हो, ऊ लोग भी समझाने पर जो कसम खाया कि फिर नईं हुआ। काहें खातिर तपिस्सा किया, एही खातिर? आँख फूटल नंय है तो सोचें कि हम का कर रहे हैं और कायें कर रये हैं। लेकिन वोई हाल है, का पर करूँ सिंगार बलम मोर आन्हर! उधर पारटीवाला रंज है कि हम खजाना लूट रए हैं, इधर सरकार...आज अगर पारटी-ई ठीक होता तो...। कोच्छ फैदा नईं। सोचा था, सबको दिखा देंगे कि काम अइसे होता है। मगर कोच्छ फैदा नहीं। हमको जब येई भेड़वा सरकार का मूँ जोहना है तो अकेले हमरे सुधर जाने से का होना है? हम सच्चाई से रहें, ऊ बेईमानी से भरल रहें। बाह रे! ऊ बता दें, चाएते का हैं—का हम भी वोई करें और उनको सेठों के जैसा-ई गाड़ी, छोकरी और पइसा दे के दूध के धोवल गिना जाएँ! इधर पारटी के बाबू लोग का दिमाग भी...।"

"मैना!" जोरों से डाँटा शर्मा ने।

"तब कायें नईं देखता सरकार...? कायें नईं समझता पारटी...?" मैना ने तीखे कंठ से फरियाद की। दोनों आँखों से भल्ल-से एक-एक बूँद आँसू बह आए। मानो एक सरकार के लिए, एक पारटी के लिए।

"दोनों को एक साथ मत सानो! पारटी का निर्णय गलत या सही हो सकता है, पर बेईमान नहीं हो सकती पारटी।" शर्मा तनिक ठंडे पड़े, "पारटी का लक्ष्य भी मात्र यह नहीं था कि एक जनखदान शुरू कर समस्याओं का हल ढूँढ़ें। यह एक स्थानीय समस्या है जिसे यहाँ के लोग जितनी शिद्‌दत के साथ महसूस कर सकते हैं, दूर बैठे पारटी के लोग नहीं भी महसूस कर सकते। भूल गई, तुम्हीं ने कहा था? वहाँ की समस्याएँ बड़े लक्ष्य की हैं, समझ में थोड़ी दिक्कत, नेतृत्व के अहं में थोड़ी टकराहट हो सकती है, मगर उसे यहाँ इतनी जल्दी हल नहीं किया जा सकता। दूसरी बात सरकार की है...तुम्हें नहीं मालूम कैसे लोग नकेल पकड़े हुए हैं उसकी...? हजारों कल-कारखाने आज बन्द पड़े हैं। सरकार इतनी जल्दी इसे स्वीकार कर ले तो उन बन्द कारखानों से भी कल यही आवाज नहीं उठने लगेगी कि तुम नहीं चला सकते तो हमें सौंप दो? क्या यह सरकार और उसके ठेकेदारों की हार नहीं हो जाएगी? यहाँ इललेगल माइन्स और बगल की चरितरपुर सरकारी खदान—दोनों जगहों पर देख लो, लूट नहीं मची है? हमने न सिर्फ इतने लोगों को रोजी दी है बल्कि लूट भी बन्द की है। इन चार एम.पी. लोगों के आचरण से यह बात कहाँ झूठी पड़ती है कि तुम्हारा अस्तित्व एक चैलेंज है सरकार के नाम पर, अफसरों और इन माफिया लोगों के लिए?"

सहेलियों ने मैना को घेर लिया। टिपका, लुत्ता, सितवा और उसका पति उसे रोता पाकर असहाय भाव से उसे घूरने लगे। जितने लोग, उतनी तरह की बातें, मगर मैना का दुख एक अभिमानी बच्ची का दुख था, निहायत निजी, किसी के समझाने-बुझाने के मान का नहीं। शून्य में ताकती हुई वह निःशब्द रोए जा रही थी जैसे आकाश कहीं न था, न ही सूरज, चाँद और सितारे। बस एक घटा थी, अजगर के स्याह आँत-सी, जो यहाँ से वहाँ तक फैली हुई थी। जब तक यह घटा बरसकर मैल की एक-एक बूँद को निचोड़ नहीं देती, यह मवाद मथता रहेगा उसे। कानों में हजार-हजार आवाजें डूब रही थीं और आँखों के आगे धुन्ध-भरी आकृतियों में उतरा-उतराकर विसर्जित हो रही थीं।

शर्मा ने समझाना बेकार समझकर चुप्पी साध ली। यह उसका पुराना रोग है, जब ज्यादा दुखी होगी तो या तो गालियाँ देगी या रोएगी। यही उसका सेफ्टी वाल्व है। लेकिन मैना की आँखों में जल्द ही झिलमिलाती आखिरी बूँद भी रीत गई। उसकी आँखें शून्य से सरककर खदान की खाइयों में पसर गई थीं। अतीत एक गुजरे अध्याय की तरह समुद्र की चिलकती लहरों-सा दूर होता जा रहा था, बचकाने उल्लासों और भावुकता-भरे मोहों के खँडहरों से आगे निकलकर जैसे वह बदलियों के बीच निखरी अपराह्न के धूप में आ खड़ी हुई थी, जिसके आगे खुरदरे पठारों, गहरी खाइयों और दुर्गम पहाड़ों की अनन्त यात्रा थी।

'ठीक है' के अन्दाज में वह उदास भाव से मुस्कराकर उठ पड़ी जैसे अचानक ठेस लगकर गिरने के बाद धूल झाड़ती हुई फिर से उठ खड़ी हुई हो। उसने किसी ओर भी ताका नहीं, जैसे यह मात्र अन्तःसंवाद था और झूड़ी उठाकर चुपचाप काम पर चली गई है।

38

एक दिन गुजरा, फिर दूसरा, तीसरा और चौथा दिन! दिनों की अनगिनत लड़ियाँ पिरोकर समय का कापालिक फेंकता रहा मन्त्र। मन्त्रविद्धा-सी मैना चुपचाप चलती रही, जैसे नींद से चलती चली जा रही हो। इन दिनों वह वैरागन-सी अक्सर सोते हुए टिपका और लुत्ता को देर तक देखती रहती। दोनों अब जवान हो रहे थे। सितवा की बच्ची को गोद में लेकर देख-देखकर विचित्र वैराग्य से भर उठती। वह खदान के मजूर-मजूरनों को भी देखती तो ममत्व से भर जाती। जिन्दगी कितनी गम्भीर और अर्थवान है। उसका मन होता कि वह बर्फ की तरह गलकर बिछ जाए उनके पाँवों के तले, वे पाँव, जिनके नीचे आगे तपती हुई जमीन है।

बीच-बीच में झूमर का आयोजन करतीं अलग-अलग गाँवों की औरतें। उसे जबरन ले जातीं वे, लेकिन जब नाच का उल्लास अपने तुंग पर होता, वह उजालों से चुपके-चुपके अँधेरों में सरक जाती—अँधेरा, जो खदान के आर-पार पसरा हुआ होता। वह अँधेरे ही अँधेरे में बाँसगड़ा की ओर निकल जाती। रास्ते में जगह-जगह माफिया गिरोहों का दल कोयला जलाकर उसके उजाले में कोयला कटवा रहा होता। फिर उसे लगता, ये आवाजें फोकल की हैं और जमीन के नीचे से आ रही हैं। वहशी आवाजों की लौ भेड़ियों की तरह लपलपाती रहती, वह चलती जाती, पंडित सीताराम, खान साहब, भगोनिया, डोकानिया और महेन्दर बाबू की खदानों से आगे, सुब्बाराव के जंगलों से दूर...। एक मुहूर्त को पेड़ की ओर देख लेती जैसे सोरे अब भी बैठा परिन्दे-सा चहक पड़ेगा, बाप की समाधि की ओर मुड़कर ताक लेती, अपने वीरान झोंपड़े पर थोड़ी देर ठमककर बच्चे की कोई आहट अनकती, फिर अपनी समाधि की वेदी को मूर्ख की तरह निहारती। कभी-कभी उसे लगता, वह सचमुच कब्र में दफ्न अपनी ही लाश को घूर रही है। अँधेरे में जाने कब तक जीवन और मृत्यु की लुकाछिपी खेलती, फिर एक गहरी साँस लेकर चबूतरे के बगल घर्र-घर्र करती मामा की नाक की आवाज से बचते हुए बिल्ली की तरह मालगाड़ी के डब्बे पर चढ़ आती। बड़ी देर तक मालगाड़ी के डब्बे से यार्ड और बाँसगड़ा की ओर बारी-बारी से ताकती रहती, माँ कहीं भी न दिखती, डब्बे में भरभराकर जैसे जनखदान के सारे मजदूर भर

उठते, ट्रेनों के आने-जाने की झंकारें, इंजिनों की सीटी तथा शंटिंग करने की आवाजें और दृश्य गुलमेहँदी के फल की तरह उँगलियों से फिसलते रहते। अन्ततः थककर वह लेट जाती, मगर ट्रेन चल रही होती। फफूँदी लगी यादों के दृश्य एक-एक कर पार होते, किन्हीं गुमनाम-से स्टेशनों पर माँ, बाप, भोलू, फोकल, मंगर, बच्चे एक-एक कर उतरते जाते। चार बजे का सायरन सुनकर वह हड़बड़ाकर जगती तो डब्बा खाली मिलता और ट्रेन वीराने में खड़ी मिलती। देह तोड़ती, वह नीचे उतर आती। फव्वारे पर हाथ-मुँह धोती और पौ फटने के पहले खदान के टपरे में पहुँच जाती।

एक दिन इसी तरह वह लौट रही थी कि उसकी समाधि के पास एक छाया हिली, "मैना!" आवाज फुसफुसाई।

"शरमा बाबू!" मैना ने आवाज पहचान ली।

"हाँ!"

"इत्ते सबेरे-सबेरे तुम...?"

"और तुम...?"

दोनों समाधि के दोनों ओर आमने-सामने थोड़ी देर तक दम साधे खड़े रहे। भोर की ठंडी हवा उन्हें सहला रही थी। "मैं जानता हूँ," शर्मा ने रुक-रुककर शब्दों में उलझते हुए कहा, "मगर इस यात्रा का अन्त कहाँ है?"

मैना ने कोई जवाब न दिया।

"तुम अचानक इतनी बदल जाओगी, विश्वास नहीं होता। तुम्हारा बच्चे-सा उत्साह ही तुम्हारी खासियत थी, उसे खोकर हमारे लिए जैसे अजनबी बनती जा रही हो।"

"मैं ही?...तुम नहीं...?"

चुप्पी की झाड़ फिर उग आई।

"मैं तुम्हें ऐसे नहीं देख सकता क्योंकि मैं...।" शर्मा की पहले आवाज लड़खड़ाई, फिर देह। आगे बढ़कर समाधि पर पाँव रखकर उन्होंने मैना को बाँहों में भर लिया, "तुम्हें नहीं पता, तुम मेरी क्या हो, तुम मेरी माँ हो, बहन हो, बेटी हो, ताकत हो, प्यार हो।" शर्मा कहते जा रहे थे और हर वाक्य खंड पर चूमते जा रहे थे, फिर उसके सीने में बच्चे की तरह सिर गड़ाते हुए बेहद अनुनय-भरे स्वर में फुसफुसाए, "तुम प्रौढ़ा न बनो, रुकी रहो वक्त के इसी मुकाम पर, क्योंकि...क्योंकि तुम मेरी शक्ति हो।"

माटी की मूरत-सी मैना में धीरे-धीरे जान आई। सारी देह खुशबू से महक उठी, बोली, "मर्द थे, कह गए लेकिन मैं...?"

"जनखदान का सवाल सीधे सामने न होता तो इस सवाल का जवाब मैं दे देता लेकिन..." कहकर शर्मा ने फिर से चूम लिया, फिर तारों के मद्धिम प्रकाश में उन सलोनी आँखों में झाँकते हुए पूछा, "अच्छा मान लो, मुझे एरेस्ट कर लिया गया तो...तुम पराई...।" इस बार मैना ने दोनों हाथ बढ़ाकर शर्मा की गर्दन में बाँहें डालकर उसके फड़कते होंठ बन्द कर दिए।

"तुम हमको केया नहीं दिए शरमा बाबू! नया जनम, नई जिन्दगी, नई आँख, नया दिल, नया दिमाग। तुम नहीं होते तो सच कहते हैं, सारी हूक इसी कलेजे में लिये हुए हम कब के मर-बिला गए होते। तुम्हीं हमारे बाप हो, गुरु हो, मरद हो, बेटा हो, दोस्त हो—केया नहीं हो तुम!" कहते-कहते उसका गला रुँधने लगा, देह थरथराने लगी। भावविह्वल वह रुक-रुककर बोलती गई, "तुम हमको बूढ़ी नहीं होने देना चाहते न? हमको भी बूढ़ी होकर मरना मंजूर नहीं लेकिन तुम्हारा इतना बोलना-भर हमें केया ताकत दे गया, तुम्हें भी नहीं पता चलेगा, अब हमको मरने से भी डर नहीं, सच, बिलकुल नहीं। जिन्दगी में कोई साध बाकी नहीं रही, रही बात मरने की तो न तुम रोक पाओगे, न हम। एक दिन तो हम भी नहीं रहेंगे, तुम भी नहीं रहोगे, लेकिन हमारा बच्चा ई जनखदान फिर भी रहेगा। देंह से भी ऊपर आतमा, आतमा के मेल से जनम हुआ है इसका और सब पंचों का अंश लेकर पैदा हुआ है। अब तो अच्छे माँ-बाप की तरह हमको इसी का जतन करना चाहिए।"

उस दिन ऐसा बोलते हुए उसे सहसा लगा, एक विचित्र परिवर्तन उसके अन्दर घटित हो रहा है—थरथराहट थमती जा रही है और एक अजीब किस्म की सनसनाहट भरती जा रही है। एक जीर्ण-शीर्ण केंचुल सरकती जा रही है और एक नई जमीन उभरती आ रही है—जमीन जो धीरे-धीरे वर्षों से बनती रही थी। उसे मुक्ति संग्राम पर दिखाई गई जनखदान की एक फिल्म की याद आई, उसे लगा, उसका देहान्तर उस मुक्ति योद्धा में हो गया है, जिसके कपड़े से लेकर चेहरे तक पर सतत संघर्षों की धूल है और जिसने विषम अँधेरे से अभी-अभी उजाले में पाँव रखा है। ऐसा सोचते ही एक अनूठी पुलक से भर उठी वह। तंज नहीं, तेवर नहीं, शोखी नहीं, शेखी नहीं इस पुलक की अनुभूति ही निराली थी—ऐसी पुलक जो संघर्षों से प्राप्त जीवन की चरम सार्थकता की प्रतीति से उपलब्ध होती है।

वे भोर के धुँधलके में जनखदान की ओर बढ़ रहे थे। कोयले का सुरक्षित भंडार एक नन्हे पहाड़ की तरह क्रमशः बड़ा हो रहा था, जिस पर सूर्य की पहली किरण कुंकुम बिखेर रही थी।...और उस पहाड़ की तलहटी में बसी वह नन्ही-सी बस्ती...। लोग-बाग अभी सोए हुए थे। बाहर से आदिम खूँखार जानवरों की उपेक्षा करते हुए पंक्ति-पंक्ति गुलमुहर, अमलतास, शिरीष, कचनार और अन्य पौधे बड़े हो रहे थे, बच्चे बड़े हो रहे थे, बस्ती बड़ी हो रही थी।

अहसास के इस स्पर्श को रोम-रोम से पीते हुए शर्मा बोल उठे, "पार्टी चाहे गलत कहे या सही, सरकार चाहे स्वीकारे, चाहे नहीं, हम मर जाएँ या मिट जाएँ, जनखदान तक को चाहे कोई बहशी मटियामेट कर दे लेकिन लोगों को यह सोचने का मुद्दा तो हम दे ही जाएँगे कि एक दिन ऐसा भी आया था, जब मजदूरों ने खुद सत्ता सँभाली थी जब लुटेरों तक की जान को खतरा महसूस होने लगा था, जिन्होंने वार किया, उन्होंने मुँह की खाई, न कोई मालिक था, न कोई सूदखोर, कि एक ऐसा आश्रय यहाँ था, जहाँ इलाके का कोई भी रोजी माँगने आया, और उसे काम मिला, कोई दवा-दारू माँगने आया और चंगा होकर गया,...कोई ऐसी चीज जो उनकी अपनी थी..." बोलते-बोलते अचानक उन्होंने मैना की ओर देखा, वह वात्सल्य भाव से दूर ताक रही थी। उसके अन्दर के परिवर्तन से अपरिचित उन्होंने उसकी अन्तर्मुखी चेतना को जगाने के लिए पुकारा, "मैना...।"

"हूँ!" पुलकती पलकें टेक दीं उसने शर्मा के चेहरे पर, भोर के शिशिर से भींगी रतनार पलकें...दुनिया की सारी ममता, और प्यार में पगी पलकें...और 'हूँ' की यह आवाज–आवाज में जैसे अन्दर से बाहर तक फैली जनखदान की सहस्रों गूँजें अनुगुंजित हो रही थीं। कहाँ गया उसका वह नैराश्य..., आक्रोश व वैराग्य...कच्चा लोहा अब पक्का हो चला था। पानी चढ़ गया था उस पर और लोहे की धार...?

39

बतानेवाले बताते हैं कि वह एक अनोखी रात थी। उस रात कामिनी के उस नाटे गझिन पेड़ में इत्ते फूल खिले थे, जित्ते कभी नहीं खिले। आसमान पर काली घटा घिरी थी, पृष्ठभूमि में चितकबरे, लाल, काले और सफेद बड़े-बड़े मजबूत घोड़े। घोड़ों पर सुरक्षा बल के खाकीधारी जवान! जवानों के हाथ में चारों ओर तनी संगीनें, जैसे भगतसिंह प्रशिक्षण केन्द्र के काले ब्लैक बोर्ड पर उकेरे गए अनगिन चित्र हों। खदान की करधनी पर उगे झोंपड़े हटाए जा चुके थे। लगता था, इस पृथ्वी पर आदमी, औरत, बच्चे कहीं नहीं, सिर्फ घोड़े ही घोड़े हैं। पहली बार घोड़ों की लीद से हवा गँधा गई थी लेकिन कामिनी के राशि-राशि फूलों की खुशबू थी कि दबाए नहीं दब रही थी। घोड़े रह-रहकर ची-हिं-ही ऽऽ ऽ...हिनहिनाते। आस्था और घृणा, विश्वास और संशय, जिजीविषा और दमन की रस्साकशी के नल प्वाइंट पर थरथराती कई-कई तनावों से तनी रात थी वह।

प्रचारित तो यही था कि सरकार जनखदान को अपने कब्जे में ले रही है–राष्ट्रीयकरण! एक अजीब-सी उत्तेजना में रह-रहकर लोग सड़क की ओर ताकने लगते

जैसे इस युद्धभूमि में सफेद घोड़े पर सफेद ध्वज फहराते हुए कोई सफेदपोश देवदूत आएगा और एलान करेगा, "चतरपुर जनखदान के कामगारो! सरकार आपकी निष्ठा, मेहनत और ईमानदारी को तसदीक करती है। आज से यह जनखदान राष्ट्र के नाम समर्पित हुई और आप सभी सरकारी कामगार हुए!"

शर्मा, पंडा साहब, माझी बाबू और असगर आदि जीप में कागज-पत्र भरकर डाकबँगले गए हैं। वहाँ कागजात पर लिखा-पढ़ी हो रही है, बस थोड़ी देर और। मैना कहाँ है? वह भी गई है?

रात घिरते न घिरते पूरे इलाके में उजाले के गुब्बारे फूटने लगे। बुलडोजरों की कतार।

'अरे-अरे, यह क्या...? ये तो पाट रहे हैं!'

बुलडोजर 'इन्दिरा गांधी जनकल्याण खदान' को पाटने गया है। सामने इन्दिराजी का आशीर्वाद देता हाथ है, जैसे ट्रैफिक का सिग्नल हो। बुलडोजर ठिठक जाता है। आगे नहीं बढ़ता, वापस मुड़ता है। अरे भागो, भागो, जनखदान की ओर आ रहा है...लो, ढलान की ओर बढ़ा। मैना! कहाँ है, मैना...?

बतानेवाले बताते हैं, ठीक इसी समय उन्होंने मैना को दूसरी ओर से खान में उतरते देखा। आप अविश्वास करेंगे तो वे किरिया खाकर बताएँगे कि उन्होंने सचमुच उसे अपनी आँखों से खदान में उतरते देखा। पहले एक मैना फिर कई...। सबकी साड़ी सफेद, जूड़े से लेकर साड़ी की किनारी तक हजार-हजार जुगनू खड़े थे। वह उतरती जाती थी, चिनगारियों की तरह जुगनू झरते जाते थे, जैसे तारों की उँगली पकड़कर बढ़ी जा रही थी वह–आग ही आग।

'जो जहाँ है, वहाँ से हिले नहीं!' एक एलान हुआ, ठीक इसी के साथ मैना बुलडोजर के सामने आ खड़ी हुई। बुलडोजर को संभ्रम हुआ–'फिर एक मूरत इन्दिराजी की!' लेकिन मूरत तो ऐसी हो नहीं सकती। अरे यह तो मैना है, यहाँ की मजूरन!

'हट जाओ सामने से!'

जवाब में सिर्फ एक खिलखिलाहट।

बुलडोजर जो मूर्ति को बचाने के चलते चोरों की खदान ध्वस्त नहीं कर सका, इस बार दुविधा त्यागकर जिन्दा मैना को रौंदते हुए चला गया। पीछे मुड़कर देखा तो मिट्टी सपाट हो गई थी लेकिन आगे नजर जाते ही वह दंग रह गया। आगे फिर मैना खड़ी थी। पीछे मुड़कर देखा तो वहाँ भी। माटी के बीच से एक मैना उभरी आ रही थी। अगल-बगल देखा, तो दोनों बाजुओं पर मैना। जुगनुओं की वैसी ही जगमगाहट! बुलडोजर मरकहे भैंसे-सा मैना को कुचल रहा था। मगर वह...? अजीब नजारा था साहब, जैसे वह कोई मिट्टी-पत्थर का भराट नहीं, कोई झील हो जिसमें

डुबकी मार-मारकर वह निकली आ रही हो। बुलडोजर परेशान था, आखिर उसे भरमाती चकमा देती हुई वह उसे दक्षिण के भराट की ओर ले आई, डाइन की बेटी तो थी ही, बुलडोजर क्या जाने उस माया को? लिए-दिए भुरभुरी माटी में सरककर खोह में डूब गया बुलडोजर और एक खिलखिलाहट पूरे खदान पर पसर गई।

आप तर्क करना चाहेंगे, यह अविश्वसनीय है, पुलिस की रपट में तो मैना का जिक्र ही नहीं है, अलबत्ता शर्मा, पंडा, माझी और बीस गाँवों के बहुतेरे लोगों के नाम हैं जो हाजत में हैं, तो गाँववाले आपको बुद्धू कहेंगे, पुलिस की बात का ही विश्वास करना हो तो कीजिए कि कुल जमा कोयला सिर्फ डेढ़ सौ टन ही था, कि एक भी मजदूर नहीं मारा-पीटा गया और जो एरेस्ट किए गए सब चोर थे। सब झूठ है न...? इसी तरह यह भी झूठ है कि मैना मर गई। फिर वे भेद-भरे अन्दाज में फुसफुसाएँगे, 'लछमनपुर की सूती कल के मजदूरों ने भी निकम्मा भ्रष्ट मैनेजमेंट के हाथ से प्रबन्ध अपने हाथ में ले लिया। बूझ सको तो बूझो!'

आप पूछेंगे, 'तो क्या मैना वहाँ थी?'

'अलबत्ता थी।' वे कहेंगे, फिर एक आँख दबाकर, एक फैलाकर रहस्य समझानेवाले अन्दाज में बताएँगे धार को कोई देख सका है...? चतरपुर और बाँसगड़ा के चारों ओर जिस गाँव में भी पूछना चाहें, पूछ सकते हैं, बूधन बेदिया, महादेव, शंकर, हैदर मामा से लेकर परेमा तक और तुरिया, कैली से मेरी और उसके बेटे-बेटी-टिपका से सितवा तक पूछ लें, कोई कह दे कि ऊ मर गई तो जानें...? हमरा शरमा बाबू ही कहीं भेंटाए तो पूछ लीजिएगा। जहाँ-जहाँ बुलडोजर पहुँचता है, उहाँ-उहाँ मैना होती है। कितनी लम्बी डुबकी मार के कहाँ उतराएगी–इसे कोई नहीं जानता। वह मरी नहीं, मर सकती ही नहीं, जिस दिन सब बुलडोजर को उलट आएगी, वह फिर हमारे बीच चली आएगी। अभी उसकी एक झलक पाने का सिर्फ एक उपाय है–जुगनू। जहाँ-जहाँ अँधेरे में जुगनू आपको चमकता दिखलाई दे, ईमानदारी से पुकारिए, 'मैना!' कान साधे रहिए–बहुत गहराई से कोई जवाब आएगा, 'हूँ ऽ ऽ ऽ!'

●●●